tredition®
www.tredition.de
W0341655

Das Buch:

Franz und Sarah beginnen ihren Pilgerweg, der sie bis nach Santiago de Compostela führen soll. Eines Tages erreichen sie während eines schweren Gewitters das rettende Kloster Beuron im Donautal. Glücklich sind sie, es bis hierhin geschafft zu haben. Doch das Glück wird getrübt, als ein Mönch ermordet wird. Der Albtraum beginnt.
Plötzlich geraten sie in einen Strudel von unglaublichen Ereignissen, die sie nicht nur einmal auf ihrem Jakobsweg um ihr Leben fürchten lassen.
Doch auch für ihre Tochter, einer jungen Studentin der Archäologie, wird ihr Fund einer jahrhundertealten Schwarzen Madonna in Konstanz am Bodensee zur Gefahr. Durch die Entdeckung geheimnisvoller Schriftstücke mit einem rätselhaften Text gerät sie immer mehr ins Visier einer geheimen Bruderschaft. Ob ihr der Journalist Simon Hirt oder Professor Böhmer oder aber die Nonne Esther letztendlich helfen können, wird sich erst am Ende dieses spannenden Buches herausstellen.

Der Autor:
Herbert Noack, Jahrgang 1961, ist selbst begeisterter Jakobspilger und sorgt sich durch die hemmungslose Kommerzialisierung des Jakobsweges um dessen Erhalt.

Herbert Noack

ALBTRAUM *Jakobsweg*

Nigra sum sed formosa
(aus dem Hohelied Salomos)

Ein spannender Roman vom Pilgerweg
nach Santiago de Compostela

Die Handlung und sämtliche vorkommenden Personen sind frei erfunden. Ähnlichkeiten mit lebenden oder toten Personen sind rein zufällig und nicht beabsichtigt. Die Handlungsorte sind weitgehend authentisch und wurden nur aus literarischen Gründen teilweise verändert.

Verlag: tredition GmbH, Hamburg

ISBN

Paperback 973-3-7323-0966-5

Hardcover 978-3-7323-0967-2

e-Book 978-3-7328-0968-9

Printed in Germany

Prolog

„Herr, du allmächtiger Gott, steh uns bei!“, beten verzweifelt am Morgen kurz nach Sonnenaufgang die Männer und Frauen hinter den wehrhaften Mauern der Stadt, angesichts der riesigen Menge an feindlichen Schiffen in ihrer unmittelbaren Nähe und blicken dabei flehentlich zum Himmel.
„Herr, du allmächtiger Gott, steh uns bei!“, beten auf den Schiffen die bis zu den Zähnen bewaffneten und in Eisen gekleideten Männer mit dem Kreuz auf Umhang und Schild und zum Angriff bereit zu demselben Gott der Christenheit.
Doch ER, unbegreiflich groß und unbegreiflich allmächtig, musste sich für einen entscheiden, nur einer durfte den Sieg davontragen. Aus einem nur IHM bekannten Grund war IHM das Lateinische wichtiger als das Griechische.

*

Es war der 13. April 1204. Was lange schon von vielen Einwohnern der Stadt am Bosporus erwartet wurde, brach unerbittlich und mit nie zuvor gesehener Wucht über sie herein. Viel grausamer, als sie es sich in den schrecklichsten Träumen vorgestellt hatten.
Es gab keine Gnade, kein Mitleid oder Mitgefühl.
Sie hatten bis zuletzt gehofft und sich immer wieder gegenseitig beteuert: Das sind doch auch Christen, genau wie wir! Es wird schon nicht so schlimm werden. Wir glauben doch an den einen Gott und an seinen Sohn, der doch auch für uns Griechen gestorben ist, genau wie für die Lateiner, und auch an den Geist, der uns alle gemeinsam beseelt in dem Glauben an das einzigartig Göttliche. Ihr werdet schon sehen, die Lateiner werden sich den Kaiser vornehmen, Geld erpressen und wenn sie es bekommen haben, wieder davonsegeln. Danach wird das Leben genauso weitergehen wie bisher.

Doch die das sagten, hatten sich gründlich geirrt.
Die Möglichkeit, endlich den vor Jahren versprochenen und ersehnten Reichtum zu bekommen, ließ die Lateiner ihren Glauben vergessen. Ihre Menschlichkeit war ohnehin schon beim Anheuern auf eines der vielen Schiffe an Land geblieben, genauso wie anderer nutzloser Ballast. Die Kreuzritter waren die wahren Krieger Gottes, gesegnet und gesandt von ihrem Papst Innozenz III. Sie würden nicht nur das Heilige Grab in Palästina von diesen verfluchten Ungläubigen befreien, dem muslimischen Pack und seinem Sultan, sondern ganz Palästina ihnen entreißen. Ihnen war neben dem Ablass ihrer Sünden auch Ruhm und Ehre und – was viel wichtiger war – auch sagenhafter Reichtum versprochen worden. Nicht erst im Himmel, wie sonst bei jeder sich bietenden Gelegenheit, nein, schon hier auf Erden.
Dass sie nicht in Palästina einzogen, in Jerusalem der göttlichen Stadt, sondern hier in Konstantinopel, war ihnen nicht mehr wichtig. Dass sich das Blatt wendete, was soll´s! Diese fremden Christen, die sich orthodox nannten, waren doch gar keine richtigen Christen. Schaut doch nur, wie sie mit ihren langen Bärten aussahen. Wie Juden sahen sie aus, genau wie die, die unseren Herrn töteten!
Und sie waren reich. Unglaublich reich.
Die unschlagbare Waffe der Orthodoxen, die Dromonen, die pfeilschnellen Schiffe mit dem gefürchteten griechischen Feuer an Bord, waren besiegt. Jetzt richtete sich all ihr Flehen, ihre letzte verbliebene Hoffnung auf die Seesperre. Doch auch sie, die bisher immer zuverlässig Schutz vor den Eindringlingen, die Konstantinopel erobern wollten, bot, wurde von dem Heer der Kreuzritter überwunden. Ungehindert segelten ihre Schiffe auf das Festland zu. Die fürchterlich wilden Schreie der auf dem Oberdeck eng zusammenstehenden Männer drangen bis in den letzten Winkel der großen Stadt und verbreiteten Angst und Schrecken.
Alle fürchteten um ihr Leben! Und es wurde noch schlimmer, als sie es sich vorgestellt hatten.
Die Ritter des Frankenheeres waren die Ersten, die an Land gingen und ihr blutiges Handwerk begannen. Danach folgten die Söldner der Venezianer, noch grausamer als die Franken vorher. Alles, was

sich wagte ihnen in den Weg zu stellen, wurde niedergemetzelt, abgestochen, verstümmelt, vergewaltigt, geschändet. Es wurden keine Unterschiede gemacht zwischen Russen oder Bulgaren, Juden oder Griechen, zwischen arm oder reich, Frau oder Mann. Sie drangen in die Häuser ein und griffen nach allem, was sich nicht rechtzeitig in Sicherheit bringen konnte. Wer seinen Besitz schützen wollte, wurde erstochen oder erschlagen. Das Schreien der Kinder vermischte sich mit dem Schreien der vergewaltigten Frauen und mit dem Röcheln der Männer, die erstochen oder erschlagen verstarben, manchmal die Schändung ihrer Frauen noch erblickend. Blut floss auf den einstmals gepflegten Straßen des Hafens. Klebrig füllte es die Vertiefungen zwischen den Steinen und ergoss sich langsam und zäh in das Meer.
Das war nur der Anfang hier unten am Goldenen Horn. Die wirklich großen Schätze lagerten oben in der Stadt. Dort hinauf wollten die Kreuzritter, die Venezianer und die Franken, und keiner wollte sich zu lange mit den kleinen Geldbörsen der Händler und Marktfrauen aufhalten und damit den Anderen das Gold überlassen. Der Kaiserpalast war das Ziel der im Blutrausch durch die Stadt stürmenden, entfesselten Horden.

*

Er musste sich beeilen. Der Ruf nach ihm kam spät. Fast zu spät. Aus sicherer Entfernung beobachtete er den Sturm der Kreuzritter auf seine Stadt. Er hatte lange und inbrünstig gehofft, dass sie es nicht schaffen würden. Doch es half nichts. Nun waren sie in der Stadt und nichts hielt sie mehr auf, ihr Werk zu vollenden. Der Widerstand der Verteidiger war nach der überstürzten Flucht des Basileus, ihres Kaisers Alexios V., zusammengebrochen. Jeder versuchte das eigene Leben und ein bisschen Hab und Gut zu retten.
Die Hoffnung war dahin.
Er kannte sich aus in seiner Stadt und rannte so schnell, wie er nur konnte, hinauf in die Blachernenkirche. Im Gotteshaus angekommen, erwartete ihn aufgeregt der alte Patriarch Adrianopolus.

„Evangelos, kommst du endlich! Du weißt doch, dass wir keine Zeit mehr haben, dass diese verfluchten Lateiner in der Stadt sind. Los, komm mit. Aber schnell!“ Dem Greis war es egal, dass er erschöpft und vollkommen außer Atem vor ihm stand. Ob er wollte oder nicht, er musste sich beeilen, denn der Alte war im Begriff in den Tiefen des Gewölbes zu verschwinden.
„Warte auf mich. Ich komme doch!“, rief er dem Alten schwer atmend hinterher.
Bevor die Tür zuschlug, gelang es ihm gerade noch so hindurchzuschlüpfen. Mit einem gewaltigen Knall schloss sich die schwere Holztür hinter ihm.
Der greise Priester war schon fast in den Katakomben verschwunden, ehe er ihn eingeholt hatte. Hier unten war er das erste Mal. Der Zutritt für diese Räume war streng verboten. Nur wenige durften hier herein. Der Alte trug eine brennende Fackel vor sich her, die einzige Leuchtquelle hier unten. Dann öffnete er eine weitere Tür. Es musste die sagenhafte Schatzkammer der Kirche sein. Einige seiner Mitbrüder brüsteten sich damit, schon hier gewesen zu sein, und erzählten von unendlich viel Gold und Diamanten, kostbaren Teppichen und Regalen voller Reliquien, von Kandelabern und Leuchtern ganz aus Gold. Enttäuscht sah er nichts von dieser Pracht. Der schlichte Raum war fast leer. Wahrscheinlich war schon alles in Sicherheit gebracht und versteckt worden. Der alte Priester lief zu einem Wandschrank. Ehe er die beiden Türen öffnete, kniete er davor nieder und murmelte etwas in seinen langen weißen Bart und verneigte sich tief. Mühselig erhob er sich wieder und entnahm daraus eine Schatulle.
„Das hier“, sprach er feierlich zu ihm, „habe ich mein ganzes Leben lang gehütet. Es ist unser größter Schatz! Der Letzte, den es hier unten noch gibt. Es ist der Wichtigste von allen. Das sind wir! Er darf diesen gierigen Frankenhunden und venezianischen Halsabschneidern unter keinen Umständen in die Hände fallen. Höre mir gut zu, Bürschchen. Ich vertraue dir! Genauso, wie ich deinem Vater und deinem Großvater immer vertrauen konnte. Oh, du Glücklicher, du Held! Du allein bist auserwählt, diesen Schatz zu retten.“

Der Junge war blass geworden. Er verstand nicht alles, was der Priester ihm sagte, aber sollte das wirklich ...? Er wagte es nicht auszusprechen.
Der alte Priester reichte ihm die Schatulle mit zittrigen Händen.
Danach umarmte er ihn. „Wo soll ich hin damit? Zu Hause bin ich bestimmt nicht sicher." Der Alte fuhr ihn unwirsch an: „Natürlich kannst du nicht nach Hause, du dummer Junge. Dein Zuhause gibt es nicht mehr. Du musst fliehen, das Land verlassen. Bringe es dorthin, wo man den wahren Inhalt erkennt. Zu Menschen, die es lieben und verehren werden, wie wir es immer getan haben. Bringe es zu Menschen, die diese Bezeichnung noch verdienen! Suche sie!"
Er kramte in seiner Robe und reichte ihm einen Brief. „Hier steht alles drin. Wenn du erwischt wirst, dann vernichte ihn. Iss ihn einfach auf!" Hastig segnete er den Jungen. Der Kampfeslärm kam immer näher und drang jetzt bis zu ihnen durch. Die entfesselte Kreuzritterschar war ganz nah. Es war nur eine Frage der Zeit, bis sie in die Kirche eindrangen. Der Priester öffnete eine Geheimtür, schob ihn in den nun sichtbaren, dunklen Gang und gab ihm die Fackel.
„Los jetzt! Der Herr sei mit dir!" Der Alte schloss die Tür und verriegelte sie. Lärm drang aus der Kirche. Geschrei, Gejohle, Gekreische – alles Laute, die hier noch nie zu hören gewesen waren und die den Allerheiligsten beleidigten.
Der Junge rannte los. Nur schnell weg von hier. Er spürte, dass er seine alte Welt für immer verließ. Doch die gab es seit heute Morgen sowieso nicht mehr.

Kapitel 1

Jäh schlug das Wetter um. Der gerade noch strahlend blaue Himmel über dem malerischen Donautal verwandelte sich in tiefes Schwarz. Die sie plötzlich umgebende Dunkelheit wurde nur sekundenlang von mächtigen Blitzen taghell erleuchtet.
Gewaltiges Donnergrollen rollte bedrohlich durch das enge Tal und hallte mit vielfachem Echo von den steilen, nackten Felswänden. Sturmböen wühlten die Donau auf. Der bisher friedlich und träge dahinfließende Fluss bäumte sich auf zu großen Wellenbergen mit

Hauben voller weißem Schaum und tobte mit brachialer Gewalt gegen alles, was sich ihm in den Weg zu stellen wagte.
Inmitten dieses Infernos der Naturgewalten liefen zwei hilflos und verloren wirkende Menschen. Die Baumwipfel um sie herum bogen sich tief und beängstigend unter der Kraft des Windes. Äste brachen herab und krachten auf den Weg. Steine rollten den Hang herunter und an ihnen vorbei. Manche brachten sie fast zum Straucheln. Nur schnell weg von hier, dachten sie ängstlich, raus aus dem gefährlichen Waldstück und hin zum rettenden Kloster.
Aber es wurde noch schlimmer. Die Schleusen des Himmels öffneten sich und der Platzregen rauschte prasselnd auf sie herab und nahm ihnen die letzte Sicht. Der Weg wurde rutschig und noch gefährlicher. Endlich, an einer Wegbiegung angelangt, konnten sie es sehen, das rettende Kloster, eindrucksvoll mitten im Tal. Wie ein Bollwerk stand es da, Schutz und Geborgenheit verheißend. Bis dahin noch, dann war es geschafft.
Sie hatten Glück. Als sie aus dem Waldstück heraustraten, war es nicht mehr weit. Mit einer letzten großen Kraftanstrengung erreichten sie die Pforte. Erschöpft, aber glücklich knallten sie ihre Rucksäcke in der Vorhalle auf den Boden, zwängten sich aus ihren Jacken, schüttelten das Wasser heraus und fragten nach einer Übernachtungsmöglichkeit. Für ihn hätten sie was, sagten die Mönche an der Pforte, aber nur für ihn. Frauen dürften im Kloster, ihrem Männerkloster nicht übernachten. Das Gästehaus war leider voll belegt. Sie soll sich etwas anderes im Ort suchen. Leider! Franz lachte ihn ungläubig aus, doch Sarah war zu erschöpft, um zu streiten, und wollte nur noch eine Bleibe für die Nacht. Sie liefen ins gegenüberliegende Hotel und da bekam Sarah ein Zimmer von der Größe einer Besenkammer, immerhin mit Dusche. Ihr war alles recht, Hauptsache ein trockener Platz mit einem Bett darin. Sie verabredeten sich für später zum Essen.
Wieder zurück im Kloster führte ein alter, nach Luft ringender Mönch Franz die Treppe zu seinem Zimmer hinauf.
Es war nicht das erste Kloster, in dem sie auf dem Weg nach Compostela übernachteten. Das Bett in einem einfachen, zweckmäßig eingerichteten Raum, manchmal eine Dusche und eine Toilette im

Zimmer, ein anderes Mal auf dem Gang. Dazu ein Schreibtisch mit einer Bibel in der Schublade, ein Stuhl, ein Kruzifix über der Tür an der Wand. Nichts sollte vom Wesentlichen ablenken. Keine Verführung in Form eines Fernsehers, kein Radio, keine Minibar, keinen Schnickschnack. Es interessierte ihn nicht besonders, denn es war nur eine Schlafmöglichkeit. Einmal nur eine Nacht, trocken und sauber. Dann weiter, immer weiter. Es war keine Urlaubsfahrt.

Nach dem gemeinsamen Abendessen entließ ihn seine Frau in die Obhut der Brüder. Sie wollten sich zum Frühstück im Refektorium des Klosters wieder treffen. Zurück in seiner im Vergleich zu Sarahs Behausung komfortablen Mönchszelle, legte er sich in seinen Sachen aufs Bett und nahm sich ein Buch, das er nach kurzer Zeit lustlos weglegte. Ganz so asketisch wollte er den Abend nun doch nicht verbringen. Klöster sind nun mal bekannt für selbst gebrautes Bier und selbst gekelterten Wein. Sicherlich war im Refektorium noch nicht Feierabend. Mal sehen, ob er da noch etwas zu trinken bekam. Seine Vermutung wurde bestätigt. Schon bevor er den Speiseraum durch eine schwere, reich mit Schnitzereien versehene Eingangstür betrat, hörte er verschiedene Männerstimmen in einem angeregten Gespräch.

An einem großen Tisch saßen mehrere Männer unterschiedlichen Alters. Einer davon war ein Priester, gekleidet in einem schwarzen Pullunder mit dem obligatorischen Collarkragen und nicht mehr ganz jung. An einer der Stirnseiten des Tisches saß ein weiterer älterer, beleibter Herr, sehr elegant gekleidet im weißen Anzug.

Gern hätte Franz sich an einen der freien Tische etwas abseits gesetzt, doch der Priester rief ihm zu, dass er doch zu ihnen kommen sollte, und zeigte auf einen freien Platz direkt neben ihm. Franz setzte sich und bekam sogleich, sozusagen als Dank, ein Glas Rotwein gereicht.

„Auch Klosteraufenthalt auf Zeit?“, fragte der Priester.

Franz antwortete lächelnd: „So kann man es nennen. Aber nur eine Nacht. Wir sind auf dem Weg nach Compostela.“

„Oh, bis nach Santiago de Compostela! Da haben Sie ja noch etwas vor sich. Aber toll! Ich finde es wirklich richtig toll. Ach, wenn ich etwas mehr Zeit hätte ..., ich würde sofort loslaufen. Na ja, das kann

ich auch noch später, wenn ich mal pensioniert bin. Das wird eine meiner ersten Handlungen im Ruhestand."
Das Gespräch einer anderen Gruppe am Tisch handelte von der steigenden Anzahl der Pilger auf dem Jakobsweg. Einer der Männer meinte, dass bestimmt schon Millionen auf dem Weg unterwegs seien.
„Aber nicht doch, lieber Freund!", erwiderte der Mann im edlen Zwirn und Geschmeide.
„Da übertreiben Sie aber gehörig. Wir, als einer der größten Fördervereine des Jakobsweges in Deutschland, bekommen die Zahlen regelmäßig von ausgewählten Orten auf dem Weg, wie beispielsweise von Le Puy en Venlay, Conques, Puenta de la Reina oder Burgos und natürlich auch direkt aus Santiago. Hier lassen sich die Pilger immer einen Stempel in ihren Pilgerausweis geben. Jeder wird gezählt und die ständig aktualisierten Zahlen an uns weitergeleitet. Wenn in normalen Jahren so um die hunderttausend Menschen unterwegs zum Grab des Apostels Jakobus dem Älteren sind, dann sind es in den Heiligen Jahren mindestens doppelt so viele.
Stellen Sie sich diese große Anzahl von Menschen vor, die auf einem Weg unterwegs sind, mit einem einzigen Ziel! Jetzt ist die Tendenz eindeutig steil ansteigend. Wir rechnen mit dreihunderttausend Menschen oder sogar mit einer halben Million!"
Es kam noch ein weiterer Gast in das Refektorium. Er stand ein wenig unschlüssig in der Eingangstür und schien zu überlegen, ob er zu ihnen oder aber lieber gehen sollte. Der unsichere und unscheinbare Mann trug das Habit der Benediktiner.
Gerade als er sich zum Gehen entschloss, sah ihn der Mann an der Stirnseite des Tisches und rief: „Aber Bruder Manuel! Bleiben Sie doch und kommen Sie zu uns. Neben dem Mann dort ist ein Platz frei." Dabei zeigte er auf Franz. Bruder Manuel kam in schnellen, tippelnden Schritten zu ihnen, die Hände vor der Brust gefaltet, den Kopf ein wenig devot nach unten gebeugt und setzte sich auf dem ihm zugewiesenen Platz neben Franz.
Er hob die Hände und sagte mit leiser, lispelnder Stimme: „Verzeihen Sie mir, meine Herren! Der Herr ist mein Zeuge, ich wollte nicht stören."

Bruder Manuel legte ein Büchlein auf den Tisch, darauf seine gefalteten Hände und lächelte Franz und die anderen Männer unsicher an. Als der Priester ihm ein Glas geben wollte, lehnte er entschieden mit einer Handbewegung ab.
„Worauf führen Sie das stetig steigende Interesse am Jakobsweg und am Pilgern zurück?“, fragte Franz in die Runde.
„Warum laufen Sie, lieber Pilger? Sie müssen es doch am besten wissen, warum viele Menschen gerade diesen Weg gehen. Sagen Sie es uns, lieber Freund!“, antwortete der Mann schmunzelnd.
Franz war weder sein lieber Pilger noch sein lieber Freund. Er nahm sein Glas und überlegte. Was gingen den Leuten hier am Tisch seine Motive an? So wie er es sah, waren außer ihm keiner der anwesenden Herren als Pilger unterwegs. Sie waren wohl Gäste des Hauses und besuchten einen der vielen Kurse. Ein lange im Voraus geplanter Ausstieg zwischen zwei wichtigen Terminen in einem hektischen Managerleben. In diesem erlauchten Kreis schien sich der Mann wohlzufühlen. Sollte er ihnen an den Kopf schmettern, dass gerade diese selbst ernannte Elite der Wirtschaft eine der Ursachen war, dass Menschen ihr Leben überdachten und sich neu orientieren mussten? Dass es so wie bisher nicht mehr weiterging, nicht mehr weitergehen konnte? Vielleicht musste er es ihnen sagen, aber er tat es nicht. Er verspürte keine Lust dazu, an diesem Abend über Sinn und Unsinn einer aus den Fugen geratenen Wirtschaft zu diskutieren.
Bruder Manuel gab stattdessen die Antwort: „Die Menschen suchen wieder nach Gott. Sie hoffen Botschaften von ihm zu erspüren, zu sehen oder vielleicht zu erleben. Es merken immer mehr Menschen, dass ihre bisherigen Lebensinhalte sie nicht mehr befriedigen.“
„Ja, das ist vollkommen richtig, Bruder Manuel. Ich wollte zwar wissen, was der Mann dort neben Ihnen meint, aber Sie haben vollkommen recht. So sehe ich es auch. Und wir wollen die vielen Menschen dabei unterstützen!“
Bei Franz kam es so an, als wenn ein Hundebesitzer seinem vierbeinigen Freund lobend ein: *„Bravo, Hasso!“* hinwarf. Es fehlte nur noch das Leckerli. Bruder Manuel schaute auf seine Hände. Seine

Miene blieb unverändert, doch er schien sich zu freuen über das Lob dieses Mannes.
Franz sah zum Priester, der auf seinen Wein starrte, dann das Glas anhob und den roten Rebensaft versonnen umherschwenkte. Hin und wieder nippte er daran.
Unerwartet sagte er in die Runde: „Dr. Wedelmann, halten Sie es für gerechtfertigt, dass mit dem Weg wieder einige mit, sagen wir mal, etwas zweifelhaften Geschäftsmethoden Geld verdienen und das Suchen der Menschen in klingende Münze umsetzen wollen?"
„Ich verstehe Sie nicht ganz, lieber Herr Pfarrer Klein. Wie meinen Sie das?"
„Vor ein paar Tagen bekam ich das Vergnügen, mit einer kleinen Pilgergruppe eine Etappe auf dem Jakobsweg zu gehen. Eine Frau erzählte mir, dass sie jedes Jahr ein Teilstück des Jakobsweges zurücklegt. Bisher benutzte sie einen selbst angefertigten Pilgerausweis ohne Probleme. Irgendwann überlegte sie sich, vielleicht sei es besser, wenn sie einen Pilgerausweis von einem der großen Fördervereine verwende, was sie schließlich beantragte. Sie bekam ein Antwortschreiben, in dem neben der Bitte nach einigen persönlichen Daten auch eine unverhohlene Aufforderung stand, schnell bestimmte und unverzichtbare Pilgerhilfen, also Bücher, geschrieben von der Frau des Vereinsvorsitzenden, zu kaufen. Ganz rasch natürlich, denn sie wären fast vergriffen.
Sie schickte die benötigten Daten mit dem Hinweis zurück, dass sie die Bücher der Frau nicht gut fände und deshalb keines von ihnen kaufen möchte. Eines Abends wurde sie von einem Mann aus dem Verein angerufen und ihre Bitte nach dem Ausweis wurde mit einer fadenscheinigen Begründung abgelehnt. Er möchte sie aber darauf hinweisen, dass sie höchstwahrscheinlich Probleme auf dem Weg bekommen wird und im schlimmsten Falle keine Compostela.
Die Frau war ganz erschrocken über den Ton und die Drohung des Mannes am Telefon. Die Urkunde als Lohn für ihre Mühen wollte sie unbedingt haben. Sie bekam es regelrecht mit der Angst zu tun und schrieb eine weitere Mail an den Verein. Darin bestellte sie noch einmal den Ausweis mit ihren persönlichen Daten und bestellte zwei Bücher der Frau gleich mit.

Sie werden es nicht glauben, meine Herren, eine Woche später bekam sie ihren Ausweis und, wie sollte es anders sein, auch die Bücher."
„Nein, das gibt es doch gar nicht!", rief Dr. Wedelmann entrüstet aus. „Dies würde ein Verein zur Förderung des Jakobsweges nie tun."
Auch die anderen Männer am Tisch schüttelten ungläubig die Köpfe.
„Wissen Sie, Dr. Wedelmann, wie dieser Verein und die werte Autorin hieß?"
Dr. Wedelmann schüttelte den Kopf und erwiderte seltsam gepresst: „Nein, das weiß ich natürlich nicht. Aber Sie werden es mir sicherlich gleich sagen."
„Es ist der Förderverein, dessen Vorsitzender Sie sind, und es sind die Bücher Ihrer Frau!"
Dr. Wedelmann sprang auf und beschimpfte den Pfarrer als Lügner. Alle redeten aufgebracht durcheinander. Sogar Bruder Manuel war aufgesprungen und schrie, dabei wild gestikulierend, mit sich überschlagender Stimme auf den Pfarrer ein.
„Das ist eine Lüge! Frau Wedelmann hat es gar nicht nötig, ihre wundervollen Werke so zu verkaufen. Sie ist eine ausgezeichnete Autorin! Sie Lügner! Sie ..."
„Bitte, Bruder Manuel, beruhigen Sie sich doch. Wir wollen doch niemanden beleidigen", rief Dr. Wedelmann, nun wieder ganz der souveräne Gastgeber. Doch Bruder Manuel konnte sich nicht beruhigen und zerrte dem Priester am Pullunder, ihn weiter dabei anschreiend. Schließlich wurde es Dr. Wedelmann zu viel und er rief scharf zum Mönch: „Schluss damit! Vielleicht ist es besser, wenn du uns jetzt verlässt!"
Bruder Manuel stieß wütend seinen Stuhl weg, der laut polternd zu Boden fiel, und stürmte ohne ein weiteres Wort aufgebracht aus dem Refektorium.
„Bruder Manuel ist manchmal etwas unbeherrscht. Doch Sie schulden mir eine Erklärung, Herr Pfarrer!"
„Nein, Herr Doktor, Sie schulden mir eine Erklärung! Ich wollte es selbst nicht glauben und ließ mir den Ausweis und die Bücher zeigen. Es besteht kein Zweifel! Wenn Sie mir bis morgen früh keine

plausible Erklärung geben können, bringe ich diesen Vorfall in die Presse und benachrichtige die Pilgerbüros."
Dr. Wedelmann erhob sich von seinem Platz und drohte dem Pfarrer mit erhobenem Zeigefinger und vor Aufregung zitternder Stimme:
„Diese Lügen zu verbreiten werden Sie nicht wagen. Ich rate Ihnen unbedingt zu überlegen, was Sie tun!" Ohne ein weiteres Wort verließ er den Speisesaal. Auch die anderen Herren erhoben sich und verließen einer nach dem anderen den Saal. Zum Schluss saßen nur noch Franz und der Pfarrer am Tisch.
„Da haben Sie ja eine ordentliche Bombe platzen lassen, Herr Pfarrer Klein. Respekt!" Der Pfarrer stand auf.
„Der Herr Dr. Wedelmann nebst Frau hat es nicht gern, wenn man ihm seine Grenzen zeigt. Mal sehen, was als Nächstes kommt. Er wird etwas gegen mich unternehmen, das ist so sicher wie das Amen in der Kirche. Ihnen kann es egal sein, Sie sind morgen wieder weg. Ich wünsche Ihnen alles Gute auf ihrem Weg!"
Mit diesen Worten verließ auch der Pfarrer das Refektorium. Franz war allein in dem Saal. Jetzt erst bemerkte er seine Müdigkeit und dachte nur noch ans Schlafen. Auf dem Tisch lag das Büchlein von Bruder Manuel. Er nahm es mit. Das konnte er ihm morgen noch geben.
In den frühen Morgenstunden hallte ein dumpfer Aufprall durch das kleine Städtchen im Donautal. Auf dem Bürgersteig vor dem Kloster lag ein Mann. Er war tot.

Kapitel 2

Bis zum Beginn des Frühstücks im Refektorium des Klosters war noch Zeit. Er zog sich aus, verteilte seine Sachen dabei achtlos im Zimmer und sprang unter die Dusche. Er schrie laut auf. Eiskaltes Wasser ergoss sich in einem starken Strahl über ihn. Nach dem kurzen, aber unvergesslichen Duscherlebnis zog er seine Wandersachen an, sammelte die verstreuten Gepäckstücke ein und stopfte sie in seinen Rucksack. Er war froh, dass sie heute das Kloster verlassen konnten, dachte er dabei. Noch so einen Abend wollte er nicht erleben.

Es klopfte hektisch an seiner Tür.
„Herein!“, rief er unfreundlicher als gewollt. Der Kopf eines Mönches erschien im Türspalt. „Bitte kommen Sie gleich nach unten. Die Polizei ist im Haus und möchte Ihnen einige Fragen stellen.“
„Guten Morgen, erst einmal. Die Polizei will mich sprechen? Um was geht es denn?“
„Ich weiß es nicht. Man wird es Ihnen schon sagen.“
Er konnte sich beim besten Willen nicht vorstellen, was die Polizei von ihm wollte, und folgte dem Mönch nach unten in einen Raum neben dem Refektorium, wo an einem Tisch zwei Beamte in Uniform saßen. Einer, der jüngere von ihnen, stand auf, stellte sich vor und reichte ihm dabei die Hand. Dann kam er ohne weitere Umschweife zur Sache. „Wir haben gehört, dass Sie einer der letzten Gäste gestern Abend im Refektorium waren?“
„Das stimmt nicht ganz. Ich war der Letzte!“
„Ach ja? Ist Ihnen dabei etwas Besonderes aufgefallen?“
„Vielleicht könnten Sie mir erst einmal sagen, um was es denn hier geht?“
„Ach so, das wissen Sie nicht? Man fand den Mönch Manuel heute tot auf dem Bürgersteig.“
„Manuel? Den Mönch Manuel?“
„Ja, genau den Mönch Manuel! Kannten Sie ihn näher?“
„Nein, näher kannte ich ihn nicht. Aber gestern Abend …“
Franz erzählte. Das Einzige, was er ausließ, war das Büchlein, das ihm jetzt plötzlich wieder einfiel und welches oben achtlos auf der Ablage neben seinem Bett lag.
„Ist Ihnen noch irgendetwas aufgefallen? Haben Sie etwas gehört in der Nacht? Hörten Sie vielleicht den Aufprall des Mönches auf der Straße? Der muss doch zu hören gewesen sein!“, fragten die Beamten weiter.
Franz schüttelte den Kopf. Doch so oft sie auch weiter fragten, er konnte ihnen keine anderen Antworten geben und durfte schließlich gehen. Er lief ins Refektorium, aus dem ihm ein lautes Stimmengewirr entgegenschallte, und suchte nach Sarah. Überall saßen Menschen, aßen oder unterhielten sich. Neben dem Lärm der vielen, durcheinander tönenden Stimmen herrschte ein dauerndes Kommen

und Gehen. Ständig wurde durch Mönche oder im Kloster aushelfende Freiwillige für Nachschub am Frühstücksbüfett gesorgt. Aufmerksam füllte man den Orangensaft nach, brachte frische Brötchen und legte sie in die Körbe. Es war alles da und für alles wurde gesorgt. Von der Ruhe und Bedächtigkeit eines Klosters war nichts zu spüren. Nicht einmal das Unglück des Mitbruders beeinträchtigte das tägliche Geschäft. Das Leben musste auch hier weitergehen.
Irgendwo musste sie doch sein? Dann endlich sah er sie. Etwas abseits an einem Tisch rechts hinten saß seine Frau. Sie ließ sich von dem ganzen Trubel nicht beirren. Es schien alles an ihr abzuprallen und in allergrößter Ruhe und gesundem Appetit widmete sie sich versonnen ihrem Frühstück.
Sie saß nicht allein. An ihrem Tisch saß ein unbekannter Mann, groß von Gestalt, mit vollem, dunkelblondem, schulterlangem Haar und einem gewaltigen Vollbart im Gesicht. Eine große, weiße, unübersehbare Jakobsmuschel hing um seinen Hals. Mit großer Hingabe löffelte er aus einem großen Teller sein Müsli in sich hinein. Dabei schaute er weder nach rechts noch links, sondern blickte konzentriert in seine Schüssel, als wenn es dort drin etwas Besonderes zu sehen gäbe. Jedes Mal, wenn er den vollen Löffel in den Mund schob, pendelte die Muschel nach vorn und prallte klirrend gegen den Tellerrand. Als Franz an ihren Tisch trat, lächelte Sarah, stand auf und umarmte ihn.
„Guten Morgen, mein armer Pilger“, sagte sie und gab ihm einen Kuss. „Hast du gut geschlafen in deiner kalten, einsamen Zelle?“
„Guten Morgen, liebste Pilgerin. Die Nacht war kurz. Ich war froh, als ich endlich schlafen konnte. Aber das erzähle ich dir später. Zuerst muss ich ans Büfett. Ich habe einen Riesenhunger!“
Dem anderen Pilger nickte er nur kurz zu. Der Mann ließ sich bei der Zelebrierung seines morgendlichen Mahles nicht stören, sondern hob nur kurz die freie Hand zum Gruß. Während Franz frühstückte, nahm er sich die Zeit, das Refektorium in Ruhe zu betrachten.
Es war ein schöner, großer Raum. Die Wände waren komplett mit Holz verkleidet, die Decke bestand aus dem gleichen Material mit vielen farbig bemalten Kassetten, die Szenen aus dem Leben des

heiligen Benedikt zeigten. An den Wänden hingen verschiedene Ölgemälde.
Die meisten der Tische in diesem Raum waren besetzt, er schätzte mit vielleicht dreißig oder vierzig Pilgern. Während die einen schon fertig waren und im Aufbruch begriffen, begannen die anderen erst mit dem Frühstück. Andere wiederum wirkten unschlüssig und warteten auf den richtigen Zeitpunkt, um loszuziehen.
Jetzt erst sah er den sogenannten Ehrentisch, welcher nur dem Abt vorbehalten war. Nur er durfte daran sitzen und von ihm geladene Gäste. Der Abt selbst saß an der Stirnseite. Sein Stuhl war ein Thron mit hoher Lehne, gepolstert mit rotem Samtstoff. Seine zehn, vielleicht zwölf Gäste saßen auf ähnlichen schön gepolsterten Stühlen. Franz bemerkte, dass sein Stuhl hart und von einfacherer Natur war, die Sitzgelegenheit für den gemeinen Pilger.
Einige der geladenen Gäste des Abtes kannte er vom gestrigen Abend und auch den Vorstand des großen Vereins sah er dort sitzen. Daneben saß eine Frau, von der Franz vermutete, dass sie die erwähnte Schriftstellerin und Gattin des Vorsitzenden war. Seine Vermutung wurde bestätigt, als er sah, wie sie dem Abt zwei Bücher signierte und überreichte. Er dankte ihr sehr freundlich dafür. Alle am Tisch befanden sich im angeregten Gespräch. Sie waren sich der großen Ehre bewusst, da sitzen zu dürfen.
„Schau mal, Sarah, da am Tisch des Abtes. Außer der Frau waren alle gestern dabei.“ Jetzt erst erzählte er seiner Frau vom gestrigen Abend. Sarah war entsetzt und sagte: „Die Frau dort war im gleichen Hotel wie ich. Ich bin sogar mit ihr im Aufzug gefahren. Die ist vielleicht eingebildet. Sie erwiderte nicht einmal meinen Gruß und drückte mich einfach richtig rabiat zur Seite, als ich aussteigen wollte.“
Erschrocken blickte er auf, als ein Mann an ihren Tisch trat und nach einem freien Platz fragte. Es war Pfarrer Klein. Erleichtert zeigte Franz auf den freien Stuhl neben ihm.
„Wieso sitzen Sie nicht dort?“, fragte Franz und zeigte auf den Tisch des Abtes. Der Pfarrer lachte und schüttelte den Kopf.
„Ich bin zwar oft hier, aber dort durfte ich noch nie sitzen. Dafür bin ich wohl nicht wichtig genug. Wie war es bei der Vernehmung? Es

sieht doch so aus, als wenn es Selbstmord gewesen war. Aber wer weiß das schon. Wer kann schon in einen Menschen hineinblicken?"
„Haben Sie wirklich nichts gehört? Geschah es nicht auf derselben Seite, wo ihr Zimmer sich befindet?"
„Ja, das stimmt. Doch ich schlief tief und fest und habe nichts gehört. Weder den Aufprall noch irgendetwas anderes. Wirklich rätselhaft das Ganze. Die hiesige Polizei will mich noch einmal verhören. Morgen früh muss ich auf der Behörde erscheinen. Na, wer weiß, was ihnen der Wedelmann alles erzählt hat."
„Ich hatte gestern den Eindruck, dass ihr euch schon länger kennt?", fragte Franz.
„Das stimmt. Den Verein, dem er jetzt seit einem Jahr vorsteht, begleite ich als Geistlicher seit vielen Jahren. Doch warum gerade er zum Vorsitzenden gewählt wurde, ist mir unbekannt. Der alte Vorstand ist leider vollkommen überraschend gestorben. Das Herz des Armen spielte nicht mehr mit. Und die Frau, die Sie dort oben sitzen sehen, das war mal die Seine. Jetzt ist sie wieder Vorstandsgattin. Nur der Mann an ihrer Seite hat gewechselt."
Franz sah, wie ein Mönch mit einem Tablett in der Hand auf den Tisch des Abtes zusteuerte, Getränke darauf abstellte und dabei von Dr. Wedelmann etwas ins Ohr geflüstert bekam. Der glatzköpfige Mönch nickte, wischte seine Hände am Habit ab und kam direkt auf sie zu. Das schmierige Lächeln in seinem Gesicht war ekelhaft.
„Äh, mein Herr, darf ich Sie etwas fragen?" Franz lachte: „Na klar! Wie kann ich Ihnen helfen?"
„Sie waren gestern Abend im Refektorium dabei", stellte der Mönch fest, bekreuzigte sich sogleich und schickte mit bebenden Lippen ein Stoßgebet gen Himmel. „Ähm, mein Herr, ich möchte Sie fragen, ob der Bruder Manuel bei seinem, wie ich hörte, überstürzten Aufbruch etwas liegen gelassen hat? Ein Büchlein vielleicht?"
„Ach so, das Büchlein. Ja, das trug er in der Hand, als er kam. Ob er es mitnahm, als er unsere Runde verließ, kann ich Ihnen nicht sagen. Er war wohl sehr wütend bei seinem Aufbruch. Ich habe nicht darauf geachtet. Was ist denn so wichtig an diesem Büchlein? Lieber Bruder, sagen Sie doch am besten ihrem Auftraggeber, dem Herrn Dr. Wedelmann, wenn er etwas wissen will, soll er mich gefälligst

selbst fragen“, antwortete ihm Franz, ließ den Mönch vor seinem Tisch stehen und wandte sich Sarah zu.
Der Mönch stand unschlüssig vor dem Tisch, wusste schließlich nicht mehr weiter, entschuldigte sich unbeholfen für seine Aufdringlichkeit und watschelte zurück an den Tisch des Abtes, wo er sogleich Dr. Wedelmann wieder etwas ins Ohr flüsterte. Dieser schüttelte entschieden den Kopf und schickte den Mönch weg.
Zwei Polizisten, es waren dieselben Uniformierten wie bei der Befragung, traten währenddessen in das Refektorium und liefen zum Abt. Während sie heftig diskutierten, sahen sie immer wieder zu ihrem Tisch hinüber.
Schließlich kamen die Beamten zu ihnen.
„Herr Pfarrer Klein?“
Der Pfarrer erhob sich: „Ja, wie kann ich Ihnen helfen?“
„Herr Pfarrer, Sie müssen uns auf das Präsidium begleiten. Wir haben noch ein paar dringende Fragen an Sie.“
Im Refektorium war es so still, dass man die berühmte Stecknadel hätte hören können, wie sie auf den Boden fällt.
„Ich habe Ihnen schon alles gesagt und kann dem nichts hinzufügen!“, antwortete der Pfarrer ruhig und knöpfte sich dabei sein schwarzes Sakko zu.
„Herr Pfarrer, Sie werden dringend verdächtigt, den Mönch Manuel ermordet zu haben.“
„Wie kommen Sie darauf? Warum sollte ich ihn umbringen? Was sollte ich für ein Motiv haben?“
„Aber Herr Pfarrer! Gerade das wollen wir von Ihnen wissen. Es gab einige Aussagen, die den Verdacht erhärten, dass Sie etwas mit der ganzen Sache zu tun haben könnten. Viel mehr, als Sie versuchen uns glauben zu machen. Kam es gestern Abend etwa nicht zum Streit zwischen Ihnen und dem toten Mönch? Gab es keine Handgreiflichkeiten?“
Ohne den geringsten Widerstand zu leisten, ließ er sich abführen. Franz und Sarah sahen den Pfarrer zwischen den Polizisten aufrecht den Saal verlassen. Über die Gesichter der Wedelmanns huschte ein höhnisches Lächeln, als der Pfarrer an ihrem Tisch vorüberlief.

Der Abt war aufgestanden und schaute betrübt dem Pfarrer hinterher.
Danach nahm die Gattin, als wenn nichts vorgefallen wäre, eines ihrer Bücher, signierte es und reichte es fröhlich scherzend einem der Manager am Tisch.

Kapitel 3

Die Ausgrabung in Konstanz am Bodensee war schwierig und mühsam. Die Oberfläche war hart, verfestigt von den Tausenden und Abertausenden Menschen, die seit dem Mittelalter über den Platz gelaufen waren. Nur langsam kamen sie voran. Schicht um Schicht rangen sie dem Erdreich ab.
„Manchmal", dachte sie, „geht es nicht mehr". Der Rücken schmerzte von Tag zu Tag mehr, genau wie die Knie vom stundenlangen Ausharren in dieser gebeugten Haltung. Doch um nichts zu übersehen, kein noch so kleines Fundstück, musste sie so weiterarbeiten. Als sie begann, eine neue Stelle mit ihrer Kelle zu bearbeiten, ließ sie ein stechender Schmerz im rechten Handgelenk zusammenfahren. Sie zog ihre Handschuhe aus und massierte mit der anderen Hand die schmerzende Stelle und dachte: „Das ist ja ganz neu! An dieser Stelle gab es bisher noch nie Probleme. Ach, Anna, höre jetzt doch mit diesem kläglichen Gejammer auf. Sei doch froh, dass du hier dabei sein darfst, deinen Traum dir erfüllst. Dein Körper wird sich schon noch dran gewöhnen. Aller Anfang ist schwer!" Mit diesen aufmunternden Gedanken verdrängte sie die Schmerzen und griff wieder zu ihrer Kelle. Vorsichtig schabte sie ein wenig Erdreich aus der Vertiefung, klopfte mit dem Griff auf einen Stein, nahm eine Schaufel zur Hilfe oder die Spitzhacke, entfernte ihn aus dem Boden und legte ihn zu den anderen Steinen auf einen stattlichen Haufen.
„Anna, nun komm doch endlich, wir möchten jetzt frühstücken! Wie oft soll ich dich denn noch rufen? Du bist wie immer die Letzte!" Die Stimme von Rolf klang verärgert. Der junge Grabungsleiter wiederholte nie etwas gern, einmal musste genügen. Langsam legte sie ihre Kelle beiseite, drückte den schmerzenden Rücken durch und

kletterte aus der Grube, dabei den Staub von der verschmutzten Hose abklopfend.
Sie griff sich den letzten LKW, wie man das Leberkäseweckle hier nannte, und schob es in den Mund. Das lockere Gefrotzel der anderen Mitarbeiter ging ihr heute besonders auf die Nerven.
„Könnt ihr nicht mal die Klappe halten?“, fuhr sie die beiden Mädchen wütend an, die sich gerade über den Zustand ihrer Fingernägel beklagten. „Ich verstehe nicht, wieso ihr immer nur so einen Blödsinn reden könnt. Jetzt graben wir schon fast einen ganzen Monat hier herum und haben nichts gefunden. Weder irgendwelche Menschenknochen in einem unversehrten Grab noch Schmuck oder Glas oder irgendetwas anderes. Bisher rein gar nichts. Das gibt es doch gar nicht! In dieser alten, geschichtsträchtigen und ehemals sehr reichen Stadt findet man doch immer etwas. Wieso dann wir nicht? Kann mir das mal irgendeiner erklären? Und immer dieser verdammte Zeitdruck, nur weil so ein weiterer Discounter gebaut werden soll, als wenn es nicht schon genug davon geben würde!“
„Anna, krieg dich mal wieder ein. Rom wurde auch nicht an einem Tag erbaut. Du wirst schon sehen, bald finden wir was.“ Rolf musste lächeln, denn er kannte seine junge Studentin. Der Anflug von Resignation war in der nächsten Viertelstunde wieder verflogen.
Kurze Zeit später kniete Anna schon wieder in der Grube und kratzte weiter Schicht um Schicht mit ihrer kleinen, glänzenden Kelle ab, die sie sich extra aus England kommen ließ und die aus ganz besonderem Stahl und äußerst stabil war. Jetzt endlich veränderte sich das geologische Gefüge. Der Boden wurde weicher und durchlässiger. Eine Schicht von Holzresten kam zum Vorschein, angekohltes und verbranntes Holz. Noch gespannter wurde sie, als sie mit ihrer Schaufel an etwas Hartem, Festem hängen blieb, was sich als ein quadratisch zugehauener Stein erwies. Es war kein Einzelstück, weitere Steine kamen zum Vorschein. Jetzt nahm sie einen Pinsel zur Hilfe und entfernte den Rest von Erde auf den freigelegten Steinen. Auf einem der Steine entdeckte sie ein *x* im unteren Eck. Es war ganz deutlich zu sehen.
Anna rief Rolf und zeigte stolz ihren Fund.

„Seltsam. In den Plänen war kein Hinweis auf ein Gebäude, noch auf eine Mauer oder Ähnliches. Fotografiere und dokumentiere zuerst die Stelle und grabe dann vorsichtig weiter!"
Anna ließ sich das nicht zweimal sagen, erledigte die Aufgaben und legte danach weiter Stein für Stein frei. Sie stand auf und schaute auf die freigelegte Fläche, die mittlerweile auf eine respektable Größe angewachsen war. Auf einem der Steine sah sie ein anderes Zeichen. Um genauer zu sehen, was es ist, trat sie auf die Steinfläche. Plötzlich gaben einige Steine nach. Sie versuchte sich noch mit einem Sprung zu retten, doch es war zu spät und sie stürzte in die Tiefe. Annas greller Schrei war nicht zu überhören.
Rolf warf weg, was sich gerade in seiner Hand befand, und rannte zu dem Loch, aus dem eine dicke Staubwolke quoll, und schrie voller Angst nach ihr. Keine Antwort. Als sich die Staubwolke endlich verzogen hatte und er in das Loch hineinschauen konnte, sah er sie auf dem Boden sitzen und hustend ihren Knöchel massieren. Sie hatte Glück im Unglück, der Fall war nicht sehr tief.
„Ist schon gut, Rolf. Ich lebe ja noch!", rief sie nach oben, erhob sich und trat vorsichtig erst mit dem linken Bein auf und dann mit dem rechten. Glücklicherweise schien, von ein paar Prellungen und Hautabschürfungen einmal abgesehen, schien alles ganz zu sein. Rolf robbte bäuchlings an den Rand des Loches und fragte: „Was ist dort unten? Siehst du was?"
„Nein! Besorg mir rasch eine Lampe. Hier sieht es aus wie in einem Gang, dessen Enden sich im Dunkeln befinden."
Im Lichtkegel der heruntergeworfenen Lampe lief sie los, intuitiv in die richtige Richtung, wie sich herausstellte. Sie brauchte gar nicht lang zu laufen, dann versperrte ihr eine zerfallene Holztür den weiteren Weg. Als sie durch die herabhängenden Bretter in das Dunkel leuchtete, glaubte sie ihren Augen nicht zu trauen. Sie sah einen saalartigen, halbrunden Raum, zu dem einige Stufen nach unten führten. Umrahmt wurden der Eingang und die Treppe von marmornen Säulen. Die Kapitelle der Säulen waren kunstvoll gearbeitet, meistens mit Flechtwerk verziert. Eines davon war anders. Es stellte die Mutter Gottes mit einer Krone dar. Links und rechts von ihr blickten hässliche Fratzen auf sie, Fantasiegestalten, die das Böse ver-

körperten. Das Ziel ihrer Begierde schien das Kind zu sein, das aus ihrem Bauch herausschaute.
Eine *Ikonostase,* eine mit Ikonen geschmückte Wand mit drei Türen darin, befand sich etwa in der Mitte des Raumes und war überdeckt mit Staub und Spinnweben. Die Bemalung der Bilderwand schien gut erhalten. Im Schein ihrer Taschenlampe sah sie deutlich die schwach leuchtenden, goldenen Heiligenscheine der Apostel und Propheten auf den Mosaiken. Bilder von Christus und Maria waren neben der kunstvoll verzierten Königstür, der mittleren Tür in der Ikonostase, zu erkennen. Edelsteine umgaben sie mit einem glitzernden Kranz.
Von der Decke hingen goldene Kerzenleuchter, die Fresken an den Wänden waren gut erkennbar und stellten Szenen aus der Bibel dar. Die Decke war in ein intensives Blau gehüllt. Im Lichtschein sah Anna die Sterne darin funkeln.
Sie kletterte durch die Tür und stieg die Treppen hinab. Vorsichtig wischte sie die Spinnweben von der Königstür und drückte sie auf. Statt eines Altares, wie sonst in dem *allerheiligsten Raum* der orthodoxen Kirchen zu finden, sah sie einen Steinsarkophag. Der Deckel auf dem schmucklosen Sarg war verschlossen. Es sah so aus, als wenn er unversehrt war und hier seit seiner Bestattung unberührt stand. Als sie über dem Steinsarg in einer Wandnische eine Statue stehen sah, erschrak sie heftig. Sie war fast nicht zu erkennen, nur ihr starres, schwarzes Gesicht mit den toten Augenhöhlen schaute sie sonderbar unverhüllt an, als wenn die Spinnen es extra offenhielten, damit sie alles genau sah, was vor ihr geschah. Anna hatte genug gesehen. Plötzlich wurde sie sich der Gefahr bewusst, lebendig begraben zu werden, und lief eilig zurück.
Rolf war es in der Zwischenzeit gelungen, eine Leiter aufzutreiben, auf welcher Anna wieder zurück ans Tageslicht kletterte. Kaum oben angelangt, wurde sie von allen Seiten bestürmt. Jeder stellte eine andere Frage, wollte etwas anderes von ihr wissen. Ihre Beine versagten jäh und sie sackte zusammen. Geistesgegenwärtig hielt Rolf sie fest und rief:
„Nun lasst sie doch mal in Ruhe! Ihr seht doch, wie es um sie steht. Geht bitte an eure Arbeit und arbeitet vorsichtig weiter. Ihr habt ja

alle mitbekommen, was passieren kann. Und du“, sprach er zu einem alten Grabungsarbeiter: „sicherst bitte sogleich das Loch ab. Ich will nicht, dass noch einmal jemand hineinfällt. Aber gleich!“
Rolf trug sie aus der Grube und legte sie auf eine eilig herbeigeschaffte Decke. Er informierte seinen Chef und es dauerte keine zehn Minuten, bis Prof. Böhmer an der Grabungsstelle erschien. Als er sie fragte, ob er einen Krankenwagen rufen sollte, schüttelte sie energisch den Kopf. Dann erzählte sie. Aufmerksam hörten der Direktor des archäologischen Landesmuseums und Rolf der jungen Studentin zu. Immer wieder schauten sie zu dem Loch hinüber, um das die roten Bänder der Absperrung knatternd im Winde flatterten und aus dem nur das Ende der Leiter hervorragte. Kaum hatte sie ihren Bericht beendet, liefen die beiden Männer zur Unglücksstelle und verschwanden darin.
Der Professor musste wohl einige Journalisten über den Vorfall auf dem Ausgrabungsgelände informiert haben, denn zwei Männer und eine Frau standen unschlüssig am Rande der Grube und schienen auf ihn zu warten.
Endlich sahen sie ihn. Prof. Böhmer kletterte als Erster die Leiter hoch und warf ein herumliegendes Tuch nach unten. Wenig später kam Rolf und trug etwas im Arm, das von dem Tuch verdeckt wurde.
„Einen Gruß den rasenden Reportern der Bodensee-Presse!“, rief der gut gelaunte Professor und gab gleichzeitig Rolf ein Zeichen, damit er das Tuch entfernte. Es war die Madonna. Man sah es dem Professor an, dass er diese Situation in vollen Zügen genoss.
Er nahm Rolf die Statue ab und rief den Journalisten zu: „Hier sehen Sie eine Sensation. Mir fehlen die Worte, das ist eine echte Sensation, eine unglaubliche Sensation! An diesem überraschenden Fund sehen Sie die Wichtigkeit unserer archäologischen Fundsicherungen. Wenn das Landesdenkmalamt nicht so strikt und unnachgiebig auf die Einhaltung der Gesetze …“
„Ja doch, Prof. Böhmer, das wissen wir! Was ist das für eine Statue und was ist in dem Loch? Sie haben uns doch nicht extra hierher bestellt, um uns nur diese Figur zu zeigen?“, hörte Anna einen Journalisten, dem das Geschwafel sichtbar auf die Nerven ging.

„Herr Hirt, das ist nicht irgendeine Statue, wie Sie sagen. Es ist eine Schwarze Madonna. Schauen Sie doch nur, wie gut sie erhalten ist!" Prof. Böhmer ging dabei noch näher an die Journalisten heran. Die Fotoapparate blitzten auf, als er sie vor ihnen in die Höhe hielt. Mittlerweile waren weitere Menschen an der Grube stehen geblieben und schauten neugierig hinein. Was er ihnen entgegenhielt, war wirklich die Statue einer Schwarzen Madonna. Sie war vielleicht einen halben Meter groß. Das Gesicht und die Hände waren schwarz. Der Kopf des Jesuskindes in Bauchhöhe auch. Der Rest des Körpers war golden angestrichen. Als er sie nach oben hielt, traf ein Sonnenstrahl ihren Körper und ließ ihn hell erstrahlen.
„Hier haben Sie den Beweis! Wenn ich mich nicht täusche, da halte ich hier in wunderbar erhaltenem Zustand die berühmte Schwarze Madonna von Konstanz in den Händen. Nie wussten wir genau, ob es sie wirklich gab. Doch einige wenige Hinweise in den mittelalterlichen Schriften der Stadt deuteten ihre Existenz an. Endlich haben wir den Beweis!" Rolf schaute skeptisch zuerst zum Professor und dann auf die Statue. Er flüsterte Anna zu: „Der macht wieder so, als wenn er alles allein gefunden hat. Keinen Dank an uns! Ich gehe nach oben an den Rand unserer Grube. Die Menschenansammlung wird immer größer. Das gefällt mir gar nicht."
Anna hörte gar nicht zu. Sie freute sich so über den Fund, dass sie einfach überglücklich da stand. Nach dieser wochenlangen Plackerei nun so eine überraschende und tolle Wendung. Wahnsinn! Sie hörte zuerst gar nicht, wie jemand etwas zu ihr sagte.
„Studentin, wie ist doch gleich ihr Name?" „Anna, Herr Professor."
Es kam ganz leise, fast schüchtern aus ihrem Mund.
„Bitte, Anna, gehen Sie zu der Presse und sprechen Sie mit ihr. Sie haben schließlich gefunden, was ich in den Händen halte. Ich habe jetzt erst mal genug geredet." Und dann leiser: „Erzählen Sie nicht alles, was Sie unten gesehen haben. Wir müssen es erst untersuchen. Sprechen Sie nur über die Schwarze Madonna. Lassen Sie sich etwas einfallen."
Anna lief zu den Journalisten und erschrak über den Trubel, der über sie hereinbrach. Sie stand auf einmal im Mittelpunkt und das behag-

te ihr gar nicht. Am liebsten hätte sie sich hinter Rolf versteckt, aber der blieb bei der Menschenmenge, für sie unerreichbar.
„Anna!“, hörte sie schon wieder die aufgeregte Stimme des Professors, der neben sie getreten war: „Anna, nun lächeln Sie doch schon! Das ist doch ein Tag der Freude und nicht der Trauer! Man findet so etwas nicht alle Tage, glauben Sie mir!“
Ihr wurde die Sache immer ungemütlicher und sie sah wieder fast flehentlich zu Rolf hinüber. Doch Rolf konnte ihr nicht helfen. Er wurde gerade in ein Gespräch mit einem Mann verwickelt. „Nein, mein Herr! Ich kann Sie nicht in die Grube lassen. Gedulden Sie sich doch bitte! Bleiben Sie doch vernünftig!“ Der Mann war lässig in Jeans und T-Shirt gekleidet, überhörte die Bitte und versuchte sich an Rolf vorbeizuschlängeln. Rolf vereitelte dies, wobei er ihn ziemlich rüde anpackte und festhielt.
„Was erlauben Sie sich! Ich will sie doch nur sehen. Ist sie ganz schwarz? Also nicht nur die Hände und der Kopf? Ist sie aus Ebenholz etwa?“, rief der Mann und versuchte sich von dem Griff zu befreien. „Entweder lassen Sie mich jetzt los und da runter, oder ich …!“ „Oder was?“, antwortete Rolf und hielt den Mann nun richtig fest und schob ihn weiter weg vom Rand der Grube.
Mittlerweile bemerkten andere Zuschauer die Auseinandersetzung und boten Rolf ihre Hilfe an. Doch der Mann befreite sich plötzlich, indem er Rolf einen wuchtigen Tritt gegen das Schienbein versetzte, sodass Rolf aufschrie und ihn losließ.
Er drehte sich ohne ein weiteres Wort um und rannte davon. In einer Seitenstraße blieb er stehen und nahm sein Handy aus der Tasche. „Sie haben die Madonna gefunden. Ich bin mir ganz sicher! Es besteht kein Zweifel!“
Dann rannte er weiter in die Stadt.
Rolf rieb sich mit schmerzverzerrtem Gesicht sein Bein. „Leute gibt es!“, murmelte er vor sich hin. Ihm war nicht entgangen, dass der fremde Mann das rechte Bein ein wenig hinter sich herzog. „Was wollte der denn von Dir?“, hörte er Anna sagen, die dem Verhör der Journalisten entkommen war.
„Der war nicht das erste Mal hier bei uns. Den habe ich schon öfters gesehen, wie er am Grubenrand stand und uns zuschaute. Er wollte

unbedingt die Madonna sehen. Dabei fragte er mich Dinge, als wenn er nur nach einer bestimmten Madonna suchte. Er wurde richtig grob, als ich ihm den Zutritt verbot."
„Hallo, Anna! Gratulation zum Sensationsfund des Tages! Ach was sage ich, vielleicht zum Fund des Jahres! Die Welt spricht von dir!"
Anna hörte die ihr wohlbekannte Stimme und fuhr herum.
„Nein, Franz!", rief sie und fiel ihrem Vater um den Hals. „Das ist aber eine Überraschung!", rief sie lachend aus, nachdem sie auch noch ihre Mutter freudig umarmte. „Wie kommt es denn, dass ihr hier in Konstanz seid? Ich dachte, ihr seid schon in Compostela! So ein Zufall aber auch, dass ihr gerade heute hier auftaucht! Als wenn ihr es geahnt hättet!"
„Du weißt doch, Töchterchen, es gibt keine Zufälle. Alles hat seinen tieferen Sinn", sagte Franz zu ihr. Im selben Moment wurde er sich seines Oberlehrertones bewusst, räusperte sich verlegen und fragte gleich weiter: „Was ist hier eigentlich los? So viele neugierige Menschen und unsere Tochter mal wieder mittendrin?"
„Später. Ich kann jetzt nicht. Lasst uns heute Abend miteinander essen gehen. Ihr bleibt doch heute noch hier?"
„Ja, auf jeden Fall. Wir wollen uns noch das Münster und die darin befindliche Mauritiusrotunde anschauen. Ein *Muss* für alle Pilger!"
Ihm war nicht entgangen, wie seine Tochter mehrmals Zeichen von Rolf bekam.
„Treffen wir uns also heute Abend am besten dort."
Während ihre Eltern den Augustinerplatz verließen, um eine Unterkunft für die Nacht zu suchen, stürzte sie sich wieder in das Getümmel um die Ausgrabungsstätte.
Der Professor hatte die Fundstelle verlassen und war wieder in Richtung Museum unterwegs. Im Kofferraum befand sich sein Schatz. Er fuhr vorsichtig durch die engen Straßen der Stadt. Der Schwarzen Madonna von Konstanz sollte nichts passieren!
Am Abend trafen sie sich wie verabredet.
„Entschuldigt, dass ich so spät komme. Wir mussten noch ein Problem lösen", rief sie den beiden noch im Laufen zu, die soeben nach oben gehen wollten, um im Münster auf ihre Tochter zu warten. Hier unten war es ihnen mittlerweile zu kalt geworden.

„Ist nicht schlimm!“, antwortete Sarah und schaute liebevoll zu ihrer großen Tochter und dachte: „Die hat sich aber verändert! Man sah ihr an, wie sehr sie das Leben liebte. Das Studium war genau das Richtige für sie, auch wenn viele ihr nahegelegt hatten, etwas anderes zu studieren.“ Sarah legte den Arm um die Schultern ihrer Tochter.

„Franz hat mir gerade erzählt, wie sich hier im Mittelalter ganze Pilgerscharen trafen. Viele Pilger, die aus Süddeutschland aufbrachen, um den weiten Weg nach Compostela zu gehen, sind von hier in kleineren oder größeren Gruppen weitergegangen. Zusammen fühlten sie sich sicherer und wurden nicht zu einer leichten Beute von Wegelagerern, wilden Tieren oder Verbrechern. Hier in Konstanz gab es sogar eine Suppe zu essen und ein Geldstück für jeden, verbunden mit der Auflage, die Stadt mindestens sechs Monate nicht mehr zu betreten. Wenn man sich nicht daran hielt, wurde damit gedroht, eingesperrt zu werden. Ich sehe förmlich, wie sie hier herumstehen, eingehüllt in den obligatorischen Mantel und gestützt auf den Pilgerstock. Sie werden sich krampfhaft festgeklammert haben an ihm, dem einzig vertrauten Gegenstand in dieser fremden, unbekannten Umgebung. Ich stelle mir vor, wie sie dastanden, den Hut mit der Muschel tief ins Gesicht gezogen, dabei verstohlen Ausschau haltend nach den zukünftigen Weggefährten. Welchem von ihnen kann ich trauen, welchem nicht? Hörst du nicht auch das Stimmengewirr der vielen unterschiedlichen Dialekte, und da“, Sarah zeigte zum Ausgang, „sieh die Steinstufen der Treppe! Wie viele Füße müssen darüber gelaufen sein, damit der Stein so abgetragen wird?“

Anna ließ den Vortrag geduldig über sich ergehen, sagte auch nichts, als ihr Sarah unbedingt den Jakobus auf dem Zentralbau in der Mitte der Rotunde mit den sieben Pilgerstäben und den mit Muscheln besetzten Pilgertaschen zeigte, obwohl sie fast schmerzlich spürte, dass sie seit heute Morgen nichts mehr gegessen hatte.

Als dann auch noch Franz zu weiteren Erklärungen ansetzte, fiel sie ihm ins Wort. „Vater, bitte, ich bin am Verhungern!“

Er schlug sich gegen die Stirn: „Wie konnte ich das nur vergessen! Wir gehen jetzt gleich in die Weinstube *Zum guten Hirten*, da habe ich einen Tisch für uns reserviert.“ Sie verließen die Mauritiusrotun-

de, eilten durch das fast leere Münster und liefen zur Weinstube, die sich in unmittelbarer Nähe befand.
„Also“, begann Anna nach dem Essen das unterbrochene Gespräch, „erzählt mal, wieso ihr hier in Konstanz seid? Wirklich, ich dachte, ihr wäret schon weiter, zumindest vermutete ich euch schon tief in der Schweiz.“ „Ganz so schnell sind wir auch nicht. Obwohl ich meine, dass wir immer besser vorankommen. Immerhin sind wir in den letzten Tagen über Balingen, Nusplingen mit der alten Friedhofskirche St. Peter und Paul bis nach Beuron gelaufen, danach weiter über Meßkirch und Stockach bis hierher. Ich finde, das ist schon ganz ordentlich. Aber jetzt lasst uns anstoßen!“, sagte Franz. Sie ließen die Weingläser klingen. Danach erzählte Franz von seinem Erlebnis im Kloster.
„War es ein Unfall oder ein Suizid oder war es etwa Mord?“, fragte schließlich Anna. „Hätten sie sonst den Pfarrer mitgenommen, wenn es ein Unfall war?“, entgegnete ihr Franz.
„Entschuldigen Sie bitte, dass ich mich einfach so in ihr Gespräch einmische. Doch ich muss Ihnen sagen, dass es kein Selbstmord war. Ach so, mein Name ist Simon Hirt. Ich fotografierte Sie heute Morgen bei ihrem Sensationsfund, junge Frau. Morgen werden Sie das Gesicht des Tages sein, im Bodensee-Kurier, der Zeitung für die ich arbeite. Es war eine ganz schöne Aufregung!“
Die Studentin erinnerte sich an den Mann. Im Gegensatz zu den anderen Journalisten war er ein angenehmer Gesprächspartner gewesen. Sarah, die sich gerade mit dem Mann wegen seines unhöflichen Benehmens anlegen wollte, änderte ihr Vorhaben. „Wieso kommen Sie darauf, dass es kein Selbstmord war?“
„Ach wissen Sie, ich bin schon so lang bei der Zeitung, da hat man so seine Beziehungen. Auch zur Polizei! Sie haben den Pfarrer Klein im Verdacht. Der gute Herr Pfarrer! Der kann doch keiner Fliege etwas zuleide tun. Jedenfalls stand im Polizeibericht, dass der Mönch schon vorher tot war, ehe er aus dem Fenster fiel. Er wurde erwürgt. Sein Körper war auch mit einigen hübschen Hämatomen geschmückt.“ Er nahm sein Glas Wein, lachte für sie unverständlich dazu und nickte mit dem Kopf. Dann trank er es in einem Zug leer und hielt es nach oben, als der Kellner vorbeilief.

Der Mann schien mehr zu wissen, als er preisgab. Franz indessen hatte genug von ihm. Er zahlte.
„Ich muss Sie etwas fragen. Im Bericht stand auch, dass das Zimmer des Mönches durchsucht wurde. Es herrschte ein regelrechtes Chaos darin. Und es stand ebenfalls drin, dass Sie am letzten Abend mit im Refektorium saßen, also einer der letzten Menschen waren, die den Manuel lebendig sahen. Kann es sein, dass Sie vielleicht wissen, was der Mörder bei ihm suchte?"
Franz schüttelte den Kopf, verabschiedete sich und folgte Frau und Tochter, die schon draußen auf ihn warteten.
Der Journalist blieb sitzen. Düster schaute er in das leere Weinglas vor sich. Wer wollte nur dem armen Pfarrer ans Leder? Und was suchte man bei dem Mönch? Das passt doch alles nicht zusammen. Seltsam. „Äußerst seltsam!", murmelte er betrunken vor sich hin. Einige Zeit später verließ Simon Hirt schwankend das Lokal.
Erleichtert schloss der Wirt hinter ihm die Tür.

Kapitel 4

Sie verließen Konstanz in den Morgenstunden. In der Stadt war es noch still. Die tägliche, hektische Betriebsamkeit begann erst später.
So machten sie es jeden Tag auf ihrem Weg. Aufstehen, frühstücken, packen, loslaufen. Immer dieselben Abläufe Tag für Tag. Sie lernten wieder, dass man nicht viel zum Leben braucht.
Am gestrigen Abend begleiteten sie ihre Tochter in ihre bescheidene Unterkunft. Sie lag etwas außerhalb von Konstanz. Damit verlängerten sie das Zusammensein mit ihr und sahen auch gleich, wie sie wohnte. Alle waren müde von den Erlebnissen des Tages und wollten nur noch schnell schlafen gehen. Anna sowieso, nach der ganzen Aufregung auf der Ausgrabungsstätte. Der Abschied von ihr war kurz, aber sehr herzlich.
Sie verließen Konstanz am nächsten Tag durch das Schnetztor in Richtung Kreuzlingen. Bevor sie das im 14. Jahrhundert errichtete und gut erhaltene Tor durchquerten, blieben sie noch vor dem *Hushaus* stehen, was oft fälschlicherweise als das Wohnhaus des böh-

mischen Reformators während des Konzils bezeichnet wurde. Jetzt war darin eine Gedenkstätte eingerichtet.
Sie wollten so schnell wie möglich die Stadt verlassen und liefen eng hintereinander und recht zügig auf der dicht befahrenen Straße, die nach Kreuzlingen und von da in Richtung Bernrain führte.
„Sarah, nun renne doch nicht so! Gerade haben wir die erste Ländergrenze passiert und befinden uns in der Schweiz! Jetzt brauchen wir nur noch durch dieses kleine Land zu laufen, dann durch das ein bisschen größere Frankreich und zum Schluss noch ein paar Meter Spanien und schon sind wir am Ziel unseres Weges, beim Jakobus!"
„Ein bisschen Frankreich und ein paar Meter Spanien! Dass ich nicht lache! Das sind noch mal gute 1600 km! Und dazu noch die 500 km in dem kleinen Land, in dem wir gerade angekommen sind", rief sie erbost zurück, ohne dabei ihre Schritte zu verlangsamen.
Kurze Zeit später lag die dicht befahrene Straße hinter ihnen und sie liefen auf kleinen Nebenstraßen und Fahrradwegen weiter, wobei der weitere Verlauf des Jakobsweges sehr gut ausgeschildert war. An unübersehbaren und schön gestalteten schmiedeeisernen Wegweisern waren Hinweisschilder befestigt, die optisch sehr eindrucksvoll den nächsten größeren Ort auf dem etwa vierzig Kilometer langen Schwabenweg mit der zeitlichen Entfernung angaben. Der ausgeschilderte Weg orientierte sich weitestgehend am Verlauf des mittelalterlichen Pilgerweges. Schon nach wenigen Kilometern schmerzten ihnen die Füße. Das Laufen auf dem unnachgiebigen Asphalt war unangenehm. Als sie endlich aus Kreuzlingen heraus waren, rasteten sie erst einmal und genossen den schönen Blick auf Konstanz.
Franz stieß Sarah plötzlich an und sagte: „Kannst du dich noch an den Mann erinnern, der gestern an der Ausgrabungsstätte unbedingt die Madonna genau betrachten wollte?" „Der junge Mann in Jeans, der sich so aufspielte?" „Genau den meine ich. Schau, da kommt er!"
Er kam aus der gleichen Richtung wie sie. Auf dem Kopf trug er einen großen, breitkrempigen Hut mit einer Muschel daran.
In den Händen hielt er Walking-Stöcke, auf dem Rücken trug er einen kleinen Rucksack. Trotz leichten Humpelns lief er ziemlich schnell. In seiner Begleitung war eine Frau von etwa gleichem Alter,

die einen sehr sportlichen Eindruck machte. Gepäck brauchte sie nicht zu tragen, abgesehen von einem kleinen Fotoapparat an ihrem Bauchgurt. Sie wirkten auf Franz nicht wie Pilger, eher wie Spaziergänger bei einem Sonntagsausflug. Als sie die beiden erreichten, liefen sie einfach an ihnen vorüber. Franz rief ihnen *„Ultreia Santiago!"* hinterher. Keine Antwort, kein Wort zum Gruße kam über ihre Lippen, nicht einmal ein Lächeln.

„Die haben es aber eilig! Die rennen so, als ob jemand hinter ihnen her wäre. Und unfreundlich sind sie auch noch", sagte Sarah kopfschüttelnd. „Dieses Tempo halten die bestimmt nicht lange durch. Auch wenn sie kaum etwas zu tragen haben. Komm, Sarah, lass uns weitergehen." Seufzend schulterten sie ihr viel zu schweres Gepäck und setzten ihren Weg fort.

Sie kamen bis nach Märstetten, als ein Wolkenbruch sie überraschte. Sie waren im Nu durchnässt und beeilten sich, das erstbeste Gasthaus anzulaufen. Es dauerte zum Glück nicht lang, denn schon am Ende der Straße fanden sie ein kleines Hotel und waren richtig erleichtert, als sie noch ein Zimmer bekamen. Das Doppelzimmer war einfach eingerichtet und klein, aber ausreichend. Nach dem Duschen schlüpften sie in trockene Sachen und gingen nach unten. Sie hatten die verführerische Menüankündigung für diesen Abend auf einer Tafel am Eingang gelesen, doch der Speiseraum war noch geschlossen. Sie mussten in der Wirtsstube warten.

Die Stube hatte für schweizerische Verhältnisse ein recht ungewöhnliches Aussehen. Das alles beherrschende Thema war hier die romantische Welt der Seefahrt. Das Hotel schien einem großen Schifffahrtsfanatiker zu gehören oder einem ehemaligen Seemann, vielleicht gar einem Schiffskoch. Jedenfalls standen überall Schiffsmodelle in den Fensternischen, an den Wänden hingen alte Gemälde von Schiffen in voller Fahrt und mit vom Wind geblähten Segeln. Andere Schiffe kämpften mit einem Orkan, während wieder andere den Kampf verloren und im Sinken begriffen waren. Dramatisch sprang die Besatzung über die Reling und versuchte schwimmend das Rettungsboot zu erreichen. An der Decke über der Theke hing eine alte Flaschenpost mit einem Miniaturschoner drin. Dass über dem Stammtisch eine blitzblank polierte Schiffsglocke hing, braucht eigentlich nicht besonders erwähnt zu werden. Mit einem unüberhörbaren Läuten der Schiffsglocke wurde Punkt acht die Tür zum Speiseraum geöffnet. Da gab es kein Halten mehr unter den hungrig Wartenden. Auch Sarah und Franz erhoben sich von ihrem Platz, nahmen ihr Glas und suchten sich einen schönen Tisch in diesem Raum, der das Schifffahrtsambiente des Schankraumes noch weit übertraf.

Beim Eintritt verstärkte sich bei ihnen das Gefühl, die Schweiz endgültig verlassen zu haben und sich an Bord eines Luxuskreuzers zu befinden. Sie schritten zum Dinner, geladen vom Kapitän dieses wunderschönen Dampfers, gerade dabei, die Weltmeere zu durchpflügen. Sie spürten den schwankenden Boden unter ihren Füßen, hervorgerufen durch die unaufhörlich wogenden Wellen des unendlich weiten Ozeans. Statt Fenstern befanden sich Bullaugen in den Wänden. Die Tische waren jeweils für vier Personen gedacht, in deren Mitte eine überdimensionale Speisekarte steckte, deren Umschlag aus Kupfer zu bestehen schien. Neben dem Kupfer war Messing in Form von Beschlägen an den Tischen und Stühlen überall zu finden. Alte Schiffsmodelle, abgestellt auf verschiedenen Brettchen oder in Regalen, fehlten ebensowenig wie Fotografien bärtiger Seemänner mit Tabakspfeife und kantigen, charaktervollen, von Sturm und Wind gegerbten Gesichtern.

An ihren Tisch trat der beleibte Wirt, ganz in Weiß, so wie es sich für einen richtigen Koch gehörte. Um seine breite Hüfte hatte er ein kariertes Tuch geschlungen, auf dem Kopf eine große Kochmütze, die gut und gern einen halben Meter hoch war und kerzengerade in die Luft ragte. Der Mann war ein richtiges Original! Er war die Vollendung dieses Kunstwerkes an skurriler, schweizerischer Seemannsfantasie. Das Essen hielt das, was der Koch bei seinem Auftritt versprach. Als Dessert ließen sie sich noch ein wenig Käse bringen. Die Schweizer Fähnchen als Spießer darauf reizten sie zum Lachen. Stolz auf ihr kleines, wohlhabendes Land waren sie. Das musste man ihnen lassen.

Sarah sah sie zuerst. Der Mann, den sie heute unterwegs trafen, saß an einem Tisch, ziemlich nah am Eingang. Neben ihm saßen seine Begleiterin und noch ein weiterer, unbekannter Mann, dem sie im

Dunkeln lieber nicht begegnen mochte. Die Drei befanden sich offensichtlich schon beim Nachtisch, denn auf dem Tisch standen nur noch eine Flasche Schnaps, eine Flasche Rotwein und verschiedene Gläser. Sie waren in ein aufgeregtes Gespräch vertieft. Dann erhoben sich plötzlich die Männer und verschwanden in der Küche.
Die Frau langweilte sich offensichtlich, schaute immer wieder auf die Uhr am Handgelenk und rauchte eine Zigarette nach der anderen. Dabei goss sie sich selbst oft Wein nach und blätterte mal uninteressiert in diesem Magazin, dann mal oberflächlich und hektisch in jener Zeitung. Sie schien doch nicht mehr so jung zu sein, wie zuerst angenommen. Vielleicht hatte sie heute ihr jugendliches, sportliches Auftreten getäuscht. Vielleicht war es auch nur das Sonnenlicht gewesen.
Im Speisesaal erschienen zwei weitere späte Gäste. Sie waren gerade angekommen, denn der Mann trug noch seinen Rucksack auf dem Rücken und seine Begleiterin die Wanderstöcke in der linken Hand. Beide hatten die sechzig schon weit überschritten und sahen ziemlich entkräftet aus. Man sah es ihnen an, wie glücklich sie waren, in diesem Hotel noch vor Einbruch der Dunkelheit angekommen zu sein, und wie sie sich auf eine warme Mahlzeit freuten. Als sie die einzigen freien Plätze im Saal am Tisch der Frau sahen, stellten sie den Rucksack in die Ecke und gingen geradewegs darauf zu.
Franz sah, wie die am Tisch sitzende Frau den Kopf schüttelte und dabei den Rauch der Zigarette provozierend in das Gesicht des freundlichen Mannes blies und lachend zum Weinglas griff, was ihr aber misslang. Das Glas rutschte ihr aus der Hand. Der Inhalt verteilte sich auf dem Tisch und auf ihrer Hose.
Die Frau sprang auf und versetzte dem vollkommen überraschten Mann eine schallende Ohrfeige, worauf die Begleiterin des Mannes die Blondine anschrie, was sie sich erlauben würde. Die Blondine rief wiederum zurück, sie sollten sich doch mal ihre Hosen anschauen. Der späte Gast wollte sich wohl entschuldigen für das, was er nicht getan hatte, und die Situation beruhigen.
In dem Moment, als er seine Hand der Blondine versöhnlich reichte, sprang die Küchentür auf und es stürzten die beiden Begleiter der Frau heraus und verkannten wohl die Situation. Der Mann vom Vor-

mittag streckte den Alten mit einem Faustschlag zu Boden. Seine Begleiterin stieß einen grellen Schrei aus und schlug mit den Wanderstöcken nach dem Mann. Dieser jedoch griff sich die Stöcke und zog so lange daran, bis die Frau quer auf dem Tisch liegend sie losließ.
Als die Blondine, außer sich vor Wut, mit einem wilden Aufschrei die Weinflasche ergriff und auf dem Kopf der Frau zerschmettern wollte, sprang Franz auf und rannte zum Tisch. Es gelang ihm im letzten Moment, den Arm der Frau festzuhalten und ihr die Flasche zu entreißen. Zum Glück für Franz flog die Küchentür wieder mit einem lauten Knall auf und es eilte der Koch herbei, seine Mütze beim Laufen verlierend und einen Fleischklopfer bedrohlich vor sich herschwenkend. Er packte als Erstes den unbekannten Mann am Kragen und stieß ihn weg. Als Nächstes knöpfte er sich den anderen Mann vor und versetzte ihm eine schallende Ohrfeige.
Der niedergeschlagene späte Gast lag immer noch auf dem Boden. Ihm ging es sichtlich schlecht. Franz überließ die Blondine dem Koch und beugte sich zu dem Mann hinunter. Auch Sarah war inzwischen herangeeilt und öffnete ihm das Hemd und hob seinen Kopf an, um ihm ein Stuhlkissen unter den Nacken zu schieben. Franz wählte schnell die Notrufnummer. Die allgemeine Aufregung nutzten die Blondine und die beiden Männer zur Flucht. Ehe Franz oder einer der anderen Gäste etwas dagegen unternehmen konnten, rannten die drei auf einmal los, kamen ungehindert durch die Eingangstür, einen gerade zufällig dort erscheinenden Kellner einfach grob zur Seite stoßend. Obwohl ihnen Franz gleich folgte, gelang es ihm nicht mehr, sie einzuholen. In der Stille der Nacht hörte er in der Nähe ein Auto starten und mit quietschenden Reifen davonfahren. Mittlerweile war der Notdienst eingetroffen und nahm die beiden Alten mit ins nahegelegene Krankenhaus. Aufgeregt diskutierend verließen die Gäste den nun leeren Speisesaal. Nur noch der Koch saß einsam und traurig an einem Tisch, vor sich ein volles Schnapsglas.
„Kommen Sie bitte zu mir!“, sagte er zu Franz und Sarah.
„Wollen Sie auch einen?“ Ohne eine Antwort abzuwarten, goss er zwei Gläser voll. Er hob sein Glas und prostete ihnen zu. „Ich muss Ihnen danken für ihr beherztes Eingreifen. Wenn Sie nicht gewesen

wären ... Der arme Mann, den hätten die umgebracht, diese Verbrecher." Der Koch trank sein Glas in einem Zug leer.
„Die werden immer dreister! Los ging es vor zwei Jahren im Heiligen Jahr. Ab April kam solch ein Ansturm von Pilgern, dass es für uns fast nicht zu schaffen war. Es nahm bis Anfang November kein Ende. So einen Ansturm erlebte ich bisher noch nie! Und das können Sie mir glauben, denn ich führe das Hotel nicht erst seit zwei Jahren! Jedenfalls waren noch nie solche Menschenmassen unterwegs nach Santiago de Compostela. Ich hatte jeden Tag geöffnet in dieser Zeit. Eines Tages nun stand ein Mann vor meiner Tür. Genau, es war der Hinkende von heute Abend. Am Anfang war er richtig nett. Er erkundigte sich nach meinen Geschäften und bot seine Hilfe an. Eigentlich müsste ich mich vergrößern, wenn ich allen Nachfragen gerecht werden möchte. Doch wer weiß schon, wie lange dieser Pilgerstrom anhält? So plötzlich, wie er kam, kann er auch wieder zum Erliegen kommen. Und dann stehe ich da, habe Unsummen in eine Vergrößerung des Hotels investiert und dann ist es vorbei. Dann habe ich in diesem kleinen Märstetten ein schönes großes Haus und einen noch größeren Haufen Schulden am Hals! Der Mann hörte sich alles ruhig an und sagte dann, dass er mir helfen könne. Es hörte sich nicht schlecht an, was er mir da anbot, aber ich zögerte. So etwas kann man nicht an einem Tag entscheiden. So vergingen wieder einige Monate. Der Pilgerstrom ebbte langsam ab. Es kamen nur noch wenige Pilger vorbei, wie immer in den Wintermonaten, nichts Ungewöhnliches.
Auch im Frühjahr war es noch ruhig und ich dachte mir, aha, war der große Ansturm also doch nur, weil es ein Heiliges Jahr war. Meine Kapazitäten waren vollkommen ausreichend und ich war glücklich, keine größeren Geldbeträge investiert zu haben. Ab Mai war es dann mit der Ruhe vorbei. Immer mehr Pilger liefen auf dem Schwabenweg die Strecke von Konstanz nach Einsiedeln, mussten also bei mir in Märstetten vorbei. Im Juni stand der Mann, er sagte nur zu mir, dass er Pedro hieß, wieder vor meiner Tür und dieses Mal nicht allein, sondern in der Begleitung derselben Frau wie heute Abend. Sie wollen nun einen Vertrag mit mir aufsetzen und können nicht mehr länger warten, schließlich hätte ich genug Zeit gehabt, mir das Gan-

ze zu überlegen. Ich würde doch jeden Tag sehen, dass der Pilgerstrom keine Eintagsfliege sei, sondern stetig weiter zunahm. Da muss man doch auch einmal den Mut haben, Geld in die Hand zu nehmen und unternehmerisch handeln. Mit so einem starken Partner wie mit ihnen überhaupt kein Risiko!
Auf meine Frage, was sie denn dafür wollen, ließ er die Katze aus dem Sack. Sie sind fair und denken, dass das Risiko geteilt wird, genauso wie der Gewinn. Dafür bekäme ich fast jede Summe, die ich möchte, und sie würden mich schließlich überall bekannt machen und dafür sorgen, dass es keine alternative Übernachtungsmöglichkeit in diesem Ort geben wird. Ich glaubte, nicht richtig zu hören, und verneinte augenblicklich. Meine Eigenständigkeit nach so vielen Jahren voller Arbeit einfach aufgeben?
Als sie merkten, dass ich nicht umzustimmen bin, gaben sie mir nochmals ein Jahr Zeit, um mir das Ganze zu überlegen. Das wäre dann aber die allerletzte Frist! Im Dezember erschien die blonde Frau allein bei mir. Ich solle mir doch überlegen, was für Geld ich verdienen würde, und wenn ich will, dann würde sie ab und zu allein bei mir vorbeischauen. Ach daher weht der Wind! Ich hatte mich schon gewundert, was diese Frau allein bei mir wollte. Nicht mit so einem alten Seebären wie mit mir, sagte ich ihr unmissverständlich und bat sie zu gehen. Als sie immer noch nicht gehen wollte und dabei irgendwelches Zeug säuselte, schmiss ich sie einfach raus. Heute kamen die zwei wieder zu mir, mit einem weiteren Mann als Verstärkung. Die Männer wurden richtig zudringlich, als ich sagte, dass ich bei meiner Entscheidung bleibe. Dann drohten sie mir, dass sie meine gesamte Existenz zerstören werden und in diesem Ort eine neue Pilgerunterkunft errichten. Dann kann ich einpacken und wieder auf das Meer segeln gehen, bis ich alt und grau bin. Ich riet ihnen, schleunigst das Weite zu suchen und wenn sie sich noch einmal trauen, hier in meinem Hotel aufzutauchen, werde ich sie im hohen Bogen vor die Tür setzen. Gerade als der Hinkende etwas erwidern wollte, ging der Krawall draußen los und sie rannten hinaus. Den Rest wisst ihr ja." Der Wirt war mittlerweile müde geworden. Er wollte jetzt nur noch schnell ins Bett. Sarah und Franz verabschiedeten sich von ihm und gingen auf ihr Zimmer. Im hellhörigen

Haus war es ganz ruhig geworden. Ehe sie einschliefen, hörten sie noch, wie eine Toilettenspülung betätigt wurde und das Wasser durch die Kanalisation laut rauschend nach unten floss. Das Ende des Rauschens bekamen sie nicht einmal mehr mit. Da waren sie schon eingeschlafen.

Kapitel 5

Simon Hirt fand keinen Schlaf. Stundenlang lag er wach im Bett, bis er dann doch wieder aufstand und ruhelos durch das Zimmer lief. „Wie lange ging das jetzt schon so mit mir? Wochen? Oder gar Monate?“, dachte er. Er fühlte sich schlecht, schwach und war immer schlecht gelaunt. Am schlimmsten war die andauernde Müdigkeit, die ihm alles nahm, was ihm noch an Vitalität geblieben war. Irgendwann springe ich aus dem Fenster oder werfe mich vor einen Zug. Dann habe ich es überstanden und es ist Schluss. Einfach aus und vorbei. Kein schlechter Gedanke!

Er lief zum Kühlschrank, griff sich eine Flasche Wein und füllte sich das Glas voll, das noch vom vergangenen Abend auf dem Tisch stand. Mit dem Glas in der einen Hand und der Flasche in der anderen lief er hinüber in das Wohnzimmer und setzte sich in seinen Lieblingssessel, die Füße legte er auf den kleinen Tisch. Das Licht ließ er aus. Die Dunkelheit tat ihm gut.

Schade, dass Sibylle nicht mehr lebte. Sie hätte Rat gewusst, auch in dieser Lage. Wären sie doch damals nicht in diesen Urlaub gefahren. Bis jetzt hatten sie auch keinen Urlaub benötigt, warum auch? Sie waren beruflich so viel in der Weltgeschichte unterwegs, dass sie es genossen, zu Hause zu sitzen und einfach einmal nichts zu tun. Doch damals musste es sein. Drei Monate später flogen sie nach Portugal an die Algarve. Es war dann wider Erwarten doch ein schöner Urlaub geworden, ganz wunderbar. Alles stimmte! Sie waren so froh und ausgeruht wie seit vielen Jahren nicht mehr.

Der grübelnde Mann in dem halbdunklen Raum und dem Glas an den Lippen musste unwillkürlich bei dieser Erinnerung lächeln. Doch das Lächeln währte nur kurz. Als er weiter seinen Erinnerungen

nachhing, veränderten sich seine Gesichtszüge wieder. Jetzt sah man auf dem Gesicht nur noch eine unendliche Traurigkeit.
Den letzten Abend wollten sie es sich besonders schön machen und den Urlaub würdig ausklingen lassen. Das Restaurant war gut, sauber und gemütlich! Sogar getanzt hatte er mal wieder mit ihr. Hätte er doch nur nicht vorgeschlagen, zu Fuß zurück zum Hotel zu gehen. Aber es war doch eine so schöne und laue Nacht! Sie kamen nicht weit. Vielleicht waren sie einhundert Meter gelaufen, vielleicht auch zweihundert.
Auf einmal heulte ein Motor ohrenbetäubend hinter ihnen auf und als sie sich erschrocken umdrehten, sahen sie, wie ein Auto direkt auf sie zuraste. Er versuchte sie noch an sich zu reißen und an die Hauswand zu drücken. Es war zu spät. Der Wagen hatte sie schon erfasst und über die Kühlerhaube an die Frontscheibe geschleudert. Sie war sofort tot. Von einer Sekunde zur anderen war ihr Leben zu Ende. Die alte Frau, die den Wagen fuhr, erlitt einen Nervenzusammenbruch. Erst später erfuhr er von seiner Versicherung, wie es zu diesem Unfall gekommen war. Bei dem Wagen der alten Frau verklemmte sich beim Losfahren die Automatikschaltung. Das wäre nicht weiter schlimm gewesen, wenn sie sogleich auf die Kupplung getreten wäre oder den Zündschlüssel herumgedreht hätte. Sie aber verlor die Nerven und raste los. Ein technisches Problem, das sehr selten vorkam, praktisch nie. Sie waren zur falschen Zeit am falschen Ort. So schnell war alles vorbei!
Er stand auf und schaltete das Licht ein. „Vielleicht sollte ich mir einen Hund anschaffen und abends immer Gassi gehen. Dann spare ich mir diese ganze unsinnige Grübelei“, sprach er laut zu sich.
Er kleidete sich an und trat hinaus in das Treppenhaus, zog die Wohnungstür hinter sich zu und ging nach draußen, in das pulsierende Leben der schwäbischen Provinzstadt, deren Straßen und Gassen absolut menschenleer waren. Die meisten Lokale waren geschlossen, es war Wochentag. Nur noch in einem sah er Licht, rotes Licht. Daran lief er vorbei.
„Ich laufe ohne Ziel am Tag und auch jetzt in der Nacht“, murmelte er vor sich hin.

Der beleuchtete Augustinerplatz riss ihn aus seinen Gedanken. Als er die Ausgrabungsstätte im Lichte der Straßenlaternen vor sich sah, erinnerte er sich daran, was gestern hier los gewesen war. So eine Aufregung den gesamten Tag über und dies wegen der angeblichen Schwarzen Madonna von Konstanz. Er wusste viel über Konstanz, doch von einer Madonna war ihm nichts bekannt.
Der Professor wird schon wissen, um was für einen Schatz es sich da handelt. Der hat es sowieso immer ganz wichtig. Jeden kleinsten Fund jubelt er so hoch wie nur irgend möglich. Alles wird zur Sensation hochstilisiert. Er hat bestimmt Angst um seinen lukrativen Job im Museum. Als Leiter einer so abseits liegenden Außenstelle des Archäologischen Landesmuseums in Stuttgart hat er es bestimmt nicht besonders aufregend und stressig. Da muss man natürlich immer auf sich aufmerksam machen. Das hilft sein Überleben hier zu sichern.
Er drückte den Bauzaun ein wenig zur Seite, betrat das Ausgrabungsgelände und stieg in die Grube hinein und ließ sich ächzend auf einen herumstehenden Stuhl fallen. Das Grübeln holte ihn wieder ein.
Was ist aus mir nur geworden. Bin ich wirklich schon so alt und klapprig, dass ich nur noch darauf warte, die Zeit bis zur Rente irgendwie rumzukriegen? Es kann doch nicht sein, dass er, Simon Hirt, ehemaliger erfolgreicher Journalist, einfach so kapitulierte. Dass er sich abfand mit dem, was er heute tat. Ja damals, das war eine aufregende Zeit. Damals, als Redakteur, das war ein Leben so richtig nach seinem Geschmack. Jeder Tag hielt neue Überraschungen für ihn bereit, heute nach Stuttgart, morgen nach Berlin oder London und übermorgen nach New York oder Moskau. Die Welt war klein für ihn. Manchmal saßen sie die ganze Nacht zusammen und brüteten über einen Fall. Sie waren ein Team, eine richtig verschworene Gemeinschaft. Das ging so einige Jahre, bis dann irgendwann einfach alles auseinanderbrach. Daran, das musste er sich eingestehen, war er nicht ganz schuldlos. Alle rieten ihm ab und beschworen ihn, sich nicht mit dieser Firma und dessen Inhaber anzulegen. Da kannst du nur verlieren! Aber er wollte nicht klein beigeben. Er war im Journalistenolymp, also was sollte ihm schon passieren?

Der Firma sollte der Prozess gemacht werden, ob die anderen mitzogen oder nicht. Er verhob sich an der Story und es kam so, wie es kommen musste. Der Absturz aus großer Höhe war steil und schmerzhaft. Jetzt spielte er in einer anderen Liga. Statt die große weite Welt, nun Bodman oder Langenargen, Überlingen oder Konstanz.

Das rote Absperrband um das Loch, mittlerweile mit einer schweren Eisenplatte abgedeckt, bewegte sich knatternd im Wind. Als er zwei Gestalten sah, die sich dem Ausgrabungsgelände näherten, wusste er nicht so recht, ob er wirklich glauben konnte, was er sah, oder ob er nicht doch schon zu betrunken war. Beide trugen eine Mönchskutte und sahen aus, als wenn sie direkt aus einem Kloster kamen. Sie liefen direkt zu dem Loch und machten sich an der Platte zu schaffen.

„He, was machen Sie da? Verschwinden Sie gefälligst von dem Ausgrabungsgelände. Oder sollen wir Sie festnehmen!" Er sprach tief und im Befehlston. Die beiden Gestalten erschraken derart heftig, dass er sich ein Lachen kaum verkneifen konnte. Ohne nur einen Versuch der Verteidigung zu unternehmen, ließen sie von der Platte ab und rannten schnurstracks aus der Grube hinaus in die Stadt. Als er den Platz verließ, fühlte er sich besser.

Er wachte erst gegen Mittag auf. Irgendwann war er endlich eingeschlafen, ohne Wein. Er fühlte sich ein wenig besser als in den Tagen zuvor. Sein erster Weg führte ihn zu dem Ausgrabungsgelände. Es wimmelte nur so von Leuten darauf. Einen Kran sah er auch. Prof. Böhmer war in seinem Element, rannte hin und her und gab lautstarke Anweisungen, war überall präsent und beherrschte das Chaos. Als Simon den Grabungsleiter sah, winkte er ihn zu sich und fragte nach der jungen Studentin.

„Die Anna ist heute im Innendienst. Prof. Böhmer hat sie dazu verdonnert. Er wollte kein Risiko eingehen mit ihr. Ich kann Sie mitnehmen, wenn Sie wollen. Ich muss jetzt sowieso ins Museum."

Das wollte er gern. Vorher müsste er aber noch ins Haus der Presse. Für Rolf kein Problem.

In seiner Redaktion angekommen sagte er nur, dass er jetzt seinen gesamten Urlaub nehmen wird, aus persönlichen Gründen! Mehr

mussten sie nicht wissen. Es gab keine Schwierigkeiten, man legte keinen großen Wert mehr auf seine Anwesenheit.
Ein besonders witziger junger Kollege rief ihm noch laut hinterher, er solle die Mädchen in Ruhe lassen und sich ja nichts einfangen in Thailand. Die anderen Kollegen brachen in wieherndes Gelächter aus.
Er lief wortlos hinaus. Hier hielt ihn nichts mehr! Bis zum Museum war es nicht weit. An der Kasse erkannte man ihn sofort, denn er berichtete schon oft von hier. Jedes Mal, wenn eine neue Ausstellung eröffnet oder ein interessanter Vortrag gehalten wurde, war er froh, hier zu sein und darüber einen Artikel zu schreiben. Hier atmete er durch, genoss die wissenschaftliche Atmosphäre des mit viel Liebe und noch größerem Fachwissen gestalteten Gebäudes. Mag der Professor sein, wie er war, aber er verstand etwas von seinem Fach.
Nach einigem Suchen fand er Anna in einem der vielen Arbeitsräume. Auf einem großen Tisch vor ihr waren allerlei Tonscherben ausgebreitet.
Mühsam puzzelte sie zusammen, was früher mal zusammengehörte. Dass sie sich über die Arbeit nicht gerade sehr freute, war ihr anzusehen. Sie wirkte ziemlich mürrisch. Als sie ihn bemerkte, war sie über seinen Besuch ein wenig überrascht und fragte etwas unfreundlich, was er denn von ihr wolle. Sie könne dem, was sie gestern sagte, nichts hinzufügen.
„Ich kann mir nicht vorstellen, dass es nur die Madonna war. Wegen der Madonna hätte der Professor bestimmt keinen Kran geholt, Anna." „Nein. Wir haben noch viel mehr gefunden. Bitte wenden Sie sich aber an den Herrn Professor. Ich möchte Ihnen nur sagen, es ist sensationell. Sind Sie denn privat hier oder im Auftrag ihrer Zeitung?"
„Ich bin privat hier bei Ihnen. Ab heute habe ich Urlaub. Längere Zeit! Können Sie mir jetzt mehr sagen?" „Bleibt das unter uns?"
Er nickte. Sie war gerührt von dem alten Mann, der vor ihr stand, mit seinen Händen nicht so richtig wissend wohin. Sie sah ihm an, dass er Probleme besaß, und auch die großen Schatten unter seinen traurig blickenden Augen entgingen ihr nicht.
„Na los, kommen Sie, ich zeig Ihnen mal was."

Sie gingen aus dem Arbeitsraum in eine noch kleinere Kammer. Schnell schloss sie die Tür hinter sich.
Auf einem Tisch sah er eine lederne Gebetsschnur mit lauter Knoten. Daneben ein gut erhaltenes Schwert und einen Schild mit dem roten Kreuz der Tempelritter drauf. Weiter lagen darauf eine Geldbörse mit einigen goldenen Münzen davor, ein Messer, Steine, eine leere Pergamentrolle und ein romanisches Holzkreuz mit Korpus.
„War das alles da unten?"
„Ja. Aber dies ist nur ein Teil. Das wirklich gut erhaltene Skelett und der gesamte Sarg werden heute Nachmittag geborgen."
Sie zeigte ihm noch einen kleinen Anhänger, ebenfalls aus dem Grab. Es war ein kleiner, hübscher Jakobspilger, gekleidet in einen schwarzen Mantel, so richtig mit Pilgerstock und Hut. Vielen Pilgern legte man auf der Pilgerschaft erworbene Gegenstände mit ins Grab. Dies war ein recht häufiger Fund und an sich nichts Ungewöhnliches. Trotzdem musste er zugeben, es war ein sehr schöner Anhänger aus Gagat. Gagat war im Mittelalter sehr beliebt, denn es war sehr leicht zu bearbeiten und der bitumenreiche, tiefschwarze Stein besaß einen schönen, samtweichen Glanz, den man durch polieren noch steigern konnte.
„Ist ein schöner Anhänger, nicht?"
„Ich kenne solche Anhänger und das Material ist auch nicht sonderlich wertvoll. Früher schätzte man ihn auch besonders als Heilstein. So trug man ihn bei Arthritis, Atemwegserkrankungen und gegen den bösen Blick. Mir gefällt an dem Stein dieser samtige Glanz, aber sonst ..."
„Schade, ich dachte, ich zeige Ihnen eine Überraschung, eine kleine Rarität. Aber es ist so, wie Sie sagen, diese Anhänger gab es in Compostela an jeder Ecke zu kaufen. Interessant ist aber zu wissen, dass bei deren Herstellung fast schon industrielle Methoden eingeführt wurden, die Nachfrage war riesig. Es wird nicht anders gewesen sein als bei den heutigen großen Pilgerorten. Man wollte sich ein Andenken mitbringen, damals wie heute."
„Die früheren Rompilger haben einen aus Metall gegossenen Petersschlüssel mitgebracht."

„Ja genau, und die nach Jerusalem pilgerten, brachten einen geweihten Palmenzweig mit. Die Jakobsmuschel aus Compostela ist bekannt. Auch die kleinen, regionalen Pilgerziele gaben solche Andenken heraus. Herr Hirt, wir könnten stundenlang über diese Bräuche und Gepflogenheiten reden. Doch hier muss ich jetzt unterbrechen, sonst bekomme ich wirklich noch Schwierigkeiten."
Sie verließen den Raum. Als sich Simon Hirt von ihr verabschiedete, bog Prof. Böhmer um die Ecke. „Hallo, Herr Hirt, womit verdienen wir die Ehre ihres Besuches? Haben Sie gestern noch nicht alles erfahren? Ich sehe Sie bei der Anna in guten Händen, denn ich habe wirklich keine Zeit zum Schwätzen. Also man sieht sich!"
Und schon rannte der viel beschäftigte Professor mit wehendem Mantel an ihnen vorbei.
Als Simon Hirt in seiner Wohnung ankam, holte er den alten Rucksack vom Schrank und blies eine dicke Staubschicht herunter. Jetzt wollte er sein neues Leben beginnen. Oder wenigstens die Suche danach. Er musste ihn gehen, den Weg, seinen Jakobsweg.

Kapitel 6

Das Frühstück gab es wieder in der Wirtsstube des Hotels in Märstetten. Punkt acht öffnete der Kellner die Tür und die zahlreichen Pilger, die schon seit einiger Zeit und immer ungeduldiger wartend davor standen, strömten hungrig hinein.
Jeder beeilte sich, drängelte und schob ein bisschen an der Tafel, auf der die vielen verschiedenen Frühstücksutensilien fein säuberlich abgestellt waren. Schnell wurde ein Tisch aufgesucht, hastig gegessen und getrunken. Zwischen dem herzhaften Biss vom knusprigen Brötchen und einem Schluck Kaffee schwirrten viele Vermutungen, Gerüchte und wenig Fundiertes über das am Vorabend Geschehene durch den Raum. Wo sollte es auch herkommen, es wusste kaum jemand etwas Genaueres.
Eine ältere, allein laufende Pilgerin meinte, dass sie jetzt tatsächlich große Angst habe. Schließlich könnte sie jederzeit überfallen und ausgeraubt werden. Allein schon die Vorstellung daran überwältigte

sie und ließ sie am ganzen Leibe zittern. Ihren Vorschlag, in Gruppen weiterzulaufen, nahm niemand so richtig ernst.
Als Sarah und Franz den Saal betraten, waren manche Pilger schon im Aufbruch. Ein älterer Mann winkte Franz zu und sagte: „Danke für ihr mutiges Eingreifen gestern Abend. Wenn Sie nicht dazwischen gegangen wären, hätte es böse enden können. Ich wollte auch, aber in meinem Alter …“ Franz nickte ihm verständnisvoll zu. Sie liefen an ihm vorbei und setzten sich an einen frei gewordenen Tisch.
Während Sarah zum Büffet ging, reinigte Franz erst einmal den Tisch von den zurückgelassenen Essensresten. Sarah kam mit zwei beladenen Tellern zurück und sie ließen es sich schweigend schmecken, währenddessen sich langsam die Wirtsstube leerte. „Wie geht es den beiden Leuten von gestern Abend?“, fragte Franz beim Hinausgehen den Wirt, der gerade aus seinen Privaträumen heraustrat. Er wirkte noch ganz verschlafen und etwas abwesend. „Wen meinst du? Ach, entschuldige. Dem armen Pilgerpaar geht es ganz gut. Ich habe heute Morgen einen Anruf aus dem Krankenhaus erhalten. Der Mann hat sich erholt, die Frau auch. Zwei, drei Tage müssen sie noch drin bleiben, dann können sie das Haus verlassen. Danke noch einmal für eure Hilfe gestern Abend. Macht euch keine Sorgen um mich! Mit diesen Banditen werde ich schon fertig. Einen alten Seebären bringt so leicht nichts um!“
Dann drehte er sich um und ging in seine Küche.
Den Einstieg zum Pilgerweg fanden sie schnell. Sie kamen gut voran. Amlikon war schnell erreicht. Eine Brücke brachte sie über die Thur und sie pilgerten weiter auf dem gut ausgeschilderten Weg. In St. Margarethen, der nächsten Station auf ihrem heutigen Abschnitt, betraten sie die Pilgerkapelle in der Dorfmitte. Sie barg etwas Ungewöhnliches in ihrem Inneren. Dabei gab es weder besondere Kunstschätze zu bewundern noch eine kostbare Kirchenausstattung in diesem spätgotischen Bauwerk zu sehen.
Interessant war die Kapelle wegen der vielen Pilgerinschriften im Eingangsbereich. Auch im Mittelalter konnten es sich einige der Pilger nicht verkneifen, ihre Botschaften in den Wänden zu verewigen. Die meisten davon waren nur mit einem spitzen Gegenstand in den Kalkputz geritzt. Manche waren einfach mit Kohle geschrieben oder

gemalt. Als die Kritzeleien immer mehr zunahmen, wurde als Schutz des Innenraumes ein Holzgitter gebaut. Nur der Vorraum durfte noch bekritzelt werden.
Bei den Malereien war keine Ordnung erkennbar, jeder schrieb oder zeichnete so, wie er wollte. Damit schuf man ganz ungewollt ein Gemälde, ein Gemisch von unterschiedlichsten Formen der mittelalterlichen Kommunikation.
Interessiert standen sie davor. „Schau hier, Sarah, da gibt es ganze Geschichten. Hier steht einer in der Kirche mit erhobener Hand, wie zum Gruß oder zum Abschied. Oder da, es sieht aus wie ein Kind mit Zöpfen, das zu weinen scheint. Vielleicht ahnt es ja, dass derjenige nie wieder kommt, der sich auf die Pilgerschaft begibt. Und hier eine Muschel mit einem Namen darin und einer Jahreszahl. Die kann ich aber nicht genau entziffern."
Auch Sarah sah sich die Pilgergraffitis genau an. Es bewegte sie, den Pilgern aus früheren Zeiten ganz nah zu sein, denn jeder gab mit seiner Kritzelei etwas von sich preis, trat aus der Masse der anonymen Pilgerströme heraus. Hunderte Jahre später lasen sie es dann, unterwegs in die gleiche Richtung, auf demselben Weg. Das war schon etwas Besonderes. Doch sie wurden in ihren Betrachtungen gestört, als eine größere Gruppe von älteren Pilgern die Kirche betrat. Die Stille war dahin! Der kleine Vorraum war nun mit Menschen überfüllt und sie mittendrin. Alle wollten die Graffitis sehen, die ihnen rücksichtslos ein Mann laut erklärte. Sie griffen sich ihr Gepäck und drängten hinaus ins Freie.
„Sieh mal, Franz. Das ist so eine Pilgergruppe mit Gepäcktransport, von denen der Wirt gestern erzählte. Die fahren von einer Sehenswürdigkeit zur anderen, laufen ein wenig auf dem Weg und dann wieder rein in den Bus und ab ins Quartier, wo die Zimmer bestellt sind und das Essen auf sie wartet. Ist doch auch ein schönes Pilgern?" Franz schüttelte nur energisch den Kopf.
„Meinst du? Was hat denn das mit Pilgern zu tun? Es ist höchstens eine Alternative für die, denen es nicht mehr so leichtfällt, größere Strecken zu laufen. Das haben wir heute besser als die früher. Da konnten nur die wirklich Reichen in Kutschen oder mit dem Pferd den Jakobsweg bis nach Santiago pilgern."

Sie liefen weiter über Münchwilen nach Sirnach. Der Weg war sehr schön und führte an dem Flüsschen Murg entlang. Kurz vor Sirnach endete er abrupt und sie wussten nicht mehr weiter. Der Abend kam bedrohlich näher, es fing schon langsam an zu dämmern. Sie versuchten einen Einheimischen zu finden und endlich sahen sie einen alten Mann gemütlich auf einer Bank vor seinem Haus sitzen.
„Geht es hier nach Fischingen?", fragten sie ihn wie aus einem Munde und schauten ihn dabei hoffnungsvoll an. Er antwortete in allergrößter Ruhe vielsagend: „Auch!"
„Sicherlich sprach er nicht die Unwahrheit, aber etwas genauer hätte es schon sein können. Eigenartig, diese Schweizer", dachte Franz bei sich und fing an zu lachen.
Hoch ging es über eine Wiese und dann noch einige Kilometer weiter, bis sie, gerade aus einem Waldstück heraustretend, fasziniert stehen blieben beim überwältigenden Anblick des Benediktinerklosters Fischingen. Vor dem Kloster sollte eine nette Pilgerherberge sein. Dort wollten sie übernachten.
Sie hatten Glück, ein Zimmer war noch frei. Franz überließ Sarah die Dusche und ging hinunter in die Wirtschaft. Fast alle Tische waren besetzt. Es waren einige Pilger darunter, die er schon gestern in Märstetten gesehen hatte. An dem einzigen Tisch mit freien Plätzen saß ein ihm unbekannter Mann. Der Mann, er mochte nicht älter als dreißig Jahre alt sein, besaß auffallend schwarzes, schulterlanges Haar und trug einen ebenso schwarzen Vollbart. Vor ihm ausgebreitet lag eine Tageszeitung, in die er sich gleich wieder nach der kurzen Begrüßung vertiefte. Franz bestellte sich ein Glas Bier. Es war auffallend ruhig in der Wirtsstube. Man merkte den Pilgern an, dass sie nach der heutigen Etappe müde waren.
Nachdem Franz das Schweigen zu lang wurde, fragte er neugierig seinen Gegenüber: „Sind Sie auch Pilger?" Eigentlich eine unnütze Frage, denn er sah an ihm keine der von den meisten getragenen Pilgerutensilien. „Im übertragenen Sinne schon. Wir sind ja alle Pilger auf dieser Erde und auf der wahrhaftigen Suche nach dem Weg zum Herrn", war die salbungsvolle Antwort. Dabei lachte er schelmisch und reichte Franz die Hand und stellte sich als Carlos vor.

„In der Zeitung steht, dass in einer halben Stunde der Komplet oben in der Klosterkirche anfängt. Da möchte ich dabei sein. Wäre es auch etwas für dich?“ „Auf jeden Fall. Ich muss vorher nur noch unter die Dusche!“
Nach zwanzig Minuten kamen Franz und Sarah in die Schankstube und suchten vergebens nach Carlos. Als er die Wirtin nach ihm fragte, erfuhr er, dass er oben im Kloster auf sie wartete.
Sie liefen die Straße hinauf und nahmen die Stufen zum Kloster, den kürzesten Weg. In der barocken Kirche brannten nur vereinzelte Kerzen auf den ersten Kirchenbänken und im Altarraum. Das warme Licht der Kerzen wirkte sehr beruhigend und nach der ganzen Hektik der vergangenen Stunden kamen sie sich vor, als wenn sie in eine andere Welt eintauchten.
In der Stuhlreihe vor ihnen saß Carlos, direkt hinter den Mönchen. Er war allein. Außer ihm und den Mönchen, Franz und Sarah waren keine weiteren Pilger oder Besucher da. Das Treffen der kleinen Gruppe besaß fast etwas Verschworenes und Geheimnisvolles. Einer der fünf Mönche, die in einer seltsam gedrückten Atmosphäre gemeinsam beteten, war der Vorbeter.
Er stimmte den Gesang an, der sehr dünn aus den Mündern der teilweise schon sehr alt und gebrechlich wirkenden Mitbrüder ertönte. Es war ein leiser Abschied vom hektischen Tagesgeschehen und ein Einstimmen auf die Nacht. Sie genossen es. Alles blieb draußen vor der Kirche. Die Strapazen des heutigen Tages waren vergessen, genauso die Aufregung des letzten Tages.
Als der Komplet zu Ende war und die Mönche rasch zum Ausgang strebten, erhoben auch sie sich von ihren Plätzen. Einer der Mönche, ein langer, hagerer Mann mit wenigen Haaren und einer adlerförmigen Nase, wartete auf sie und streckte ihnen seine Hand zur Begrüßung entgegen. „Gott zum Gruße, liebe Pilger. Wo geht’s hin? Ach, bis nach Santiago de Compostela! Respekt! Eine gute Nacht! Der Herr beschütze euch!“, sprach er und eilte nach draußen, seinen vorauslaufenden Mitbrüdern hinterher. Es schien ihn nicht sonderlich zu interessieren, wer da außer der Stammbelegschaft noch zu dem Komplet gekommen war.

Carlos wollte ihnen unbedingt etwas zeigen. Er führte sie in der Iddakapelle nach hinten, zu einem Altar mit einem Kenotaph, einem leeren Scheingrab. Darunter befand sich ein Loch, vor dem ein Hocker stand.
„Das ist das Grabmal der heiligen Idda. Es soll aus dem 15. Jahrhundert stammen. Das Loch darunter ist interessant. Sarah, setze dich mal auf den Hocker und stecke deine Füße hinein. Ohne Schuhe natürlich", erklärte ihnen Carlos. Zögernd tat Sarah wie ihr geheißen und steckte zuerst den einen Fuß in das dunkle Loch, danach den anderen. Sie spürte eine wohltuende Kühle. „Merkst du etwas? So haben es die Pilger jahrhundertelang gehalten. Sie kamen extra hier in diese Kirche und flehten die heilige Idda an, ihre schmerzenden Füße zu kühlen und zu heilen. Dabei setzten sie sich auf den Hocker und steckten ihre qualmenden Gliedmaßen in das Loch."
Franz stand auf und lief zum Grabmal. Am Sandsteinsarg stand für alle unübersehbar ein Schild, dass man es doch bitte nicht berühren sollte. Franz übersah es einfach und fuhr mit seiner Hand den sehr schönen, sauber behauenen und geglätteten Sarg mit der steinernen Figur der heiligen Idda ab. „Wie sauber der Künstler das bearbeitet hatte", dachte er dabei, „so glatt und sanft dahinfließend. Hoffentlich nimmt mir das die Heilige nicht übel, dass ich sie so ungefragt fast zärtlich berühre." Doch was war das? Hier störte etwas die gleichmäßige und absolut sauber verarbeitete Oberfläche. Es kam ihm vor, als wäre hier hinter ihrem Kopfende ein Absatz oder ein kleines Steinchen. Er versuchte es zu entfernen und drückte daran, mal mehr und mal weniger, es half alles nichts.
„Franz, was machst du denn dort? Wenn hier einer von den Mönchen reinkommt und dich dabei erwischt. Mich wundert sowieso, dass die uns in der Kirche allein lassen", flüsterte Sarah.
Carlos sah Franz eine Weile zu und rückte den Hocker heran, stieg auf ihn hinauf und sah hinter die Figur und an die Stelle, an der Franz hin und her drückte. „Drücke das da nach unten", sagte er zu Franz und plötzlich setzte sich das gesamte Grabmal mit einem lauten, quietschenden Geräusch in Bewegung. Carlos wurde so überrascht, dass er den Halt verlor und im Fallen nach allem griff, was in seiner Nähe war. Leider erwischte er Sarah und beide stürzten auf

den harten Steinboden. „Schaut mal, hier ist ein Geheimgang!“, rief Franz im kindlichen Eifer zu den beiden, die sich langsam und stöhnend hochrappelten.
„Wo bleibt ihr denn! Sarah, hast du deine Lampe dabei?“
Sie gab ihm die Lampe. Ihre Bedenken sprach sie ins Leere, keiner wollte sie hören. Er schaltete die Lampe an und stieg in die Öffnung hinein, dicht hinter ihm Carlos. Es blieb ihr nichts anderes übrig, als ihnen zu folgen. Allein in der dunklen Kirche zu warten war ihr unheimlich.
Die Männer standen genau an der Stelle, wo der Gang im rechten Winkel scharf nach rechts abbog. Sie prallte fast mit Carlos zusammen, der mit Franz vor einer Mauer stand. Sie kamen nicht weiter.
„Carlos, hörst du das auch? Hier klingt es irgendwie hohl, da aber nicht. Sieht so aus, als wenn man das Stück Mauer erst später eingebaut hat.“ Franz drückte immer stärker dagegen. Keine Chance! Die Mauer gab keinen Millimeter nach. Sie suchten den Gang ab, betasteten die Mauer, leuchteten in jede Ritze, jeden Vorsprung, suchten in jeder Vertiefung und jedem Loch. Vielleicht gab es einen geheimen Türöffner, aber so lange sie auch suchten, sie fanden nichts.
Carlos ging wieder zurück und suchte den Boden ab, ein letztes Mal. Endlich, direkt an der Seitenwand, fünf oder sechs Schritte vor der Mauer, ertastete er ein Loch, kaum wahrnehmbar, in das gerade noch sein kleiner Finger passte. Als er diesen kurz entschlossen hineinsteckte, spürte er einen Hebel, den er kräftig nach innen drückte und der tatsächlich nachgab.
„Vorsicht!“, rief er nach vorn. „Schnell zurück! Die Mauer …“ Er kam nicht mehr dazu, seinen Satz zu beenden. Die Mauer bewegte sich, zuerst ruckartig, dann aber stetig gleitend und schwenkte genau wie oben am Grabmal nach innen auf.
Franz lief voran. Der Lichtkegel der kleinen Lampe erleuchtete ihnen die nächsten fünf, höchstens zehn Meter. Der Gang bog immer wieder scharf ab und fast wären sie daran vorbeigelaufen. Plötzlich zweigte vom Gang eine Gittertür ab. Sie leuchteten durch die Gitterstäbe hindurch in eine Zelle. Auf einer Pritsche lag ein Mann. Er bewegte sich nicht. Franz kniete sich vor das Schloss und versuchte

es mit seinem Taschenmesser zu öffnen. Nach einigen erfolglosen Versuchen gelang es ihm. Als der kleine Lichtkegel der Taschenlampe das Gesicht des Mannes beleuchtete, erschraken sie.
„Pedro Ramos!“, hörten sie Carlos sagen.
„Ja, genau! Es ist Pedro Ramos und der Lump hat es verdient!“
Die Stimme kam laut aus den dunklen, unbeleuchteten Tiefen des Ganges. Sie fuhren erschrocken herum. Hinter ihnen stand der hagere Mönch aus der Kirche.
„Beruhigen Sie sich wieder und kommen Sie mit. Ich erkläre Ihnen alles.“ Der Mönch lief ihnen voraus. Er brauchte keine Lampe. Schweigend folgten sie ihm.

Kapitel 7

Der Mönch eilte ihnen mit weit ausholenden Schritten voran. Er lief ohne Licht mit einer unglaublichen, fast traumwandlerischen Sicherheit durch dieses Labyrinth von Gängen. Es war ein skurriler Anblick, den sie boten. Voranstürmte der Mönch mit der Hakennase in seinem schwarzen, benediktinischen Habit, die Kapuze über den Kopf gestülpt, die Arme trotz des hohen Tempos vor der Brust verschränkt. Hinter ihm her ein Trupp von zwei Männern und einer Frau, bemüht, mit diesem hohen Tempo Schritt zu halten.
Carlos stieß Franz von hinten in den Rücken. „Was will der von uns? Wir trotten hier hinter ihm her wie Schafe, die man zur Schlachtbank führt!“ „Wir werden schon noch zeitig genug erfahren, was der Mönch von uns will. So unendlich weit kann es nicht mehr sein!“
Fast hätte er Sarah umgerannt, die abrupt stehen geblieben war.
„Los ihr zwei! Kommt doch ein bisschen schneller. Der wartet nicht!“
Sie liefen schon wieder, als Franz sagte: „Ich will nur wissen, was es mit dem Kerl in der Zelle auf sich hat. Mehr nicht! He, Carlos, wieso kennst du überhaupt diesen Mann?“
„Später, Franz! Wir müssen gleich da sein. Da vorn wird es hell.“
Vor ihnen erschien eine Treppe, die sich teilte. Der Mönch eilte nach unten und öffnete eine Tür.
Sie traten hinter dem Mönch in den Raum. Es roch nach Kerzenrauch und verbrauchter Luft. Der kleine Raum war nur schwach von

Kerzenlicht erleuchtet. Sie sahen schöne Verzierungen aus Stuck an der Decke und an den Wänden. An der gegenüberliegenden Wand hing ein einfaches großes Holzkreuz. Schwere Läufer bedeckten den Fußboden und verschluckten die Geräusche ihrer Schritte. Durch eine weitere Tür, deren beide Flügel geöffnet waren, hörten sie leisen Gesang. Es waren die gleichen kraftlosen Stimmen wie beim Komplet.
Sie standen etwas unschlüssig in dem Raum, bis der Mönch wieder erschien und ihnen winkte. Zögernd betraten sie den Nachbarraum. Der Gesang wurde gerade beendet und ging in ein wechselseitig gesprochenes Gebet über. In der Mitte des Raumes lag ein Mönch aufgebahrt. Der Mann war in seine schwarze Ordenstracht gekleidet. Die großen Hände lagen gefaltet auf seinem Unterleib. An den Enden des Bettes waren Kerzen aufgestellt und beleuchteten den bleichen Leichnam des alten Mannes. Die anderen Mönche des Klosters standen um den Leichnam herum. Jeder von ihnen hielt ein Gebetsbuch in der Hand. Einer sprach vor, die anderen stimmten nach festgelegtem Ritus in die Litanei ein. Sie versuchten dabei, ihren alten, zittrigen Stimmen Festigkeit zu geben, die Traurigkeit daraus zu vertreiben. Es wollte ihnen nicht gelingen, so zu klingen wie früher, als sie noch jung waren. Der Rest des Raumes lag im Dunkeln.
Der hagere Mönch kniete nieder, bekreuzigte sich und bedeutete ihnen danach, den Raum zu verlassen und ihm zu folgen. Sie stiegen nach oben und betraten das nächste Zimmer. Der Raum war hell erleuchtet.
In der Mitte des Raumes standen einige Stühle um einen großen, dunklen Holztisch. Auf dem Tisch lag ein altes Buch aufgeschlagen. Daneben stand eine verloschene Kerze. Auf dem Boden, neben einem reichlich verzierten, schweren Holzschrank, lag ein großer Kerzenleuchter.
Einem Schränkchen, eingebaut in das dicke Mauerwerk, standen beide Türen offen. An den meisten Wänden standen weitere schwere, dunkle Holzschränke, die fast vom Boden bis zur Decke reichten. Hier musste der Kapitelsaal sein, der Versammlungsraum der Mönche.

„Setzen Sie sich bitte!“, sagte der Mönch und zeigte auf die Stühle. Er selbst blieb stehen. Sie sahen dem Mann an, wie aufgewühlt er war, denn er lief unentwegt umher und suchte nach Worten. Endlich blieb er stehen und begann:
„Mein Name ist Bruder Hubert. Ich bin der Jüngste der Padres hier in unserer Klostergemeinschaft, die nach den Lehren des heiligen Benedikts leben, beten und arbeiten. Wir leben jetzt mittlerweile fast dreißig Jahre zusammen und sind stolz auf das Erreichte. Doch wir haben noch viel vor.
An einem Abend nach dem Komplet sprach mich ein junger Mann an. Er hätte schon viel von uns gehört und sein Entschluss stehe fest. Nur als Mönch, hier in dieser Gemeinschaft, kann er weiter leben. Alles andere hat keinen Sinn mehr und er beschwor mich, ihn aufzunehmen. Das kann ich natürlich nicht allein entscheiden und so musste ich ihn vertrösten. Da er mir sehr verzweifelt schien, bot ich ihm an, eine Weile bei uns wohnen zu dürfen.
Am Anfang bemerkten wir ihn kaum. Wir ließen ihn gewähren und dachten, dass er noch Zeit braucht. Manchmal ging er aus dem Haus und kam erst spät zurück. Nach zwei, drei Wochen suchte ich das Gespräch mit ihm, doch er wich mir aus und wirkte verschlossen. Sein Wunsch ins Kloster einzutreten schien schwächer geworden und ich täuschte mich nicht.
Dann kam immer wieder etwas weg. Werkzeuge aus der Schreinerei verschwanden, der Beamer aus dem Seminarraum und sogar unsere schönen silbernen Kerzenleuchter. So etwas gab es noch nie! Ich stellte ihn zur Rede, er stritt alles ab und wurde unverschämt.
Eines Tages war er verschwunden, mit ihm ein schöner Messkelch und reichlich Geld. Als wir dies der Polizei meldeten, kam heraus, dass der Mann auf der Flucht war und sich also bei uns versteckte. Er hieß Pedro Ramos. Es vergingen einige Monate. Ich dachte nicht mehr an ihn. Die Enttäuschung war schwerer zu verkraften.
Unser Kloster war in einer schwierigen Lage. Der Anbau eines neuen Gebäudes war teurer geworden als geplant. Eines Abends saßen wir zusammen und versuchten zum wiederholten Male einen Ausweg zu finden. Dann stand er auf einmal hier im Saal. Überrascht sprangen wir auf. Dass er sich überhaupt noch getraute ins Kloster

zurückzukehren, verstanden wir nicht. Wir forderten unsere Sachen zurück, alles das, was er uns geklaut hatte. Er lachte uns aus. Doch da er um unsere Lage wusste, machte er uns einen Vorschlag, der auf den ersten Blick gar nicht so schlecht klang.
Jedenfalls wollte er uns helfen, ein großes Pilgerzentrum hier zu errichten, wollte dafür sorgen, dass die ganze Welt von uns erfuhr. Auch Geld würde kein Problem darstellen. Das wäre ein Ausweg aus unserer prekären Lage. Wir vereinbarten ein weiteres Treffen und fielen ein weiteres Mal auf diesen Halunken herein.
Das Treffen war gestern. Am Anfang klang alles toll, doch als er uns das Kleingedruckte erklärte, kam der gesamte angestaute Zorn wieder hoch und brach aus uns heraus. Sogar unser alter Prior sprang auf und schimpfte mit ihm. Doch Ramos packte ihn am Kragen. Als ich ihm zu Hilfe eilte, ließ er ihn los. Ich stieß den Mann von unserem Prior weg. Leider prallte er mit der Schläfe gegen den Schrank, brach zusammen und blieb vollkommen regungslos liegen. Wir bekamen nicht die Zeit, uns um ihn zu kümmern! Denn unser Prior stöhnte, griff sich an sein Herz und verstarb.
Alle Rettungsversuche waren vergebens."
Leiser erzählte er weiter: „Wir haben Pedro Ramos dann gleich nach unten geschleppt, in die alte, verlassene Mönchszelle im geheimen Teil unseres Klosters. Morgen werden wir sehen, was wir mit ihm machen. Wir werden es wohl melden müssen. Kommen Sie bitte, ich bringe Sie hinaus. Meine Brüder erwarten mich."
Mit einem lauten Knall fiel die Eingangstür der Klosterkirche hinter ihnen ins Schloss. Sarah schmiegte sich an Franz. Ein aufkommender Wind ließ einen offenen Fensterladen an das Fensterkreuz schlagen. Das Geräusch ließ sie zusammenfahren und riss sie aus ihren Gedanken. „Kommt, wir können nicht den ganzen Abend hier herumstehen", sagte Franz. Sie nahmen Sarah in die Mitte und verließen das Klostergelände.
Obwohl schon ziemlich spät, räumte die Wirtin in ihrer Unterkunft gerade die Küche auf. Von den Gästen saß keiner mehr hier unten. Als sie die späten Heimkehrer bemerkte, unterbrach sie das geschäftige Einräumen der Gläser und begrüßte sie sehr freundlich: „Sie kommen aber spät. Wollten Sie nicht nur ins Kloster? Die über-

treiben es immer mehr mit ihrer Heiligkeit da oben. Sie müssen doch bestimmt sehr hungrig sein! Warten Sie einen Augenblick, ich werde Ihnen ganz schnell noch etwas in die Pfanne werfen.“

Erst jetzt merkten sie, wie hungrig sie waren. Carlos bestellte noch eine Flasche Wein dazu. Kurze Zeit später hörten sie, wie das Fett in der Pfanne brutzelte.

Der Rotwein verfehlte seine Wirkung nicht und ihre Stimmung hellte sich auf. Carlos spürte die fragenden Blicke von seinen beiden Begleitern, stellte sein Glas auf den Tisch und sagte:

„Normalerweise lebe ich in Burgos, wenn ich nicht gerade unterwegs bin. Burgos ist eine herrliche Stadt. Sie liegt direkt am Jakobsweg und ist eine wichtige Station. Die Stadt wird beherrscht von der grandiosen gotischen Kathedrale. Jedes Jahr kommen immer mehr Pilger in die Stadt. Die vielen Einwohner und natürlich die Geschäftsleute freuen sich, die Besitzer der Restaurants und Bodegas auch. Es ist immer etwas los in dieser lebendigen Stadt. Mit den vielen Gästen und der großen Anzahl von Pilgern nimmt auch die Gier der Menschen zu. Das ist genauso wie früher! Neben den ehrlichen Geschäftsleuten gibt es die Gauner, Diebe und Betrüger.“

Er machte eine Pause, denn die Wirtin brachte die Steaks. Noch kauend nahm Carlos seine Erzählung wieder auf.

„Ganz in der Nähe der Kathedrale besaß so ein Halsabschneider sein Hotel. Er versuchte mit allen Mitteln das große Geld zu verdienen. Es reichte ihm nicht, seine Speisen und Getränke und die Übernachtungen zu horrenden Preisen anzubieten, sondern er beklaute auch noch dreist seine Gäste.

Eines Tages geschah Folgendes: Zwei bodenständige, bayrische Pilger suchten eine Übernachtung und gerieten unglücklicherweise in dieses Hotel. Als sie nun gegessen und getrunken hatten, danach die Nacht dort verbracht und vor dem Aufbruch bezahlen wollten, stellte man ihnen eine Rechnung, die ihnen den Atem verschlug. Doch nur kurz, denn die Männer wollten sich dies nicht gefallen lassen und verlangten nach dem Inhaber. Der Streit eskalierte, denn mittlerweile stellten sie fest, dass ihre Brieftaschen mit dem gesamten Inhalt gestohlen wurden.

Die Männer verschafften sich Zugang zu den Privaträumen, wobei ihnen sogar die anwesende Polizei dabei tatkräftig half. Der Inhaber war verschwunden. Ein offenes Fenster war sichtbar sein überhasteter Fluchtweg. Die Brieftaschen lagen auf seinem Sofa, offen und ohne Geld und ohne Karten. Ihre Pilgerausweise lagen achtlos auf dem Fußboden. Die Tür seines kleinen Tresors war ebenfalls geöffnet und bis auf einen Packen von gestohlenen Ausweisen leer. Der Inhaber entkam trotz der eingeleiteten Fahndung und wurde nie wieder gesehen. Den Wirt habe ich heute nach langer Zeit wieder gesehen. Es war Pedro Ramos.“

„So ein Schuft! Ich hatte bei einem Pilgervortrag davon gehört“, pflichtete Franz seinem spanischen Begleiter bei und erzählte von den verschiedenen Begegnungen mit ihm. „Seltsam, was will dieser Kerl auf dem Jakobsweg? Die ganze Geschichte mit dem Geld passt zu ihm. Aber was er sich da in Konstanz geleistet hat, kann ich mir nicht erklären“, meinte daraufhin Carlos. Franz interessierte noch etwas anderes: „Wieso bist du auf dem Jakobsweg? Du bist doch bestimmt kein Pilger.“

„Ich möchte über den Jakobsweg meine Doktorarbeit schreiben, denn ich studiere Theologie und Geschichte an der Universität in Burgos und habe mir dieses Thema ausgesucht. Nebenbei schreibe ich auch kleinere Artikel für verschiedene Zeitungen.“

Sie waren mit ihrem späten Essen am Ende angelangt, jeder von ihnen wollte nur noch ins Bett. Fast gleichzeitig erhoben sie sich von ihren Stühlen, winkten der Wirtin und gingen auf ihre Zimmer. Es dauerte nicht lang und aus den beiden Zimmern hörte man ein tiefes, gleichmäßiges Atmen.

Kapitel 8

Anna erwachte durch den schrillen Ton ihres Handys. Widerwillig nahm sie das kleine Ding an ihr Ohr und hörte jemanden aufgeregt etwas stammeln.

„Hilf mir! Schnell!“ Sie fragte nach seinem Namen.

„... Hilfe. Schnell!“ Sie wusste noch immer nicht, wer sie anrief. „Verdammt! Wer spricht denn da?“

„Hirt. Si… Hirt! Hilf mir bitte!“ Jetzt war sie hellwach.
„Was ist? Wieso? Wo soll ich hinkommen? Jetzt?“
„Auch das noch“, dachte sie, nachdem er ihr es mit hastigen Worten erklärte. Sie stand auf und eilte in das andere Zimmer der Gemeinschaftsunterkunft der Archäologen. Ganz hinten am Fenster schlief Rolf. Sie versuchte ihn zu wecken und als es ihr endlich gelang, bekam sie auch ihren Wunsch nach dem Bus erfüllt, denn der wurde nicht gebraucht. Erst wieder am späten Nachmittag. Anna zog ihre dunkelsten Sachen an und versuchte dabei ganz leise zu sein. Die anderen Mitarbeiter sollten nicht aufwachen. Nachdem sie fertig angekleidet war, griff sie sich noch einen trockenen Keks und die kleine Taschenlampe aus ihrem Rucksack. Aus einer zufällig im Zimmer stehenden Werkzeugkiste entnahm sie einen großen Hammer. „Man weiß ja nie“, dachte sie sich dabei.
Sie stieg in das Auto, einem weißen Kleinbus der Archäologen, und nahm die Straße nach Stockach. Was wollte dieser alte Lokalreporter von ihr? So ein verwirrtes Zeug aber auch, was er ihr ins Handy gestottert hatte. Doch ihre Hilfe schien wirklich lebensnotwendig. Sollte sie nicht lieber die Polizei rufen? Sie wusste es selbst nicht genau. Sie zündete sich eine Zigarette an und öffnete das Fenster.
Von Stockach fuhr sie weiter nach Meßkirch. Es war stockdunkel. Missmutig stellt sie das Autoradio an und hört die Nachrichten von einem Schweizer Regionalsender. Sie stellte das Radio lauter:
„Serie ungeklärter Brandfälle in der Schweiz setzt sich fort! Heute Morgen ist wieder ein Gasthof im Kanton Zürich abgebrannt. Zum Glück wurden keine Menschen verletzt. Der Sachschaden geht in die Millionen! Das ist innerhalb kürzester Zeit schon der dritte Brandfall in den Kantonen Thurgau und Zürich. Alle Häuser liegen an dem sogenannten Jakobsweg, einem mittelalterlichen Pilgerweg, der in der letzten Zeit wieder sehr oft und sehr gern von vielen Menschen begangen wird. Ob zwischen den Bränden der verschiedenen Häuser ein Zusammenhang besteht, kann noch nicht gesagt werden. Die Polizei ermittelt in alle Richtungen! Und nun zu Meldungen aus aller Welt …“
Sie schaltete das Radio ab, sie war am Ziel.

Beuron lag im Dunkeln, die Straßenbeleuchtung war ausgeschaltet. Keine Menschenseele weit und breit. Sie fuhr auf den großen Parkplatz unterhalb des Klosters. Anna nahm den Weg, genauso wie er es ihr im Telefonat beschrieben hatte. Zuerst rannte sie die Treppe hinauf, dann an der Kirche vorbei und bis zu dem Gebäude, einem imposanten dreistöckigen Bauwerk, das im Dunkeln einen äußerst bedrohlichen Eindruck auf sie machte. Sie lief bis zu einer Eingangstür und drückte die Türklinke nach unten. Die Tür war abgeschlossen. Als sie um die Hausecke bog, kam sie nicht mehr weiter, denn eine etwa mannshohe Mauer versperrte ihr den Weg. Auch die kleine Pforte, die sie darin entdeckte, war abgeschlossen. Sie beschloss über die niedrige Mauer zu klettern.

Dahinter lag ein kleiner Garten, der bei Lichte gesehen sicherlich sehr schön aussah. Sie hörte in der Nähe einen Springbrunnen plätschern und sah auch vereinzelte Ruhebänke im Scheine ihrer Taschenlampe am Wegesrand auftauchen. In gebückter Haltung schlich sie um das große Gebäude herum, immer bemüht, kein Geräusch zu verursachen. Obwohl sie wirklich alles genau absuchte, fand sie nichts, weder einen Zugang in das Haus noch irgendeine Nachricht oder ein Zeichen von dem Alten. Zu allem Übel regnete es jetzt auch noch. Es goss in Strömen.

Sie fing an die Wege abzuschreiten, die sternförmig vom Springbrunnen wegführten, bis sie einen Rundweg erreichte. Diesem folgte sie weiter und verließ ihn auch nicht, wenn hier und da ein weiterer Weg abzweigte und in eine andere Richtung führte. Es dauerte nicht lange, da sah sie ein kleines Häuschen schemenhaft aus dem Dunkel auftauchen, das einem Unterstand oder einem kleinen Gartenhäuschen ähnlich sah. Vorsichtig schlich sie darauf zu und sah eine Tür, die wie schon die anderen zuvor abgeschlossen war. Wütend trat sie mit voller Wucht dagegen. Der Knall kam ihr vor, als wenn er in der Stille der Nacht vermutlich in Stuttgart zu hören war. Sie würde sich nicht wundern, wenn im nächsten Moment eine Herde Mönche aus dem Kloster angelaufen käme.

Sie ärgerte sich sogleich über ihre Unbeherrschtheit. Aber sie hatte Erfolg! Die Tür sprang auf. Als sie eintrat, meinte sie, ein Stöhnen zu

hören. Sie lauschte und dann endlich hörte sie es wieder. Hier drin war jemand. Sie war nicht allein.
Ihr lief eine Gänsehaut über den Rücken. Sie schaltete die Taschenlampe an und leuchtete in den Raum hinein, sah Stühle und einen Tisch, auf dem ein aufgeklapptes Gärtnermesser mit einer krummen Klinge lag. An der Wand, im Herrgottswinkel, hing ein Kruzifix, darunter eine Blumenvase ohne Blumen, nur mit schmutzigem Wasser gefüllt. Im Schein der Lampe sah sie eine weitere Tür. Langsam öffnete sie die Holztür, die ein wenig klemmte und erbärmlich in den Angeln quietschte, als wenn sie selten oder lange nicht mehr benutzt worden war.
„Ist da jemand?", fragte sie in die Stille. Niemand antwortete. Sie fragte noch einmal, dieses Mal aber schon lauter und viel fester: „Hallo, ist da jemand? Simon, sind Sie hier?"
Aus einer Ecke des Raumes hörte sie wieder dasselbe Stöhnen wie vorher.
Sie leuchtete mit ihrer Taschenlampe in diese Richtung und sah auf einer Pritsche in der Ecke des Raumes ein Bündel liegen. Verschnürt wie ein versandfertiges Paket, an Händen und Füßen gefesselt, den Mund mit einem Klebeband zugebunden, schaute Simon Hirt sie mit aufgerissenen Augen an.
„Herr Hirt, was hat man denn mit Ihnen angestellt?" Schnell war sie bei ihm und riss mit einem Ruck das Band von seinem Mund. „Na endlich! Ich dachte schon, du kommst überhaupt nicht mehr, Anna!"
Sie war sprachlos. „Nun mal langsam, Herr Hirt. Ein bisschen mehr Dankbarkeit würde Ihnen nicht schaden", antwortete sie ihm, währenddessen sie die Fesseln durchtrennte.
„Sie rufen irgendwann mitten in der Nacht an, reißen mich aus dem Schlaf und verlangen von mir, dass ich wegen Ihnen nach Beuron fahren soll. Hier ist natürlich alles verschlossen, Ihre Beschreibung war sowieso nicht hilfreich, ich springe über Mauern und irre in einem Garten umher, bis ich Sie endlich nach langer Suche finde, befreie Sie auch noch und dann fällt Ihnen nichts anderes ein, als mir vorzuwerfen, dass ich jetzt erst komme? Ja denken Sie, ich habe nichts anderes zu tun, als hier in der Nacht fremde Türen einzutreten?"

Er kroch ächzend von der Liege, den Rücken mühsam durchdrückend und die eingeschlafenen Hände und Beine massierend.
„Reg dich doch nicht so auf. Die müssen doch nicht ganz richtig im Kopf sein, das mit mir altem Mann zu veranstalten. Ich habe doch niemandem etwas Böses angetan."
Er nahm sie in seine Arme und drückte sie fest und dankbar.
Anna löste sich aus der Umarmung. „Wir müssen hier verschwinden. Schnell! Vielleicht kommen die wieder und dann haben wir beide ein Problem!" Sie fasste seine Hand und zog ihn mit sich ins Freie.
Es dauerte nicht lange, bis sie das Gartentor erreichten.
„Hier müssen wir drüber! Denken Sie, dass Sie es schaffen?" Er nickte und nahm sogleich Anlauf. Doch er schaffte es nicht. Nach einem weiteren vergeblichen Versuch kam Anna ihm zu Hilfe und schob ihn kräftig nach oben. Gemeinsam schafften sie es schließlich.
Oben angekommen ließ er sich einfach entkräftet auf die andere Seite plumpsen. Anna hörte den dumpfen Aufschlag und hoffte inständig, dass alle seine Knochen nach dieser Aktion noch ganz waren. Als sie auf der anderen Seite der Mauer ankam, sah sie mit Erleichterung, dass alles heil an ihm geblieben war. Sie rannten weiter zum Parkplatz. Schnell startete sie ihren Bus. „Nur schnell weg von hier und zurück nach Konstanz!"
„Halt, Anna! Wir können nicht zurück nach Konstanz. Ich muss nach Stuttgart. Unbedingt!" Er klang sehr energisch und er sprach es so aus, als wenn es um Leben oder Tod ging.
„Herr Hirt, wo wollen Sie hin? Nach Stuttgart? Um diese Zeit? Ist Ihr Bedarf an Abenteuern immer noch nicht gestillt?"
Nein, sein Bedarf an Abenteuern war bis zu seinem Lebensende gedeckt. Seine schmerzenden Knochen reichten ihm. Doch er wollte wissen, was hier vorging. So einfach kämen die ihm nicht davon. Die erlebte Angst und die ausgestandene Qual waren nicht vergessen.
„Anna, fahr mich zum Flugplatz. Und lass doch endlich mal dieses Herr Hirt weg. Ich heiße Simon." Sie hatte nichts dagegen.
„Gut, Simon, fahren wir nach Stuttgart. Bleibe also ganz entspannt. Aber erzähl mir doch endlich, was im Kloster vorgefallen ist. Ich dachte, du gehst auch auf Pilgerschaft?"

„Das stimmt, ich wollte direkt auf die Pilgerschaft gehen. Ich kann nichts mehr verlieren, nur noch gewinnen. Deshalb wollte ich den Jakobsweg ab Konstanz laufen, den gesamten Weg bis Santiago. Als ich schon in Kreuzlingen war, fiel mir ein, was dein Vater erzählte. Ich kehrte unvermittelt um und stieg in den erstbesten Zug nach Beuron und quartierte mich im Kloster ein. Auch wenn ich nichts erfahren sollte, so dachte ich mir, dann hätte ich hier wenigstens ein paar Tage Ruhe gefunden. Meinen Weg kann ich auch von hier beginnen. Auf einen Tag früher oder später kam es nicht mehr an. Auf den ersten Eindruck war im Kloster alles so wie immer. Der Tod von dem jungen Mönch war kein Thema mehr. Das Leben darin verlief scheinbar normal. Die fünf Messen bestimmten den Tagesablauf der Brüder und zwischendurch gingen sie ihrer Arbeit nach.
Ich aber, der vorher schon einige Male das Kloster besuchte, spürte eine gewisse Angespanntheit unter den Brüdern. Etwas schien verändert, ohne dass ich es in Worte fassen konnte. Jedenfalls war für gestern Abend ein Kapitel einberufen. Ein dicker Mönch fiel mir gestern beim Mittag auf. Er saß an einem Tisch zusammen mit einem elegant gekleideten älteren Herrn, der von ihm Herr Doktor genannt wurde, und einer Frau. Es sah so aus, als wenn sie sich gut kannten. Jedenfalls legte der elegante Herr dem Mönch immer wieder die Hand während des Gespräches auf den Arm. Der Mönch wirkte fürchterlich aufgeregt. Während die anderen Brüder tüchtig arbeiten mussten, durfte der dicke Mönch mit seinen Gesprächspartnern ungestört am Tisch sitzen und wurde sogar noch bedient. Ich wurde natürlich neugierig, was die an dem Tisch so Wichtiges besprachen. So rückte ich meinen Stuhl ein wenig näher zum Tisch und lauschte. „Aber Bruder Gotthold“, sagte der ältere Mann, „so glaube uns doch. Du brauchst keine Angst zu haben! Die haben doch den möglichen Mörder schon. Pfarrer Klein war es doch gewesen! Dich kennen sie doch gar nicht.“ Und der Mönch sagte mit zitternder Stimme: „Wieso mich? Ich habe doch damit nichts zu tun! Wieso ist der Klein schon wieder auf freiem Fuß?“ „Doch nur, weil keine Fluchtgefahr besteht! Aber glaube mir, dieser überhebliche Alleswisser kommt da nicht mehr mit heiler Haut raus. Da bin ich mir ganz sicher! Also Bruder Gotthold, wir können schweigen“, sagte wieder der Mann und dann

drohte er dem Mönch, dass er nicht für immer schweigen wird, es sei denn, er bringe ihm das Besprochene. Überrascht schaute ich unvorsichtig zum Tisch. Wussten die etwas über den Tod des Bruders Manuel?
Dem Doktor war es nicht entgangen, denn er sagte zu mir: „Ich glaube, ich sehe nicht richtig. Die Presse ist ins Kloster gezogen? Wollen Sie Abbitte leisten für die vielen Lügen, die Sie in ihrem Blatt verbreiten? Wie war doch gleich der Name?“ Ich fühlte mich ertappt und gab ihm die Antwort, die er hören wollte. Und dann fiel mir ein, wo ich diesen Mann schon einmal sah. Er hieß Wedelmann und ich habe mal einen ganzen Artikel über ihn geschrieben. Aber ich schweife schon wieder ab. Jedenfalls nutzte der Mönch die Gunst der Stunde, verabschiedete sich und verließ fluchtartig das Refektorium. Als ich ihn so gehen sah, traute ich meinen Augen nicht. Ich bin mir hundertprozentig sicher, dass er einer der beiden Mönche war, die ich auf dem Ausgrabungsgelände sah. Als ich ihn am Abend zufällig traf, stellte ich ihn direkt zur Rede. Er wurde rot und schüttelte den Kopf und meinte, dass ich mich irren muss. Da war ich anderer Meinung und um ihn aus der Reserve zu locken, setzte ich noch eins drauf und sagte, dass es die Polizei sehr interessieren würde, was ich da über den Tod von Bruder Manuel gerade gehört hatte. Er sah mich erschrocken an und eilte davon. Später ging ich noch einmal raus, um ein Pfeifchen zu rauchen. Ein dumpfer Schlag auf meinen Hinterkopf raubte mir das Bewusstsein.
Als ich aufwachte, wusste ich nicht, wo ich mich befand. Der Raum, wo ich auf dem blanken Boden lag, war nicht größer als eine Abstellkammer. Man hatte mich gefesselt und verschnürt. Erst nach einigen Versuchen gelang es mir, mich zu befreien. Zum Glück hatte ich noch mein Handy und ich konnte dich anrufen.
Dann kamen sie wieder. Sie überwältigten und betäubten mich anschließend. Ich bin mir sicher, dass der dicke Mönch Gotthold einer davon war. Als ich aus der Bewusstlosigkeit erwachte, lag ich in dem Raum, wo du mich gefunden hast.“
Sie erreichten den Stuttgarter Flugplatz. Kurz entschlossen fuhr sie direkt vor die Eingangshalle, stellte die Warnblinkanlage an und ver-

abschiedete sich. „Wieso willst du unbedingt nach Frankreich, Simon? Etwa nach Paris?“
„Schön wäre es! Aber ich fliege nach Le Puy, in die Auvergne.“
„In die Auvergne? In diese herrliche Vulkanlandschaft, aus der die schmackhaften grünen Linsen kommen?“
„Genau richtig! Der Mönch sagte es zu Wedelmann. Vielleicht finde ich dort des Rätsels Lösung?“
Sie wollte noch mehr von ihm wissen, aber hinter ihr hupte es laut. Ein Taxifahrer gestikulierte wild hinter dem Lenkrad herum. Sie sprang in den Bus und winkte Simon zum Abschied noch einmal zu. Er hatte sich schon umgewandt und lief voller Entschlossenheit durch die große gläserne Tür in die Flughafenhalle.

Kapitel 9

Nach einer unruhigen Nacht trafen sie sich zum Frühstück. Sie knabberten wortlos an ihrem Essen und tranken still den obligatorischen Morgenkaffee. Auch das Verschwinden des vermeintlichen Toten aus der Mönchszelle, was ihnen Bruder Hubert während des Frühstücks bei einem überraschenden Besuch aufgeregt berichtete, vermochte sie weder in große Aufregung noch in eine andere Stimmung zu versetzen. Dass Carlos schon allein aufgebrochen war, verwunderte sie umso mehr. Immerhin hinterließ er eine kurze Nachricht für sie bei der Wirtin. Er wünschte ihnen alles Gute auf dem Weg und ein *Ultreia Santiago* durfte natürlich nicht fehlen. Was sie nicht verstanden, war eine Bemerkung zum Schluss: *Nigra sum sed formosa.*
Die ersten Schritte kosteten sie große Überwindung. Die Ereignisse der letzten Tage hinterließen Spuren in ihrer körperlichen Verfassung. Schritt für Schritt schleppten sie sich die ersten Meter aus dem Örtchen heraus. Erst als sie in Au an einer winzigen Kirche angelangt waren, sahen sie sich noch einmal um, die beeindruckende Ansicht des Klosters bewundernd.
Franz hielt sich nicht lange auf. Er verspürte keine Lust auf ein Gespräch mit Sarah, wollte einfach nur laufen. Irgendwie musste er das Erlebte verarbeiten. So trottete er Sarah in ein paar Metern Abstand

hinterher, die, ohne auf ihn zu warten und auf seine Stimmung Rücksicht zu nehmen, elanvoll voranschritt. Der Anstieg war steil und zog sich in die Länge. Das Hörnli, ein weiterer Tausender auf ihrem Weg, wollte erst bezwungen sein. Das Sträßlein wurde immer schmaler. Dafür lichtete sich der Wald umso mehr, je höher sie kamen. Lautes Gedröhne der riesigen Glocken, die den Kühen um den Hals hingen, reizten sie zum Lachen. Schweizerischer konnte es gar nicht mehr werden auf ihrem Weg. Den Rindern schien es egal, was um ihrem Hals baumelte und die Ruhe hier oben störte. Sie fraßen mit einer Lust und Hingabe die tiefgrüne, blumenreiche Weide ab.
Auf dem Gipfel endlich angekommen, waren sie fast am Ende ihrer Kräfte. Das geöffnete Bergrestaurant zog sie magisch an und sie suchten sich einen freien Platz an einer der vielen Biertischgarnituren, die wegen des schönen Wetters und der grandiosen Aussicht im Freien aufgestellt waren. Schnell holten sie ihre Brote aus dem Rucksack, tranken dazu Wasser aus der Flasche und schickten den diensteifrigen Kellner ohne Bestellung zurück in das Restaurant.
Fasziniert betrachteten sie die Berge am Horizont. Neben dem Pilatus, dem Hausberg von Zürich, meinten sie, sogar den Eiger zu sehen. Der wundervolle Blick auf diese schöne Bergwelt machte ihnen den Kopf frei und vertrieb die schlimmen Gedanken.
Dass Carlos nicht mit ihnen ging, bedauerte Sarah. Es wäre sicherlich interessant gewesen, ein Stück des Weges zusammen zu gehen. Aber vielleicht traf man sich wieder auf dem Weg, irgendwann.
Beide erholten sich schnell und fühlten sich jetzt besser. Nachdem ihre letzten Brote verspeist waren, brachen sie wieder auf. Es dauerte nicht lang, bis sie die Kehrseite des Gipfelsturms verspürten. Den steilen Abstieg vom Hörnli nahmen ihnen ihre Knie übel und sie waren froh, als sie endlich unten im Tal, im Örtchen Steg ankamen.
Wieder war eine Grenze überschritten. Auch wenn es nur eine Kantonsgrenze war, doch immerhin. Sie merkten, dass ihre Umgebung sich veränderte und sie sich nun in einem reformierten Teil der Schweiz befanden, dem Kanton Zürich. Die religiösen Wegbegleiter wurden seltener oder verschwanden ganz. In Fischenthal sahen sie einem Bauern zu, wie er seine Wiese abmähte, die sich an einem steilen Berghang befand. Es sah äußerst halsbrecherisch und ge-

fährlich aus. Jeden Augenblick konnte es passieren, dass er umkippte und sich überschlug. Dem Bauern machte dies alles nichts aus, er winkte ihnen sogar noch freundlich zu, als er bemerkte, wie sie ihm zusahen. Sie bogen an einer Weggabelung von der geteerten Straße ab und liefen nun auf einem Wiesenweg.
Sie liefen immer weiter bis nach Rapperswil. Wenn sie nach einer längeren Zeit einsamen Wanderns einen größeren Ort oder eine Stadt betraten, wurde es für sie immer öde und stressig. Die Hektik um sie herum nahmen sie dadurch viel intensiver wahr als sonst. In Rapperswil war es nicht ganz so schlimm. Die Stadt, eine wichtige Station auf dem Schwabenweg, war nicht so groß und ausgedehnt. Der Weg entlang der Straße hielt sich in Grenzen.
Schnell waren sie im Zentrum angelangt und erblickten schon im Herzen der mittelalterlichen Altstadt das heutige Ziel, das *Hotel Jakob*, einem gemütlichen Hotel, von Pilgern gern besucht.
Bevor sie es aufsuchten, liefen sie daran vorbei und den Burgberg hinauf, wo sie den atemberaubenden Blick auf den Zürichsee und die Glarner Alpen genossen. Beeindruckt und eng umschlungen standen sie vor dieser Kulisse und konnten sich kaum sattsehen. Verträumt sahen sie einzelne Boote auf dem See, manche mit Segel, andere von Motorkraft getrieben, lautlos und majestätisch dahinziehen. Die Wellen um sie herum breiteten sich aus und zogen immer weitere Kreise.
Zurück im Hotel blieb das Glück weiter an ihrer Seite. Ein Zimmer war für sie als Pilger noch frei. Als es Zeit zum Abendessen wurde, gingen sie hinunter in die Wirtschaft und fanden einen Platz auf der Terrasse vor dem Restaurant an einem der rustikal zusammengezimmerten Tische.
Die Abendluft war erstaunlich lau. Das Lokal war sehr gut besucht. Sie waren froh, zwei freie Plätze gefunden zu haben. Außer ihnen saß nur noch ein Ehepaar am Tisch, das sich angeregt unterhielt. Erst nachdem Sarah und Franz an dem Tisch Platz genommen hatten, unterbrach das Pärchen kurz das Gespräch und grüßte freundlich zurück. Ein Kellner brachte ihnen fünf Minuten später die bestellte Pilgersuppe, eine Minestrone. Es mundete ihnen vorzüglich und ausgehungert, wie sie waren, war der randvolle Teller schnell ge-

leert. Franz bemerkte, wie das Schweizer Pärchen sie beobachtete. Mit der letzten Scheibe Brot aus dem Korb wischte er den Rest der Suppe von seinem Teller.
„Schauen Sie“, sagte er zu den Schweizern, „den können die Kellner wieder in den Schrank stellen, er sieht aus, als wäre er gar nicht benutzt worden.“
Die Schweizer lachten und der etwa fünfzigjährige Mann, ein schlanker, drahtiger Typ mit streng gescheiteltem Haar, meinte daraufhin: „Na, ganz schön ausgehungert, was? Ja, das Laufen an der frischen Luft macht hungrig. Mir geht es auch immer so. Wenn ich ein paar Tage in der Natur unterwegs bin, dann könnte ich immer essen für zwei. Sind Sie heute etwa den ganzen Tag gelaufen?“ Sie nickten. Die etwas jünger aussehende Frau sagte zu Sarah: „Sie etwa auch? Können Sie denn mit ihrem Mann einfach so mithalten?“
„Doch, schon. Wir kommen ganz gut klar mit unseren unterschiedlichen Gangarten. Es spielte sich in der Zwischenzeit so ein. Wir sind ja schon eine Weile unterwegs.“
Sie schüttelte den Kopf. „Ich könnte das nicht! Da würden meine Beine streiken. Nein, nicht nur meine Beine. Mein ganzer Körper würde rebellieren! Obwohl, meiner Gesundheit würde es bestimmt nicht schaden.“
Die Frau war ziemlich korpulent, was ihr aber überhaupt nichts ausmachte. Sie lachte eher über die Vorstellung, den ganzen Weg laufen zu müssen und dann nicht mehr weiter zu können, irgendwo in der Einöde herumzuliegen, verzweifelt nach Luft schnappend.
„Es sind immer mehr unterwegs auf dem Weg“, stellte der Mann fest. „Ich weiß, wovon ich rede, denn ich besitze ein kleines Busunternehmen, also das heißt, ich besitze einen Reisebus und fahre ihn auch selbst. In Deutschland bezeichnet man solche Firmen neuerdings als *Ich-AG.* Klingt aber nicht so schön wie mein Firmenname.“
„Fahren Sie dann nur in der Schweiz herum oder unternehmen Sie auch weitere Touren?“, fragte Franz.
„Ich fahre dorthin, wohin ich soll. Aber in letzter Zeit bucht mich das Reisebüro, mit dem ich viel zusammenarbeite, nur noch für Reisen entlang des Jakobsweges. Es gibt kaum noch andere Fahraufträge für mich. Früher fuhr ich nach Italien oder Frankreich. Auch fuhr ich

viel nach Deutschland. Ich bin gern in Deutschland unterwegs und mir gefällt es auch dort! Oft fuhr ich in das wunderschöne Rheinland oder an die Mosel. Manchmal auch nach Berlin oder nach der Öffnung der Mauer in den Osten. Nicht gleich am Anfang. Da war es den Schweizern noch zu exotisch in der ehemaligen DDR. Viele dachten vielleicht damals, was geschieht, wenn ich dort drüben bin und es geht die Mauer wieder zu. Dann muss ich auf Gedeih und Verderb bei den Kommunisten bleiben!" Er lachte laut.
„Ja, ja meine Landsleute. Die sind nicht für so waghalsige Sachen. Gerade kurz nach der Öffnung war es doch dort drüben am interessantesten. Da sah man noch, wie die leben mussten! Die graue und öde sozialistische Wirklichkeit war doch furchtbar anzuschauen. Dass die das überhaupt so lange mitgemacht haben."
Er machte eine Pause.
„Aber wie ich schon sagte, im Augenblick ist der Jakobsweg in Mode. Ich werde jetzt als Pilgerbus gemietet, bin ein richtiger Pilgershuttle. Jetzt fahre ich mit meinen Gästen von einer Ortschaft bis zu einer anderen auf dem Pilgerweg. Es ist schon verrückt! Manchmal transportiere ich nur das Gepäck in meinem Bus und fahre fünf, manchmal zehn oder mehr Kilometer. Dann läuft die Reisegruppe geschlossen ein Stück vom Weg. Immer nur die spektakulärsten Teilstücke werden gewandert. Ich aber muss warten an dem vorher vereinbarten Treffpunkt und dann kommen sie angelaufen oder angehumpelt, total verschwitzt und sind vollkommen mit ihrer Kraft am Ende. Trotzdem sehen sie glücklich aus. Es ist ganz angenehm mit diesen Gruppen. Es gibt keinen Ärger und keinen Krawall oder Streit! Manchmal singen sie auch nach so einer Etappe. Klar, es sind meist ältere Menschen, die sich für so eine Art des Pilgerns entscheiden."
„Warum nicht?", entgegnete Franz dem Mann. „Die Zeiten haben sich geändert. Früher konnten wenige mit einer Kutsche oder einem Pferd so reisen. Heute kann es fast jeder so machen, ich meine, mit dem Bus pilgern. Ist doch auch ein Fortschritt!"
Der Schweizer schüttelte zweifelnd den Kopf. „Ob alle sich das leisten können, wage ich zu bezweifeln. Es ist nicht billig so ein *AIPP*, ein *All Inklusive Pilger Paket*. Das kostet schon ein wenig! Früher, als es langsam wieder in Mode kam, da ging es noch. Jetzt ist es

schon ein ganzes Stück teurer. Der Wettbewerb ist gering, der Markt verteilt. Neuerdings klagt die Chefin meines Reisebüros, dass viele Übernachtungsmöglichkeiten nicht mehr vorhanden sind oder aber bedeutend mehr verlangen. Man hat ihr angeboten, alle Übernachtungen entlang des Weges als Paket bei einem Unternehmen zu buchen. Die Kette nennt sich einfach *JPH – Jakobus Pilger Hotel*. Die gibt es jetzt überall auf dem Weg. Aber, wenn wir jetzt dort buchen, meinte die Chefin, dann verschwinden die ganzen anderen Hotels irgendwann von der Bildfläche und dann sind wir denen ausgeliefert. Sie möchte das so lange wie möglich verhindern. Auch wenn wir etwas teurer sind und dadurch Kunden verlieren. Das finde ich wirklich weit gedacht!"

Franz pflichtete ihm bei und fragte: „Was wird denn teurer? Nur euer Reisepreis?"

„Na alles! Fangen wir mit dem Einfachsten an. Für den kleinen Hunger zwischendurch, die Boccadillos, die belegten Brote zum Beispiel. Der Preis hat sich verdoppelt. Der Kaffee oder das eiskalte Getränk, auch dieser Preis ist unwahrscheinlich in die Höhe gegangen. Die Übernachtungspreise in Frankreich oder Spanien haben sich fast verdoppelt. Früher gab es in Spanien sogenannte Refugien. Dort durfte man umsonst übernachten, meistens nur gegen eine kleine Spende. Die gibt es zwar immer noch, aber teilweise in einem miserablen Zustand und dann übernachten dort natürlich immer weniger. Immer mehr Pilger ziehen es vor, in diesen zumeist sehr teuren Hotels der *JPH*-Kette zu übernachten. Sicher, meine Pilger, die ich durch die Gegend kutschiere, haben nie in den Refugien übernachtet, immer in Hotels und keinen schlechten. Aber wenn der Trend so anhält, ist es einfach für viele zu teuer. Wer weiß, wie lange ich noch Aufträge von dem Büro bekomme?"

Es war eine ungewöhnlich lange Rede für einen Schweizer. Beruhigend streichelte ihm seine bessere Hälfte die Wange. Er winkte nach dem Kellner und bestellte eine Flasche Rioja.

„Ich möchte Sie einladen! Bitte sagen Sie nicht Nein. Es bringt Glück, so sagt man, mit Pilgern zusammen zu sein und Sie zu einem Gläschen einzuladen." Er hob sein Glas.

„Ich bewundere jeden, der sich auf den Weg macht. Wirklich jeden! Ich werde ihn auch gehen. Irgendwann! Ich wünsche euch alles Gute!“ Die Gläser klirrten beim Anstoßen.
„Ich finde euch wirklich sympathisch, euch Pilger! Wenn ihr wollt, könnt ihr morgen nach Santiago mitfahren. Ich habe noch zwei Plätze frei. Es kostet euch keinen Franken. Ihr seid in zwei Wochen am Ziel. Also, was ist?“ Während Sarah sehr nachdenklich schaute, riss Franz beide Arme empor und streckte sie abwehrend dem Schweizer entgegen.
„Weiche, Satan!“, rief er in den Nachthimmel und fing dann lauthals an zu lachen. Das johlende Gelächter der vier war so laut, dass sich die anderen Gäste verwundert umschauten.

Kapitel 10

Es war wunderschön hier oben. Sie saßen auf ihrer Isomatte mitten im Gras und genossen die Aussicht auf das Tal. Der Anstieg hierherauf war kurz und steil und sehr anstrengend. Sie waren froh, diesen Abschnitt hinter sich zu haben. Unten, am Beginn des Berges, sahen sie zwei weitere Pilger. „Die haben jetzt noch etwas vor sich“, sagte Sarah. „Ja, die Armen. Die Frau sieht jetzt schon so aus, als ob sie am Ende ihrer Kräfte ist. Dabei haben sie mit dem Aufstieg noch nicht einmal begonnen“, antwortete ihr Franz.
Die Pilger unter ihnen musterten misstrauisch den Anstieg. Während die Frau gestenreich mit ihrem Mann diskutierte, schnitt Franz einen knackigen Apfel in zwei Hälften und reichte eine davon Sarah. Wortlos nahm sie das Obst, biss davon ein Stück ab und wischte mit dem Handrücken den herausfließenden Saft vom Mund ab.
Sie konnten sich Zeit lassen. Rapperswil hatten sie am frühen Morgen verlassen. Zuerst liefen sie über den Zürichsee auf dem neu errichteten Holzsteg. Auf diesem leicht schwankenden Steg unterwegs zu sein, vielleicht einen Meter über dem Wasser und dies überraschend ohne eine weitere Menschenseele, war richtig wohltuend und erholsam. Es war eine hervorragende und weitsichtige Idee der Stadt, diesen alten Pilgerweg direkt über den See wieder herzustel-

len. Vorher liefen die Pilger der Neuzeit den gesamten Weg an der Straße entlang.
Was das bedeutete, merkten sie, als der Steg zu Ende war. Der Gestank und Krach des unentwegt rollenden Verkehrs auf der gut befahrenen Straße war ein vollkommener Kontrast zu dem ruhigen Wandern über den See. Sie mussten auf dieser Straße bis nach Pfäffikon laufen und gelangten erst dann wieder in ein ruhigeres Gebiet. Oberhalb von Pfäffikon wurden sie für ihre Mühe mit einer phänomenalen Sicht auf das grünlich schimmernde Wasser des Zürichsees belohnt. Der Weg führte weiter durch schöne Waldstücke und Lichtungen, bis sie zum Etzelpass gelangten, das Restaurant mit dem Namen des heiligen Meinrad hoch über sich erblickend.
Das Pilgerpärchen begann endlich mit dem Anstieg. Schon jetzt hörten sie ihr lautes Schnaufen und die sich ständig wiederholenden, aufmunternden Worte des Mannes, der schwer beladen voranlief. „Schau, Liselotte, bald haben wir es geschafft. Nur noch ein paar Meter, dann sind wir oben. Du schaffst es! Wirklich, du schaffst es ganz bestimmt."
Dies wiederholte sich nach fast jedem bewältigten Höhenmeter so lange, bis sie den hochroten Kopf des Mannes vor sich auftauchen sahen. Einen längeren Atemzug später dann seine bessere Hälfte. Die Anstrengung stand auch der Frau ins Gesicht geschrieben, und als sie endlich wieder geraden Boden unter den Füßen verspürte, blieb sie zunächst stehen und stützte sich, dabei schwer nach Luft ringend, auf ihre Wanderstöcke. „Puh, das war anstrengend. Ich dachte schon: da komme ich nie hinauf, das schaffe ich niemals", stammelte sie.
Der Mann, ebenfalls am Ende seiner Kraft und etwas wacklig auf den Beinen, warf das Gepäck in das Gras und wollte sich neben Franz und Sarah setzen. „Rudolf, du willst dich doch nicht mit deiner sauberen Hose einfach auf die Wiese setzen? Die Grasflecken bekomme ich doch nie wieder heraus!" Liselotte schien sich erholt zu haben.
Rudolf folgte aufs Wort und hielt mitten in der Abwärtsbewegung augenblicklich inne und richtete sich wieder auf. Etwas zerknirscht erwiderte er: „Aber Lottchen! Wieso denn nicht? Ist doch schön hier!"

Aber nicht schön genug für sein Lottchen! Nun wieder, erstaunlich schnell erholt und bei Atem, griff sie sich ihren Rucksack, packte energisch die Stöcke und sagte: „Komm, Rudolf, dort ist eine schöne Wirtschaft. Da gehen wir jetzt hin zu einer kurzen Rast. Ich setze mich doch hier nicht in den Dreck. Wir sind doch keine Hippies!"
Ohne eine Antwort von Rudolf abzuwarten, schritt Liselotte voran. Ihre teuren Wandersachen waren makellos. Rudolf, genauso perfekt gekleidet und für jeden Ernstfall gewappnet, trottete etwas geknickt hinterher. Aber während Liselotte die Pilger auf der Isomatte nicht einmal beachtete, nickte Rudolf ihnen wenigstens zu und machte eine verlegene, etwas hilflos wirkende Geste. Sie lachten ihm zu und hoben grüßend die Hand. Franz rief ihm noch lachend den Pilgergruß hinterher und sagte zu Sarah: „Wenn du einmal so wirst, wie dieses Lottchen, dann lasse ich mich scheiden."
„Bei uns wird es wohl anders herum sein. Dann werde ich vorangehen und dich immer wieder aufmuntern müssen", konterte sie lachend, während Franz sie auf den Boden drückte und ihr einen Kuss gab.
Als er den Wanderführer aus seinem Rucksack herausnahm, bekam er das Büchlein von Bruder Manuel in die Hände. Da war es also wieder, dieses mysteriöse Büchlein. Warum hat er es nur mitgenommen? Warum hat er es nicht dem Polizisten gegeben? Er wusste es selbst nicht. Noch immer hielt er es in seinen Händen und zögerte, es wieder in den Rucksack zu tun.
Es schien ein Notizbuch zu sein, ohne speziellen inneren Aufbau, keine Überschriften, keine für ihn erkennbare Systematik. Es wurden seitenweise Textstellen aus der Bibel aufgeführt. Dann wieder Zahlenkolonnen, danach wieder Bibelstellen. Doch es gab keinen Zweifel, es musste etwas darin stehen, was diesen arroganten Fettwanst Wedelmann interessierte. Oder vielleicht fürchtete?
Er gab das Büchlein Sarah. Sie blätterte darin und schüttelte dann den Kopf. „Du zeigst es mir heute ja nicht das erste Mal, doch ich verstehe immer noch nichts. Alles nur Bibelstellen und Zahlenreihen. Hier zum Beispiel die Zehn Gebote. Du sollst nicht töten, du sollst nicht ehebrechen, du sollst, du sollst ... Immer so weiter. Darunter die Bibelstelle, aus der er zitiert. Doch warte mal ..."

Sarah las plötzlich sehr angespannt in dem Buch. Sie blätterte nach vorn, dann wieder zurück, holte sich einen Stift aus ihrer Jackentasche und notierte etwas auf einem Zettel. Franz wurde vor lauter Neugierde ganz unruhig.
„Ich begreife nicht, warum gleiche Bibelstellen mit ständig wechselnden Verfassern und Textstellen aufgeführt werden. Schau hier! Du sollst nicht ehebrechen, darunter M. 10,19. Also nach meinem Verständnis Matthäus 10,19. So wird man es auch in der Bibel finden. Hier aber E. 8,23 oder hier K.11,12. Genauso bei diesem Eintrag, du sollst nicht stehlen. Zuerst wieder M.10,19, hier aber B.1,28 oder F. 4,12. Dann wieder nur noch Zahlen. Was soll das bedeuten?“
„Was könnten die Buchstaben wohl ausdrücken?“, entgegnete Franz nachdenklich. „Wenn sie Anfangsbuchstaben für Namen wären, dann könnte es heißen B wie Bruder am 28.01. gestohlen, weil es unter dem Gebot steht, du sollst nicht stehlen. Oder hier F wie Franz etwa, am 04.12. Könnte es so sein?“
„Ja sicherlich, aber es ergibt nur einen Sinn, wenn man weiß, was gestohlen wurde.“
„Das ist eine gute Idee. Wenn ich mir aber überlege, dass es nur eine Gedankenstütze sein soll, dann könnte ich auch sagen, Ehebruch – Einsiedeln 23.08. oder K – wie Konstanz am 12.11. Vielleicht war der Bruder Manuel nur daran interessiert, den Eindruck zu erwecken, dass er vieles über Wedelmann wusste und notierte? Vielleicht erpresste er ihn sogar. Sicherlich gibt es in diesem dicht beschriebenen Büchlein weitere Textstellen dazu. Hier steht E 8,23 + 9,25 + 9,26 + 9,27 (W+?) und wenn unsere Theorie stimmt, dann könnte das W Wedelmann bedeuten, der fremdging. Mit einer Frau, die der Manuel nicht kannte, oder vielleicht einem Mann? Der tote Bruder war ein Spion, der hinter den Klostermauern seine Brüder und vor allen Dingen Wedelmann beobachtete.“
Sie lachte laut. „So ein Fiesling. Ich bin mir sicher, dass es so war. Komm, wir schmeißen es den Hang hinunter. Einfach weg mit dem Ding!“
„Das machen wir nicht! Angenommen, Wedelmann lässt nicht locker und will es zurück, denkst du, er würde uns dies glauben? Ich behal-

te es lieber bei mir“, sagte Franz und verstaute es in seinem Rucksack.
Die Terrasse der Wirtschaft war bis auf den letzten Platz gefüllt. Es waren natürlich nicht alles Pilger und Wanderer, die dort in der Sonne saßen und es sich gut gehen ließen. Gleich hinter der Wirtschaft führte eine Landstraße hinauf, die fast zugeparkt war. Es waren so viele Menschen hier oben, dass die vorhandenen Parkplätze bei Weitem nicht ausreichten. An einem der Tische sahen sie auch Rudolf sitzen. Bei ihm natürlich Liselotte, die scheinbar glücklich und zufrieden einen Eisbecher bearbeitete.
Bevor sie auf der Straße talwärts liefen, hielten sie noch einmal inne und genossen den herrlichen Anblick der Berge der Innerschweiz, sahen noch einmal zu den Mythen, die ihre Kegel gen Himmel reckten, und ließen dann ihren Blick ruhen auf dem gleißenden Funkeln des Wassers vom nahen Sihlsee. Ein schönes Stück Erde sahen sie, sogen diesen Anblick in sich auf und wollten ihn am liebsten behalten und mit sich führen zu späteren nicht so schönen Tagesabschnitten.
Sie liefen in einem strammen Tempo auf der Straße, die steil und in Serpentinen nach unten führte. Vorbei ging es an dem Geburtshaus des berühmten Arztes Paracelsus, der hier im Jahre 1493 geboren wurde, und dann kam sie, die Brücke mit dem geheimnisvollen Namen Tüfelbrugg, die Teufelsbrücke, die über die wilde, reißende Sihl führte. „Was für ein Name“, dachte Franz. Dabei sah diese Steinbogenbrücke gar nicht so fürchterlich und geheimnisvoll aus. Nur der Fluss, vielleicht zwanzig oder dreißig Meter darunter, strömte teuflisch wild dahin.
Als sie die Brücke überquert hatten, führte sie der Schwabenweg weiter zum Galgenchäppeli, einem Ort mit einer dramatischen Vergangenheit als Hinrichtungsstelle. An der schönen Raststätte mit Brunnen und fließendem Wasser und netten Bänken wollten sie nicht verweilen. Sie füllten sich nur ihre Trinkflaschen.
Es war schon Abend, als sie in Einsiedeln eintrafen. Sie waren ziemlich am Ende ihrer Kräfte, als sie den beeindruckenden Vorplatz des Klosters erreichten, dessen Arkaden an Bellinis Platz vor dem Petersdom in Rom erinnerten. Wuchtig stand das Kloster da. Davor

eine imposante Treppe, die den kleinen Gläubigen einlud, demütig in die alles überragende Kirche einzutreten. Sie schleppten sich die Treppe hinauf und in die Kirche hinein und fühlten sich von der barocken Pracht erschlagen. Zweifelsohne waren sie im Zentralheiligtum der Schweiz, ihrem heutigen Etappenziel angekommen.

Vor der im schwarzen Marmor erbauten Gnadenkapelle, der einstigen Gebetsstätte des heiligen Meinrads, standen, saßen oder knieten viele Menschen und beteten sie an, die Schwarze Madonna von Einsiedeln. Sie trug auf dem Arm ihr Kind, welches genauso gekrönt war wie sie selbst. Ihr prachtvoller Umhang reichte bis zum Boden.

Die beiden Pilger setzten sich in eine der Bankreihen im Hauptschiff der Kirche und ruhten sich aus. Es war schon spät und die Kirche leerte sich, viele Bänke waren frei. Pilger waren keine mehr zu sehen, hier und da ein Mönch, der im schnellen Schritt durch die Kirche huschte.

Franz sah in einem Seiteneingang einen hageren Mann mit einer unübersehbaren goldenen Uhr am Handgelenk stehen. In einer Hand hielt er die Einkaufstüte von einem Discounter. In die tat er das Geld hinein, das ihm einige Frauen und Kinder brachten.

Angewidert schaute er weg und sagte zu Sarah: „Ich muss hier raus. Komm, lass uns schnell den Pilgerstempel holen! Dann versuchen wir ein Pilgerlager im Kloster zu bekommen."

Sie schulterten ihr Gepäck und liefen zur Klosterpforte. Auf einem Schild stand der Hinweis, dass man läuten sollte, wenn ein Pilgerstempel gewünscht werde. Sie läuteten und warteten. Nichts geschah. Sie läuteten noch einmal und es geschah immer noch nichts.

An einem Verkaufstand mit Postkarten, Kreuzen und anderen Devotionalien stand ein Benediktiner und wartete sichtlich gelangweilt und reichlich desillusioniert auf Kundschaft für seinen klerikalen Kitsch.

Sie liefen zu ihm und baten um einen Stempel in ihren Ausweis, den sie vorsorglich aus dem Rucksack herausholten und dem Mönch zeigten. Er sagte ihnen, dass der zuständige Bruder zum Abendessen sei. Sie möchten doch kurz warten. In der Zwischenzeit können sie sich jedoch gerne umsehen und etwas bei ihm einkaufen.

„Schauen Sie, was ich hier für eine schöne Kette habe, gerade richtig für ihre hübsche Frau! Das Kreuz würde ihr sehr gut stehen."

Sie lehnten dankend ab.
Beim Weggehen drehte Sarah sich plötzlich abrupt um, lief zurück und kaufte die vergoldete Kette. Dazu suchte sie sich noch ein paar Postkarten aus und legte sie dazu. Der Mönch freute sich und bedankte sich überschwänglich.
„Da haben wir eben heute noch keinen Stempel vom Zentralheiligtum der Schweiz. Was soll`s! Mir gefällt es hier sowieso nicht. Vielleicht gehen wir morgen einen holen, wenn wir Lust dazu haben“, sagte Franz gelassen zu ihr. Er kannte seine Frau und ihre plötzlichen Einfälle.
Gerade als sie die Kirche verlassen wollten, rief jemand nach ihnen. Sie drehten sich um und ein salbungsvoll lächelnder Mönch winkte ihnen zu. Sie folgten ihm in ein Zimmer. Dort nahm er ihre Pilgerausweise, las sie aufmerksam durch und gab ihnen den Stempel. Danach bat er sie, noch einen Augenblick zu warten. Nach kurzer Zeit kehrte er in Begleitung eines anderen Herrn zurück. Der Mann war für sie kein Unbekannter. Sie waren allerdings verwundert, ihn hier zu sehen. Klöster waren anscheinend sein zweites Zuhause. Er war, wie wahrscheinlich an jedem Tag der Woche, in einem tadellos sitzenden, weißen Anzug gekleidet. Darunter trug er ein ebenso weißes Hemd, wobei die oberen Knöpfe geöffnet waren. Die goldene Kette um seinen Hals sah nicht leicht aus. Dr. Wedelmann schaute sie lächelnd an, wobei Franz und Sarah sein lauernder Blick nicht entging.
„Mein Herr“, sprach er Franz direkt an, ohne dabei Sarah zu beachten, „bekomme ich nicht noch etwas von Ihnen?“
„Wie kommen Sie darauf?“
„Hören Sie doch auf, sich unwissend zu stellen. Bruder Manuel saß an diesem Abend im Kloster neben Ihnen. Als er kam, trug er ein Büchlein bei sich. Bei seinem überstürzten Aufbruch ließ er es liegen. Sie müssen es mitgenommen haben. Also her damit, Pilger. Es gehört nicht Ihnen!“ Aus dem Gesicht des Doktors verschwand das bisherige Lächeln.
„Was steht denn so Wichtiges da drin, in diesem Büchlein, dass Sie ohne es nicht mehr schlafen können? Wie Sie schon richtig sagten,

ist es doch das Büchlein von Bruder Manuel und nicht Ihres! Warum wollen Sie es dann unter allen Umständen?“

„Haben Sie es nun oder haben Sie es nicht?“ Dr. Wedelmann drohte zu explodieren.

„Sie haben meine Frage nicht beantwortet.“

Wedelmann und der lächelnde Mönch schauten sich an und wussten nicht mehr weiter. Franz wurde nun selbst langsam wütend und stand auf. Er fühlte sich wie bei einem Verhör. Das salbungsvolle Lächeln von dem Mönch widerte ihn an. Aufgebracht rief er: „Also frage ich Sie noch einmal, warum ist es Ihnen so wichtig?“

„Das geht Sie gar nichts an! Wenn ich etwas will, dann bekomme ich es auch“, drohte ihm nun ganz offensichtlich Dr. Wedelmann. „Wissen Sie, mein Herr, der Bruder Manuel stand mir sehr nahe. Deshalb möchte ich das Buch als Erinnerung an ihn zurück. Ist das so schwer zu verstehen? Sollten Sie es sich doch noch einmal überlegen, dann bringen Sie es an die Pforte dieses Klosters und geben es diesem Bruder hier“, er deutete dabei auf den Mönch neben ihm, „und wenn nicht, Pilger, dann wäre es besser gewesen, wenn Sie zu Hause geblieben wären. Das können Sie mir glauben!“

Danach verließ er zornig den Raum. Auch der Mönch sagte nichts mehr, öffnete ihnen einfach nur die Tür und drückte ihnen wortlos die Pilgerausweise in die Hand. Krachend fiel hinter ihnen die Tür in das Schloss. Sie liefen in die Stadt. Das Gasthaus in unmittelbarer Nähe des Klosters war vollständig belegt. Erst im übernächsten Hotel hatten sie mehr Glück und bekamen noch ein Zimmer.

Nach dem Abendessen fand Franz keine Ruhe. Er musste noch ein paar Schritte durch die Nacht laufen. Der Klosterplatz lag still vor ihm, kalt in das Licht des Vollmondes getaucht. Ganz anders wirkte der Platz, wenn der Trubel des Tages vorbei und die Stille der Nacht eingezogen war. Die wuchtige Kirche sah bedrohlich auf ihn herab, als ob sie ihm seine Abneigung ihrer zügellosen Pracht heimzahlen wollte.

Er saß nachdenklich auf einer der Treppenstufen und schrak zusammen, als ein kleines Hündchen an seinen Beinen schnüffelte.

„Na, du Kleiner. Bist noch nicht müde?“

Er kraulte dem Kleinen das zottelige Fell. Voller Zufriedenheit knurrte das Tier dabei und reckte die feuchte Nase vertrauensvoll seiner Hand entgegen. In der Tasche fand Franz noch einen Halben Keks, den er ihm gab. Gierig verschlang dieser das trockene Stück. Schwanzwedelnd stand er vor ihm und schaute ihn bettelnd an. „Ich hab leider nichts mehr. Komm, geh jetzt zu deinem Herrchen!"
Als wenn das Hündlein ihn verstand, trollte es sich davon.
Franz ging hinüber zu einem der Schaukästen und las die kirchlichen Werbebotschaften, so gut es beim Licht des Mondes möglich war. Ein Mönch kam hinzu, blickte in einen anderen Schaukasten und sagte unvermittelt in einer tiefen, fast flüsternden Stimme zu ihm: „Pilger, ihr seid in größter Gefahr! Eilt rasch zurück ins Hotel. Rette deine Frau! Dann verschwindet umgehend von hier. Sucht in Stans Bruder Cyprianus."
Ehe Franz etwas fragen konnte, war der Platz neben ihm schon wieder leer. Als hätte sich der Mönch in Luft aufgelöst. Doch das fahle Licht des Mondes reichte Franz aus, um ihn zu erkennen. Es war der klerikale Kitschverkäufer.
Franz rannte zurück zum Hotel, in dem gerade eine ausgelassene Feier stattfand. Die Musik tönte ihm schon auf dem Bürgersteig entgegen. Durchs Fenster sah er Liselotte und Rudolf vergnügt das Tanzbein schwingen. Er rannte durch den Nebeneingang und stürmte die Treppen hinauf. Ihre Zimmertür war nur angelehnt. Vorsichtig öffnete er sie und sah voller Entsetzen die Sachen aus ihren Rucksäcken verstreut im ganzen Zimmer herumliegen. Auf dem Boden im Eingangsbereich war eine Blutspur. Sarah hämmerte gegen die Badezimmertür und rief verzweifelt um Hilfe. Schluchzend fiel sie ihm um den Hals, als er endlich mit vor Aufregung zitternden Händen die Tür aufschließen und öffnen konnte.
Zusammen auf dem Bett sitzend erzählte sie stockend: „Ich war unter der Dusche, als ich merkte, wie jemand ins Zimmer trat. Zuerst dachte ich, dass du es bist, aber als ich deinen Namen rief und niemand antwortete, da wusste ich, dass etwas nicht stimmte. Aus dem Bad kam ich nicht mehr heraus, denn die Tür war zu und versperrt. Dann gab es auf einmal einen Kampf. Franz, ich hatte auf einmal so eine große Angst. Das kannst du dir gar nicht vorstellen."

Als Sarah endlich eingeschlafen war, ging Franz noch einmal hinunter zur Rezeption und fragte den Mann, ob sich jemand nach ihnen erkundigt hätte. Der Mann schüttelte den Kopf. Franz drohte ihm mit der Polizei, wenn er nicht augenblicklich gründlich nachdenken würde. Erst dann antwortete ihm der Mann zögernd:
„Doch, mein Herr! Jetzt fällt es mir wieder ein. Ein Mann fragte nach einem Pilgerehepaar, denen er noch unbedingt etwas geben müsse. Er ließ sich nicht abweisen, bis ich ihm ihre Zimmernummer nannte. War das etwa nicht richtig?"
„Wie sah der Mann aus?"
„Nichts Besonderes. Glatter Durchschnitt, so um die dreißig. Tat ungemein wichtig. Das Einzige, was mir auffiel an ihm, war sein Gang. Er zog ein Bein ein wenig nach."
Franz schaute ihn grimmig an und ging hinauf auf ihr Zimmer. Sarah schreckte hoch, als er kam. Als sie sah, dass es ihr Franz war, legte sie sich hin und schlief im selben Moment wieder ein.

Kapitel 11

Es war fast dunkel in der Kirche. Die wenigen Menschen in den Bankreihen, die prächtigen Gemälde und Heiligenfiguren, alles in der Kirche war nur schemenhaft im schwachen Licht der Kerzen zu erkennen. Nur noch wenige Sonnenstrahlen schienen kraftlos durch ein letztes der zahlreichen Kirchenfenster. Einzig der Chor war in helles Licht getaucht. Die vielen unterschiedlich großen, brennenden Wachskerzen auf dem Altar wurden von einem kleinen Scheinwerfer unterstützt. Die orientalisch anmutenden Lampen mit dem ewigen Licht in ihrem Inneren hingen im Halbkreis um sie. Ein dunkles Tuch hinter dem Altar brachte die Madonna noch mehr zur Geltung. Die Flügeltüren des edlen Schreins, in dem sie stand, waren weit geöffnet.
Sie trug ihr schönstes Kleid von den fünfundzwanzig Kleidern, die sie besaß, fand sie, obwohl sie alle schön und kostbar waren. Blau war es, ein kraftvolles und leuchtendes Blau. Ihre Lieblingsfarbe. Über dem blauen Umhang, der bis auf den Boden reichte und ihre Füße verdeckte, hing ein weißer Schleier herunter, befestigt an ihrer kost-

baren, goldenen Krone. Die Bordüre ihres Gewandes bildete ein weißes Band aus kunstvoll geklöppelter Spitze. Geheimnisvolle Zeichen, als Stickerei mit goldenem Faden auf dem Umhang angebracht, vervollständigten das wunderschöne Gesamtbild ihrer Kleidung. In Höhe ihres Bauches schaute der Kopf ihres Kindes aus dem Umhang, gekrönt wie sie, mit einer goldenen, kostbaren Krone.
Für sie war die Schwarze Madonna der Inbegriff der mütterlichen Liebe. Von ihr fühlte sie sich verstanden, ihr konnte sie alles mitteilen. Vor der Madonna auf dem kalten, harten Steinfußboden kniete im grauen, einfachen Habit, die nackten Füße in den schlichten Ledersandalen, Schwester Esther. Ganz in sich gekehrt und dabei alles um sich herum vergessend, war sie mit ihren Gedanken, Träumen, ihren Gebeten allein.
Aufrecht kniete sie, den Blick auf die Madonna gerichtet, die Hände vor der Brust gefaltet. Ihre grazile Gestalt verschmolz nahezu mit dem Halbdunkel in diesem Raum. Nur ihr junges, schönes Gesicht, das unter dem Schleier, mit dem sie ihr Haupt bedeckte, hervorschaute, wurde ein wenig vom Altar beleuchtet. Einer Statue gleich war sie eins mit diesem großen Kirchenraum, der Körper ohne jegliche Regung, fast erstarrt.
Nur ein sehr aufmerksamer Besucher sah bei genauem Hinsehen, dass sich manchmal ein wenig ihre Lippen bewegten.
Sie wusste nicht, wie lange sie schon vor dem Altar kniete, Zeit und Raum wurden belanglos. Jede freie Minute wollte sie hier sein, weg vom Trubel der Stadt, weg aus der tagtäglichen Unsicherheit des Lebens und den tagtäglichen Verletzungen, die sie treffen konnten. Jeden freien Abend fand sie hier im Zwiegespräch mit der Madonna Ruhe und Geborgenheit.
Jetzt spürte sie den starken Schmerz in ihren Knien und begann ganz erbärmlich zu frieren. Wenn sie jetzt nicht ging, war sie morgen krank. Das wusste sie aus Erfahrung, denn es wäre nicht das erste Mal. Sie bekreuzigte sich und neigte ihr Haupt bis es den kalten Steinfußboden berührte.
Dann erst verließ sie die Kirche. Ehe sie ins Freie trat, nickte sie noch dem ergrauten Bruno zu, der genau wie sie jeden freien Abend in der Kathedrale saß. Hier fand und genoss er die Ruhe, die er in

seinen eigenen vier Wänden nicht mehr hatte, seitdem seine Tochter mit ihren Kindern bei ihm eingezogen war.
Schnell verließ sie die Kathedrale von Le Puy, einem grauen, unscheinbaren Engel gleich und ging die wenigen Schritte hinüber in das Grande Seminar.
Ihre Äbtissin wollte, dass sie dort nach dem Rechten sah. „Immer trifft es mich", dachte sie beim Laufen, „wieso nie die anderen Mitschwestern? Nur weil sie die Jüngste im Konvent war? Oder wollte man sie etwa auf die Probe stellen?" Sie wusste es nicht. Auch wenn es ihr manchmal körperlich sehr zusetzte, Schwester Esther war mit Leib und Seele Nonne. Sie fühlte sich dazu berufen und zu nichts anderem. Darin war sie glücklich.
Nachdem sie den geheimen Code in den elektronischen Türöffner eingegeben hatte, öffnete sich die schwere, übermannsgroße Holztür und sie betrat das Seminar. Die vielen parkenden Busse auf dem Vorplatz waren ihr schon aufgefallen. Eine Menschentraube in der Anmeldung zeigte ihr, dass auch heute wieder einmal alles drunter und drüber ging und die wenigen, meist freiwilligen Helfer absolut überfordert waren. Laut schimpften Menschen in verschiedenen Sprachen und Dialekten durcheinander. Das Seminar war wieder so brechend voll, dass sie sich fragte, wo denn die ganzen Menschen schlafen sollten. Doch seitdem der sehr geschäftstüchtige Bruder Gernot die Leitung übernommen hatte, kamen immer mehr Menschen zum Übernachten. Einerseits begrüßte sie es, war es doch lobenswert, wenn sich so viele Menschen aufmachten, Le Puy en Velay zu besuchen und danach zumeist weiterreisten bis zum Grab des Apostels Jakobus. Andrerseits war das ehemalige Priesterseminar für einen derartigen Massenansturm nicht geschaffen. Auch nicht für die Art von Gästen, die sich vorkamen und benahmen, als wenn sie in einem ganz normalen Hotel übernachteten.
Die Lage in der Küche war genauso chaotisch wie im Eingangsbereich. Hektische Betriebsamkeit, wohin sie auch blickte. Als sie von der Küchenchefin gesehen wurde, bekam sie sogleich ein Geschirrtuch zugeworfen. „Esther, du weißt ja, was zu tun ist! Hier ist wieder mal die Hölle los. Und die faule, unfähige Brut hier, die vorgibt, mir helfen zu wollen, kommt auch nicht in die Gänge!"

Als die kleine, aber sehr robuste Küchenchefin mit feuerrotem Gesicht den verdutzten Blick der Nonne sah, sprach sie gleich mit verändertem Tonfall weiter: „Ach, mein Kleines! Entschuldige! Du weißt doch, wie ich es meine.“ Obendrein legten sich zwei stämmige Arme der wesentlich kleineren Madeleine um Schwester Esthers Schultern, und ehe sie es sich versah, wurde sie nach unten gezogen und bekam einen dicken, feuchten Schmatz auf die Stirn gedrückt.
„Ich bin froh, dass du endlich kommst!“ Die Nonne befreite sich aus der Umarmung, ehe die bei ihr einsetzende Atemnot lebensbedrohliche Züge annahm, und lächelte sie an. Sie konnte der mannhaften und resoluten Schwester Madeleine nie böse sein. Ihr Herz saß auf dem rechten Fleck, nur ihre vorschnelle Zunge schlug manchmal über die Strenge und entwickelte ein unvorhersehbares Eigenleben.
Schnell war sie eingeteilt, und ehe sie es sich versah, war sie ein Teil der Hektik und mittendrin im Küchenchaos. Nachdem die Geschirrberge beseitigt waren, half sie beim Austragen des Abendessens in den überfüllten Speisesaal. Das machte sie überhaupt nicht gern, denn alles war ihr lieber, als Kellner zu spielen und in die aufgeladene Atmosphäre von nörgelnden, übermüdeten und hungrigen Menschen die Speisen und Getränke zu tragen, auf welche sie schon teilweise sehr lange warten mussten. Früher war das anders, dachte sie, als sie wieder mal mit einem Tablett voller Getränke an einen Tisch lief, da packten alle mit an, auch die Pilger, und es wurde gemeinsam das Essen ausgetragen, gemeinsam begonnen und gemeinsam das Geschirr abgewaschen. Jetzt will jeder nur noch so schnell wie möglich zu essen und zu trinken serviert bekommen. Wir verkommen ja wirklich zum Hotel! Fehlt bloß noch, dass man mir ein Trinkgeld zustecken will. Als ob sie es geahnt hätte, versucht ihr jemand einen Zwanzig-Euro-Schein in die Tasche ihres Habits zu stecken. Das darf doch wohl nicht wahr sein! Mit erbostem Blick knallte sie dem Mann den Schein auf den Tisch und sagte, sich dabei nur mühsam beherrschend: „Behalten Sie ihr Geld. Helfen Sie uns lieber und räumen Sie ihren Tisch ab und bringen am besten das Geschirr sogleich in die Küche!“
„Aber wieso, Schwester! Ich wollte Ihnen doch nur helfen, so wie Sie aussehen. Ein bisschen Farbe im Gesicht wäre nicht schlecht. So

läuft man doch heutzutage nicht mehr herum. Für das andere aber habe ich bezahlt. Nicht zu wenig, das können Sie mir glauben!"
Beifälliges Gelächter von den anderen an diesem Tische sitzenden Männern und Frauen trieben Schwester Esther die Zornesröte ins Gesicht. Gerade, als sie dem Mann eine gehörige Lektion erteilen wollte, zog ihr jemand am Habit. Neben ihr stand ein kleiner, älterer Mann. Sein Hut, sein Rucksack, seine ganze Kleidung triefte vor Nässe.
„Können Sie mir vielleicht helfen? Ich bin am Ende meiner Kräfte."
Sie nahm ihn mit nach draußen. Erleichtert erzählte er: „Ich habe hier vor ein paar Tagen ein Zimmer gebucht, aber keiner will etwas davon wissen noch kümmert man sich um mich. Man lässt mich einfach warten. Jetzt habe ich einfach genug. Verzeihung, ich heiße Simon Hirt. Haben Sie nun ein Zimmer für mich?"
Sie schüttelte den Kopf. „Wie ich weiß, ist hier alles voll, alles ausgebucht." Sie führte ihn direkt in die Küche. „Madeleine haben wir noch ein wenig vom Essen übrig? Hier ist noch einer, der welches vertragen könnte."
Madeleine kam angelaufen, sah den Mann und bedeutete ihm mit einer resoluten Kopfbewegung, ihr zu folgen. Schwester Esther ging unterdessen in den Empfang, wo es deutlich ruhiger zuging als bei ihrem Eintreffen vor ein paar Stunden. Dies merkte sie auch an der Stimmung der hier beschäftigten Leute.
Sie fragte den jungen Novizen nach dem bestellten Zimmer. Er nahm einen Kalender und blätterte darin. „Wie sagst du? Hirt? Aus Deutschland? Ja, der rief an. Wir reservierten ihm ein Zimmer. Aber das ist weg. Soviel ich weiß, für diese unangemeldete Busreisegruppe mussten wir alle noch nicht bezogenen Zimmer zur Verfügung stellen. Anordnung von Bruder Gernot!" Er schaute ziemlich betrübt drein, denn er hätte der jungen Nonne gern einen Gefallen getan. Zu ihr konnte er auch mit allen Problemen kommen. Sie half ihm stets, wenn es in ihrer Macht stand. Aber so ging es schon seit Monaten. Er konnte Belegungspläne planen, wie er wollte, alles wurde umgestoßen, wenn Bruder Gernot einer kurzfristigen, größeren Gruppe von Pilgern oder seit Neuestem normalen Touristen, die auf der

Durchreise eine günstige Unterkunft suchten, das Grande Seminar anbot.
„Ist da wirklich nichts zu machen, Pavel?“, hakte Esther noch einmal nach. „Leider nein! Ich kann dir nicht helfen.“ Dabei schüttelte er trotzig seinen Kopf, um seine Aussage noch einmal zu bekräftigen. Gerade als Esther die Küche verlassen wollte, kam ein Mann in das Büro. Er trug ein schwarzes Habit und eine Kette mit einem dicken, goldenen Kreuz um den Hals.
„Hallo, Schwester Esther. Schön, dass ich Sie noch sehe. Der Zwischenfall im Speisesaal betrübt mich sehr. Ich habe soeben mit dem Mann gesprochen und ihn zurechtgewiesen. Er möchte sich bei Ihnen entschuldigen. Wenn es geht, heute Abend noch. Sehen Sie, der Mann hat doch ein Reiseunternehmen. Wenn er zufrieden ist, mit uns meine ich, dann würde er eine feste Reiseroute mit Übernachtung bei uns in seinem neuen Reiseprogramm anbieten. Das wäre doch eine feine Sache, nicht?“
Esther erschauerte bei diesem Gedanken.
„Danke, Bruder Gernot, dass Sie sich für mich eingesetzt haben. Aber ich muss leider dringend zurück in mein Kloster. Die Mutter Oberin erwartet mich! Wir müssen noch die Planung für den morgigen Tag durchsprechen. Schließlich möchten wir Sie doch noch mehr unterstützen als bisher. Denn seitdem Sie Leiter des Seminars sind, herrscht hier solch ein Andrang von Menschen wie noch nie vorher gesehen.“
Bruder Gernot schaute geschmeichelt zu der jungen Nonne und nickte bedächtig. „Wir sind zufrieden mit den vielen Besuchern hier im Seminar, und wenn der Herr so will, kann es ruhig so bleiben. Gehen Sie, meine liebe Schwester, gehen Sie ruhig zurück in ihre Unterkunft. Das mit dem Gast hat auch noch Zeit bis morgen. Bitte grüßen Sie die ehrwürdige Mutter und richten ihr aus, dass wir ihre Hilfe sehr zu schätzen wissen.“
Er drehte sich um und ging hinüber in den angrenzenden Raum, in dem Pavel saß und eine Pause einlegte. Ehe Esther verschwand, sah sie noch, wie der polnische Novize sein Brot weglegte und Bruder Gernot mürrisch einige Bücher holte und sie vor ihm auf den Tisch legte. Dann schloss sich die Tür.

Sie eilte zurück in die Küche. Auch da hatte sich in der Zwischenzeit der Trubel gelegt. Der Speisesaal war inzwischen menschenleer, dunkel und sauber hergerichtet für den morgigen Tag. Die vielen Gäste hatten sich auf ihre Zimmer begeben. In der Küche wurden noch die letzten Töpfe und Pfannen abgetrocknet und in die Schränke geräumt.
Der Mann aus Deutschland saß in der Ecke an einem Tisch, den leeren Teller vor sich. Die nasse Jacke hing an einem Haken über ihm. Den Kopf an die Wand gelehnt, den Hut über die Augen geschoben, schien er unbeeindruckt von dem Geklapper zu schlafen.
Madeleine kam zu Esther und fragte: „Hast du ein Zimmer für ihn bekommen?"
„Nein, da war nichts zu machen. Nicht einmal Pavel konnte mir helfen."
Madeleine schaute ratlos zu dem friedlich schlummernden Gast. Auch sie war nun wieder gelassener, ihre Anspannung hatte sich bei ihr gelegt. Vielleicht war es aber nur die äußerliche Hülle, denn ihr gerötetes und müdes Gesicht zeigte noch immer die Anstrengungen der vergangenen Stunden. „Na ja, es hilft ja nichts. Wir können ihn ja hier nicht in der Küche schlafen lassen. Ich gehe mit ihm mal rüber in die Gite zu Madame Tison. Vielleicht kann sie ihm helfen, wenigstens für eine Nacht. Sie hat doch meistens ein einfaches Zimmer noch frei", sagte Esther zu ihrer Freundin.
Vorsichtig weckten sie Simon und erklärten ihm den Stand der Dinge. Er fand den Vorschlag ausgezeichnet und bedankte sich bei Madeleine sehr herzlich für das wärmende Essen. Ausdrücklich lobte er ihre Gastfreundschaft und brachte Esther zum Schmunzeln und Madeleine in Verlegenheit, als er sie überraschend umarmte und ihr einen dicken Kuss auf die gerötete Wange drückte. Madeleine stammelte so etwas wie „aber mein Herr, das habe ich doch gern getan" und wurde nun noch röter.
Sie brachen auf und gingen auf dem glitschigen Kopfsteinpflaster durch die verwinkelte Altstadt zur anderen Gite und läuteten, indem Esther an einem Seil zog, das eine drei Meter höher angebrachte Glocke laut schellen ließ. Keine Antwort. Als sie noch ein weiteres Mal an der Glocke zog, öffnete sich im zweiten Stockwerk ein Fens-

ter, aus dem eine alte Frau herausschaute. „Was wollen Sie denn noch so spät? Ach du bist es, Schwester Esther. Wir sind voll! Ich kann euch nicht helfen. Es geht leider nicht!“ Ehe Esther etwas sagen konnte, schloss die Frau wieder das Fenster.

Zum Glück regnete es nicht mehr. Sie standen schweigend vor der Gite und Esther überlegte angestrengt, welche weiteren Möglichkeiten es noch gab, eine Übernachtung für den müden, alten Mann zu finden.

Plötzlich wurde ihr schmerzhaft bewusst, dass sie seit Stunden nichts mehr gegessen hatte. Ihr Magen krampfte sich förmlich zusammen, ihre Beine fingen an zu zittern. Sie fühlte sich kraftlos und konnte kaum noch stehen. Schnell suchte sie nach einer Sitzgelegenheit und sank darauf nieder.

„Ist Ihnen nicht gut? Kann ich Ihnen helfen?“, fragte sie der Mann erschrocken. „Danke, es ist nichts. Ich bin nur ein wenig erschöpft und brauche eine kleine Pause! Es geht gleich vorüber.“

Der Mann stopfte sich eine Pfeife, zündete sie an und blies den Rauch in Richtung der übergroßen, recht eindrucksvollen und von Strahlern erleuchteten Statue der Madonna mit Kind, die auf der gegenüberliegenden Stadtseite zu sehen war.

Schwester Esther tat die kurze Ruhepause gut. Nachdem sie sich erholt hatte, sagte sie zu Simon: „Also, Herr Hirt, ich kann für Sie nichts mehr machen. Können Sie denn nicht in einem Hotel unterkommen? Da gibt es doch recht viele in der Stadt.“ Der Mann schüttelte den Kopf.

„Das versuchte ich schon. Aber alles ist ausgebucht. Jedenfalls ist im Umkreis von fünfzig Kilometern kein Hotel mehr frei, keine Pension und auch kein einzelnes Zimmer. Aber es ist jetzt auch egal. Ich möchte Ihnen nicht noch mehr Schwierigkeiten bereiten. Irgendwo werde ich schon etwas zum Schlafen finden. Eine Nacht wird es schon gehen. Morgen gehe ich sowieso weiter auf dem Jakobsweg. Gute Nacht, Schwester, und noch einmal vielen Dank.“

Er setzte sich seinen Rucksack auf und wollte gehen.

„Warten Sie mal, Herr Hirt. Mir kam soeben eine Idee. Vielleicht kann ich Ihnen doch noch helfen, auch wenn es nur für eine Nacht ist. Kommen Sie mit, ich erkläre es Ihnen später!“

Sie liefen die Gasse bis zum Ende und stiegen über unzählige Treppen nach unten, kamen von der düster wirkenden Altstadt in das neue Le Puy. Sie liefen vorbei an dem alten Gymnasium, der Musikschule, den vielen Läden mit Souvenirs oder geklöppelter Spitze oder mit unzähligen Säckchen von grünen Linsen. Er hatte es schon längst aufgegeben, anhand von signifikanten Gebäuden oder Geschäften sich den Weg zu merken, und trottete einfach nur der unscheinbaren Nonne hinterher, die nun wieder mit einer erstaunlichen Energie zielsicher vor ihm herschritt. Simon Hirt war sehr erschöpft und sehnte sich nach einer Bleibe, einem Bett egal wo. Nur einfach hinlegen und schlafen. Endlich hielten sie an einer unscheinbaren Tür, eingelassen in einer hohen Mauer, sodass man nicht sehen konnte, was sich dahinter verbarg.
„Wir sind jetzt da!“, sagte die Nonne zu ihm. „Folgen Sie mir nur bis in den Innenhof. Dort warten Sie bitte. Ich muss noch etwas mit meiner Mutter Oberin bereden. Es ist mein Kloster, Herr Hirt, hier leben ich und meine Mitschwestern. Übrigens heiße ich Schwester Esther.“
Er tat, wie ihm geheißen wurde, und wartete im Innenhof. Endlich kam sie mit einem Schlüssel in der Hand auf ihn zu.
„So, das wäre geschafft. Es war gar nicht so einfach, die Mutter Oberin zu überreden. Doch für Pilger waren Klöster schon immer offen. So wollen wir es auch beibehalten. Ich zeige Ihnen ihr Zimmer, da können Sie bleiben, bis Sie etwas anderes gefunden haben oder auf ihrem Weg weitergehen.“
Sie kamen zu einem kleinen Häuschen. Sie erklärte ihm, dass es die frühere Wohnung ihres Gärtners war. Doch seit einiger Zeit stand es leer. Es war klein und sauber und es gab alles, was er brauchte, ein Bett und eine Dusche. Sie öffnete die Fenster und zeigte ihm den Kühlschrank und eine kleine Kochgelegenheit. Für einen Tag mehr als genug. Sie verabschiedete sich von ihm. Sicherheitshalber hielt sie dabei Abstand von dem Mann, die Situation in der Küche war noch immer in ihrer Erinnerung.
Das brauchte sie heute Abend nun wirklich nicht mehr.

Kapitel 12

Anna hatte Dienst im Museum und dies gefiel ihr gar nicht. Sie war lieber draußen bei den Ausgrabungen, umgeben von Wind und Wetter, tief drin in der Erde, ständig in der Hoffnung, heute etwas zu finden, was die dunklen, rätselhaften Geheimnisse der Vergangenheit erhellen könnte.

Sie ahnte, dass Rolf ihr manchmal den Innendienst zuteilte, um sie zu schonen. Das war sicherlich ein Grund von ihm. Der andere war viel pragmatischer. Er konnte sich auf sie verlassen! Das war wichtig, denn wenn in der Archivierung der Funde nicht gründlich und genau gearbeitet wurde, dann war alles wertlos, die gesamte Plackerei der vergangenen Tage null und nichtig. Anna war damit aber nicht allzu glücklich.

Wenn sie wenigstens nicht allein wäre, dann würde es besser gehen. Da könnte man sich etwas erzählen, sich unterhalten. Über Gott und die Welt meinetwegen oder über Prof. Böhmer. Da gab es immer etwas zu lästern. Über seine abgefahrene Kleidung zum Beispiel oder über seine Vorliebe für blonde Studentinnen. Seine Schnalle von Frau gab auch immer ein dankbares Thema ab. Diese wusste natürlich auch von seiner Vorliebe für Blondinen, war sie doch selbst eine von denen, die allen Vorurteilen entsprach. Deshalb wachte sie auch eifersüchtig darüber, wer in seinem Büro zum Innendienst ausgewählt war, und es geschah nicht nur einmal in der Woche, dass sie unangemeldet ihrem Göttergatten einen Besuch abstattete. Dafür gab es immer wieder fadenscheinige Gründe. Alle wussten davon und kicherten schon immer unter vorgehaltener Hand, wenn sie das schmucke, silberfarbene Cabriolet von Frau Böhmer auf dem Parkplatz ankommen sahen. Fast unerträglich wurde es, wenn sie durch die große Eingangstür hereinrauschte und, ohne einen Blick nach rechts oder links zu werfen, auf dem schnellsten Wege geradeaus zum Aufzug lief und in die oberste Etage zum Büro ihres Mannes fuhr. Vielleicht erwischte sie ihn ja heute mit einer der Studentenblondinen und dann wehe ihm. Kaum war die Frau im Aufzug verschwunden, prusteten sie meistens los und lästerten, was

das Zeug hielt. Da Anna brünett war, brauchte sie von der Frau nichts zu befürchten.
Fachlich aber konnte man ihm absolut nichts vorwerfen. Er war eine Koryphäe auf dem Gebiet der mittelalterlichen Archäologie und nicht umsonst der Leiter des Museums gerade hier.
Vor ihr, auf den zusammengerückten Tischen, lagen die Fundstücke der letzten Tage. Sie widmete sich als Erstes den Knochen und versuchte sie mit ihrem noch mangelhaften Wissen und unter Einbeziehung von Fachliteratur zu bestimmen und steckte dann jeden Fund in einen nummerierten Beutel und notierte es in einem Fundprotokoll. Knochen auf Knochen verschwand so vom Tisch in den Tüten und von da im Regal. Die Artefakte, die sie nicht erkannte, steckte sie einzeln in eine Tüte und malte ein großes Fragezeichen darauf. So machte sie es heute schon seit Stunden.
Jetzt klingelte irgendwo ein Telefon. „Nun hebt doch endlich ab“, dachte sie. Sie fühlte sich in ihrer bisherigen Ruhe gestört. Es klingelte immer noch. Wütend riss sie die Tür ihres Arbeitszimmers auf und schaute auf den Gang. Das Klingeln schien vom Ende des Ganges zu kommen, von dort, wo Böhmers Büro lag. „Hat der Professor denn was mit den Ohren?“, dachte sie und ging wütend zum Büro. Die Tür war nur angelehnt.
Sie klopfte und rief nach ihm. Niemand antwortete, nur das Telefon klingelte immer noch. Sie öffnete die Tür und schaute hinein. Natürlich verstummte das Telefon gerade jetzt. Schon wollte sie die Tür wieder schließen, als sie auf dem großen runden Tisch ein offenes Päckchen liegen sah. Jetzt wurde sie doch neugierig und huschte ganz in das Büro hinein und verschloss leise die Tür hinter sich. „Bist du noch zu retten? Wenn der dich hier drin erwischt! Da bekommst du aber richtig Ärger“, dachte sie sich. Doch die Neugier siegte. Sie lief zum Tisch und sah die Madonna in dem Karton liegen. Was macht die denn hier? Ich dachte, sie ist in Esslingen zur Restaurierung?
Sie nahm die Statue aus der Schachtel und ging hinüber zum Fenster, um sie bei Lichte besser betrachten zu können. Eigentlich war nichts Besonderes an ihr. Sie war gut erhalten, das Holz hatte kaum Risse. Das Gesicht war schön herausgearbeitet und fast unbescha-

det. Nur die Augen lagen tot in den Höhlen. Wahrscheinlich waren sie früher mal angemalt oder es steckten künstliche Pupillen drin. Vielleicht waren es sogar Edelsteine und auch von Bernstein hatte sie schon gehört. Sie war wirklich ganz schwarz. Zuerst dachte sie, dass sie nur nass sei und deshalb so schwarz. Aber da irrte sie sich mal wieder. Sie war wirklich schwarz! Und ganz glatt verschliffen, keine Ecken und Kanten. Ganz sauber gearbeitet, ohne irgendwelche Bearbeitungsspuren. Die war aus einem einzigen Stück geschnitzt! Sogar das kleine Jesuskindlein war vollständig erhalten. Sie hielt es auf ihrem Schoß fest mit beiden Händen. Anna empfand es als sehr einfühlsam von dem Künstler aus längst vergangener Zeit, dass er ihr ein Untergewand gab. Dass er dabei noch Gold wählte, hauchdünnes Blattgold, war ihrer großen Wertschätzung zu verdanken. Bei näherem Betrachten empfand sie die Statue immer schöner. Wirklich eine außerordentlich schöne Arbeit. Prüfend wog sie die Madonna in ihren Händen. Wie leicht sie war! Es kam ihr merkwürdig vor, dass so eine kompakte Holzfigur so leicht war. Sie drehte die Figur in ihren Händen und war ganz vertieft in die Betrachtung des Kunstwerkes.

In diesem Moment öffnete sich die Tür und Prof. Böhmer trat in das Büro und blieb überrascht stehen. Anna erschrak derart heftig darüber, dass ihr dabei die Madonna aus den Händen glitt. Doch sie hatte Glück, dass die Frau des Professors großen Wert darauf legte, dass in seinem Büro ein großer und edler Teppich den Fußboden bedeckte. So fiel sie weich, das einmalige und wertvolle Stück, und nahm keinen Schaden. Beim Aufprall der Madonna öffnete sich zu ihrer Überraschung in ihrem Rücken ein kleines Türchen. Sie bückte sich und hob die Madonna hoch. In dem entstandenen Loch steckte etwas drin. Vorsichtig mit spitzen Fingern zog sie ein eng zusammengerolltes Stück Pergament heraus und reichte es dem Professor. Ganz behutsam öffnete er das Stück und legte es auf den Tisch. Angestrengt betrachtete er das Pergament.

„Herr Prof. Böhmer, ich wollte …“, begann sie, aber er hörte ihr gar nicht zu. „Interessant! Aber was …?“, sprach er vor sich hin. Während er das Pergament weiter untersuchte, fragte er sie:

„Warum sind Sie unerlaubt in mein Büro eingedrungen?“

Sie erzählte ihm, wie es gewesen war und wie leid es ihr tat. Vollkommen überraschend antwortete er ihr, dabei auf einen Stuhl zeigend: „Ja, ja ist gut. Ich glaube Ihnen. Ich hätte abschließen müssen. Setzen Sie sich bitte." Müde nahm er seine Brille ab und wischte die Gläser an seinem Hemd sauber. Ein interessantes Stück, was?"
Er deutete mit der Brille auf die Madonna, setzte sie wieder auf und sah sie fragend an.
„Wunderschön gearbeitet! Wirklich wunderschön", pflichtete sie ihm bei. „Ich hatte sie nur kurz gesehen, nachdem ich sie fand. Dass sie so gut erhalten ist, hätte ich nie für möglich gehalten. Keine Risse, keine Beschädigungen", sprach Anna weiter zu ihm, der sie dabei nicht ansah, sondern nur Augen für die Statue auf dem Tisch besaß.
„Eine Schwarze Madonna ..., recht ungewöhnlich für Konstanz. Bisher habe ich weder davon gehört oder gelesen. Ich weiß, dass es einige davon in der Welt gibt. Es werden ihnen oft große Wunder zugeschrieben. Schwarze Madonnen sind massenweise zwischen dem 10. und 13. Jahrhundert entstanden. Alles, was danach kam, waren Kopien." Er machte eine Pause und nahm die Madonna in die Hand und betrachtete sie liebevoll. Anna rutschte auf ihrem Stuhl hin und her. Ihr war es gar nicht so recht, mit Böhmer hier allein zu sitzen, im fast schon vertraulichen Gespräch.
„Vor der Französischen Revolution gab es allein in Frankreich über dreihundert Schwarze Madonnen. Die meisten wurden von den Soldaten verbrannt oder anderweitig zerstört. Zum Glück gibt es noch einige davon, zumeist in viel besuchten Wallfahrtsorten. Dabei sieht es die katholische Kirche gar nicht so gern, diesen Kult um die Schwarze Madonna. Es wäre ihnen lieber, es gäbe nur weiße Madonnen, ohne ein Kindlein auf den Knien, denn auf dem ersten Blick besteht eine sehr große Ähnlichkeit zum ägyptischen Isiskult. Isis war auch schwarz, wurde als eine der mächtigsten Gottheiten in der Antike sehr verehrt und hielt den kleinen, schwarzen Horus auf ihrem Schoß.
Es hat also durchaus etwas Ketzerisches an sich. Wie immer ist es eine Sache der Interpretation. Es kann ja auch so dargestellt werden, dass der christliche Glaube stärker ist und den heidnischen Irrglauben besiegt und überwunden hat. So wie viele Kirchen auf

ehemaligen heidnischen Tempeln errichtet wurden, um neben der weiteren Verwendung von den eindrucksvoll gelegenen Plätzen oder Bergen zu zeigen: seht her, hier herrscht nun der neue Gott. Vielleicht wollte man hier in Konstanz den Wallfahrtsort stärken, attraktiver für die zahlreichen Gläubigen erscheinen lassen. Je mehr Reliquien von Heiligen oder die vielen Überreste der Kreuzigung Jesu, den unzähligen Nägeln, Dornenspitzen, Kreuzessplittern, Windelfetzen oder sogar ein paar Tropfen Milch aus der Brust von Maria vorhanden waren, desto mehr Gläubige kamen und umso mehr Geld und andere Kostbarkeiten wie Gold und Juwelen blieben an dem Ort. Es gibt unzählige Beispiele davon in der Geschichte. Der Gläubige im Mittelalter war ganz versessen auf diese tatsächlichen, seh- und fühlbaren Zeichen des Glaubens. Wenn man dazu die Gräber der Heiligen selbst aufsuchte, dann war das wieder eine gute Möglichkeit, die Chancen zum Einzug ins Paradies zu erhöhen. Viele ließen sich auch in der Nähe von Heiligengräbern bestatten. So konnte der Grabnachbar vielleicht an der Himmelstür noch ein gutes Wort einlegen. In Santiago de Compostela begraben zu sein, in der unmittelbaren Nähe des Apostels, das war der höchste Wunsch vieler Pilger. Es ist ja nicht so, dass nur im Mittelalter Wallfahrten unternommen wurden. Gerade gestern hatte ich in einer Zeitung über die zunehmende Beliebtheit Compostelas gelesen. Jährlich ziehen dort ca. 4,5 Millionen Pilger hin, nach Lourdes sollen es 5 Millionen Pilger sein, die in der Grotte Heil und Vergebung suchen. Der absolute Spitzenreiter aber liegt in Mexiko. Zu der Heiligen Jungfrau von Guadalupe pilgern im Jahr um die 20 Millionen Gläubige. Das ist unvorstellbar für mich!

Unsere gefundene Grablege schätze ich vorsichtig auf das 13. Jahrhundert, wobei erste orthodoxe Kirchen in Deutschland erst ab dem 18. Jahrhundert bekannt sind. Ich habe mir auch die Münzen aus dem Sarg genauer angesehen und denke, dass ich dadurch mit meiner Zeitbestimmung richtig liege. Der Tote war reich. Wirklich reich. In dem Geldbeutel waren sieben sehr wertvolle Goldmünzen. Drei *Augustale*, die Goldmünzen Kaiser Friedrichs II., und die gab es ab 1231. Ab diesem Jahr ließ er sie prägen."

Er ging zu seinem Tresor und holte das wertvolle Stück heraus und gab es Anna. Sie sah auf der einen Seite den Kaiser mit Lorbeerkranz abgebildet und auf der Rückseite einen Adler. Sie las ganz deutlich die umlaufende Inschrift: FRIDE RICVS.

„Die anderen Münzen waren *Hyperpyrons*, das sind byzantinische Goldmünzen. Die gab es bis 1400. Danach wurden sie von italienischen Münzen verdrängt und waren als Zahlungsmittel wertlos. Aber zurück zu Konstanz. Ich weiß, dass die Bischöfe Konrad und nach ihm der große Gebhard I. Konstanz als Abbild des ewigen Roms ausbauen ließen. Mit dem Kloster Petershausen hatte Gebhard I. Großes vor. Es sollte ein Musterbeispiel benediktinischen Klosterlebens werden, wobei er die ersten Mönche aus Einsiedeln holte. Einsiedeln wiederum war das Reformzentrum der Diözese.

Das hat zwar nicht ganz so funktioniert, wie er sich das vorstellte, war doch die Stadt mit ihren Versuchungen zu nah und zu reich. Jedenfalls scheute er weder Kosten noch Mühen beim Ausbau des Klosters. Die Kirche wurde unerhört prächtig ausgestattet mit zahlreichen Altären, Fresken und einer wunderschönen Holzdecke, die blau gestrichen, mit unzählig kleinen goldenen Knöpfen übersät war, die unseren Sternenhimmel symbolisierten. Leider gibt es nur noch schriftliche Beweise über diese unvorstellbare Pracht.

Im Jahre 1159 wurde das gesamte Kloster Opfer einer verheerenden Feuersbrunst. Danach wurde es zwar immer wieder aufgebaut, konnte aber diese Schönheit nie mehr erlangen. Wir befinden uns übrigens im ehemaligen Kloster Petershausen. Seit damals hat sich das Kloster aber ziemlich verändert, wie unser gesamtes Konstanz.“

„Wieso gerade sieben Münzen?“

„In sieben Tagen erschuf Gott die Welt, es gibt sieben Todsünden, sieben Arme hatte der Leuchter im Tempel, sieben Plagen schickte Gott im Alten Testament den Ägyptern und sieben Plagen gibt es im Neuen Testament in der Offenbarung des Johannes. Wollen Sie noch mehr hören?“

Er legte die Madonna wieder in die Schachtel und brachte das kostbare Stück in seinen Tresor, den er sorgfältig abschloss. Anna war aufgestanden und wollte gehen.

„Anna, warten Sie bitte noch einen Moment. Mir kam soeben eine Idee. Sie sind mir auch noch etwas schuldig. Wenn Sie mitmachen, vergesse ich das Ganze."
Er hielt inne und schaute sie fragend an.
„Was muss ich denn tun?"
„Suchen Sie die Schwarze Madonna!"
„Wieso, die habe ich doch schon gefunden!"
„Ach, Anna, so meine ich das doch nicht. Suchen Sie nach einer Notiz, einer Mitteilung oder nach sonst etwas. Ich will beweisen können, dass es sie wirklich gab, hier in Konstanz. Verstehen Sie mich? Krempeln Sie alles um und finden Sie etwas über sie. Die Literatur dort können Sie mitnehmen."
Er zog einen vorbereiteten Vertrag aus einer Schublade in seinem Schreibtisch und ließ sie unterschreiben. Dann schob er die ganze, verstreut auf dem Tisch herumliegende Literatur auf einen Stapel zusammen und reichte ihn Anna.
Sie nahm ihren ganzen Mut zusammen und fragte: „Herr Professor, was stand in dem Pergament?"
„Ach so. Es war griechisch. Altgriechisch."
„Und was stand da in Altgriechisch?"
„*Drei sind wir. Nicht Vater, nicht Sohn, nicht Heiliger Geist.*"
„Und was bedeutet das?"
„Kann ich dir beim besten Willen nicht sagen, Anna. Der Text geht aber noch weiter."
„Und?"
„*Jede für sich ist einzigartig. Doch erst zusammen sind wir Heilig und dem Herrn ganz nah.*"
Anna verließ das Büro des Professors. Die Schwarze Madonna nahm sie gefangen. Mehr als ihr lieb war.

Kapitel 13

Es war einsam hier unten. Keine Fenster in diesem Keller, kein Tageslicht und kein Sonnenstrahl. Sie würde ohne ihre Armbanduhr nicht wissen, ob es Tag war oder schon Nacht.

Wohin sie auch schaute, nichts als Regale mit Ordnern, Kisten und Schachteln. Schränke mit ausziehbaren Schubladen für die größeren Formate standen an den Seitenwänden des Archivs. Alles durchdacht geordnet und gut lesbar beschriftet. Die Leute, die hier arbeiteten, verstanden etwas von ihrem Fach. Doch als sie Elke, die ansonsten immer freundliche und hilfsbereite Archivarin nach der Schwarzen Madonna fragte, zuckte die nur mit den Schultern. Der Böhmer hatte sie mit der Suche beauftragt, sie allein.
Das eintönige Rauschen der Klimaanlage und eine menschenfeindliche, nur für Schriftstücke und vertrocknete Aktendeckel zum Überleben geeignete Luft setzten ihr zu. Es kam ihr vor, als wenn sie in einem Gefängnis war, verdonnert zur Höchststrafe. Kein Ausgang, kein Freigang! „Wenn ich immer hier arbeiten müsste, das wäre mein Ende, mein sicherer Tod!“, dachte Anna frustriert.
Sie saß im Archiv des Museums vor dem Computer. Wenn sie meinte, dass unter der angegebenen Signatur etwas sein könnte, stand sie auf und schaute sich die Papiere näher an. So ging es schon seit Stunden. Akten, nichts als Akten. Die Jahre, nein, besser ganze Jahrhunderte dicht zusammengedrängt auf laufenden Regalmetern. Kein Ordner unterschied sich von dem anderen. Es war diesen toten, nichtssagenden Ordnern auf den ersten Blick nicht anzusehen, ob eine Zeit schwer gewesen war oder leicht. Gab es Krieg oder Frieden, Hunger oder Überfluss, Tod und Verderben oder Glück und Zufriedenheit? Lachten die Menschen oder weinten sie, feierten oder trauerten sie? Auf den ersten Blick lief die Zeit stetig und gleichmäßig ab. Nur die Jahreszahlen veränderten sich. Das Schicksal des einzelnen Menschen war es zumeist nicht wert, archiviert zu werden.
Sie ermahnte sich zu mehr Disziplin.
Konzil, Konzil und noch einmal Konzil! In diesen Akten über das damalige Großereignis in der Stadt wird sie sicherlich nichts finden. Die konnte sie außen vor lassen. Die aus der neueren Geschichte auch. Die Stadtchroniken und Bürgerbücher waren ihr zu zahlreich und auch nicht interessant genug. Genauso die respektable Anzahl der Kriegs- und Militärsachen. Wie sollte sie weitermachen? Mit dem Kloster vielleicht? Kloster Petershausen war sicher ein Ort, wo eine Schwarze Madonna hingehörte. Sie schaute in der Liste im PC nach

dem Buchstaben und suchte sich die Akten heraus. Wahllos griff sie sich eine und blätterte sie durch. Auch dieser Inhalt war uninteressant.
Doch dann kam ihr eine Idee. Mit neuem Mut lief sie zu den Regalen der Rechtspflege und suchte so lange, bis sie die Gerichtsakten fand. Einige Jahrhunderte verflogen beim Blättern in verschiedenen Ordnern und Kisten, bis sie ein Schriftstück fand, das ihr Interesse weckte. Es war ein Bericht, besser ein kurzes Protokoll, über ein Treffen von drei verschiedenen Äbten hier in Konstanz, irgendwann im ersten Teil des 14. Jahrhunderts. Das genaue Datum erkannte sie nicht. Man wollte einen Gerichtsprozess umgehen. Heute würde man wohl dazu sagen, dass eine außergerichtliche Schlichtung versucht wurde. Es sah sicherlich nicht gut aus, wenn vor dem Gericht drei Äbte der in der Region befindlichen Klöster gegeneinander antreten würden. Es waren die Äbte der Klöster Reichenau, Konstanz und Beuron.
Im Vorfeld war von Raub, Diebstahl und Betrug die Rede. Doch das Objekt der Begierde war verschwunden. Einer beschuldigte den Anderen. Als Streitschlichter fungierte der Amtsrichter. Der Streit musste unlösbar erscheinen und sich über eine sehr lange Zeit hingezogen haben. Es ging darin um eine Statue, die jedes der Klöster für sich beanspruchte, und jedes fühlte sich im Recht. Der Richter sprach sie schließlich Konstanz zu. Die anderen Klöster akzeptierten schnell und auffällig kleinlaut. Wahrscheinlich besaß das große Kloster Konstanz noch andere Druckmittel in Reserve. Immerhin hatte sie jetzt etwas gefunden. Ob damit ihre Statue gemeint war, wusste sie nicht.
Sie suchte weiter in den Gerichtsakten. Es wurde auch schon damals viel um Bagatellsachen gestritten oder gestohlen, verunglimpft oder beleidigt. Alles Streitigkeiten, die überall stattfanden und die Gemüter erregten. Genau wie heute. Der Mensch hat sich nicht viel weiterentwickelt. Nur die Strafen für ein Vergehen sind andere geworden. Interessiert las sie vom Hängen, Rädern, Ertränken, Sieden, lebendig Begraben, Pfählen, Ohren- oder Zungeabschneiden, Handabschlagen oder davon, am Pranger zu stehen. Einfallsreich waren die ja, das muss man ihnen lassen. Wenn man schon nicht zum

Tode verurteilt wurde, dann aber wenigstens zum öffentlichen Schmach, zum Gelächter und Gespött der Leute.
Doch beim weiteren Blättern entdeckte sie wieder etwas: *Streit zwischen Schnitzer und Kloster*. Ein Mann wurde beschuldigt, mehrere Statuen hergestellt und an verschiedene Personen geliefert zu haben, nur nicht an den Mann, der sie bestellt und schon bezahlt hatte. Der Schnitzer bestritt dies. Aussage gegen Aussage. Der Künstler verlor. Der Ankläger war ein Ratsherr. Keine Chance für den einfachen Holzschnitzer. Pech gehabt!
Schnitzereien …, die wurden wahrscheinlich zumeist von Kirchen in Auftrag gegeben oder von Gemeinden als Ausstattung für kirchliche Bauten. Es wird sich wohl kaum einer in seinem Schlafzimmer eine Statue aufgestellt haben, obwohl, hier waren viele Wohlhabende ansässig, überlegte sie weiter.
Nach weiteren drei Stunden wurde sie endlich fündig, ein kurzer handschriftlicher Vermerk am Rande eines Kaufvertrages: *drei Schwarze Madonnen erworben, im Auftrag von …* Das Ende konnte sie nicht mehr entziffern. Na Klasse! Seit Stunden recherchierte sie ununterbrochen nach dieser Schwarzen Madonna und das Einzige, was sie darüber fand, war diese Mitteilung über den Kauf von drei Stück. Super! Da werden alle begeistert sein und ich beim Professor unten durch. Klasse! Gut hinbekommen, Anna! Sie war müde und wollte nur noch nach Hause.
Zufällig sah sie, wie die Türklinke sich langsam bewegte. Intuitiv löschte sie das Licht und huschte zurück hinter eines der Regale. Etwas öffnete die Tür und blieb kurz im Eingang stehen. Dann betrat es langsam das Archiv und begann die Regalreihen abzuschreiten. Das Licht blieb aus, nur die geöffnete Tür erleuchtete den Raum spärlich. Der Eindringling schien etwas zu suchen. Jetzt schaltete er eine Taschenlampe ein und blieb stehen, zog etwas aus dem Regal heraus, blätterte darin, schob es wieder hinein und lief langsam weiter. Anna starb fast vor Angst. Sie traute sich nicht einmal zu atmen. Ausgestreckt lag sie am Ende einer langen Regalreihe und unterdrückte mühsam ein aufkommendes Zittern. Nach einer für sie endlos langen Zeit lief der späte Eindringling zurück zur Tür und verließ das Archiv.

Anna hörte, wie er den Schlüssel zweimal umdrehte, und erschrak gewaltig. Hier wollte, hier konnte sie nicht bleiben! Dieser Raum würde sie umbringen. Sie lief zur Tür und horchte nach draußen. Sie meinte, Schritte zu hören, im Hausflur irgendwo über ihr. Danach war es still. Sie unterdrückte die aufsteigende Panik und suchte den Lichtschalter. Als es im Archiv wieder hell war, kam sie langsam zur Ruhe. Resigniert erkannte sie, dass man hier nur durch die eine Tür raus- und hineinkam. Es blieb ihr nichts anderes übrig, als zu arbeiten. „Wo war ich stehen geblieben?“, sprach sie zu sich selbst, „ach so, bei diesem Kaufvertrag.“ Die Akte mit dem Vermerk musste aus dem Kloster stammen. Sie nahm sich einen Block und trug zusammen, was sie noch von Prof. Böhmers Vortrag wusste. Das Kloster Petershausen, das jetzige Museum, war also 1159 durch eine verheerende Feuersbrunst fast vollständig zerstört worden. Kurz davor, nämlich 1146, hatte der heilige Bernard von Clairvaux im Münster zum zweiten Kreuzzug in einer Predigt aufgerufen. Gab es einen Zusammenhang zwischen der Brandrede von Bernhard und der Feuersbrunst? „So ein Quatsch, Anna, zwischen Predigt und Großfeuer lagen Jahre“, sagte sie laut zu sich selbst. Da wird auf keinen Fall ein Zusammenhang bestehen. Sie stand auf und fand noch einen Karton, den sie vorher übersehen haben musste. Und da fand sie es, ein unscheinbares Stück Pergament. Es war schwer zu lesen, die Buchstaben schon sehr verblichen, das Pergament vergilbt. Sie nahm das Blatt, lief hinüber zum Schreibtisch und schaltete die Schreibtischlampe ein. Der Bericht des Mönches, sie las den Namen *Clarus* am Schluss, war kurz und prägnant geschrieben. Er geißelte *die große Verehrung der Schwarzen Madonnen am Jakobsweg. Jede Kirche wollte so eine Statue, ein Rest aus dunkler, heidnischer Vorzeit. Diese Seuche gleicht einer unheilbaren Krankheit und breitet sich immer mehr aus. Erst nur in Konstanz, dann in Beuron, später in Einsiedeln und in vielen anderen Orten der ehrwürdigen Marienverehrung.*

Viele stammten nach Clarus aus *einer Werkstatt in Konstanz. Keiner wusste, woher der Künstler kam, er war auf einmal da. Wahrscheinlich nahm er an, dass in dem reichen und weltoffenen Konstanz, mit seiner bunt gemischten Bevölkerung aus aller Herren Länder, seine*

sakrale Kunst am besten zu verkaufen war. Vielleicht holte ihn auch ein Kloster. Oder ein anderer hoher Herr? Das wusste er nicht genau, denn er schrieb nur das auf, was er von anderen gehört hatte. Sein Ton war trotz seiner offensichtlichen Abneigung erstaunlich sachlich. *Der Mann wurde nur der Grieche genannt und schnitzte so gut, dass seine Kunst sehr bekannt und nachgefragt war. Er bekam viele Aufträge von vielen berühmten Klöstern und Kirchen, von Königen und Päpsten. Der Grieche stellte nur Schwarze Madonnen her.*
Wie elektrisiert las sie diesen Satz. Endlich eine Spur! *Seine Besten, es waren vier,* wie der Mönch mit aller Sicherheit behauptete, *verkaufte er für viel Geld in die ganze Welt. Nein, nur drei davon, denn eine blieb in Konstanz. Er verdiente so viel, dass er sich ein großes Haus leisten konnte und eine große Werkstatt dazu.* Der Mönch behauptete, dass er *mindestens tausend Schwarze Madonnen herstellte, mehr*, *als es Sterne am Firmament gäbe.* Anna konnte sich beim besten Willen nicht vorstellen, dass die Statuen früher so ein Verkaufsschlager waren.
Vier Schwarze Madonnen begründeten seinen Ruhm. Sie waren ganz schwarz und alle aus Ebenholz geschnitzt. Eine davon erwarb das Kloster Petershausen in Konstanz. Die zweite Schwarze Madonna, alle mit dem Jesuskind auf dem Schoß und dem goldenen Helm auf dem Kopf, erwarb das Kloster in Einsiedeln. Einsiedeln hatte gerade eine Feuerskatastrophe überstanden, wo die alte, vom heiligen Meinrad verehrte und in der Gnadenkapelle aufgestellte Madonna vernichtet wurde. Das große Kloster dort, eine reiche und mächtige Abtei, brauchte die wundertätige Madonna am schnellsten. Sie bezahlte anscheinend eine Unsumme an den Künstler, wusste der Mönch zu berichten*, denn durch den Verlust der Schwarzen Madonna kamen keine Pilger mehr zu dem Kloster und es kam in Gefahr, zu verarmen. Ohne Pilger keine Einnahmen.*
Die dritte der wunderschönen Madonnen sollte in das Kloster nach Beuron geliefert werden. An dieser Madonna arbeitete der Künstler sehr lange, warum wusste Clarus nicht zu erklären. *Sie war nach seinem Wissen nichts Besonderes. Trotzdem gab es um sie einen Rechtsstreit, da er lange nicht lieferte. Der Streit ging bis vor das Gericht. Er verlor und musste einen Monat in den Kerker. Durch eine*

großzügige Spende an das Pilgerhospiz kaufte er sich frei und brauchte die Strafe nicht anzutreten.
Die letzte Madonna wurde nach Le Puy en Velay verkauft. Dieser Handel verlief problemlos. Die Mönche dort waren überaus begeistert von ihr. Laut Bruder Clarus *versuchten sie den Griechen zu überreden, noch eine Madonna herzustellen. Doch dazu kam es nicht mehr, ein furchtbares Unglück geschah. Sein Haus brannte eines Tages ab und wahrscheinlich kam er dabei in den Flammen um. Alle weitere Suche half nichts. Der Mann war genauso schnell verschwunden, wie er aufgetaucht war. Die Aufregung in der Stadt war groß! Man munkelte, der Teufel hätte ihn geholt und sein Haus dabei niedergebrannt. Seine Madonnen sollten in der Lage sein, Wundertaten zu vollbringen, und das kann nicht mit rechten Dingen zugehen. Ein Nachbar sagte noch aus: „… dass er öfters am Abend weißen Nebel aus seiner Werkstatt gen Himmel aufsteigen sah, mit einer nackten Frau darin. Schwarz soll sie gewesen sein, mit einem leuchtenden, glitzernden Helm auf dem Kopf und in der einen Hand ein schwarzes Kind und in der anderen Hand einen langen, kostbaren Umhang mit vielen geheimnisvollen Zeichen darauf. Als das Haus niederbrannte, sah er sie wieder. Er könne es bei allen Heiligen beschwören.“ Andere wollten wieder gesehen haben, dass der Grieche in seine Madonnen etwas versteckte, vielleicht einen Fluch oder etwas anderes Schreckliches, Ungeheuerliches.* Den Rest vermochte sie nicht mehr zu erkennen. Nur noch der Name des Verfassers war am Ende zu lesen.
Sie machte es sich bequem, so gut es eben ging. Gut, dass sie ihre Überlebenstasche mit ins Archiv genommen hatte. Da waren immer ein Müsliriegel und eine Flasche Wasser drin. So brauchte sie wenigstens nicht zu verhungern oder zu verdursten. Die Klimaanlage hörte sie schon nicht mehr. Sie löschte das Licht, legte die Beine auf den Tisch und schlief ein.

Kapitel 14

Ihr Aufbruch aus Einsiedeln glich einer Flucht. Schon am Morgen liefen sie los, früher als gewöhnlich und ohne Frühstück. Nur schnell

weg von hier. Sie blieben auf dem Weg und stürmten über die Haggenegg, liefen ohne größere Rast bis Brunnen am Vierwaldstätter See und bestiegen das erstbeste Schiff, das sie bis Buochs brachte, und kaum dort angekommen, ging es gleich weiter. Immer wieder kontrollierten sie, ob ihnen jemand folgte.
Als sie endlich in Stans eintrafen, beschlossen sie ihre Hatz zu unterbrechen. Sie liefen direkt bis zum Hotel *Zur Linde*, das einladend direkt am Marktplatz stand und auf sie nur zu warten schien. Ein Zimmer im Hotel erschien ihnen sicherer, als im Zelt am Wegesrand zu übernachten. Sie erfuhren an der Rezeption, dass hier ein Kloster der Kapuziner beheimatet war, und beschlossen, sich dort einen Stempel in den Pilgerausweis eintragen zu lassen. Leider war die Eingangstür der Kirche verschlossen. So klingelten sie an der Tür, die sich unmittelbar neben der Kirchentür befand und wahrscheinlich der Eingang zum Kloster war. Sie waren vollkommen überrascht, als ihnen ein sehr alter Mönch im braunen Habit des Kapuzinerordens die Tür öffnete. Der Alte lächelte sie an. „Oh, Pilger, wie schön! Kommen Sie bitte herein, aber schließen Sie die Tür hinter sich!"
Ohne eine Antwort abzuwarten, drehte er sich um und lief voran. In einem Nebenzimmer sahen sie einen Ruhesessel, worauf er wohl gerade seine Mittagsruhe verbracht hatte. Auf dem Sessel lagen dicke Decken und als Zudecke ein Schaffell. Obwohl es ein sehr warmer Tag war, schien er zu frieren.
Sie folgten ihm bis zum Empfangsraum. Das Zimmer war sehr zweckmäßig eingerichtet. Sie sahen alte, mit schönen Intarsien und Schnitzereien verzierte, dunkle Schränke und in der Mitte einen großen, ovalen Tisch mit einigen gepolsterten Stühlen darum. Er setzte sich zu ihnen und fragte, woher sie kämen, wo sie denn überall schon gewesen waren und wollte die Pilgerausweise sehen, betrachtete sie aufmerksam und lachte wissend vor sich hin. Manchmal sprach er zu sich selbst: „Ach, hier der Stempel von Beuron! Und der hier von Rapperswil. Ach, und hier ein Stempel von Konstanz. Ein schöner Stempel!" Einige Male lächelte er so richtig verschmitzt vor sich hin, so als wenn ein besonders schönes Ereignis ihn einholte, das er vor längst vergangener Zeit dort erlebt hatte.

Der alte Mönch nahm sich Zeit und es dauerte eine Weile, bis er die Pilgerausweise vor sich auf den Tisch ablegte. Dann schaute er Sarah an und fragte sie: „Und Sie, junge Frau, wie geht es Ihnen beim Pilgern? Sie sind doch so zart und verwundbar und müssen so viel Gepäck mit sich herumtragen. Ist das nicht zu schwer und zu anstrengend für Sie?“
Sarah kam es vor, als wenn er sie auf die Probe stellte.
„Ach, es geht schon. Am Anfang war es sehr schwer für mich. Das muss ich wirklich zugeben. Oder wenn es unterwegs regnet, dann fällt es mir auch nicht leicht zu laufen. Dann frage ich mich schon, ist es richtig, was du hier machst?“
Sarah sprach das aus, was sie wirklich fühlte. Bei diesem Mann brauchte sie nichts zu beschönigen oder vorzuspielen. Er strahlte eine derartige Aura aus, so etwas hatte sie in ihrem ganzen Leben noch nie bei einem Menschen verspürt.
Der Mönch schaute sie ernst an und erwiderte: „Wenn man nicht jeden Tag dankt, dass man pilgern darf, dann sollte man sich ehrlich fragen, wieso nehme ich *SEIN* Geschenk nicht an? Warum sind zwei, drei Regentropfen in der Lage, mich vom eingeschlagenen Weg in ein anderes Leben abzubringen und daran zweifeln zu lassen? Ist es nicht besser, dass ich mich darüber freue, dass *ER* es regnen lässt und *ER* mich vielleicht damit prüfen will, wie stark mein Wille ist, den Weg weiter zu gehen?“ Sarah senkte ganz verschämt den Kopf und kam sich sehr schwach vor.
Er holte aus dem Nebenzimmer einen großen Stempel, rollte ihn mehrfach akribisch über das Tintenkissen und drückte ihn genau an die dafür vorgesehene Stelle im Pilgerausweis. So wie er den Stempel in den Ausweis drückte, war es eine ehrwürdige, andächtige Handlung. Er stempelte ein Dokument, einen Beweis für die Pilgerschaft und er setzte ein Zeichen, dass sie bei ihm in Stans waren. Zum Schluss unterschrieb er genauso akribisch mit Datum und seinem Namen: Cyprianus. Die beiden schauten gebannt zu, jede Geste von ihm erschien ihnen wichtig. Franz hatte es schon vermutet, dass nur hier im Kloster der Ordensbruder sein konnte, den ihm der Mönch in Einsiedeln genannt hatte. Was für ein Glück!

Cyprianus bat sie aufzustehen. Er legte sich die Stola um, fasste die Hand von Sarah mit seiner Rechten, die Hand von Franz mit seiner Linken und sprach zu ihnen den Segen. Dabei schaute er sie so gütig mit seinen hellen, blauen Augen an, dass Sarah Tränen vor lauter Rührung vergoss. Sie fühlte sich bei seinen Worten so glücklich und so geborgen, wie sie es schon seit Ewigkeiten nicht mehr erlebte. Es war eine grenzenlose Liebe, die sie umhüllte und die von diesem kleinen Mönch, der die Achtzig schon weit überschritten hatte, ausströmte. Während er sprach und betete, wurde ihnen bewusst, dass ihnen auf dem Weg nichts passieren konnte. Vergessen waren die Ängste, die sie unterwegs in manchen Augenblicken spürten, vergessen die Zweifel, ob sie das Ziel jemals erreichen würden. Sie spürten, sie waren umgeben von einer guten Macht, die ihnen auf dem gesamten Pilgerweg beistehen würde.
Zuletzt gab er Sarah zuerst ein Kreuz auf die Stirn, nahm ihren Kopf zwischen seine Hände, murmelte dabei etwas und ließ seine Hände bis auf ihre Schultern gleiten. Dasselbe machte er mit Franz, der vor lauter Ergriffenheit verschämt lächeln musste. Zum Schluss umarmte er sie und drückte sie links und rechts mit seiner knochigen Wange. Bei der Umarmung merkten sie, warum er trotz der warmen Sommertemperaturen noch wärmende Decken bei seiner Mittagsruhe benötigte.
Er bat sie noch einmal am Tisch Platz zu nehmen.
„Franz, in Beuron hast du etwas an dich genommen, was dir nicht gehört. Kann ich es sehen?“
Franz war wie vom Blitz getroffen. Damit hatte er überhaupt nicht gerechnet! Trotzdem zögerte er keine Sekunde, holte das Büchlein heraus und gab es ihm. Er blätterte es durch und schüttelte dabei seinen ergrauten Kopf und gab es ihm zurück. Franz erzählte ihm daraufhin, was ihnen in Einsiedeln widerfahren war.
„Du hättest das Büchlein liegen lassen sollen. Doch nun ist es so, wie es ist. Nimm dich in Acht vor Dr. Wedelmann und besonders vor seiner Frau. Die Bibelstellen sind falsch. Manuel hat alles peinlichst genau notiert. Ich nehme an, dass es Dr. Wedelmann selbst betrifft. Die Buchstaben vor den Bibelzitaten sind wahrscheinlich Ortschaften, die Zahlen dahinter das Datum. Dr. Wedelmann ist ehemaliger

Anthropologe. Heute handelt er mit Reliquien. Jeder kann sie über das Internet kaufen. Manche Reste heiliger Menschen, für die früher Kriege geführt und Menschen ermordet wurden, gibt es heute schon für wenige Euro. Andere, vielleicht in einem schönen Gefäß, können schnell einige Hundert Euro kosten."

Franz zuckte zusammen, als das Handy klingelte. Er holte es aus der Tasche und fragte, nachdem er eine kurze Zeit zugehört hatte: „Was steht da? Wiederhole bitte!" Er notierte sich, was Anna ihm durchs Telefon sagte, und legte auf. „Ehrwürdiger Cyprianus, das wurde in einer Schwarzen Madonna in Konstanz gefunden. Können Sie damit etwas anfangen?"

Der Mönch las den Zettel und überlegte, bevor er Franz antwortete: „Ja, ich habe vor einiger Zeit davon gehört. Es ist im Bauch der Schwarzen Madonna, hieß es, vom Kind bewacht. Der Mensch, welcher es findet und das Rätsel löst, ist dem Herrn ganz nah. Er muss aufpassen, dass er nicht eher in seine Herrlichkeit eintritt, als ihm lieb ist. Ein Teil ist wieder aufgetaucht. Lange hieß es, dass es für immer verschollen sei, untergegangen im Weltenlauf. Allein für sich sagt es gar nichts aus. Nur als Ganzes ergibt es einen Sinn, den du verstehen wirst, wenn es so weit ist. Aber nur dann, wenn du wirklich danach suchst! Nigra sum sed formosa."

Franz erinnerte sich an den Brief von Carlos und fragte ihn nach dem Inhalt der lateinischen Formel. Der Mönch schaute ihn lächelnd an und übersetzte:

„Ich bin schwarz, aber gar lieblich. Es stammt aus dem Hohelied Salomos. Früher waren fast alle Schwarze Madonnen damit beschriftet." Er machte eine Pause und überlegte wieder. „Euer Weg führt euch weiter nach Fribourg. Sucht dort nach den Nelkenmeistern. Solltet ihr Hilfe benötigen, dort werdet ihr sie finden!" Er holte ein Blatt Papier und schrieb etwas darauf. Danach faltete er das Blatt und steckte es anschließend in einen Umschlag und reichte ihn Franz.

„Damit ihr sicher seid, dass ihr die richtige Person gefunden habt, fragt sie nach dem Geburtsort des Cyprianus von Stans. Wenn sie den weiß, könnt ihr vertrauen und sie wird euch helfen."

Als er sie hinausbegleitete, sagte er, dabei die Schwelle zu seinem Kloster nicht übertretend:
„Geht nun hin in Frieden. Wir werden uns hier niemals mehr begegnen. Sie wollen uns schließen, das Kloster mit uns wenigen, übrig gebliebenen alten Mönchen einfach verlegen, wegbringen. Dann gibt es uns nach Hunderten von Jahren nicht mehr in Stans. Der Komplex wurde verkauft. Es soll ein Pilgerhotel entstehen."
Er winkte ihnen lachend zu. Aber nur der Mund lachte, seine Augen sahen sehr traurig aus. Als er sich umdrehte und die Tür hinter sich wieder schloss, war er wieder der alte Mann. Nur kurz durften sie miterleben, wie er früher einmal war.
Franz klopfte noch einmal an die geschlossene Klosterpforte. Der Mönch öffnete sie wieder und schaute ihn fragend an.
„Wo sind Sie denn geboren?" Cyprianus lachte. „Sagt die Person, dass den Ort niemand kennt, nicht einmal Cyprianus selbst, dann ist es die richtige Antwort und die richtige Person. Dann gebt ihr meinen Brief."
Sie liefen schweigend zurück in ihr Hotel. Nach einer ruhigen Nacht packten sie zusammen und brachen auf. Sie liefen durch den Ort, vorbei an den schönen Häusern, der Kirche und am Kloster und zögerten kurz, ob sie bei ihm noch einmal halten sollten, vielleicht nur einen schönen Tag wünschen. Doch sie liefen weiter. Es kam ihnen zu wichtigtuerisch vor, ohne Grund den alten Mönch zu stören. Er hatte jetzt andere Sorgen, da konnten sie ihm nicht helfen.
Erst nachdem sie den steilen Anstieg aus Stans heraus bewältigt hatten, setzten sie sich auf die Wiese, schauten in den Ort und genossen die wunderschöne Aussicht auf Stans. Gar nicht weit von ihnen fuhr eine kleine Bahn auf das Stanserhorn. Die Insassen winkten ihnen ausgelassen und freundlich zu.
Nach der kurzen Rast liefen sie gut gelaunt weiter. Sie empfanden den Weg nicht als Mühsal, sondern freuten sich am Hier und Jetzt. So kamen sie in den nächsten Tagen gut voran. In Flüeli-Ranft bewunderten sie die Ranft-Kapellen vom Bruder Klaus und versuchten nachzuempfinden, was es hieß, in die selbst gewählte Einsamkeit zu gehen, Frau und fünf Kinder zwei, drei Steinwürfe entfernt allein zu lassen. Sie schauten sich das Haus an, in dem er gewohnt hatte, als

er noch mit seiner Familie zusammen gewesen war. An dem Geschäft mit Kitsch und Devotionalien liefen sie vorbei, die große Menschenschlange davor ignorierend. Auf dem folgenden Visionenweg nach Sachseln sahen sie die moderne, künstlerische Verarbeitung der Träume vom Bruder Klaus. Es gefiel ihnen, wie der Künstler sie umsetzte, und sie blieben mehr als einmal stehen, um sie genauer zu betrachten und auf sich wirken zu lassen. Sie ließen sich Zeit! In Sachseln waren sie beeindruckt von der schönen Kirche und den mächtigen schwarzen Säulen aus dem einheimischen schwarzen Marmor im Eingangsbereich. Noch mehr beeindruckte sie das Gewand vom Bruder Klaus. Er war klein gewesen von Wuchs, aber umso größer war sein Geist, seine Ausstrahlung!
Sie waren nun endlich angekommen im Berner Oberland und genossen die herrliche Landschaft und das gemütliche Wandern. Die Menschen waren freundlich zu ihnen und für die Schweiz sehr aufgeschlossen und mitteilsam. Wenn möglich benutzten sie das Schiff zum Weiterkommen.
Von Interlaken aus stieg der Weg steil zu den Beatushöhlen an, einem beeindruckenden Platz inmitten einer faszinierenden Felsenlandschaft oberhalb des Thuner Sees. Vorbei ging es an rauschenden Wasserfällen immer höher und höher. Bis ins 16. Jahrhundert war bei den Höhlen eine viel besuchte Wallfahrtskirche. Danach kam die Reformation und die Berner rissen die Kirche ab. Die Höhle wurde zugemauert, von der Kirche findet man heute noch ein paar Steine, mehr nicht! Dafür wurde jetzt aus dem weitverzweigten Höhlensystem eine Touristenattraktion entwickelt.
Das Pilgerpaar wollte nur das Pilgergrab sehen, das sich neben der ehemaligen Kirche befinden sollte. Es sollte wirklich alt sein und schon von den Anfängen des Pilgerweges stammen.
„Zweimal Pilgergrab und zwei Stempel“, sagte Franz an der Kasse zur Frau hinter der Scheibe. „Die Stempel können Sie haben. Das Grab ist geschlossen. Seit zwei Wochen schon.“
„Was ist denn mit dem Grab?“
Die Frau druckste ein wenig herum.
„Da gab es einen unglaublichen Vorfall. Das gab es hier oben bisher noch nie, seitdem ich hier beschäftigt bin. Also schon seit mehr als

zwanzig Jahren nicht. Vor einigen Wochen wurde das Grab geöffnet, stellen Sie sich das mal vor. Die schwere Grabplatte aus Stein wurde einfach weggerückt, einfach zur Seite geschoben. Das müssen mehrere gewesen sein. Man konnte danach in das leere Grab schauen. Da war sowieso nichts mehr drin, kein Sarg und nicht einmal ein paar Knochen. Als hier oben die Kirche im Mittelalter zugemauert wurde, hatten sie doch alles vorher mitgenommen und in dem Beatuskirchlein begraben. Sogar der Boden wurde ganz durchwühlt. Ein Spaten lag auch noch herum, so als wenn sie den vergessen hätten. Der Chef war auch ganz aufgeregt und rief gleich nach der Polizei. Die sind gekommen und haben das Grab gleich abgesperrt. Seitdem haben die sich nicht mehr sehen lassen."
Mit einigen mitfühlenden Worten gelang es Franz, die Frau umzustimmen. Sie durften das Grab sehen. Die Stelle war immer noch abgesperrt, die Platte so beiseitegeschoben, wie sie es geschildert hatte. In dem Grab lag nichts. Nur der nackte Boden war in der Tiefe der Grube zu sehen, der allerdings regelrecht umgegraben war.
Die Frau bedeutete ihnen zu gehen, weil sie sonst in Schwierigkeiten käme. Auf die Frage von Franz, wo denn das erwähnte Kapellchen zu finden sei, sagte die Frau, dass sie daran schon vorbeigelaufen wären, denn sie steht in Obsee, was ein, zwei Tage von hier entfernt war.
Sie verabschiedeten sich und liefen einen steilen Weg hinunter, der sie bis zur Schiffsanlegestelle Merligen führte. Die Landschaft änderte sich abrupt. Schon von Weitem grüßten Palmen, und als sie noch ein Stück weiter gelaufen waren, versahen sie sich plötzlich an die italienische Riviera versetzt. Der Anblick des Thuner Sees und die grandiose Bergkulisse ringsherum verzauberten sie förmlich. Das mondäne Restaurant des Hotels, ein Überbleibsel längst vergangener, goldener Zeiten, tat ein Übriges dazu. So schön konnte pilgern sein.
Sie fuhren bis Thun, wo sie ihr Zelt auf einem Campingplatz direkt am See aufbauten. Grandios war auch hier die Kulisse der Bergwelt um sie herum. Begeistert sahen sie die Jungfrauregion mit dem Mönch, der Jungfrau und dem Eiger. In den nächsten Tagen liefen sie weiter. Sie kamen in das Schwarzenburger Land, wo die Kirchen,

sogar die Kirchlein immer seltener wurden. Auch verschwanden die zahlreichen Bildstöcke und Wegekreuze, die bisher ihren Weg säumten. Die Menschen schienen ihnen nicht mehr so freundlich gesonnen. Der Weg kam ihnen wieder lang und beschwerlich vor. Die vielen Kilometer bis zu ihrem Ziel türmten sich schier unüberwindbar vor ihnen auf und die Leichtigkeit, die sie ab Stans seit der Begegnung mit dem Mönch verspürten, war weg. Sie wussten, dass sie eine Pause einlegen mussten. Da war das quirlige, mit vielen Sehenswürdigkeiten gesegnete Fribourg genau das Richtige.

Kapitel 15

Die Straßen sind um diese Uhrzeit mit dem Auto kaum befahrbar. Der Verkehr bewegte sich im Schritttempo von Ampel zu Ampel. Nur die Armada von Rollerfahrern bewegte sich schnell von Rot zu Rot. Beim Start an der Ampel siegten sie jedes Mal gegen die Autos. Das Auto wiederum nahmen nur die Römer, die aus irgendeinem Grund nicht darauf verzichten konnten oder denen es egal sein konnte, wann sie ihr Ziel erreichten. Die Römer aber, die zu einem festen Termin erscheinen mussten, nahmen die U-Bahn.

Giovanni del Lucca gehörte zu denen und nahm die U-Bahn. So war es nun einmal in dieser Stadt und jeden Tag aufs Neue! Immer das gleiche Chaos, die gleiche Hektik und Aufgeregtheit. Wie immer trug er seinen Talar mit dem kleinen schwarzen Ausschnitt am Kragen. Diese Uniform war seine liebste, obwohl er den Ausdruck Uniform verabscheute. Alles, was mit Militär in irgendeiner Form zusammenhing, verabscheute er. Auch die Schweizer Garde liebte er nicht. Er verabscheute sie aber nicht so, wie alles andere Militärische. Die sah wenigstens nicht so martialisch nach Armee aus, die sie aber letztendlich trotzdem war, wenn auch nur eine ganz kleine. Ihr Aussehen besaß etwas von einer Theatertruppe, die täglich ein Stück aufführte, das im Vatikan spielte, mit dem Papst in der Hauptrolle. Dass sie auch anders konnte, hatte er schon selbst erlebt.

Macht, Ruhm, Geld bedeuteten ihm nichts. Obwohl er genau das, trotz seines jungen Alters von nicht einmal dreißig Jahren, schon besaß. Vielleicht keine Macht im herkömmlichen Sinne. Als Profes-

sor besaß man nur ein wenig davon. Es war eine auf das Lehrfach begrenzte Macht, die er aber nicht haben oder, wenn möglich, nicht praktizieren wollte. Wer würde sie denn als Erstes zu spüren bekommen, seine Macht?
Doch nur seine Studenten! Seine kaum jüngeren, wissbegierigen Schützlinge, denen er nicht nur Wissen vermitteln mochte, sondern auch den Glauben an sich selbst und eine Toleranz gegenüber den Anderen, die nicht so waren und anders dachten wie sie selbst. Bei ihm im Studium gab es keine Bevormundung, keine Lieblinge, keine belohnten Schmeichler.
Er wollte den mündigen Studenten in seinen Seminaren, auch wenn es bei seinem Brötchengeber, der Institution Kirche, nicht gern gesehen wurde. Es interessierte ihn nicht im Geringsten, das war nicht sein Lehrauftrag. Er war dazu ausersehen, Kirchengeschichte zu vermitteln, dazu noch das heikle Thema Kirchenrecht. Nur das wollte er ihnen lehren. Das Andere konnten die Professoren vermitteln, die dafür begabter waren als er selbst.
Begrenzten Ruhm erwarb er durch seine Doktorarbeit. Das kam selbst für ihn überraschend und dies mit einem Thema zu einer Zeit, womit man im Vatikan mehr verlieren als gewinnen konnte. Das schwierige Thema mit dem sperrigen Titel *„Christentum und Orthodoxie – Bewertung von Gemeinsamkeiten und Gegensätzen im Hinblick auf eine Aufhebung der Spaltung“* reizte ihn. Die unbekümmerte Offenheit bei der Verarbeitung dieses Themas und seine angeborene Geradlinigkeit hatten sich bewährt. Jetzt war seine Promotion Lehrstoff, was er somit selbst den Studenten beizubringen hatte und mit großer Geduld auch versuchte.
Das Thema Geld brauchte ihn noch nie zu interessieren. Er kam aus einer sehr wohlhabenden, alteingesessenen römischen Familie, wo über dieses Thema nie Worte verloren wurden, es war einfach da. Warum er aber Geistlicher wurde, konnte er nicht genau sagen. Sicherlich waren es mehrere Gründe. Die Vorstellung, eine Familie zu gründen und mit einer Frau ein Leben lang zusammenzuleben, dazu noch eine Handvoll Kinder um sich herum, das war für ihn undenkbar. Das Vertrauen auf ihn, dass er nicht nur da ist in guten Tagen, sondern auch in schlechten, das war ihm zu groß. Diesen gedankli-

chen Druck würde er nie aushalten können und er bekam schon im Vorfeld Angst zu versagen.
Doch Niederlagen waren in seinem Leben nicht vorgesehen. Dazu wusste er auch, wie angenehm es als forschender Geistlicher im Schoße der Mutter Kirche war. So schloss er die Ehe mit seiner Kirche.
Die Entscheidung, die er vor vielen Jahren fällte, war bis zum heutigen Zeitpunkt vollkommen richtig.
Die dringliche Einladung in den Vatikan, in das Büro für Pilgerangelegenheiten, welche er vorgestern auf dem Postweg bekam, war vollkommen überraschend. Er hatte keine Ahnung, was man dort von ihm wollte. Eigentlich wollte er ein paar Tage Urlaub machen. Seine Studenten hatten ihn eingeladen in die Abruzzen zu fahren. Einige Tage wandern in dieser wunderbaren, urtümlichen, wilden Gegend, dazu campen und abends ein Lagerfeuer, hätten ihm sicherlich gut getan. Die ungezwungenen Gespräche auch. Aber was sollte er machen. Wenn der Chef rief, kann man schlecht nein sagen.
Er lief auf den Diensthabenden der Schweizer Garde zu und zeigte seinen Ausweis. Der kannte ihn und winkte ihm gelangweilt zu, ohne sich seine Karte näher anzusehen. „Wo geht es heute hin?"
„Ins Büro von Kardinal Groß! Wissen Sie, wo sich dieses Büro befindet? Ich war schon so oft hier, aber bei ihm noch nie." Der Offizier erklärte es ihm.
Giovanni trat ein in den Vatikan, einer anderen Welt, ohne lautem Trubel, hupenden und stinkenden Autos oder lärmender Musik. Er betrat das beschriebene Gebäude und lief bis in die oberste Etage, denn hier irgendwo sollte es sein. Nach dem energischen Klopfen an der mannshohen, mit schön gearbeiteten Intarsien und filigranen Verzierungen bestückten Tür reichte er dem darin auftauchenden Sekretär die Einladung, die er, ohne ein Wort zu verlieren, an sich nahm, bevor er wieder verschwand. Nach einer kurzen Wartezeit wurde er ins Zimmer gebeten.
Die anwesenden vier Männer waren Giovanni nicht unbekannt. Kardinal Ferdinand Groß, der Hausherr und auch Leiter des Amtes für Pilgerangelegenheiten im Vatikan, guter Freund seiner Eltern, kann-

te ihn, seit er auf die Welt gekommen war. Er unterbrach sein Gespräch, erhob sich aus seinem bequemen Sessel und lief Giovanni mit ausgebreiteten Armen entgegen.
„Schön, dass du so kurzfristig erscheinen konntest. Eine dringliche Angelegenheit gilt es zu besprechen. Komm bitte und setz dich zu uns! Ich möchte dir die Herren kurz vorstellen: die beiden Kardinäle Michel Legrand und Diego Hernandez und hier, Dr. David Brunner."
Giovanni ließ sich an der Stirnseite dieses großen, mit wunderschönen Intarsien versehenen Tisches nieder. Kardinal Groß setzte sich an die Stirnseite des Tisches und man merkte, dass ihm die rasche Erledigung des Anliegens sehr am Herzen lag.
„Seit der damalige Bischof von Le Puy en Velay, Hochwürden *Godescalc*, im Jahre 950 mit großem Gefolge von Le Puy nach Santiago de Compostela pilgerte und somit offiziell zum ersten Jakobspilger wurde, sind unzählige Menschen aus allen Teilen dieser Welt aufgebrochen, das Grab des Apostels Jakobus des Älteren zu besuchen. Nach Jahrhunderten mit hohen Pilgerzahlen kam die Pilgerfahrt langsam, aber stetig zum Erliegen, wobei sie aber nie vollständig erlosch. Seit der Ausrufung des Jakobsweges zum ersten europäischen Kulturweg im Jahre 1987 ist eine stetige Aufwärtsentwicklung der Pilgerzahlen zu verzeichnen. Das erfüllt uns mit tiefer Dankbarkeit und Demut, zeigt es doch, dass die befürchtete Abkehr vom Glauben nicht stattgefunden hat, die Volksfrömmigkeit intakt ist und wieder erstarkt. Die Gründe sind sicherlich vielfältig! Eines ist aber bei allen gleich, sie suchen etwas, was sie in ihrem jetzigen Leben vermissen. Die Pilgerzahlen sind in den letzten Jahren rasant angestiegen. Es ist eine Bewegung entstanden entgegen dem Zeitgeist. Nicht der ist veraltet und von vorgestern, der auf die Pilgerschaft geht, sondern derjenige, welcher zu Hause bleibt. Stellen Sie sich bitte vor, was erst in diesem Jahr los sein wird, welches wieder ein Heiliges Jahr ist, da der 25. Juli auf einen Sonntag fällt. Die Zahlen, die mir heute schon vorliegen, belegen das auf eindringliche Weise! Was uns zutiefst beunruhigt und Ängste in uns wachsen lässt, dass die Pilgerbewegung wieder zum Erliegen kommt, ist etwas anderes." Der Sekretär kam auf einen Wink von Kardinal Groß

in das Zimmer und brachte auf einem Tablett jedem der Gesprächsteilnehmer etwas zum Trinken.
„Erste Nachrichten erreichten uns Ende letzten Jahres“, setzte der Kardinal unterdessen seinen Vortrag fort, „zuerst beachteten wir diese Meldungen kaum, wir sagten uns, das ist das Werk einzelner Herbergsbesitzer, die den Hals nicht voll genug bekommen können. Die Preise explodierten überall. Das wird sich von allein regeln, dachten wir uns. Ab Anfang dieses Jahres häuften sich die Klagen derart, dass wir uns nun gezwungen sehen, etwas dagegen zu unternehmen. Ich bitte Sie nun, ihre Meinung zu diesem Problem darzulegen. Vielleicht haben Sie weitere Informationen?“
Dr. Brunner antwortete als Erster: „Das von Ihnen soeben Gesagte kann ich nur uneingeschränkt bestätigen. Gerade bei uns in der Schweiz ist in diesem Jahr eine wahre Flut von Beschwerden in den Pilgerbüros eingegangen. Wir konnten nicht mehr warten, bis Rom die Lage erkennt, und sind selbst tätig geworden, haben bisher leider wenig erreicht. Wir kommen an die Wirte nicht heran, haben zu wenige Möglichkeiten, billige Unterkünfte in den Gemeinden zu finden und unter Eigenregie zu führen. Es häufen sich seltsamerweise auch Zwischenfälle, in denen ganze Herbergen abbrennen oder der Wirt über Nacht schließt und unauffindbar ist. Gerade erst letzte Woche ist wieder eine Herberge abgebrannt, wobei es sich auch noch um das bekannte Hotel *Jakob* in Rapperswil handelte. Sind es wirklich nur bedauerliche und vereinzelte Unfälle, die zufällig gehäuft auftreten, oder steckt etwas ganz anderes dahinter?“
Als Nächster sprach Kardinal Hernandez: „Meine Herren, in Spanien habe ich bisher wenig von diesen Problemen vernommen. Unsere Refugien befinden sich in Gemeindehand und werden zu festgeschriebenen Preisen bewirtschaftet. Die meisten werden nur auf Spendenbasis geführt. Leider ist auch der Zustand mancher Unterkünfte dementsprechend. Am Jakobsweg entstehen daher täglich neue Unterkünfte, deren Preisniveau fast einheitlich sehr hoch ist. Man könnte denken, dass es dabei untereinander Absprachen gibt. Da können wir aber als Kirche nicht viel dagegen unternehmen. Das ist Sache der Regulierungsbehörden in Spanien, aber die werden bisher nicht aktiv. Jedenfalls weiß ich nichts davon. Bei meinem letz-

ten Besuch in Santiago, das ist knapp zwei Wochen her, kam mir zu Ohren, dass einige bedauerliche Vermisstenfälle von Pilgern aufgetreten sind. Diese Personen sind alle in Deutschland losgelaufen und irgendwo in der Schweiz oder in Frankreich verliert sich ihre Spur. Kein einziges Lebenszeichen mehr von ihnen! Die Angehörigen sind ganz verzweifelt!"

Kardinal Legrand räusperte sich und sagte: „Es ist doch eine Schande, wenn irgendwelche skrupellosen, geldgierigen Elemente den ganzen Jakobsweg wieder kaputt machen, mit ihrer Geldgier alles wieder zerstören, was sich langsam so erfreulich entwickelt hat. Man muss diesen Halunken die Konzessionen entziehen. Radikal! Vielleicht sollten wir uns ein Gütesiegel ausdenken, das denjenigen Herbergsbetreibern verliehen wird, die im Sinne der Jakobusbewegung ihre Geschäfte betreiben. Es soll ja niemand daran zugrunde gehen, wenn er Pilger aufnimmt, jeder soll doch für seine Dienste ordentlich bezahlt werden. Doch es muss alles im Rahmen bleiben. Es darf sich doch niemand an dem Idealismus der Pilger unmäßig bereichern! Früher hätte man sie wenigstens durch die Inquisition verfolgen lassen und verbrennen können, aber das geht ja nun leider nicht mehr."

Als ihn die Männer erschrocken ansahen, musste er lachen.

„Entschuldigen Sie bitte! Das war nicht so ernst gemeint. Aber jetzt im Ernst, auch aus Frankreich höre ich ähnliche Dinge wie aus ihrer Schweiz. Auch da werden teilweise total überzogene Preise verlangt. Gerade in den Gegenden, wo wenige Übernachtungsmöglichkeiten angeboten werden, oder in den Orten, die sehr stark durch eine große Anzahl von Heiligtümern frequentiert werden. Dabei denke ich an Le Puy, an Conques oder an Moissac, auch aus La Cote St. André ist uns schon einiges zu Ohren gekommen. Mir hat man auch schon berichtet, dass Wegweiser verdreht werden, damit der Pilger über jene Ortschaft geht und nicht über eine andere. Da gibt es anscheinend viel Geld zu verdienen! Andere Gründe kann ich mir nicht vorstellen, aber dass Menschen verschwinden, ist mir neu. Davon habe ich noch nichts gehört. Vielleicht ist das von den betreffenden Pilgern selbst gewollt und inszeniert?"

Kardinal Groß ergriff wieder das Wort. „Ihre Frage zu den Beweggründen der vermissten Pilger, sehr geehrter Kardinal Legrand, kann ich verneinen. Sicher, ich kann nicht für alle sprechen, aber einer der Vermissten ist ein Doktorand aus Spanien, kein Neuling auf dem Jakobsweg und mit Bestimmtheit keiner, der verschwinden wollte. Wir arbeiteten schon des Öfteren mit ihm zusammen und beauftragten ihn deshalb im Rahmen seiner Doktorarbeit auf dem Jakobsweg zu überprüfen, was wahr ist an den ganzen Problemen. Die letzte Nachricht von ihm kam aus einer Kleinstadt in Frankreich. Er hatte noch in der alten Waisenanstalt übernachtet und wollte sich wieder bei uns melden, wenn er in Le Puy eingetroffen war. Danach hörten wir nichts mehr von ihm. Wir sind in großer Sorge!

Deshalb haben wir Folgendes vorzuschlagen und bitten um Ihre Zustimmung: Wir möchten, dass du, lieber Giovanni, nach St. André reist. Du bekommst von uns einen Pilgerpass, woraus hervorgeht, dass du in Konstanz, in Deutschland gestartet bist. In dem Pass werden sich alle Stempel befinden, die du auf der Strecke bis nach St. André bekommen hättest. Weiterhin erhältst du von uns ein Schreiben, in denen alle kirchlichen Einrichtungen angewiesen werden, dir uneingeschränkt zu helfen, wenn du es nötig hast. Das Dokument ist mit dem päpstlichen Siegel versehen und unterstreicht die Wichtigkeit unseres Anliegens. Dein Einverständnis vorausgesetzt, und daran hege ich nicht den leisesten Zweifel, kannst du alles von meinem Sekretär in Empfang nehmen."

Giovanni schaute ein wenig überrumpelt in die Runde. Die Besprechungen im Vatikan sind doch in letzter Zeit immer wieder voller Überraschungen.

Er hatte selbst schon seit einiger Zeit mit dem Gedanken gespielt, den Jakobsweg zu gehen, aber so richtige Lust auf das monatelange Wandern bei Wind und Wetter und die Übernachtungen in den Gemeinschaftszimmern hatte er dann doch nicht. So verschob er das Vorhaben immer wieder. Aber wenn der Groß das so will, da gehe ich eben eher! Ich werde ja sehen, was mich dort erwartet und was dort irgendwie verquer läuft. Er erhob sich und willigte ein. Man sah dem Kardinal an, dass er sich freute.

„Ach so, lieber Giovanni! Deine Maschine startet morgen früh. Viel Erfolg und sei vorsichtig! Der Herr segne und beschütze dich!"
Gern hätte Giovanni noch ein paar Tage mehr Zeit gehabt.

Kapitel 16

Es ging ihm jeden Tag besser, die Veränderung tat ihm gut. Woran es genau lag, wusste er nicht zu sagen. Er fühlte sich einfach wohl. Die ihn umgebende Ruhe, das unaufgeregte, bis ins kleinste Detail geregelte Leben der Schwestern, die täglichen Rituale, das alles wirkte sehr wohltuend auf seine Psyche und seinen körperlichen Zustand. Seine Schlafprobleme wurden geringer. Wenn er mitten in der Nacht aufschreckte, und das kam immer noch vor, konnte er nach einigen Minuten lesen wieder einschlafen. Ohne Wein.
Er glich sein Leben dem Ablauf im Kloster an. Jeden Tag stand er früh auf und ging zur Morgenmesse im Kloster. Dort erwartete ihn die kleine, überschaubare Klosterfamilie in der ebenso kleinen Kapelle. Zumeist saß er allein auf der letzten Kirchenbank. Die Predigt des alten Priesters war meistens nicht lang und inhaltsvoll, sondern drehte sich immer um die keusche, sittsame und aufopferungsvolle Nachfolge Christi in dieser verdorbenen Welt. Er staunte über die Nonnen, die das jeden Tag geduldig über sich ergehen ließen. Von hinten sah er sie scheinbar andächtig den Worten des Priesters lauschen.
Es gab nicht viele Nonnen in diesem Kloster. Der Nachwuchs fehlte auch hier. Obwohl neben Esther noch zwei weitere junge Novizinnen aus Brasilien im Kloster lebten, veränderten sie den Altersdurchschnitt nicht sonderlich. Die alten Nonnen waren uneinholbar in der Überzahl. Trotzdem kam er sich hier nicht vor wie in einem Altenheim. Irgendwie verströmten diese alten Damen noch derartig viel Lebenslust und besaßen eine so enorme Vitalität, dass es für ihn jedes Mal ein Genuss war, mit dieser geballten Ladung an Lebenserfahrung sich zu unterhalten.
Der Kirchenraum selbst war eher schmucklos. Die weißen, hässlichen Kunstblumen auf dem Altar und vor der Marienstatue und die rußenden Ölkerzen störten ihn. Ihm war klar, das Kloster war arm

und musste überall sparen, aber wenigstens richtige Wachskerzen hätten sie sich doch anschaffen können!
Er sagte es ihr. Ja, das stimmt, pflichtete Esther ihm bei und auch sie selbst fand die Ölkerzen schlimm. Doch um die Finanzen des Klosters stand es erbärmlich. Wir leben von Spenden und die fließen nicht so reichlich, wie sich das so mancher vorstellt. Die Kirche an sich ist zwar reich, aber ihr Kloster nicht. Manchmal bekamen sie ein wenig vom Seminar oben, nicht viel und unregelmäßig.
Er bot ihr an, die Übernachtung zu bezahlen, als Spende natürlich, und traf wohl die richtige Höhe, denn diese neue Einnahmequelle schien der Mutter Oberin zu gefallen. Jedenfalls lächelte Esther, als sie ihm mitteilte, dass die Mutter Oberin nichts dagegen hätte, wenn er ein paar Tage länger bleiben würde.
Er mochte diese unscheinbare, junge Nonne. Jedes Mal, wenn sie ihn sah, nahm sie sich einen Augenblick Zeit für ihn. Sie kam ihm nie gestresst vor, nie launisch, obwohl sie sicherlich viel arbeitete und ständig in Eile war, jeder etwas anderes von ihr wollte. Manchmal hörte er sie erst spät am Abend zurückkommen und dann dachte er sich, dass sie wohl wieder im Grande Seminar gewesen war und schwer hatte schuften müssen. In der Frühmesse war sie dann wie immer und nickte ihm ganz freundlich zu, ehe sie in ihrer Bankreihe verschwand, ihr Gesangbuch nahm und die Messe feierte. Nach der Messe ging er in seine bescheidene Unterkunft. Jeden Morgen stellten die Schwestern eine Kanne mit Kaffee auf den kleinen Tisch in seinem Zimmer. Die Geste war wirklich nett, aber auf dieses Getränk, was den Namen Kaffee auf das Gröbste verletzte, konnte er verzichten. Aber er traute sich nicht, dies den Schwestern zu sagen, sondern schüttete ihn lieber in die Blumenrabatten vor seinem Fenster.
Nach einer ausgiebigen Dusche nahm er sein Sakko und den Rucksack und zog los in die Stadt.
Die Stadt gefiel ihm. Zwar kam er regelmäßig ganz schön außer Atem, wenn er aus der Unterstadt die vielen Treppen nach oben in die Altstadt stieg oder den Umweg außen herum nahm und dabei aber eine lange Steigung hinauflaufen musste. Oben angelangt gab

es als Belohnung für die Anstrengung wunderschöne Ausblicke auf das Tal, auf die Stadt unter ihm.
Und der atemberaubende Anblick von Sankt Michael erst! Diese romanische Kirche war so eindrucksvoll, dass er sich einfach an ihr nicht sattsehen konnte. Mit etwas mehr als 82 Metern Höhe, auf einer Basaltnadel thronend, erhaben, einsam, allein, nichts neben sich duldend und alles Nebensächliche um sich überragend, stand sie da. Genial erdacht und erbaut von Menschen, die eine Vision umsetzten, dessen Ergebnis einen wahnsinnig spektakulären, unvergesslich schönen Anblick dem Betrachter bot. Für ihn war es unvorstellbar, wie im 12. Jahrhundert solch ein Bauwerk erschaffen werden konnte.
Gleich am zweiten Tag in Le Puy machte er sich auf den Weg, die Kirche nicht nur von außen zu bewundern, sondern auch das Herz, dass Innere dieses grandiosen Bauwerkes. Die 268 Stufen nach oben erklomm er ganz gemächlich. Er ließ sich absichtlich viel Zeit. Es tat ihm wohl nach den ganzen Anstrengungen und Aufregungen der letzten Tage, jetzt einfach nur das zu machen, zu dem er Lust verspürte, ganz für sich allein.
Bewusst zögerte er den Augenblick heraus, bis er die Basaltnadel erklommen und die Kirche St. Michael direkt vor sich stehen sah.
Das Tympanon über der Eingangstür reckte sich ihm entgegen und schien ihm sagen zu wollen: Schau her, hier steht die Wahrheit, hier zeige ich dir, du armseliger und kleiner Mensch, Pilger, Besucher, Freund oder Feind, was wichtig ist in deinem Leben. Er sah die Bilder, die jeder der Menschen im Mittelalter lesen und verstehen konnte, obwohl er weder des Lesens noch des Schreibens kundig war. Dies waren die Botschaften für ihn, die eindeutigen und klaren Ansagen für ein gottesfürchtiges Leben und was ihn erwartete, wenn er es nicht führte.
Er stieg die letzten, wenigen Stufen hinauf, die in das romanische Gotteshaus hineinführten. Er setzte sich auf eine Bank an der Außenwand, hörte dem gregorianischen Mönchsgesang zu, der dezent aus den Lautsprechern drang, und ließ dabei seinen Blick durch den Kirchenraum schweifen. Zuerst betrachtete er die kleinen Sandsteinsäulen mit ihren verschieden verzierten Kapitellen, die Gewölbe

für Gewölbe duldsam und sicher tragend hin zum Hauptschiff führten, und sah den romanischen Altar genauso wie die schönen farbenfrohen Fresken an den Wänden.
Noch war er allein in dieser alten Kirche. Er stand auf, lief durch das Hauptschiff in den ältesten Teil der Kirche, ganz nah an der Wand stehend und die Fresken betrachtend. Eine Freske an der Gewölbedecke faszinierte ihn besonders. Im Mittelpunkt stand Christus, umgeben von Sonne und Mond und neben ihm St. Michael, der Erzengel. In einer Vitrine in der Wand sah er neben einem romanischen Holzkreuz ein metallenes Brustkreuz liegen mit der Darstellung der Jungfrau und dem Kind, eindeutig byzantinisch. Mühsam las er auf dem Kreuz eine Inschrift *Meter Theo*, Mutter Gottes. Man hatte es bei Restaurierungsarbeiten in der Kirche unter dem Altar neben anderen Reliquien gefunden, in einer Elfenbeinschatulle, diese dicht umwickelt mit Kupferdraht.
In der Kirche wurde es laut und voll. Den Mönchsgesang übertönte die Stimme eines Reiseleiters, der einer asiatischen Reisegruppe etwas erklärte. Die kurze Zeit der stillen Betrachtung war vorüber.
Schnell verließ er St. Michael und stieg die steilen Stufen vorsichtig hinab, die Möglichkeiten des Ausblickes immer wieder nutzend, wenn man ihn wohl ließ, denn es drängten jetzt verschiedene Touristengruppen hinauf zu der Kirche.
Manchmal, wenn er in Gedanken versunken durch die Altstadt lief, kam es ihm vor, als wenn er die Pilgerscharen der vergangenen Jahrhunderte sehen konnte. Er hörte das Klacken der Pilgerstöcke auf dem roh behauenen Kopfsteinpflaster, die Rufe des *Ultreia Santiago* in vielen Dialekten aus den verschiedenen Gassen, wo sich der Lärm immer wieder brach und verschwand, bis die nächste Gruppe wieder lärmend, singend oder bettelnd durch die Gassen zog, hin zur Notre Dame le Puy. Er war ein Teil der großen Schar, gehörte zu ihnen und trug selbst einen schwarzen Umhang und den großen, breitkrempigen Hut mit der Muschel daran. Den langen Pilgerstab hatte er lässig über die Schulter gelegt, wo seine Kalebasse, der hohle, getrocknete und mit Wasser gefüllte Kürbis, daran baumelte. Eine quer über die Brust gehängte Tasche komplettierte sein Ausse-

hen und machte ihn äußerlich zum Pilger, ließ ihn verschmelzen mit der großen Masse.
Was haben die früher nicht alles auf sich genommen, für persönliche Entbehrungen erfahren und erduldet, nur um den ganzen Weg nach Compostela zu laufen. Kaum einer trug überhaupt Schuhe an den Füßen. Das einzige Paar, das die meisten besaßen, wurde geschont und man trug es lieber über der Schulter und dies über Tausende Kilometer. Dazu noch das wenige Essen, das für viele notwendige Betteln, um zu überleben, und trotzdem, das Pilgern war in seiner Blütezeit eine ehrliche Suche nach Gott und dem wahren Sinn des Lebens. Später dann, als die Aspekte des Pilgerns immer mehr in den Hintergrund traten, wo Vagabundieren, Diebstahl, Betrug und üble Geschäftemacherei den ganzen Weg gefährlich und unsicher machten, da wurde der vorher hoch angesehene Bruder Jakob nicht mehr gern in den Städten und auf den Straßen gesehen. Da setzte man ihn eher auf die gleiche Stufe mit Schmarotzern und Kriminellen. Bruder Jakob wurde zum Schimpfwort.
War dort nicht ein Pilger im traditionellen Pilgergewand? Doch, da war er wieder, und ehe er um die Straßenecke biegen konnte, beschleunigte Simon Hirt seinen bisherigen, langsamen Schlendrian und rannte fast hinter ihm her. Wo war er nur hin? Er schaute nach rechts, nach links und endlich, da sah er ihn wieder und sogleich verfolgte er ihn weiter durch die Gassen, bis er merkte, dass der Mann vor dem Touristenzentrum anhielt, wo schon eine größere Menschenmenge auf ihn wartete. Ach ja, das war ja eine der vielen Attraktionen der Stadt, um das Erbe, die Vergangenheit neu aufleben zu lassen. Als wenn sie es nötig hätte.
In ein paar Tagen war es hier wieder so weit, da begann eines der wichtigsten Feste in Le Puy. Eine ganze Woche lang feierte man hier die *Feste des Vogelkönigs*. Da kleideten sich die meisten Einwohner wie im Mittelalter und hatten großen Spaß daran, die feinen Sitten und Manieren für ein paar Tage zu vergessen und ganz in die alte Zeit einzutauchen, so wie wir sie uns heute vorstellen.
Wieder sah er eines der vielen Plakate, mit dem dieser Spaß beworben wurde. Dieses Mal mit geißelnden Büßerumzügen, mit öffentlichem Am-Pranger-Stehen und sogar einem richtigen Inquisitions-

prozess mit dem abschließenden Verbrennen der Ketzer und Hexen. Die Scheiterhaufen werden auf dem großen Marktplatz aufgebaut und daneben verschiedene Stände errichtet, wo Bier, Würste und sogar echte Flammkuchen aus dem Elsass angeboten werden. Wein aus verschiedenen Anbaugebieten Frankreichs wird es genauso geben wie einige Käsesorten aus der Region. Als Abschluss der *Feste des Vogelkönigs* gibt es ein riesiges Feuerwerk zu bestaunen. Er hoffte, vorher die Stadt verlassen zu haben und dem ganzen zu erwartenden Trubel entflohen zu sein.
Ab dem Place des Tables stieg die Straße sehr steil an. Oben angekommen stand er unmittelbar vor der Kathedrale. Einer Himmelsleiter gleich, stieg er die Stufen hinauf, die als große Freitreppe begann und immer schmaler werdend mitten in der Kathedrale endete. Der Anblick der Kathedrale, mit seinen unverkennbaren orthodoxen Einflüssen, beeindruckte ihn. Sie hatte so etwas Geheimnisvolles, etwas Mystisches in ihrer Architektur an sich, das ihn magisch anzog. Ob er wollte oder nicht, jeden Tag, den er bisher hier in Le Puy verbrachte, wurde immer wieder mit einem Besuch der Kathedrale gekrönt.
Die Kirche selbst war groß, riesig kam sie ihm vor. Wer das Helle besonders liebte, wurde hier drin nicht glücklich. Eher dunkel war es, wenn man über die Treppe das Hauptschiff betrat. Wenn sich das Auge an die Dunkelheit gewöhnt hatte, sah es als Erstes den Hauptaltar. Da stand sie, allein als zentraler Mittelpunkt in einem weißen Schrein, einer Art Thron, die Schwarze Madonna von Le Puy. Ungewohnt war ihm ihr Anblick, eingehüllt in ständig wechselnde Umhänge und mit dem Kind auf ihrem Schoß, was aus dem Umhang in Bauchhöhe herausblickte, genauso schwarz, genauso gekrönt wie die Mutter. Um sie herum hingen zwanzig brennende Lampen, die in orientalischer Art im Halbkreis aufsteigend angebracht waren. Der Blick auf sie blieb frei.
Er setzte sich in eine leere Bank nah am Hauptaltar. Hier konnte er sich in seine Gedanken vertiefen, seine Situation überdenken, ohne störende Einflüsse von außen. Oder die Augen schließen und ein kleines Nickerchen machen. Das geschah ihm oft.

Die Kathedrale war dafür wie geschaffen. Gerade über die Mittagszeit saß er oft stundenlang hier auf einer der verwaisten Bänke. Es war die Zeit der stillen Einkehr und diese Zeit wurde von ganz wenigen genutzt, war nicht von Bedeutung. Er wechselte oft den Platz. Sicherlich hatte man ihn schon bemerkt. Gerade der Mesner sah ihn ja oft, wenn er durch die Kirche ging, um irgendetwas vorzubereiten oder zu holen.
Oder auch die Nonnen aus einem ihm unbekannten Orden, die ihr Mittagsgebet auf dem kalten Steinfußboden kniend abhielten, barfuß und in einem ganz einfachen, schmucklosen Umhang. Es war nicht nur eine der Nonnen, die er wirklich frieren sah.
Wenn der Trubel in der Kirche zu groß wurde, verließ er das Hauptschiff und ging in die kleine Reliquienkapelle. Die Schwarze Madonna, eine Kopie der alten, von den Revolutionären 1795 verbrannten Madonna, die dort als zentrales Heiligtum in einer ganz in Gold gehaltenen Reliquienwand stand, beeindruckte ihn sehr. Sie sah fremd aus mit ihrem Helm und ihren orientalischen Gesichtszügen. Sie war die Exotische, Unerklärbare, Geheimnisvolle mit diesem gütigen, beschützenden Blick! Wenn er sie sah, verstand er, warum die Menschen all die Jahrhunderte diese Strapazen auf sich nahmen, um sie zu sehen.
In der Regel holte er sich nach einiger Zeit der Erholung sein kleines Notizbuch aus der Jackentasche, blätterte erst darin, so als wenn er die vergangene Zeit noch einmal lebendig werden lassen wollte, und schrieb dann seine neuen Gedanken hinein. Hier und da hielt er inne und las, was er für wichtig erachtete. Er ließ den Blick prüfend durch die Kapelle wandern, ob er das Gesehene auch richtig niedergeschrieben hatte. Viele seiner Beschreibungen erkannte er wieder. Er würde es heute auch nicht anders wiedergeben können und war zufrieden mit sich.
Er wurde abgelenkt. Ein Mann erhob sich aus einer der vorderen Bänke in der Kapelle und verließ den Raum. Simon sah, dass auch er barfuß war. Die Schuhe trug er in der Hand und lief rückwärts aus dem Raum. Mehrmals blieb er stehen, bekreuzigte sich und warf der Madonna Kusshände zu. Als Abschied vielleicht, als Treubeweis, als Zeichen seiner Liebe und Dankbarkeit? Am Ende des mit einem

roten Läufer ausgelegten Ganges legte er sich bäuchlings auf den Boden, die Arme nach vorn ausgestreckt. Da lag er eine Weile. Eine Gruppe von Touristen wollte gerade die Kapelle betreten, doch als sie den Mann direkt am Eingang liegen sahen, drehten sie gleich wieder um. Die Tür schlug donnernd ins Schloss. Der Mann stand auf und verließ die Kapelle, immer noch rückwärts die Treppen hochlaufend.

Simon Hirt hatte genug gesehen und verließ nun ebenfalls die Kapelle und lief in der Kathedrale nach vorn, zu der Jakobusstatue. Sie wollte er sich noch einmal ansehen. Doch etwas stimmte an ihr nicht. Er hatte die Statue gestern lang und breit in seinem Notizbuch beschrieben. Es war ein eindrucksvoller Jakobus, der da in der Ecke des Hauptschiffes stand. Eine wunderschöne Holzfigur, ganz so, wie man sich den Pilgerpatron vorstellte. Aber irgendetwas stimmte nicht in seiner Beschreibung. Genau, jetzt hatte er es herausgefunden. Es fehlte der Stock. Er hätte schwören können, dass der Stock gestern und die vergangenen Tage da war. Aber jetzt fehlte er. „Das kann doch nicht sein!“, sagte er zu sich selbst so laut, dass es in der Kirche widerhallte. „Wo ist der hin? Hat den Stock jemand gestohlen?“

Einer ersten Eingebung folgend, wäre er gleich zum Mesner gegangen und hätte ihn gefragt, was da los sei. Aber er sah ihn nicht. Vielleicht hatte er es wirklich nicht so richtig wahrgenommen und das allzu bekannte Bild des Pilgerpatrons in diese Statue hineingedeutet. Da könnte man schon mal etwas mit der Realität vertauschen. So richtig sicher war er sich nun gar nicht mehr.

Am nächsten Tag hielt er sich nicht lange bei seinen Rundgängen durch die Stadt auf, sondern steuerte gleich nach der Morgenmesse auf direktem Weg die Kathedrale an. Sie war noch nicht geöffnet, so zeitig stand er davor. Je mehr er auch darüber nachdachte, er konnte sich keinen Reim darauf machen. Es ergab keinen Sinn. Als die Kathedrale endlich öffnete, lief er gleich durch das Hauptschiff zum Jakobus, und als er ihn dort stehen sah, war er beruhigt. Der Patron aus Holz stand da wie immer. Der Stock war wieder dort, wo er hingehörte. Er ging sogar ganz nah an die Statue heran und berührte den Stock. Er war nicht fest, man konnte ihn bewegen.

Am nächsten Morgen war der Stock auch noch da, aber als er wieder seine Mittagspause in der Kathedrale einlegte, war der Stock weg. Jetzt war der Journalist in ihm erwacht. Er wollte wissen, was dahintersteckte.

Kapitel 17

Sie freuten sich auf den freien Tag. Ein strahlend blauer, wolkenloser Himmel über Fribourg begrüßte sie. Die Stadt lud sie förmlich ein, begrüßte sie mit geöffneten Armen und einem Lächeln. Überall sahen sie froh gelaunte, bunt und individuell gekleidete, zumeist junge Menschen auf den Straßen und es war nicht zu übersehen, dass Fribourg eine Studentenstadt war. Als Teil dieser fröhlichen Menge ließen sie sich einfach treiben. Immer weiter kamen sie in die historische Altstadt hinein, einem der letzten großen, zusammenhängenden mittelalterlichen Stadtteile in Europa. Die Gassen wurden eng und verwinkelt. Hinter mancher Biegung kam überraschend ein hübscher, kleiner Platz zum Vorschein, zumeist mit einem schönen Brunnen in der Mitte. Ein paar Meter weiter standen sie bewundernd vor einem schönen Bürgerhaus oder sahen den kolossalen Turm der Kathedrale St. Niklaus oder die imposante Stadtmauer.
Doch bevor sie sich richtig in die eingehende Besichtigung der Altstadt stürzten, beschlossen sie einzukehren. Sie saßen unter freiem Himmel, tranken ihren Espresso, schauten dabei dem Trubel zu und lasen in ihrem Pilgerführer. Als Franz aufstand und von der idyllischen Szenerie ein Foto knipste, räusperte sich ein älterer Herr, der zwei Tische entfernt saß und im vollen Ernst zu ihm sagte:
„Mein Herr, ich möchte nicht, dass Sie mich fotografieren! Ich bin inkognito hier."
Franz zögerte ganz verdutzt, fotografierte dann aber einfach weiter und erwiderte:
„Keine Angst! Ich werde Sie zu Hause einfach von meinen Bildern entfernen. So erfährt niemand, außer uns natürlich, dass Sie hier waren. Doch wir können schweigen!"
Ihm schien dies auch zu genügen und er fragte, ob sie Pilger wären. Es entwickelte sich schließlich ein lustiges Gespräch zwischen dem

Schweizer und den beiden Pilgern, immer wieder von ihm unterbrochen durch kurze Gespräche mit anderen, ihm bekannten Menschen. Oder er sprang auf und lief unvermittelt auf die Straße, um einem vorübergehenden Mann die Hand zu schütteln und einen kurzen Plausch mit ihm zu halten. Als sie zahlen wollten, hinderte der Mann sie daran und lud sie ein, nicht nur zu dem Espresso, sondern zu einer kleinen Stadtführung. Sie hatten nichts dagegen.
An einem Denkmal auf einem kleinen Platz, vielleicht hundert Meter hinter dem Café, blieb er stehen und begann plötzlich ohne Vorwarnung und in großer Lautstärke mit seiner kräftigen Stimme ein lateinisches Gedicht zu deklamieren. Sie schauten sich an und zweifelten daran, ob ihr Entschluss richtig gewesen war. Franz tippte mit seinem Zeigefinger an die Stirn und Sarah sah betreten nach unten. Einige Passanten blieben stehen und schauten neugierig, was da an dem Denkmal los war. Weder Franz noch Sarah kamen dazu, etwas zu ihm zu sagen, denn der Mann ließ sich nicht unterbrechen und sprach schon erklärend weiter, nun aber wieder im normalen Gesprächston.
„Damals, als ich an die Pariser Sorbonne ging, wie alt war ich da wohl gewesen, ich denke so um die vierzehn Jahre, und an einem wunderschönen, sonnigen Tag auf dem Campus der Uni eintraf, saßen vielleicht zweitausend Studenten verstreut auf der Wiese. Als sie mich sahen, riefen sie: „Urs, Urs, Urs, wir wollen eine Rede von dir hören.“ Ich ließ mich nicht sehr lange bitten und stieg auf den Sockel eines Denkmals. Nachdem ich diese bekannte Rede von Cicero – mit der er den römischen Politiker Catilina, der eine Verschwörung anzettelte, aus der Stadt vertrieb – in Auszügen vorgetragen hatte, waren sie begeistert und klatschten, was das Zeug hielt. Das Beste daran war, dass auch viele der jungen Mädchen mir zujubelten und, das war mir noch nie passiert, Kusshände zuwarfen. Ich fühlte mich im siebenten Himmel! Aber kommen Sie nun bitte, folgen Sie mir. Ich möchte Ihnen meine Schule zeigen, wo ich meine Matura absolviert habe.“
Sie liefen weiter und kamen zu einem alten Universitätsgebäude oder einer alten Schule, es war für sie nicht auf den ersten Blick zu erkennen. Nachdem sie das Gebäude betreten hatten, stiegen sie

eine Treppe nach oben und liefen weiter in einem dunklen, sehr langen und breiten Gang entlang, an dessen Wänden Ölgemälde mit einstigen und sichtbar ehrwürdigen Schuldekanen oder sonstigen wichtigen Leuten hingen. Ihr rasanter Stadtführer öffnete eine Tür. Sie kamen in ein Vorzimmer, liefen vorbei an Studenten, die er herzlich begrüßte, so als wenn er sie schon ewig kannte. Danach öffnete er eine weitere Tür und sie kamen in einen großen, fast leeren Saal. Der Schweizer verschwand in einer Seitentür.
Lautes, kraftvolles Orgelspiel ließ sie nach oben zur Empore blicken. Erfreut hörten sie der schon lang vermissten Musik und dem Spiel des Mannes zu, der es ein weiteres Mal schaffte, sie zu verblüffen. Eine Flut von Tönen und Chorälen durchdrangen den leeren Raum, füllten ihn aus und rissen sie mit. Leider brach er abrupt nach kurzer Zeit mitten im Spiel ab, als wollte er ihnen nur eine kleine Kostprobe seines Könnens zeigen. Viel zu kurz war das Spiel der Orgel für sie gewesen. Gern hätten sie dem Mann länger zugehört.
Kurze Zeit später war er wieder von der Empore nach unten geeilt und kam schnellen Schrittes zu ihnen gelaufen. „Hier war unsere Aula, hier gab es die Versammlungen, die Feste, die Auszeichnungen und die Verweise. Später, nachdem ich das Spielen der Orgel erlernt hatte, durfte ich ab und zu bei den Feierlichkeiten mein Können demonstrieren. Nichts Großes, eher kleine Stücke und das war mir recht so. Zu mehr hätte damals mein Können bei Weitem nicht ausgereicht. Aber kommen Sie bitte, wir wollen weitergehen."
Raus ging es aus der Tür der Aula, raus aus der alten Schule. Sie verließen das altehrwürdige Gebäude, überquerten einen Hof, gingen ein paar Straßen weiter und erreichten ein weiteres Schulgebäude, worin er ebenfalls eintrat, sie ihm dicht auf den Fersen folgend. Aus irgendeinem Zimmer hörten sie ein Klavier. Er steuerte auf direktem Weg dieses Zimmer an, öffnete ohne anzuklopfen die Tür und trat ein, die Tür dabei weit geöffnet lassend, damit seine Begleiter eine Chance bekamen, ihm zu folgen. Mitten im Saal standen zwei Klaviere, wobei an einem davon eine junge Studentin gerade ein Klavierstück zum Besten gab. Dem Schweizer war dies nicht unangenehm. Im Gegenteil! Er setzte sich an das andere freie Klavier und fing an, die junge Frau bei dem Stück zu begleiten, nur

eine Tonlage tiefer. Dies alles spielte er aus dem Gedächtnis, ohne ein Notenblatt vor sich zu haben. Franz tauchte ab in die wundervollen Klangwelten des gespielten Stückes, saugte die lange Zeit ungehörten Töne in sich auf und ließ sie bis ganz tief in sein Innerstes dringen. Es erfüllte ihn mit großer Freude und tiefem Schmerz, er jubelte und hätte gleichzeitig weinen können. Es nahm ihm fast die Sinne und es könnte ewig so weiter gehen, wenn nicht auf einmal Sarah ihn am Arm berührt hätte und leise fragte, ob mit ihm alles in Ordnung sei.

Auch Sarah war von dem alten Schweizer mit seinen vielen Fähigkeiten tief beeindruckt. Sie schämte sich fast dafür, dass sie seine mitreißende Art so magisch anziehend empfand. Ob es nun der Ausflug in die Vergangenheit der Kindheit war oder die Intonierung der verschiedenen Musikstücke, es war perfekt. Wie machte er das nur? Er kam ihr vor wie ein Zauberer, ein Verzauberer der Sinne. Es kam aus seinem Inneren heraus, diese mitreißende Art, wie er ihnen seine Stadt zeigte, und es war unzweifelhaft wahrhaftig. Der Mann war zufrieden mit seinem Leben. Das merkte sie bei allem, was er tat oder erzählte. Oder kam da noch etwas, die Kehrseite der Medaille? Wo so viel Licht war, gab es meistens auch Schatten. Sie war gespannt darauf, was alles noch kam. Die junge Studentin hörte mittlerweile nur noch zu. Sie streckte die Waffen vor so viel spielerischer Genialität. Sein Klavierspiel war nicht nur im Saal zu hören, es drang nach draußen und immer mehr Zuhörer kamen in den Saal. Zuerst dachten sie wahrscheinlich, dass die junge Frau so spielte, und wollten dies mit eigenen Augen sehen. Dass nun dort ein unbekannter Mann saß und die Klaviertasten streichelte, überraschte sie.

Mitten im Stück hörte er auf und sagte, indem er den Klavierdeckel mit einem lauten Knall zuschlug: „Genug davon. Ich hoffe, es hat Ihnen gefallen, aber ich habe andere Verpflichtungen! Kommen Sie bitte, meine Freunde“, wieder an Sarah und Franz gewandt, „ich will Ihnen noch so viel zeigen. Da dürfen wir mit solchen Spielereien keine Zeit vertrödeln!“

Einer der Zuhörer fing an zu klatschen und alle fielen mit ein, sodass ein wahrer Beifallssturm aufbrandete. Der Mann war ein wenig ge-

rührt, deutete eine Verbeugung an und verließ den Saal. Die beiden Pilger folgten ihm durch die Beifall spendende Menge.
Ohne stehen zu bleiben, erzählte er weiter: „In diesem Haus bekam ich früher meine Musikausbildung und genau in diesem Probensaal durfte ich mich schinden, die Tonleitern hoch und runter, bis sich meine Finger, meine Hände kaum mehr bewegen ließen. Da hinten“, er zeigte auf den Platz vor dem Gebäude, wo die Fenster des Saales zu sehen waren, „dort wartete mein Vater und hörte meinem Spiel zu. Da stand er mit seinem Stock und seinem Mantel und seinem Hut, den er immer auf dem Kopf trug, wenn er das Haus verließ, bis ich nach unten kam. Spielte ich gut und hatte somit meine Hausaufgaben mit Fleiß erledigt, dann gingen wir in die Konditorei und er ließ mich einen Kuchen auswählen und ich bekam eine Tasse heiße Schokolade zu trinken. Aber wenn ich meine Aufgaben schlecht erledigte und er dies beim Vorspielen hörte, da war ich noch nicht einmal ganz in seiner Nähe angelangt, als ich schon seinen Stock spürte, der auf meinen Rücken, meinen Beinen, im Gesicht, einfach überall auf mir niederprasselte, bis ich mich auf den Boden warf und jämmerlich losschrie. Dann packte er mich an den Ohren, zog mich nach oben und ließ mich erst wieder los, als wir zu Hause ankamen und Mutter mich sah. Sie schimpfte dann lautstark mit ihm und legte beschützend die Hände um mich, drückte mich an ihren Busen, dass mir fast die Luft wegblieb. Vater brummte mürrisch, wenn ich so weiter mache, lande ich in der Gosse oder beim Militär, was bei ihm ein und dasselbe war. Dann ging er in sein Zimmer und ließ sich den ganzen Abend nicht mehr sehen. Ja, ja, so war das damals in der guten alten Zeit. Heute zum Glück undenkbar!“
Während er dies sprach, hakte er sich bei den beiden unter. Kurz darauf blieb er abrupt stehen, sodass Franz fast gestolpert und hingefallen wäre, und sagte: „Entschuldigen Sie bitte, ich habe mich ja noch nicht einmal vorgestellt. Ich heiße Urs Bächli und ich weiß, dass mein Name allen Schweizer Klischees entspricht. Aber so heiße ich nun mal, obwohl wir hier in der französischen Schweiz sind. Sehen Sie die Saane da unten? Das ist der Grenzfluss, der so genannte Röstigraben, die allbekannte Sprachgrenze der Schweiz hier im Kanton Fribourg. Bitte, liebe Freunde, sagt einfach Urs zu mir!“

Sie stellten sich ebenfalls vor und kaum zwei Sekunden später hakte er sich bei den beiden wieder unter und zog sie weiter in eine Richtung, die er als Nächstes in seinem, nur ihm allein bekannten Stadtführungsprogramm unbedingt einschlagen wollte. Sie kamen an eine Kirche. Es war nicht die Fribourgs Stadtbild beherrschende, alles überragende Kirche St. Nikolaus, die sie sich gerne angeschaut hätten, da dort eine Jakobusfigur stand, und die im Pilgerführer als die herausragende Kirche in Fribourg beschrieben wurde. Nein, es war eine andere Kirche, in die Urs wollte und in der er kein Unbekannter war, denn schon beim Eintreten in das Gotteshaus kam lachend ein Priester auf sie zugelaufen und schüttelte Urs kräftig die Hand.
„Ach, Urs, dich mal wieder zu sehen und dazu noch bei so guter Gesundheit. Da freue ich mich wirklich! Nein, so eine Überraschung! Ich sehe, du bist nicht allein und bringst Freunde in unsere kleine Franziskuskirche mit?“
„Ja, Fabrizius, das sind Pilger aus Deutschland, die nach Compostela laufen und in unserer wunderbaren Stadt eine Pause einlegen. Bitte beleuchte uns doch einmal den wundervollen Hochaltar. Komm, schalte schon das Licht ein. Ich bezahle später!“ Fabrizius gehorchte und schaltete die gebührenpflichtige Beleuchtung ein. Augenblicklich sahen sie das Kunstwerk in warmes Licht getaucht und waren ganz begeistert.
„Schaut bitte, meine Freunde! Das hier ist ein ganz wertvoller Altar, eines der frühen Zeugnisse eidgenössischer Kunst aus der Spätgotik. Ein Werk, das erste bekannte Werk der Berner Nelkenmeister, mit dem sie an die Öffentlichkeit traten. Der Altar muss um 1480 entstanden sein und wird als das schönste Werk dieser geheimnisvollen Malergruppe bezeichnet. Schaut nur dort unten, die Signatur der Maler, die gekreuzten zwei Nelken, die rote und die weiße Nelke. Es war damals nördlich der Alpen noch gar nicht üblich, dass Bilder signiert wurden. Das hat nur diese, uns noch ziemlich unbekannte Gruppe getan.“
„Was bedeuten die Nelken?“, fragte Sarah.
„Was die Nelken aussagen sollen, weiß man nicht genau. Wir können darüber nur spekulieren. Vielleicht sollen sie ein Symbol der Marienverehrung sein oder ein Zeichen für die Passion Christi. Oder

es war eine Art Geheimzeichen für eine Bruderschaft. Mit Sicherheit kann aber nur gesagt werden, dass sie keine dreißig Jahre später wieder aufhörte, als Gruppe zu existieren. Schaut doch, diese Anbetung der drei heiligen Könige. Ist sie nicht wunderbar!"
Er war wieder so mitreißend, dass Sarah gar nicht anders konnte, als sich seiner Begeisterung anzuschließen. Immer wieder ließ er Bruder Fabrizius das Licht anschalten und zeigte ihr dieses Detail oder erklärte ihr ein anderes. Sie genoss so sehr die Gesellschaft mit diesem großen, gebildeten und gut aussehenden Mann, hörte dazu gern seine fundierten Erklärungen, ohne dabei zu belehrend zu wirken, und ließ es sogar zu, dass er seinen Arm um ihre Hüfte legte.
Franz hatte sich erschöpft in die erste Reihe der Kirchenbänke gesetzt und schaute den beiden zu. Etwas anderes machte ihm zu schaffen. Hatte nicht Cyprianus zu ihnen gesagt, dass sie nach den Nelkenmeistern fragen sollten? Meinte er das Gemälde oder gab es noch etwas anderes in dieser Stadt, was mit den Nelkenmeistern in Verbindung gebracht wurde?
Er stand auf und ging zu Bruder Fabrizius. „Entschuldigung, wissen Sie zufällig, wo Cyprianus, der Mönch aus Stans, geboren wurde?"
Fabrizius schaute in etwas ungläubig an und antwortete ihm: „Ein Mönch aus Stans? Ein Kapuziner also ... Wo wird er schon geboren sein? Wahrscheinlich in der Nähe seines Ortes, vielleicht in Flüeli-Ranft oder in Stans selbst oder in Sachseln? Ich kann es Ihnen nicht sagen. Das weiß nur er allein. Fragt doch besser ihn selbst!"
Urs ließ sich wieder vernehmen und rief zu Franz, dabei Sarah hinter sich herziehend: „Kommt, liebe Freunde, ich zeige euch noch etwas ganz Besonderes in dieser Kirche. Ihr werdet es sicherlich wiedererkennen, denn das habt ihr auf eurem Weg schon einmal gesehen!"
Er ließ Sarah los und stürmte wieder allein voraus, winkte dabei Fabrizius zu und sagte ihm, dass er die Beleuchtung jetzt ausschalten könnte, sie wären fertig mit der Betrachtung des Altares.
Franz hielt Sarah unterdessen an der Hand fest und blieb stehen. „Sag mal, was ist hier eigentlich los? Du bist ja richtig hingerissen von dem Kerl. Du müsstest dich mal sehen, wie du ihn anhimmelst."
Sarah fühlte sich ertappt und wurde rot, schüttelte wütend den Kopf und sagte zu ihm: „Na, du spinnst dir vielleicht was zusammen! Dir

bekommt wohl das Pilgern nicht! Der Urs ist doch absolut fantastisch. Das ist so ein freundlicher Mann und was der alles weiß! Als wenn ich diesen wildfremden Mann anhimmele! Sag mal Franz, bist du etwa eifersüchtig?“
Ehe Franz etwas erwidern konnte, löste sich Sarah von ihm und seiner Hand und eilte dem Schweizer hinterher. Franz stand da wie ein begossener Pudel und es blieb ihm nichts anderes übrig, als ihnen zu folgen. Gerade kam er noch rechtzeitig dazu, als Urs schon wieder erklärte, dass dies eine Nachbildung der Gnadenkapelle von Einsiedeln sei. Das hatte er auch gleich erkannt. Die unbekannten Baumeister müssen von der Kapelle in Einsiedeln sehr beeindruckt gewesen sein. Alles sah genauso aus wie im Original.
Die Kapelle war mittlerweile leer. Sie saßen allein in der Kirchenbank. Franz brach als Erster das entstandene Schweigen und erzählte von den wunderlichen Zwischenfällen auf ihrem Weg. Er berichtete vom Kloster Beuron, dem Zwischenfall in Märstetten und auch vom Kloster Fischingen. Auch die verschiedenen Nachrichten von Mitpilgern, die sie so unterwegs immer mal wieder gehört hatten, erwähnte er.
Unvermittelt fragte er Urs, einer plötzlichen inneren Eingebung folgend: „Weißt du vielleicht, wo Cyprianus, der Mönch aus Stans, geboren ist?“
Urs lachte und antwortete: „Der alte Cyprianus? Lebt er noch in seinem Kapuzinerkloster und fristet dort sein Dasein? Das weiß er doch selbst nicht! Wie soll ich es dann wissen?“
Das hatte Franz nicht vermutet! Er holte den Brief aus Sarahs Tasche und gab ihn Urs.
„Ich werde euch helfen!“, sagte er, nachdem er den Brief gelesen hatte, und steckte ihn in die Jackentasche. „Wie hieß der Mann noch einmal, der das Büchlein will?“
„Dr. Wedelmann.“
„Dr. Horst Wedelmann?“
„Der Vornamen des Mannes ist mir unbekannt.“
„Ziemlich korpulent und mit ausgesprochenem Hang zu weißen Anzügen und Gold und Geschmeide?“
„Es ist genau so, wie du sagst.“

„Hast du noch das Büchlein von Bruder Manuel?“
„Ja, ich habe es sogar bei mir!“
Franz nickte, als Urs ihn fragte, ob er es behalten dürfe, und war froh, es endlich los zu sein. Sollte es wirklich wahr werden, was Bruder Cyprianus ihnen sagte? Sollten sie etwa den richtigen Mann getroffen haben? Eine zentnerschwere Last fiel von ihm ab. Er schaute nach vorn zum Altar und dankte der Schwarzen Madonna. Vielleicht konnten sie nun weiterpilgern ohne Angst und Furcht vor einem nächsten Überfall.
Als sie sich von dem Schweizer verabschiedeten, umarmten sie ihn herzlich. „Ich danke euch für diesen Tag und für die Überbringung der Grüße meines alten Freundes Cyprianus. Wenn er mich bittet, zu helfen, dann weiß ich, dass er euch in sein Herz geschlossen hat. Ihr braucht keine Angst mehr zu haben. Ich erledige das Problem. Betet für mich am Grab des Apostels. Wie sagt ihr Pilger doch immer?“
„Ultreia Santiago!“, sagten beide gemeinsam.
„Ultreia Santiago!“, wiederholte der Schweizer sichtbar ergriffen den alten Pilgergruß und verließ sie.

Kapitel 18

Die wenigen Tage in La Cote Saint André reichten ihm aus, um enttäuscht das Ende seiner Mission herbeizusehnen. So hatte er sich seinen Einsatz nicht vorgestellt.
Warten, immer nur warten. Auf was, wusste er nicht. Irgendwann sollte hier etwas eintreten, sich ereignen, worauf er reagieren sollte. Irgendwann ...!? Irgendwas ...!?
Und dann noch seine Unterkunft. Er war es nicht gewohnt, sein Zimmer mit ständig wechselnden Fremden teilen zu müssen. In diesem Waisenheim musste er es. Jeden Tag hatte er einen anderen Schlafnachbarn neben sich, jede Nacht andere Geräusche zu ertragen. Es war furchtbar! Einfach grauenhaft!
Die Pilger, die hier vorbeikamen, blieben immer nur für eine Nacht. Sie bekamen ein sauberes Bett und für wenig Geld noch ein gutes Essen dazu, mit Nachtisch und Getränk. Sogar Wein gab es, wenn man wollte. Was wollten sie mehr? Und die meisten von ihnen ver-

ließen das Waisenhaus dankbar und ausgeruht. Ihn aber belastete es eher, hier zu nächtigen. Doch es gab keine andere Möglichkeit. Wie sollte er sonst an die Pilger herankommen und nach diesem Carlos fragen, wenn nicht hier? Als er nach einem kurzen Besuch der romanischen Kirche im Stadtzentrum auf den Vorplatz heraustrat, kam im selben Moment eine weitere Pilgergruppe an und lief ihm entgegen. Sie sahen gezeichnet aus von den Strapazen ihrer heutigen Etappe. Trotzdem stürmten sie an ihm vorbei und liefen geradewegs in die Kirche. Er setzte sich auf eine freie Bank davor.
Im selben Moment traf eine andere Pilgergruppe mit dem Bus ein. Die Türen öffneten sich und laut hörte er den Reiseführer auf seine Schäfchen einreden, dass ihr heutiges Ziel erreicht wäre. Er empfahl ihnen noch den Besuch der Kirche, einem wahren romanischen Kleinod. Die älteren Leute folgten seinem Vorschlag.
Der Reiseleiter trat aus dem Bus, steckte sich eine Zigarette an und blies den Rauch geräuschvoll in den Himmel. Giovanni ging zu ihm.
„Schon lange unterwegs?“
Der Mann nickte, zog wieder an seiner Zigarette und sagte dann:
„Schon eine Woche. Wir kommen aus München.“
„Wollt ihr bis Compostela?“
Der Mann grinste. „Nein, zum Glück nicht. Wir wollen nur bis Le Puy, dann ist für mich Schluss! Dann fahre ich mit der nächsten Gruppe zurück. Ich bin doch nicht nur der Reiseleiter, ich fahre doch auch den Bus.“ Giovanni fragte ihn nach Neuigkeiten.
„Oh, ja“, antwortete der Busfahrer und Reiseleiter in Personalunion, „da geht einiges drunter und drüber. Die bekommen es kaum noch hin, alle Pilger unterzubringen. Mir kommt es langsam so vor, als wenn das Pilgern eine neue Volkskrankheit geworden ist. Gerade jetzt ist die beste Zeit dafür, vom Wetter meine ich, da rennt alles los.“
„Ich habe aber gehört, dass es einige Unfälle gegeben hat. Sogar Leute sollen verschwunden sein, einfach so? Hast du denn darüber etwas gehört?“ „Da wird viel geredet, auf dem Weg selbst und in den Herbergen. An den Abenden erzählt man dies und das. Was mir auffällt, ist, dass ich mit den Gruppen nur in *JPH*-Unterkünften übernachte.“

„Kann man die empfehlen?" „Die Hotels sind nicht schlecht. Doch entschuldige, ich muss wieder los. Meine Pilger kommen wieder."
Nicht nur die Buspilger kamen aus der Kirche, auch die andere Gruppe hatte genug vom Danken. Sie versammelten sich auf den Stufen und diskutierten. Einer der Pilger kam auf ihn zu und fragte nach dem nahen Waisenhaus. „Nah ist ein wenig übertrieben. Sie müssen schon noch ein Stück laufen. Wenn Sie wollen, bringe ich Sie hin. Ich übernachte auch dort!" Die Pilger waren froh über sein Angebot und schlossen sich dem Römer an. Es war ein bunt zusammengewürfelter Haufen von insgesamt vielleicht zwanzig Männern und Frauen. Sie unterhielten sich den ganzen Weg ohne Unterlass. Es kam ihm vor, als wenn sie von einem Schweigegelübde befreit waren und endlich wieder sprechen durften.
Giovanni ging schnellen Schrittes voran. Sie bekamen Mühe, ihm zu folgen, aber er nahm keine Rücksicht darauf. Nur ein älterer Mann von vielleicht siebzig Jahren hielt seinen Schritt mit und erzählte ihm von der heutigen Tour. Er musste immer wieder seinen Bericht atemlos unterbrechen und sagte schließlich: „Sagen Sie, junger Mann, warum rennen Sie eigentlich so? Sind Sie auf der Flucht?"
Giovanni verlangsamte seinen Schritt, zuckte mit den Schultern und erwiderte: „Nein, sicherlich nicht. Ich dachte, Sie haben vielleicht Hunger und wollen schnell zur Unterkunft und da …"
Es war eine Ausrede. Er lief deshalb so schnell voran, damit er keine Berichte zu hören bekam. Jetzt noch nicht. Die kamen beim Essen sowieso zur Sprache. Dabei musste er immer so tun, als wenn er das auch schon erlebt hatte, dass er schon seit langer Zeit auf dem Jakobsweg unterwegs war und morgen auch weiterlaufen wollte. Er kam sich vor wie ein Heuchler, wie ein Schuft, ein Angeber! Wenn er in die Augen der Erzähler blickte, die wirklich ehrliche Begeisterung darin sah, dann konnte er kaum an sich halten und allen am liebsten sagen, ich bin doch gar kein Pilger. Ich bin bisher keinen Schritt auf dem Weg gelaufen! Aber leider durfte er nicht ehrlich sein. Es würde sich auf dem Weg herumsprechen und seine ganze Mission könnte scheitern.
„Sie haben ja recht. Lassen Sie uns langsamer gehen. Wir haben Zeit und es ist auch nicht mehr weit."

Während die Gruppe nach dem Erreichen des Zieles die Anmeldungsformalitäten mit Serge, dem Heimleiter besprachen, ging Giovanni in sein Zimmer. Er war neugierig, wer heute sein Zimmernachbar wird.
Es dauerte nicht lang, da klopfte es an der Tür und herein kam der alte Mann. Es gab unangenehmere Zeitgenossen als ihn, und er freute sich sogar ein bisschen darüber. Auch der Mann lächelte und sagte: „So sieht man sich wieder. Wir werden uns schon vertragen. Ich schnarche auch nur ganz wenig.“
Während der Alte seine Sachen aus dem Rucksack holte, sich umzog und erfrischte, verließ Giovanni das Zimmer und lief hinunter in den großen Speiseraum. Leider war er ein wenig zu spät dran und musste sich in eine lange Schlange stellen. Als er endlich an der Reihe war, gab es keinen Nachtisch mehr. Den Ersatz in Form eines Müsliriegels lehnte er ab. Er nahm lieber eine der kleinen Weinflaschen mit, die auf einem Tisch für die Pilger bereitgestellt wurden.
Am Ende der langen Tischreihe waren noch zwei Plätze frei. Einen davon besetzte er, den anderen Stuhl reservierte er für den alten Mann, der kurze Zeit später ebenfalls im Saal erschien. Er bekam als Letzter den kläglichen Rest aus den ehemals prall gefüllten, riesigen Töpfen. Trotzdem schien er nicht unzufrieden, nahm gelassen den halb vollen Teller und setzte sich neben Giovanni.
Die Gespräche am Tisch wurden lauter, die trübselige Stimmung hellte sich auf und wurde ausgelassener. Es bildeten sich kleine Gruppen, in denen über die erlebten Abenteuer der letzten Tage oder Wochen berichtet wurde. Aber so sehr er auch den unterschiedlichen Gesprächen lauschte, es war nichts dabei, was ihm irgendetwas über Carlos’ Aufenthalt verriet.
Gerade wollte er auf sein Zimmer gehen, da hörte er, wie ein Mann sagte, dass das Pilgern auch nicht so ungefährlich wäre wie weithin vermutet. Es verschwinden sogar manche Pilger und kämen weder in Compostela an noch kehrten sie nach Hause zurück. Als wenn sie der lange Weg geschluckt hätte. Eine Frau entgegnete herablassend, dass schon in den vielen vergangenen Jahrhunderten Pilger nicht zurückkehrten, um in einem ganz anderen Winkel der Welt eine neue Existenz aufzubauen. Vielleicht sei das ja der Grund.

Ein neben ihr sitzender Mann, klein von Gestalt, überall mit Sommersprossen besprenkelt, mit rotem Vollbart und einem die Glatze umrahmenden Haarkranz aus der gleichen Farbe, pflichtete ihr wichtigtuerisch bei. Das wisse doch jeder, also wirklich jeder, der sich mit der Pilgerschaft beschäftigt hätte, dass das immer wieder vorkomme, und nippte dann an seinem Weinglas.
Der Mann ließ aber nicht locker und verneinte energisch. Erst gestern habe er in der Pilgerunterkunft in Le Pin von einem Fall erfahren und der Pilger schien sehr vertrauenswürdig. Die Frau forderte ihn auf, endlich zu erzählen, und blinzelte dem rothaarigen Schlaumeier dabei zu. Sie hatte es bisher nicht einmal für notwendig gehalten, ihren Hut beim Essen abzusetzen. „Der Mann erzählte mir, dass er von einem anderen Pilger gehört hätte, dass Pilger einfach so verschwinden. Meistens sind es allein pilgernde Männer."
„Also, Sie haben von einem über alle Zweifel erhabenen Pilger gehört, dass dieser von einem anderen Pilger gehört hat, dass Menschen einfach so auf Nimmerwiedersehen verschwinden? Habe ich Sie richtig verstanden? Dass ich nicht lache! War das etwa alles?"
Triumphierend sah sie in die Runde.
„Nein. Er sagte weiter zu mir: Vorsicht vor den Schwarzen Madonnen am Weg! Alle, die ihnen zu nahe kommen, lenken das Unglück auf sich. Einmal in ihrem Bann, dann gibt es kein zurück. Man ist verloren!"
Die Frau lachte lauthals los und machte sich über den Mann lustig. Der rothaarige Gnom stimmte mit ein und schlug sich auf die Oberschenkel. Auch die anderen Pilger lachten. Der Mann wurde ganz verlegen und ließ die Heiterkeit über sich ergehen. Als er sein Glas hob, konnte er es kaum halten, so zitterte er.
Giovanni lachte nicht. Er überlegte fieberhaft, wie er die Situation für diesen Mann retten konnte. Gerade als er etwas sagen wollte, vernahm er den Alten neben sich am Tisch. „Der Mann hat recht! Mein Sohn ist der Schwarzen Madonna zu nah gekommen. Seitdem ist er verschwunden und ich suche ihn schon seit über einem Jahr!"
Augenblicklich war das Lachen verstummt. Sogar bei der Frau, wobei ihr das Lachen sprichwörtlich im Halse stecken blieb.

„Mein Junge begann letztes Jahr mit dem Jakobsweg. Er hatte sein Studium erfolgreich beendet und wusste nicht so recht weiter, was er mit dem Abschluss machen sollte. Um Klarheit zu finden, kam er auf die Idee, auf den Jakobsweg zu gehen. Hast du dir das auch richtig überlegt, habe ich zu ihm gesagt. Du bist lange weg! Was wird aus deiner Freundin und deinem kleinen, wunderschönen Töchterchen, wenn du so lange nicht mehr auftauchst? Die arme Kleine versteht das doch gar nicht! Aber alles, was ich sagte, war vergebens. Eines Abends kam er dann zu mir und verabschiedete sich. Das war das letzte Mal, dass ich ihn sah. Ab und zu sprachen wir noch miteinander. Nicht oft! Nein! Aber wenn ich ein Problem mit unserer Firma hatte oder irgendetwas anderes Wichtiges war oder ich ihn auch nur hören wollte, dann meldete ich mich bei ihm, denn sein Handy war auf dem Weg immer ausgeschaltet. Irgendwann rief er dann zurück. Manchmal kam der Rückruf schon nach Stunden, manchmal erst nach Tagen. So vergingen die Tage und Wochen.
Bei unseren letzten Gesprächen klang er nicht mehr so enthusiastisch, irgendwie geerdet. Da war immer mal wieder von Klöstern und den Schwarzen Madonnen unterwegs die Rede, dass die so geheimnisvoll wären und dass er sie unglaublich anziehend fände. Dann faselte er etwas von einer Bruderschaft, die sich ganz ihrer Entfaltung verschrieben hätte. Das fand er unheimlich interessant und geheimnisvoll. Er wollte mehr über diese erfahren und dabei sein, dazugehören. In Fribourg habe ich dann das letzte Mal mit ihm gesprochen. Er war ganz aufgeregt. Ich sagte zu ihm, er solle doch ruhig bleiben und sagen, was los sei. Er war wie von Sinnen. Am Ende des Gespräches sagte er noch, dass es sich morgen entscheiden wird. Dann brach unser Gespräch ab. Seitdem nichts mehr. Er ist weg! Wie vom Erdboden verschwunden!“
Hier endete der Bericht des Alten. Giovanni schaute ihm direkt ins Gesicht und sah in die leeren Augen. Da war keine Hoffnung mehr in dem Blick! Einfach nur grenzenlose Trauer. Giovanni konnte nicht anders. Er musste den Alten umarmen.
„Kopf hoch, alter Mann. Du wirst ihn schon noch finden und in deine Arme schließen.“

Der Alte schüttelte resigniert den Kopf. Er löste sich von Giovanni, stand auf und verließ den Raum. Die Gespräche am Tisch begannen erneut. Die Frau mit dem Hut auf dem Kopf entschuldigte sich bei ihrem Nebenmann. Es tat ihr sichtlich leid und sie schämte sich für ihr Verhalten. Der kleine rothaarige Mann schaute stoisch in sein Glas und sagte nichts. Giovanni hatte genug gehört. Er fühlte sich aber noch viel zu aufgeregt, um schlafen zu gehen. Lieber wollte er noch nach draußen und den klaren Nachthimmel anschauen. Die milde Nachtluft in großen Zügen einatmend stand er lässig an einen großen Baum gelehnt am Rande des großen Platzes vor dem gelben Gebäude. Das soeben Gehörte war ihm unbekannt. Er wusste viel über das, was innerhalb der Kirche vor sich ging. Dieser Kult um die Schwarze Madonna war neu. Davon hatte er noch nie gehört.
In seinen Gedanken wurde er jäh unterbrochen. Plötzlich hörte er, wie Scheiben zersplitterten. Aus dem Waisenhaus drangen großes Geschrei und Hilferufe. Dann hörte er noch eine weitere Explosion! Plötzlich drang der beißende Geruch von Feuer in seine Nase. Er rannte um das Haus herum und sah, wie sie gerade noch einen weiteren Brandsatz in ein anderes Zimmer werfen wollten. Aus einem der Fenster loderten bereits Flammen in die dunkle Nacht. Giovanni schrie die drei ganz in schwarz gekleideten und mit einer Maske verhüllten Gestalten an, dass sie sofort damit aufhören sollen. Dabei rannte er in vollem Tempo auf den zu, der gerade die nächste brennende Flasche in das Haus werfen wollte. Die vermummten Gestalten waren vollkommen überrascht! Die Flasche fiel dem Brandstifter aus der Hand, direkt auf einen vor ihm liegenden Stein und explodierte mit einem lauten Knall. Augenblicklich stand er in Flammen und schrie vor Schmerzen. Giovanni hörte auch die anderen beiden vor Schmerzen schreien. Sie mussten von den umherfliegenden Scherben getroffen worden sein.
Der mittlerweile lichterloh brennende Flaschenwerfer wälzte sich auf dem Boden. Sein Geschrei war in ein schmerzerfülltes Wimmern übergegangen. Giovanni riss sich seine Jacke vom Leib und versuchte das Feuer zu ersticken. Immer wieder flammte es an einer anderen Stelle neu auf. Nach einiger Zeit hatte er es geschafft.

Unerwartet bekam er von hinten einen dumpfen Schlag auf den Kopf. Er spürte einen unglaublichen Schmerz, brach zusammen und verlor das Bewusstsein.
Wie lange er da lag, konnte er nicht mehr sagen. Sein Kopf schmerzte so sehr, dass er sich beim Aufwachen erst einmal übergeben musste. Das Waisenhaus vor ihm brannte nicht mehr. Aus dem Zimmer drangen nur noch dicke Qualmwolken. Er versuchte aufzustehen. Schritt für Schritt taumelte er nach vorn. Am Vordereingang des Gebäudes sah er die Feuerwehr schon beim Zusammenrollen der Schläuche. Ein Rettungswagen des Roten Kreuzes verließ gerade mit ohrenbetäubendem Sirenengeheul und Blaulicht den Hof. Fassungslos standen viele Pilger in Decken gehüllt vor dem Gebäude. Serge lief wild gestikulierend von einer Gruppe zur anderen und versuchte irgendetwas zu organisieren. Giovanni sah die Frau vom Abendessen und lief taumelnd zu ihr hin. Durch einen abermaligen Schwächeanfall sank er zu Boden. Die Frau erschrak und schrie laut nach einem Arzt. Sie half ihm aufzustehen. „Ist das nicht fürchterlich? Wie konnte so etwas nur passieren? Ich habe die Nase gestrichen voll! Dass es heutzutage so gefährlich ist zu pilgern, das hätte ich nicht für möglich gehalten. Davon stand nichts in den Pilgerführern! In keinem einzigen! Ich fahre sofort nach Hause! Soll diese Pilgerei mir doch gestohlen bleiben!"
Giovannis Schädel drohte zu zerplatzen. Müde fragte er, ob jemand zu Schaden gekommen ist. „Einen Pilger, den mit dem Sohn, den hat es richtig erwischt. Der arme, alte Mann lag genau in dem Zimmer, das in Brand gesteckt wurde. Ihn hat wohl ein Stein am Kopf getroffen, sodass er bewusstlos war, als es anfing lichterloh zu brennen. Der Heimleiter hat ihn aus dem Zimmer getragen. Ob er überleben wird, ist überhaupt nicht sicher. Wer so was nur tut! Die müsste man alle gleich verhaften und für immer wegschließen!"
Die Frau winkte energisch den Sanitätern zu. „Kommen Sie doch endlich! Hier ist ein Verletzter, der dringend ihre Hilfe benötigt!"
Sie legten Giovanni auf die Trage, obwohl er mit der letzten ihm verbleibenden Kraft versuchte, sich dagegen zu wehren. Es half nichts. Dann wurde er wieder ohnmächtig.

Kapitel 19

Das Erstaunen der Archivarin war groß, als sie am nächsten Morgen zur Arbeit erschien und der Schlüssel von außen im Schloss steckte. Noch mehr wunderte sie sich, als sie die Tür öffnete und Anna ihr entgegentrat. Statt eines Morgengrußes meinte Anna nur herablassend zu ihr, dass es Zeit wird, dass sie käme. Der Tag wäre schließlich schon alt. Als Anna an ihr vorbeilief, wurde ihr erst bewusst, dass ihr Mund noch immer offen stand.

Anna nahm zwei Stufen auf einmal. Die Tür zu Böhmers Büro war weit geöffnet. Sie wartete am Eingang und schaute in das Büro. Was sie da sah, brachte sie zum Lachen. Sie sah Böhmer aufgeregt durch das Zimmer laufen und verzweifelt etwas suchen. Er schaute in jede Schublade, in jeden Karton und in jeden Winkel. Sogar unter die Liege in der Ecke des Zimmers.

„Suchen Sie die Madonna?" Prof. Böhmer zuckte zusammen und hielt abrupt in seiner Suche inne. „Woher wissen Sie?"

Er setzte sich auf die Liege, raufte sich die Haare und sagte: „Gestern Abend holte ich die Madonna noch einmal aus dem Safe. Mir war noch etwas eingefallen, das wollte ich unbedingt noch überprüfen. Danach kam ein Anruf und ich musste dringend aus dem Haus. Das Büro schloss ich ab. Schauen Sie sich doch mal das Schloss an. Das wurde einfach aufgebrochen! Heute wollte ich die Madonna wegräumen, aber da war sie weg. Einfach geklaut!"

„Und das Pergament?"

„Das ist zum Glück noch da."

„Das sind doch hundertprozentig die gleichen Schufte, die mich heute Nacht im Archiv eingesperrt haben!"

„Wo waren Sie letzte Nacht eingeschlossen? Im Archiv? Das kann ich alles gar nicht glauben. Wir befinden uns hier in Konstanz, in der Provinz und nicht im Louvre oder im britischen Museum. Was wollen die von uns? Was soll das ganze Theater?"

Anna setzte sich neben ihn auf die Liege und schaute genauso ratlos drein wie ihr Chef und erzählte schließlich, was sie die Nacht zuvor erlebte, ohne den Zufallsfund zu erwähnen. Er hörte ihr aufmerksam zu.

„Erkannten Sie die Person im Archiv? Für mich steht zweifelsfrei fest, dass diese Type meine Madonna gestohlen hat. Gefunden haben Sie wirklich nichts? Ich kann mir einfach nicht vorstellen, dass hier in Konstanz eine unbekannte Schwarze Madonna ..."
Anna unterbrach ihn energisch mit einer Handbewegung und meinte, da wäre doch noch etwas. Vorsichtig angelte sie die Pergamentrolle aus ihrem Rucksack und streckte sie ihm hin. Böhmer ergriff sie aufgeregt, rollte sie mit einer geübten Bewegung auseinander und las. Nachdem er am Ende des Dokumentes angekommen war, fing er noch einmal von vorn an.
„Der Grieche ....? Wer kann das sein?", hörte sie ihn schließlich murmeln. Anna sah den Direktor zum Telefon greifen und nach den Akten des Klosters Petershausen verlangen. Schweigend warteten sie auf die Archivarin. Als sie endlich kam, griff er ohne zu danken nach den Unterlagen und blätterte darin herum. Kurze Zeit später nahm er nochmals sein Telefon in die Hand und bestellte eine Kanne Kaffee und suchte weiter in dem Stapel.
Dann endlich, die Kanne Kaffee war inzwischen nur noch halb gefüllt, sagte er: „Aufgepasst, hier steht es. Nach der Auflistung verbrannten folgende dem Kloster gehörende Gegenstände: wertvolle Opferkelche aus Gold und Silber und silbernes Geschirr zur Gabenbereitung, das kostbare, erst neu angefertigte Chorgestühl, Gemälde, Gobelins, alte Handschriften, Liturgiebücher, mit Edelsteinen besetzte Reliquienbehälter, eine einzigartige Monstranz und sogar der wertvolle Bischofsstab. Alles ist ein Raub der Flammen geworden, genau wie die wertvollen Liturgiegewänder. Das Feuer muss ziemlich verheerend gewesen sein. Da ist nicht viel übrig geblieben! Aber dann wird es für uns interessant, denn man nahm richtig Geld in die Hand.
Im Jahre 1230 kaufte man eine Schwarze Madonna, von einem Kunsthandwerker aus Konstanz. Und stellen Sie sich vor, was noch hier steht, das ist ziemlich schlecht leserlich und deshalb haben Sie es wohl übersehen, der Künstler war Grieche und hieß? Anna, was meinen Sie?"
„Sagen Sie schon!"
„Evangelos Achilles."

„Habe ich noch nie gehört."
„Ich auch nicht. Jetzt haben wir zwei Hinweise auf den geheimnisvollen Griechen und wissen immerhin, wie er heißt. Trotzdem wissen wir nicht, wo unsere Madonna abgeblieben ist. Lassen Sie mich jetzt bitte allein. Morgen hören Sie von mir."
Als sie am nächsten Tag in das Museum kam, hieß es, sie solle sofort zum Direktor. Er empfing sie ungewöhnlich freundlich. Ihm war gestern Abend noch etwas eingefallen. Er erzählte ihr, dass er kurz nach dem Fund der Madonna einen Anruf erhielt, worin ihm ein Mann detaillierte Fragen nach der Statue stellte, die er selbst nicht einmal kannte. Er vertröstete ihn auf später.
Ein paar Tage später rief derselbe Mann ihn wieder an. Dieses Mal bot er ihm eine großzügige Spende für das Museum, wenn er die Madonna sehen dürfe. Er lehnte natürlich entrüstet ab, wobei der Mann dann sagte, dann werde er sich eben anderweitig kümmern, und auflegte. Seitdem hörte er von ihm nichts mehr. Jetzt aber, nach dem Diebstahl der Madonna erinnerte er sich wieder an das Gespräch. Da bekam es eine ganz neue Dimension! „Ich habe die ganze Nacht überlegt, woher das Glockengeläut stammen könnte, das während des letzten Telefonats kurz im Hintergrund zu hören war. Heute Morgen fiel es mir plötzlich wieder ein. Deshalb habe ich mir Folgendes überlegt …"
Am nächsten Tag holte sie Rolf, der Grabungsleiter mit dem Bus ab. Rolf war ein Teil des Planes und von Böhmer eingeweiht. Er hatte gleich, ohne viel zu fragen, zugestimmt und freute sich sichtlich auf die Abwechslung von seiner harten Arbeit. Außerdem war er gern mit Anna zusammen. Als sie in den Bus saßen, fuhr Rolf los und sagte dabei zu Anna: „Siehst ja richtig männlich aus, kleines Mädel! Wie heißt du jetzt? Mir würde zum Beispiel Kunibert gut gefallen. Oder vielleicht Bartholomäus? Oder …?" „Ja, ja ist gut!", fuhr sie ihn genervt an. Sie hasste es, wenn sie jemand kleines Mädel nannte. Dass sie klein war, wusste sie selbst. Deshalb durfte man sie noch lange nicht so bezeichnen. Auch Rolf nicht! Der gleich gar nicht. „Kannst dir ausdenken, was du willst. Ich heiße Albert. Merke dir das genau! Und das mit dem kleinen Mädel kannst du stecken lassen." Rolf musste laut lachen. Er wusste genau, wie sie reagieren würde.

„Dann wohl schon eher Alberich, wie der Zwerg aus der Sage.“ Er brach vor Lachen fast auseinander. „Ha, ha, ha, mir kommen vor lauter Lachen die Tränen. Du Witzbold! Schau lieber auf die Straße und lass deine blöden Witze!“

Dass Anna sich als Mann verkleidete, war Teil des Planes. Böhmer lag viel daran, dass Anna dabei war. Also musste sie sich verkleiden. Anders ging es nicht. Rolf war ihm im Prinzip schon einer zu viel.

Sie waren mittlerweile an der Eingangspforte vom Kloster Beuron angekommen. Der Mönch im Glashäuschen sah sie erstaunt an. „Uns schickt Prof. Böhmer vom archäologischen Museum in Konstanz. Ihr Abt weiß Bescheid.“ Rolf fühlte sich sichtlich wohl in seiner Rolle als großer Wissenschaftler.

Der Mönch schloss die Luke und ging in den angrenzenden Raum und telefonierte. Die Worte zeigten Wirkung. Es dauerte nicht lang und der Mönch kehrte zurück und sagte: „Kommen Sie bitte! Hochwürden Abt Servatius erwartet Sie bereits.“

Sie nahmen ihre Koffer und trotteten dem alten Mönch hinterher. Der Mönch klopfte vorsichtig an die Tür, musterte die Archäologen noch einmal von Kopf bis Fuß und trat in das Büro ein. Kurze Zeit später erschien er wieder, bedeutete ihnen einzutreten und verschwand.

Abt Servatius war das absolute Gegenteil. Er empfing sie freudestrahlend und kam ihnen mit ausgebreiteten Armen entgegen. Das große Brustkreuz um seinen Hals wippte bei jedem Schritt hin und her. Er schüttelte jedem die Hand.

„Schön, dass es Prof. Böhmer endlich ermöglichen konnte, jemanden bei uns vorbeizuschicken. Wie lange haben wir darauf gewartet! Nun endlich können wir untersuchen lassen, was meine Vorgänger an geschichtsträchtigen Schätzen zusammengetragen haben. Wir wissen gar nicht so genau, was da alles in unseren Schränken, Vitrinen und Schaukästen vor sich hinschlummert. Die letzte Untersuchung war vor fast achtzig Jahren und wurde ziemlich laienhaft und nach dem damaligen Wissensstand durchgeführt. Sozusagen unter dem Siegel der klösterlichen Verschwiegenheit! Man wollte keine Wissenschaftler, sozusagen von *draußen* damit beauftragen und riskieren, dass ein sehr wichtiger, vielleicht spektakulärer Fund dabei

war und wir diesen herausgeben müssten. Das wollen wir jetzt ändern.
Kommen Sie bitte, wir wollen keine weitere Zeit verstreichen lassen. Ich zeige Ihnen jetzt ihr Arbeitsgebiet. Die Brüder wurden informiert und aufgefordert, Sie in Ruhe zu lassen. Unsere Sammlung befindet sich in der Klausur, da, wo eigentlich nur uns Mönchen der Zutritt gestattet ist. Bei Ihnen machen wir eine Ausnahme, da eine kurzfristige Verlegung der Sammlung in andere Räume nicht machbar war. Zum Glück hat er keine weiblichen Mitarbeiter geschickt. Die könnte ich auch beim besten Willen nicht hineinlassen. Das könnte sogar ich, als ihr väterlicher Vorsteher, nicht erlauben."
Anna wurde es ganz mulmig zumute, als er dies sagte, und trat etwas hinter Rolf zurück. Hoffentlich entdeckten sie nicht den Schwindel! Aber Rolf sicherte sich die Aufmerksamkeit des Abtes, indem er in scheinbar voller Überzeugung sagte, dass Frauen hier sowieso mehr schaden würden als nützen und überhaupt. Anna fand, dass er zu dick auftrug und trat ihm dafür unauffällig von hinten in die Wade. Abt Servatius gefielen diese Äußerungen augenscheinlich auch nicht, sondern er drehte sich abrupt in Richtung Tür und forderte sie auf, ihm zu folgen.
Der Raum mit der Sammlung war nicht sehr groß. Seine Decke zierten schöne, makellos geweißte Stuckarbeiten und in der Mitte hing ein kunstvoll gearbeiteter Bronzeleuchter herab. Die Wände waren zugestellt mit Schränken und Regalen. Im Raum verteilt standen vier oder fünf Glasvitrinen. „Wenn das alles zur Sammlung gehörte, würden sie Monate brauchen", dachte Anna. Zum Glück hatte Böhmer mit dem Abt vereinbart, dass der Besuch auf eine Woche beschränkt blieb und nur ein erster grober Überblick erarbeitet werden sollte. Mehr Zeit war nicht vorhanden.
Der Abt führte sie noch kurz in die Sammlung ein. Er zeigte ihnen ein Inhaltsverzeichnis der einzelnen Gebiete und öffnete auch die Tür zu einem Nebenraum, in dem ein kleiner Teil der Bibliothek untergebracht war. Bevor er sich verabschiedete, wies er sie noch auf eine Klingel hin, die sie bei Bedarf betätigen sollten. Danach verließ er sie und sie machten sich sofort an die Arbeit.

Sie holten Fotoapparat, Blöcke und Schreibzeug aus dem Koffer und breiteten dies auf einem leeren Schreibtisch aus. Anna las aus dem Inhaltsverzeichnis vor und Rolf suchte danach in den Schränken, bis sie die Systematik der Ordnung begriffen. Die Funde aus den unterschiedlichen Epochen schienen sauber getrennt. Da gab es die Artefakte aus Stein und dort die Artefakte der Knochen, wobei tierische und menschliche in unterschiedlichen Schränken aufbewahrt wurden. Die am besten erhaltenen Funde wurden in den Glasvitrinen ausgestellt.
„Da würde sich so manches Museum freuen, wenn es so einen Bestand sein Eigen nennen würde. Mensch, Rolf, wo haben die denn das alles her?“ Anna war begeistert! Am liebsten würde sie jetzt in der Sammlung wühlen, die Schränke durchstöbern und die ganzen Schätze eingehend besichtigen.
„Anna, das ist mein Job. Du bist wegen etwas anderem hier. Fange am besten mit der Bibliothek im Nebenraum an. Ich kämpfe mich hier allein durch!“
Anna gehorchte und ging in den Nebenraum. Die Regale waren gut bestückt und sie sah gleich, dass die religiöse Literatur den größten Anteil am Bücherbestand ausmachte. Ein bisschen Belletristik kam auch noch vor. Sie suchte nach einem Verzeichnis der Bestände, und als sie es endlich fand, ging sie gezielt durch die einzelnen Reihen. Die Stunden verrannen. Rolf arbeitete nebenan in der Sammlung und sie in der Bibliothek. Als sie in den Reihen der Marienliteratur ankam, wollte sie aufgeben. Sie überflog nur noch die einzelnen Titel. Wahllos zog sie ein Buch heraus.
Gerade als sie darin zu blättern begann, vernahm sie eine Stimme neben sich: „Diese Art von Literatur interessiert Sie wohl mehr als dieser ganze alte Kram da drüben?“ Sie erschrak so sehr, dass ihr das Buch aus den Händen fiel und mit einem Knall auf dem Boden aufschlug.
„Oh, entschuldigen Sie bitte. Es lag nicht in meiner Absicht, Sie zu erschrecken!“, hörte sie wieder die Stimme unmittelbar in ihrer Nähe. Ihr Kopf fuhr herum und neben ihr stand ein gut aussehender Mönch mit einem gutmütigen Gesichtsausdruck und einem belustigten Blick in den freundlichen, blauen Augen. Er mochte die vierzig noch nicht

überschritten haben, war zwei Köpfe größer als sie und machte jedenfalls einen sehr jugendlichen, sportlichen Eindruck.
„Das haben Sie aber gewaltig! Da muss einem ja das Buch aus den Händen fallen!“
Im gleichen Augenblick bückte sie sich, um das Buch aufzuheben. Der Mönch hatte den gleichen Gedanken, bückte sich in dieselbe Richtung und stieß dabei schmerzhaft mit Annas Kopf zusammen. Anna verlor ihr Gleichgewicht und fiel der Länge nach hin, während der Mönch auf der anderen Seite hinschlug. Bei dem Sturz rutschte ihr die Mütze vom Kopf und blieb neben ihr auf dem Holzparkett liegen. Der Mönch schaute sie überrascht an.
„Ein Mädchen in unserer Klausur! Das gab es schon lange nicht mehr. Ich glaube, das gab es noch nie in diesem ehrwürdigen Hause? Respekt, junge Frau!“
Der Mönch lächelte, während er dies zu ihr sagte. Er war schon wieder auf den Beinen und hielt ihr seine Hand hilfsbereit hin, die sie sogleich ergriff und sich daran hochzog.
„Wir hatten ein Problem, denn es stand kein Archäologe mehr zur Verfügung, um ihrem Abt diese Freude zu bereiten. Einer allein reicht für die ganze Arbeit nicht aus. Bitte verraten Sie mich nicht! Dem Professor wäre es sehr, sehr peinlich. Ich denke, er würde nie wieder jemanden zur Bearbeitung ihrer Klostersammlung abstellen.“
Anna schaute ihn dabei sehr demutsvoll an. Diese Notlüge war Plan B, wenn sie auffliegen sollten. Während sie dem Mönch dies sagte, dachte sie an etwas ganz anderes. Der soll sich doch nicht so haben! In welchem Jahrhundert leben wir denn eigentlich? Ich bin stolz eine Frau zu sein! Wenn die solche komischen Gesetze haben, ist das nicht mein Problem. Dabei schüttelte sie voller Selbstbewusstsein ihre langen Haare, ehe sie diese wieder in der Mütze versteckte.
„Keine Angst, junge Frau, von mir wird niemand etwas erfahren! Ich bin doch froh, dass endlich jemand kommt und uns hilft. Apropos, mein Name ist Bruder Clemens. Ich werde Sie ab und zu besuchen, wenn es meine Zeit zulässt.“
Bruder Clemens verabschiedete sich verschwörerisch lächelnd von Anna. Rolf hatte nichts mitbekommen. Als Anna ihm alles erzählte,

erschrak er. Da sie ihm aber versicherte, dass Bruder Clemens dichthalten würde, entspannte er sich und meinte, was soll schon passieren.
Sie entschieden, dass sie für den ersten Tag genug gearbeitet hatten und klingelten. Es erschien wieder der unfreundliche Mönch von der Klosterpforte. Während sie durch die Gänge zum Ausgang liefen, sprach er kein Wort mit ihnen. Er mochte sie offensichtlich nicht. Ihre Arbeit wahrscheinlich auch nicht. Als sie durch die Klosterpforte das Kloster verließen, schloss er hinter ihnen ab, indem er den Schlüssel zweimal im Schloss umdrehte.

Kapitel 20

Der gleiche unfreundliche Empfang erwartete sie im Kloster am nächsten Morgen. Der Mönch begrüßte sie nur mit einem Kopfnicken und führte sie langsam, es sollte wohl würdevoll sein, bis zum Saal mit der Sammlung. Endlich angekommen, schloss er mit einem großen, fast überdimensionalen Schlüssel, den er umständlich und fast schon theatralisch aus den unergründlichen Weiten seines etwas zu groß geratenen Habits herauskramte, die große Tür auf und entließ sie zur Arbeit.
Immerhin wurde die Gastfreundschaft gegenüber dem ersten Tag wesentlich verbessert. Auf dem Tisch stand ein Tablett mit verschiedenen Getränken. In einem Brotkorb entdeckten sie Butterbrezeln, eine Kanne mit Kaffee stand daneben, genauso wie eine gläserne Kanne mit gülden schimmerndem Tee auf einem Stövchen. Ein Teil des Klosters zeigte sich von seiner besten Seite! Sie setzten sich sogleich an den Tisch und griffen zu.
„Wie gehen wir heute vor?“, brach Anna als Erste das Schweigen, die Brezel immer noch im Mund. „Beiß ruhig noch mal ab, ehe du etwas zu mir sagst. Dann verstehe ich dich nämlich gar nicht mehr!“ Rolf war heute Morgen ganz schlecht drauf. Er schaute grimmig zu Anna, die nach diesem Blick einen weiteren Gesprächsversuch lieber unterließ. Sie war nun ihrerseits sauer auf den misslaunigen Grabungsleiter, ließ sich das gute Frühstück aber nicht verderben

und hing lieber ihren Gedanken nach, worin ein Grabungsleiter nicht vorkam.
In diesem Moment klopfte es an der Eingangstür und es trat Bruder Clemens ins Zimmer. Das war eine angenehme Überraschung! „Kommen Sie ruhig herein, Bruder Clemens. Sie stören uns überhaupt nicht“, flötete Anna.
„Guten Morgen, liebe Freunde. Ich sehe, die jungen Herren stärken sich noch! Schmeckt Ihnen unser Frühstück?“
Anna nickte nur lächelnd als Bestätigung.
„Gestern dachte ich mir, wir können euch doch nicht nur für einen Gotteslohn bei uns arbeiten lassen und dabei unsere sprichwörtliche benediktinische Gastfreundschaft vergessen. Mit einem hungrigen Magen lässt es sich nicht gut arbeiten! Außerdem sollt ihr doch auch gern an das Kloster zurückdenken!“
Der Mönch lud Anna zu einer kleinen Klosterbesichtigung ein. Da er am nächsten Tag verreisen musste, war nur noch heute dafür Zeit. Anna willigte sofort ein. Der Bruder ging voraus. Im Nachbarraum begann er mit der Führung.
„Albert, hier sehen Sie nur einen kleinen Teil unseres Bücherbestandes. Ansonsten besitzt unser Kloster über 400 000 Bücher, wobei unser Sammelschwerpunkt alle theologischen Disziplinen beinhaltet. Dazu sammeln wir mit besonderer Hingabe alles über unsere Geschichte, der großen und langen Geschichte des Benediktinerordens. Auch die Kunstgeschichte des Mittelalters ist für uns ein zentrales Sammelthema. Durch unsere räumliche Nähe sind für uns natürlich auch alle Veröffentlichungen über die Geschichte der Hohenzollern von großem Interesse. In unserem Bibliotheksbestand befinden sich 165 Inkunabeln von großem Wert. Ich meine damit nicht unbedingt den finanziellen Wert der Bücher, der sowieso unschätzbar ist, weil es sich meistens um Unikate handelt. Inkunabel kommt aus dem Lateinischen und heißt so viel wie Windel oder Wiegedrucke. So werden die Bücher bezeichnet, die ungefähr in den letzten fünfzig Jahren vor der Erfindung des Buchdruckes, also von 1454 bis 1500 entstanden sind, als der Buchdruck sozusagen noch in den Windeln oder in der Wiege lag. Ich denke da gerade an die ersten Pilgerberichte, wie zum Beispiel von Johannes Geiler von Kaysers-

berg mit dem Titel: *Der Pilger* von 1499 oder an die *Schedelsche Weltchronik* oder auch *Nürnberger Chronik* genannt von Hartmann Schedel aus dem Jahre 1493. Die klerikalen Kreise, das muss ich Ihnen leider Gottes auch sagen, standen im Übrigen diesen Drucken und Druckereien, damals hießen sie noch Offizine, sehr ablehnend gegenüber. Erst mit den beweglichen Lettern änderte sich das und das Monopol der Klöster war gebrochen."

Anna rang noch mit sich, doch dann konnte sie nicht anders, sie musste es unbedingt loswerden. „Bruder Clemens, meine Eltern befinden sich auf Pilgerschaft auf dem Jakobsweg und erzählten mir, dass sie in einigen Kirchen eine Schwarze Madonna vorfinden. Wieso schwarz? Das verstehe ich nicht?"

„Schwarze Madonnen gab es früher zu Hunderten in den Kirchen und waren eines der zentralen Themen des Mittelalters. Auch heute sind noch einige von ihnen erhalten, wobei viele Originale, zum Beispiel in Frankreich, durch napoleonische Soldaten verbrannt und vernichtet wurden. Ich weiß, dass die echten Schwarzen Madonnen zwischen dem 10. und 13. Jahrhundert angefertigt wurden. Die meisten davon kamen aus dem Orient und wurden von den Kreuzrittern oder Jerusalempilgern mitgebracht. Ich habe schon gehört, dass einige dieser Madonnen besonders wundertätig sein sollen. Mir persönlich ist unsere weiße Gottesmutter viel vertrauter als diese Madonna mit schwarzem Gesicht und schwarzen Händen.

Leider weiß ich auch, dass einige Mitbrüder im Kloster eine sehr enge Beziehung zu den Schwarzen Madonnen entwickelt haben und nur, um eine davon zu besitzen, sonst was anstellen würden. Unser Abt wird richtig wütend, wenn sie ihn immer wieder bedrängen, doch eine von irgendwoher zu beschaffen und in den Klosterbesitz aufzunehmen, denn das würde noch viel mehr Pilger anziehen und die Kasse im Kloster klingeln lassen. Aber kommen Sie, Albert, jetzt zeige ich Ihnen unsere Bibliothek."

Als Anna mit dem Bruder die Bibliothek betrat, war sie richtig beeindruckt. Über sechs Stockwerke sah sie nur Regale voll mit Büchern und Zeitschriften. Es war überwältigend! In den einzelnen Gängen sah sie Mönche im vertieften Studium mit einem Buch in der Hand umhergehen. Kein Ton war zu hören, als sie die Tür zum großen

Leseraum öffneten und hineinsahen. An den Tischen saßen viele Mönche in ihrem Ordensgewand. Einen Mönch im orthodoxen Habit sah sie am Ende einer der langen Tischreihen sitzen. Das hatte sie beim besten Willen hier in diesem abgelegenen Örtchen nicht vermutet vorzufinden.

Anna sah ein Schildchen mit dem Hinweis auf Toiletten. Sie sagte zu Bruder Clemens, dass sie mal kurz verschwinden müsse und er meinte, das träfe sich gut, da er zu einem Mitbruder wolle, der ihm gerade zuwinkte.

Instinktiv betrat sie die Männertoilette und war froh, dass sich niemand darin befand und schlüpfte schnell in die nächstbeste Box.

Nach kurzer Zeit hörte sie, wie jemand die Toilette betrat. Etwas später kam noch ein weiterer Mann hinzu.

„Wie geht es jetzt weiter?“

Statt einer Antwort entleerte einer geräuschvoll seine volle Blase und furzte dabei kräftig.

„Was meinst du, Bruder Christoph?“

„Ich meine, was machen wir jetzt mit dieser Madonna?“

„Das habe ich dir doch schon alles erklärt! Jetzt fängst du schon wieder damit an.“

„Also, du nimmst sie mit und lässt mich hier allein zurück. Sag, Bruder, du kommst wirklich nicht wieder?“

„Ach was, du Dummkopf. Das habe ich dir wirklich schon alles mehrmals lang und breit erklärt. Ich fahre natürlich nicht dorthin, wo die Trottel mich hinschicken. Die sind so dumm und denken, ich merke nicht, was sie vorhaben. Die wollen mich doch nur irgendwo in der Einöde versauern lassen. Ich treffe mich mit dem Doktor in ein paar Tagen im St. Michael auf der Nadel. Wenn ich alles erledigt habe, was ungefähr zwei bis drei Wochen in Anspruch nehmen wird, melde ich mich bei dir und du kommst dann …“ Das Gespräch verstummte augenblicklich. Es war noch jemand eingetreten.

Sie wartete noch eine kurze Zeit, bis alles ruhig war. Erst dann eilte sie nach draußen. Leider war niemand mehr zu sehen, der Gang war leer. Im Lesesaal suchte sie nach Bruder Clemens und entdeckte ihn schließlich im Gespräch mit einem Mönch. Anna stellte sich wartend neben sie.

Die Stimme des Gesprächspartners erkannte sie sofort. Es war einer der Männer, die sie gerade belauscht hatte.
Bruder Clemens sagte gerade zu seinem Gesprächspartner: „Also, Sie verlassen uns morgen, Bruder Gotthold. Schade, aber es ist sicherlich das Beste für uns alle. Vielleicht kommen Sie in dem anderen Kloster besser zurecht.“ „Das lassen Sie ruhig meine Sorge sein, Bruder Clemens. Sie werden noch an mich denken! Wenn Sie ... Ach lassen wir das. Es hat ja doch keinen Sinn.“ Der Mönch verabschiedete sich und verließ die Bibliothek.
Sie fragte ihn nach den Plänen des Bruders. „Er will nach Frankreich, in ein anderes Kloster.“ „Sehr traurig sehen Sie darüber nicht aus, Bruder Clemens.“ „Albert, ich, nein wir sind alle sehr froh darüber, dass Bruder Gotthold uns verlässt. Bitte fragen Sie nicht weiter. Den Mönch vergessen wir jetzt.“
Ehe sie die Bibliothek verließen, sah Anna, wie der orthodoxe Mönch vor einem Bilderrahmen stand und ihn eingehend betrachtete, und fragte Bruder Clemens danach.
„Oh, dem richtigen Archäologen entgeht nichts! Überall wittert er den entscheidenden Fund, der Licht in die dunklen Kapitel der Menschheitsgeschichte bringen könnte. Kommen Sie, ich zeige es Ihnen.“
Der Mönch rückte bereitwillig zur Seite, als sie an das Bild herantraten. In dem Bilderrahmen sah sie ein Stück eines Pergamentes.
„Bei Restaurierungsarbeiten im vorigen Jahr wurde es in einem geheimen Fach eines Sekretärs in unserer Abstellkammer gefunden. Es scheint ein Rätsel zu sein. Oder auch nur eine Schreibübung eines unbekannten Mönches. Sicherlich haben Sie schon erkannt, dass es Altgriechisch ist. Bisher besaßen wir noch nicht die Zeit, uns näher mit diesem sicherlich wertlosen Stück zu befassen. Aber es sieht schön aus. Finden Sie nicht?“
Anna fragte nach dem Inhalt. Sie unterdrückte ihre Aufregung, als Bruder Clemens es ihr übersetzte. Auf diesem Pergament stand genau der gleiche Text wie auf dem in ihrer Madonna. Betont desinteressiert sagte sie: „Wie ich weiß, beschäftigt sich Prof. Böhmer im Rahmen eines Projektes mit altgriechischen Textfunden in dieser Gegend. Wenn es Ihnen nichts ausmacht, geben Sie mir das gute Stück doch bitte mit. Wir schauen es uns einmal an.“

„Albert, das ist wirklich eine gute Idee. Vielleicht können wir Ihrem Professor damit eine Freude bereiten und ein wenig zurückgeben, was er mit der Bearbeitung der Sammlung unserem Kloster gab. Warten Sie kurz, ich hole es." Es dauerte nicht lang und er kam mit dem Pergament zurück und gab es ihr.
Als sie in die Sammlung zurückkehrten, begrüßte Rolf sie aufgeregt. „Der Abt hat nach Ihnen, Bruder Clemens, gefragt. Es muss sehr wichtig sein. Als er mich hier allein beim Arbeiten sah, war er nicht sonderlich erfreut." Bruder Clemens verabschiedete sich sogleich und eilte davon. „Wir liegen richtig!", sagte Anna zu Rolf. „Die Mönche haben unsere Madonna gestohlen. Hundertprozentig!"
Sie erzählte Rolf, was sie erlebt hatte. „Du bist sicher, dass dieser Schuft morgen abreist? Wohin fährt er denn?" Anna zuckte mit den Schultern und sagte, dass sie wirklich rasch handeln müssen, um die Madonna wiederzubekommen. Doch sie mussten unbedingt Böhmer um Rat fragen. Endlich, nach zwei Stunden erreichte sie ihn. Einen Rat konnte er ihnen nicht geben. Sie sollten unbedingt vorsichtig sein mit allem, was sie unternahmen. Unbedingt!
Fast schon resigniert überlegten sie, was sie tun konnten. Schließlich schilderte Anna ihren Plan. Es dauerte eine Weile, bis Rolf zu einer Entscheidung kam und einwilligte. Während Rolf sich wieder seiner Arbeit widmete, setzte Anna ihren Rucksack auf und verließ die Sammlung. Sie hatte Glück und traf einen Mönch, der ihr riet, ins Refektorium zu gehen. Auch den Weg zu Bruder Gottholds Zelle schilderte er ihr zur Sicherheit. Aber sie sollte sich unbedingt beeilen, da bald die Vesper begann. Das ist gar nicht schlecht, dachte sie sich. Wenn die Vesper losgeht, dann muss auch Gotthold hin und dann war sie allein. Da kam er ihr nicht zufällig auf die Schliche.
Ihr Plan war ganz einfach. Sie wollte im Zimmer des Bruders nach der Madonna suchen, während Rolf eventuelle Fragen nach ihrem Verbleib mit einer Ausrede beantworten sollte. Wenn etwas Unvorhergesehenes passierte, dann würden sie Böhmer benachrichtigen oder Bruder Clemens. Der erschien ihnen sehr vertrauenswürdig. Ein echt netter Mönch in diesem Kloster! Da waren sie sich einig.

Im Refektorium war niemand. Sie nahm sich zwei Äpfel aus einer Kiste und steckte einen davon in den Rucksack, in den anderen biss sie gleich hinein.
Sie eilte zu den Mönchszellen. Nummer 29 hatte der freundliche Mönch zu ihr gesagt. Rechts waren die mit den geraden Zahlen und links die ungeraden. Da war sie, die gesuchte Zelle. Sie klopfte an und wartete. Kein Laut drang aus der Zelle. Zur Sicherheit klopfte sie nochmals. Als sie wieder nichts vernahm, drückte sie die Klinke nach unten. Die Tür war offen.
Es war dunkel. Sie blieb stehen und lauschte. Kein Laut, kein Geräusch. Sie suchte nach einem Lichtschalter. Von draußen hörte sie plötzlich eilige Schritte auf dem Gang, die sich rasch näherten. Sie drückte sich an die Wand und hielt den Atem an. Die Schritte wurden leiser. Erleichtert atmete sie tief durch. „Hier muss doch irgendwo ein Lichtschalter sein!“, schimpfte sie leise und suchte wieder die Wand ab. Sie bemerkte, dass auf dem Boden irgendetwas Klebriges sein musste. Fast wäre sie ausgerutscht und stützte sich gerade noch so an der Wand ab. Dabei betätigte sie den gesuchten Lichtschalter.
Erschrocken stieß sie einen Schrei aus. In der Mitte der Zelle lag leblos ein Mann in Mönchskutte und in einer riesigen Blutlache, die über die Hälfte des Raumes verteilt war und in der sie gerade mit beiden Beinen stand. Der Schädel war eingeschlagen und blutüberströmt. Ein Auge hing, nur noch gehalten durch die dünne Schnur des Sehnervs, aus der Höhle, die sie blutrot anstarrte. Die schmutzig graue Gehirnmasse war auf dieser Seite aus dem Schädel herausgequetscht. Neben dem Toten lag ein schwerer Kerzenleuchter, ganz mit Blut beschmiert. Den Toten erkannte sie erst beim genaueren Hinsehen. Es war Bruder Gotthold. Sein Körper wirkte durch seine gewaltigen Dimensionen wie ein riesiger Berg auf dem Boden. Alles in ihr schrie: Hau ab, verschwinde schnell von hier. Wer weiß, ob der Mörder nicht noch einmal wiederkommt und dich hier sieht. Doch sie zwang sich zu bleiben.
Es hatte einen Kampf gegeben. Ein Stuhl war umgestoßen, eine Stehlampe lag quer darüber. In der Hand hielt der Tote ein Messer. Die Hand und das Messer waren ebenfalls blutverschmiert. Der Mund des toten Mönches stand offen, doch sie sah, dass irgendet-

was in der Mundhöhle steckte. Sie nahm ihren ganzen verbliebenen Mut zusammen und zog den Inhalt mit spitzen Fingern heraus. Das Knäuel Papier war vom Speichel ganz durchnässt. Vorsichtig faltete sie es auseinander. Es war eine Zugfahrkarte. Sie steckte sie in die Jackentasche und blickte nochmals prüfend in den Raum. Schubladen waren herausgezogen, der Inhalt durchwühlt und auf dem Boden verteilt. Die Madonna sah sie nicht. Anna wollte nur noch weg von hier. Sie öffnete vorsichtig die Tür zum Gang. Der Gang war leer, niemand war zu sehen. Sie wusste nicht mehr, wo sie sich befand, und rannte einfach in eine Richtung. Dabei lief sie wie in Trance. Alles um sich herum nahm sie nur noch schemenhaft wahr. Zwei Gänge weiter blieb sie stehen und atmete tief durch. Die Vesper musste vorbei sein, denn sie hörte die Glocken läuten. Auch dieser Gang war sehr lang und sie sah links und rechts Türen, aber keine Möglichkeit, sich zu verstecken. Sie rannte um ihr Leben. Wie durch ein Wunder kam sie zurück in die Sammlung. Als sie Rolf sah, wäre sie ihm am liebsten um den Hals gefallen. Er war froh, dass sie wieder rechtzeitig zurück war. Dass etwas Schwerwiegendes passiert sein musste, sah er ihr auf den ersten Blick an. Im Kloster schien alles so wie immer. Wahrscheinlich hatte noch niemand den Toten in seiner Zelle bemerkt. Sicherlich würde es nicht mehr lange dauern, bis sie es mitbekamen. Rolf klingelte nach dem Mönch. An der Pforte angekommen, waren sie froh, das Kloster verlassen zu haben.
Anna atmete tief durch.
Als sie in den Bus einstiegen und losfuhren, brach es aus ihr heraus. Der Ausbruch war so heftig, dass Rolf erschrocken auf einem Parkplatz anhielt und sie beruhigen wollte. Sie ließ es nicht zu und schüttelte die Hand von ihrer Schulter. Erst nach einer ganzen Weile konnte sie sprechen. „Fahr los, Rolf! Gleich zu Böhmer ins Büro. Ich erzähle euch dann dort alles, da brauche ich nicht alles zweimal zu berichten. Einmal ist schon schwer genug."
Prof. Böhmer trafen sie in seinem Büro an. Aufgeregt erzählte Anna ausführlich, was im Kloster geschehen war. Die Männer hörten dem Bericht ernsthaft und ohne eine Zwischenfrage zu stellen zu. Die Richtung, welche die ganze Sache nahm, beängstigte sie alle.

Anna nahm das Pergament aus ihrem Rucksack, trat an den Schreibtisch und hielt es an das Stück aus ihrer Madonna. Es passte genau.
„Was hatte der Mönch vor seinem Ableben auf der Toilette gesagt?“, fragte Prof. Böhmer.
Anna sah auf und sagte: „Dass er nach Frankreich will.“
„Das meine ich nicht. Was für einen Heiligen will er treffen?“ „Den heiligen Michael auf der Nadel.“
Böhmer ging zu seinem Schreibtisch, während Anna sich bemühte, den Zielort auf der durchnässten Fahrkarte des toten Mönches zu erkennen.
„Hier habe ich es!“, rief Prof. Böhmer.
„St. Michel d`Aiguilhe! Das ist in Le Puy en Velay!“, rief nicht nur Prof. Böhmer, sondern im gleichen Atemzug auch Anna. Sie hatte den Zielort entziffert.
„Wo ist denn das?“, fragte Rolf und schaute ziemlich ratlos zuerst seinen Professor und dann Anna an.
„Das liegt in Frankreich, im Zentralmassiv! Die Stadt der grünen Linsen! Da muss ich unbedingt hinfahren.“ „Ja, das müssen wir. Aber nicht gleich!“, sagte Prof. Böhmer.
„Zuvor musst du noch etwas anderes erledigen. Rolf, du arbeitest weiter an der Sammlung im Kloster. Du arbeitest nur noch allein. Mal sehen, wie weit du kommst.“
„Und ich, Herr Professor?“, fragte Anna enttäuscht.
„Sie fahren auf die Reichenau!“
„Was soll ich denn auf der Insel Reichenau? Salatgurken ernten?“
„Nein! Ein weiteres Stück des fehlenden Pergaments suchen!“

Kapitel 21

„Ich habe eine gute Nachricht. Sie dürfen heute das Krankenhaus verlassen. Danken Sie ihrem Gott oder wen auch immer Sie wollen dafür!“
Die letzten Worte sprach der Mann im weißen Kittel schon, während er aus dem Zimmer eilte. Giovanni war froh. Endlich kam er hier raus. Es ging ihm ganz gut. Das bisschen Schwindelgefühl, das ihn

ab und zu noch überkam, wird von allein weggehen. Ehe er das Krankenhaus verließ, lief er hinunter in das Erdgeschoss zur Intensivstation. Der Weg war ihm mittlerweile vertraut, denn dort lag er, den es am schwersten erwischte und dessen Körper dicht umwickelt mit Binden war. Die vielen Brandwunden an dem geschundenen Körper des alten Pilgers verheilten extrem langsam. Dass er überhaupt noch lebte, grenzte an ein Wunder!

Der Schwester war er schon vertraut. „Wie geht es ihm heute?" „Eigentlich müsste er laut dem Chefarzt über dem Berg sein, aber er äußert sich nicht, sagt einfach kein Wort. Ich weiß nicht, ob er mich erkennt oder mich versteht. Vielleicht finden Sie ja einen Zugang zu dem armen Alten."

Er nahm sich einen Stuhl, schob ihn an den Rand des Bettes und ergriff seine Hand: „Na, alter Mann, wie geht es dir?" Dabei streichelte er seine Hand, sie war hart und voller Schwielen. „Ich werde dich nun verlassen. Ich bin wieder gesund. Auch du wirst es schaffen!"

Der alte Mann wendete plötzlich seinen Kopf und schaute ihn an.

„Meinst du? Soll es doch endlich mit mir zu Ende gehen. Ich kann nicht mehr!" Er starrte wieder an die Decke.

„Du wirst gesund und in ein paar Wochen wirst du wieder laufen können und das Schönste wird sein, dass dein Sohn lebt. Er kommt zu dir zurück! Solange du die Hoffnung nicht aufgibst, kann sich alles noch zum Guten wenden."

Giovanni redete unentwegt auf den Alten ein. Er versuchte ihn zu trösten und die Hoffnung zurückzugeben.

Nachdem einer Weile entgegnete der Alte: „Komm, hör auf zu schwätzen. Ich weiß, dass es mir nicht gut geht, und was einmal wird, steht in den Sternen. Noch lebe ich ja. Wir wollen uns doch nichts vorgaukeln. Es ist schon ein Wunder, dass ich überhaupt noch lebe und nicht in dem Feuer dieser Banditen verreckt bin. Dich hätte es genauso treffen können. Schnapp dir die Schweine! Finde heraus, um was es wirklich geht, und sitze hier nicht so tatenlos herum, an meinem Bett, dem Bett eines alten Mannes, der das Meiste vom Leben sowieso schon hinter sich hat."

Nach einer Pause redete er weiter. „Ich weiß nicht, wer du bist, ein Pilger auf gar keinen Fall! Du scheinst ein guter Mensch zu sein und

ich will dir noch etwas von meinem Sohn erzählen. Er war unter der Belegschaft in meiner Firma absolut beliebt. Trotzdem wollte er unbedingt Anerkennung in der Chefetage und die hat er nicht immer bekommen. Und von mir am allerwenigsten! Ich sah nicht den Menschen in meinen erwachsenen Sohn, sondern nur den Manager, praktisch mich, wie ich gern gewesen wäre und leider nie war. Das treibt mich fürchterlich um und das Schlimmste von allem ist, ich kann ihn nicht einmal um Verzeihung bitten. Nie mehr!" Der Alte ließ noch immer zu, dass Giovanni seine Hand hielt. Als wenn er Halt suchte in seinem Schmerz.
„Du hast recht, alter Mann. Es ist nun mal passiert im Waisenhaus und du hattest das Pech, gerade dort zu liegen, wo die Brandsätze hineingeworfen wurden. Ich werde diese Verbrecher finden, ich war schon ganz nah dran. Und ich werde auch deinen Sohn finden. Das verspreche ich dir! Und du versprichst mir, dass du wieder ganz gesund wirst. Komm, schlag ein!" Dabei schaute Giovanni dem Alten eindringlich in die Augen. Der reichte ihm unter sichtlich großen Schmerzen seine Hand und versprach es ihm. Dann schlief er ein.
Langsam löste sich Giovanni von ihm und verließ den Raum. Er griff den kleinen Beutel mit seinen Habseligkeiten und stürmte nach draußen. Als er draußen auf der Treppe stand, blieb er stehen und atmete ganz tief durch. Es war schön, das Grün der Bäume zu sehen und die Vögel lustig zwitschern zu hören.
Als Erstes ging er zum Waisenhaus. Das war mittlerweile für unbestimmte Zeit geschlossen, wie er auf einem Zettel an der Eingangstür las. Als er um das Gebäude herumging, fand er Serge, als er gerade versuchte, an der stark in Mitleidenschaft gezogenen Rückwand des Gebäudes ein Gerüst aufzustellen. Giovanni begrüßte ihn.
„Ja, aber Sie kenne ich doch! Sie waren doch auch hier, als dieser fürchterliche Anschlag passierte."
„Leider ja! Was wird jetzt mit dem Heim?"
„Es wird geschlossen." Der Mann kletterte von dem Gerüst herunter. „Hier kann niemand mehr übernachten. Der Brandgeruch da drin ist furchtbar! Ich weiß zwar nicht, wer die Renovierung bezahlen wird, aber man wird sehen. Es gibt für alles eine Lösung. Ohne das Heim und die Schüler bin ich arbeitslos. Doch ich will nicht so lange war-

ten, bis die Behörden wissen, wie es weitergehen soll. Ich habe doch sonst nichts zu tun. Alles ist schon schlimm genug!“

Giovanni bekam von ihm den Rat, dass er es doch einmal in dem Hotel versuchen sollte, das sich gegenüber der romanischen Kirche befand. Da gäbe es sicherlich freie Plätze. Er lief in die Stadt und kleidete sich zuerst neu ein. Dann suchte er das von Serge empfohlene Hotel. Er fand es schnell. Über dem Eingang prangte ihm in großen Buchstaben unübersehbar entgegen: *JPH – JAKOBUS PILGER HOTEL.*

An der Rezeption wurde er überaus freundlich empfangen.

„Sie sind Pilger!? Das freut uns außerordentlich! Ich gebe Ihnen ein schönes, ruhiges Zimmer. Da können Sie sich für ihren weiteren Weg so richtig erholen. Wir, also unser gesamtes Team, sind Tag und Nacht für Sie da.“

Die überfreundliche Frau an der Rezeption mit ihrem wunderschönen, gewinnenden Lächeln ließ ihn die Strapazen der zurückliegenden Tage ein wenig vergessen. Das Zimmer war schön und gemütlich, und als er sich auf das große, bequeme Bett legte, schlief er ein.

Als er nach Stunden aufwachte, wusste er im ersten Augenblick nicht, wo er sich befand. Erst als er aus dem Fenster blickte und die mittlerweile angestrahlte, romanische Kirche sah, fiel es ihm wieder ein.

Er verspürte großen Hunger und Durst und verließ sein Zimmer, um im Hotel ein Restaurant aufzusuchen. Es machte einen guten Eindruck auf ihn, als er es nach kurzer Zeit fand. Zu seinem Unglück waren alle Tische besetzt oder reserviert. Sooft er auch fragte, jedes Mal bekam er eine ablehnende Antwort. Am äußersten Rand des Saales sah er noch einen Tisch mit einem älteren Herrn daran sitzen. Drei Plätze bei ihm waren noch frei. Er beschloss, zum letzten Mal zu fragen.

Wahrscheinlich stellte er schon in einem sehr deprimierten Ton seine Frage, jedenfalls schaute der Mann verwundert vom Teller seiner Suppe auf und bat ihn Platz zu nehmen, egal wo, denn alle Plätze wären noch frei. Giovanni nahm das Angebot an, griff sich die Speisekarte und schon beim Lesen der verschiedenen Menüs lief ihm

das Wasser im Mund zusammen. Der Kellner ließ ihn nicht lange warten und brachte das bestellte Menü. Danach bestellte er zufrieden noch ein Glas Wein.
Der Mann hatte die ganze Zeit schweigend neben ihm gesessen und manchmal etwas belustigt auf Giovanni geschaut. Er hob jetzt sein Glas Wein und prostete Giovanni mit den Worten zu: „Der Chefkoch würde seine helle Freude haben, wenn er Ihnen beim Essen zugesehen hätte."
„Es war genauso, wie es aussah. Die Küche ist exzellent. Ich bin sehr zufrieden!", antwortete ihm Giovanni. Der Mann nickte zustimmend.
„Sie übernachten das erste Mal hier?", fragte der Mann weiter.
„In diesem Haus, ja."
„Und in dem Städtchen? Sind Sie auch auf dem Pilgerweg unterwegs wie die vielen anderen? Man sieht es Ihnen gar nicht an", fragte der Mann Giovanni schon wieder.
„Viele Fragen auf einmal, mein Herr."
Der Mann machte eine entschuldigende Geste.
„In dieser Stadt übernachtete ich vor einigen Jahren schon einmal. Ich hatte durch meine Firma damals die Gelegenheit, einige Veranstaltungen beim alljährlichen Musikfestival zu besuchen."
„Darf ich Sie fragen, was Sie von Beruf sind?"
„Banker. Bei der IOR, dem Instituto per le Opere di Religione oder einfach nur Vatikanbank. Dort bin ich in einer leitenden Position beschäftigt. Oder sagen wir mal, war ich beschäftigt. Seit gestern nicht mehr", setzte Giovanni noch hinzu.
Dies war eine Idee von Kardinal Groß. Er sagte damals nach ihrer Besprechung, dort, wo es allem Anschein nach um Geld geht, da muss unbedingt ein Banker hin, auch wenn es nur ein unechter ist. Für die Identität wird er schon sorgen. Giovanni merkte, wie das Interesse an seiner Person sofort wuchs, und sprach, um weiteren Fragen vorzubeugen, schnell weiter:
„Ich bin heute erst hier angekommen. Das Leben, besser gesagt, das Arbeitsleben wurde zu stressig für mich. Die Ärzte geben mir keine fünf Jahre mehr. Ich habe mich für den Jakobsweg entschieden, um Klarheit zu erlangen, wohin die Reise mit mir gehen soll. Die

Geburtsstadt von Hektor Berlioz, den ich übrigends sehr verehre, schien mir der ideale Start für dieses Unternehmen. Man hatte mir empfohlen, wenn ich hier meinen Jakobsweg beginne, dann sollte ich unbedingt in dem Waisenhaus übernachten, um gleich am ersten Tag richtig Pilgerluft zu schnuppern, was das auch immer heißen mag. Als ich heute dort war, sah ich auf einem Schild, dass es auf unbestimmte Zeit geschlossen ist. Wissen Sie weshalb?"
„Es gab wohl einen Anschlag auf das Haus. Einen furchtbaren Anschlag, sagte man mir. Sogar Tote sind zu beklagen und sehr viele Verletzte! Ist das nicht furchtbar?" Er beugte sich vertraulich zu Giovanni vor und sprach mit leisen, fast schon verschwörerisch klingenden Worten weiter: „Davon einmal abgesehen, wie schlimm so etwas ist, aber ich habe nie verstehen können, warum so viele Menschen unbedingt dort übernachteten. Das war doch eine ganz primitive und einfache Absteige! Und dafür wollten die auch noch Geld!"
Gerade als Giovanni etwas darauf erwidern wollte, kam die Frau von der Rezeption an ihren Tisch und sagte: „Herr Direktor, entschuldigen Sie bitte, dass ich Sie beim Essen störe. Draußen wartet ein Mann und möchte Sie unbedingt sprechen. Er lässt sich nicht abweisen und ist richtig aufgebracht! Kommen Sie mit nach draußen oder soll ich die Polizei rufen?"
„Annabelle, nein, das brauchen Sie nicht. Ich komme sofort! Mal sehen, was es denn so Wichtiges gibt."
An der geöffneten Tür stand wartend Serge.
Giovanni überlegte fieberhaft, was er machen sollte. Dass der Leiter des Heimes so aufgebracht war, passte gar nicht zu ihm. Er hatte ihn als einen ruhigen, bedächtigen Mann in Erinnerung, und als er ihm heute begegnet war, hatte nichts auf eine Veränderung hingedeutet. Es ließ ihm keine Ruhe und er ging hinaus.
Annabelle saß hinter ihrem Computer und tat geschäftig. Es gelang ihm, von ihr zu erfahren, wo ihr Chef jetzt war. Sie erklärte ihm den Weg. Die Tür in dem Nebengebäude war unverschlossen. Er lief wie von ihr beschrieben die Treppe hinauf in den ersten Stock. Aus einem der Zimmer drangen deutliche Worte nach draußen.
„Sie wollen mich für den Anschlag verantwortlich machen? Ich war doch gar nicht hier. Sie sind doch paranoid! Hätten Sie doch besser

aufgepasst, auf ihr lächerliches Heim. Es stand doch sowieso schon vor der Schließung! Gab es da nicht mal was, zwischen Erziehern und Kindern? Waren Sie nicht mal in den Schlagzeilen der hiesigen Zeitung?", hörte er den Direktor sagen und dabei zynisch lachen.
„Alles nur üble Verleumdung! Sie wissen, dass die Anklage schnell fallen gelassen wurde. Sagen Sie es doch ruhig, Sie stecken doch hinter dem Ganzen! Sie haben doch die Verbrecher bezahlt, Sie haben die Gerüchte über mich und das Heim gesät. Wer hat denn dem Francois Geld geboten, damit er seine Unterkunft schließt? Haben Sie denn gar nicht an die armen Kinder gedacht? Die hätten doch alle verbrennen können! Sie Schwein! Dafür werden Sie mir büßen!" Giovanni hörte die Verzweiflung, die den Heimleiter erfasst hatte.
„Können Sie denn die ganzen Anschuldigungen in irgendeiner Art und Weise überhaupt beweisen? Sagen Sie, können Sie das? Alles, was Sie hier sagen, sind doch nur Vermutungen!"
Giovanni hörte, wie ein Stuhl umfiel und jemand geschlagen und zu Boden geworfen wurde. Er riss die Tür auf und sah gerade, wie Serge einen Stuhl erhoben hatte und dem am Boden liegenden Direktor auf den Kopf schlagen wollte. Er stürzte zu ihm hin, bemächtigte sich des Stuhles und schleuderte ihn in die Ecke. Den verdutzten Mann stieß er in die andere Ecke. Giovanni half dem Direktor beim Aufstehen.
„Vielen Dank, mein Herr. Das war Rettung in letzter Not. Der Mann dort ist doch nicht ganz bei Sinnen." Giovanni wollte die Polizei rufen, aber das wollten beide nicht, weder der sich langsam wieder beruhigende Heimleiter noch der Hoteldirektor. Dieser meinte, wenn Polizei käme, dann gäbe es immer nur noch mehr Schwierigkeiten und großes Aufsehen. Die Presse warte doch nur auf so etwas! Den Trubel wolle er nicht, und da ja alles, dank ihm, gut ausgegangen sei, wolle er es dabei auch sein lassen. Er würde die Differenzen mit dem Heimleiter schon beilegen können. Da sei er sich ganz sicher.
Am nächsten Morgen erhielt Giovanni einen Anruf von der Dame an der Rezeption. Der Herr Direktor würde sich freuen, wenn er gemeinsam mit ihm das Frühstück einnehmen würde. Als er im Saal

erschien, saß der Direktor wie erwartet schon am Tisch. Mit einer Geste lud er ihn ein, Platz zu nehmen.
„Tee oder Kaffee? Sie können wählen. Auch das Rührei mit Schinken kann ich Ihnen wärmstens empfehlen. Und ich möchte nicht für mein Hotel schon am Morgen werben, aber alles ist Bio und wenn möglich ganz frisch in der Region eingekauft. Diese Eier für ihr Rührei hat uns ein Bauer aus dem Nachbarort heute Morgen erst gebracht. Sie wurden sozusagen den Hühnern unter dem Arsch weggezogen und direkt in die Pfanne geschlagen. Frischer finden Sie es nirgendwo." Dabei lachte er laut über seinen eigenen Witz. Der Mann war in sehr guter Laune.
„Wir wollen nur beste Qualität den Gästen in unseren Häusern bieten, denn unsere Gäste sind unser Kapital. Wenn ein Pilger einmal in unserem Haus übernachtet hat, dann wird er nur in unseren Häusern übernachten wollen."
Giovanni drehte sich schier der Magen um, als er schon am Morgen diesen Redeschwall einer Werbesendung über sich ergehen lassen musste. Bei so viel Werbung wollte er den Zimmerpreis lieber noch gar nicht sehen. Wortkarg, wie er am Morgen nun mal war, begann er ein wenig von dem angepriesenen Ei in sich hineinzuschieben. Der Kaffee war ihm wichtiger als die ganzen anderen Zutaten um ihn herum.
Dem Direktor schmeckte es ausgezeichnet. „Frühstück ist das Beste vom Tag. Wenn das gut ist, dann wird der Tag ein guter Tag. Meinen Sie nicht auch?"
Giovanni dachte nicht im Traum daran, die Konversation weiterzuführen. Wenn sein Gegenüber etwas von ihm wollte, dann sollte er es sagen. Es musste sicherlich einen Grund haben, dass dieser Mann unbedingt mit ihm frühstücken wollte. Die goldene Brille in seinem braun gebrannten Gesicht und sein sauber gescheiteltes, weißes und volles Haar ließen sein Gegenüber seriös und ehrlich erscheinen. Auf dem ersten Blick hatte er etwas Väterliches an sich, von einem erfolgreichen, verständnisvollen Patriarchen eines gut gehenden Familienunternehmens. Doch das schmale, kantige Gesicht mit den dünnen Lippen widersprach dem gewollten Anschein. Er war auf der Hut.

Es dauerte eine ganze Weile, ehe der Herr Direktor seinen unglaublichen Appetit gestillt hatte. Gerade war er mit einer Süßspeise aus Quark und Erdbeeren fertig geworden, dann goss er sich noch eine Tasse mit Kaffee ein und schob dann endlich seinen Teller in die Mitte des Tisches. Giovanni goss sich nach reiflicher Überlegung nun doch einen Orangensaft ein, darauf gefasst, dass ihm der Direktor die Zeit des Auspressens, den Tag der Ernte und den Namen des Produzenten nennen würde.

Stattdessen reinigte sich dieser akribisch seine Mundwinkel mit der Serviette und sagte: „Für ihr beherztes Eingreifen gestern Abend möchte ich Ihnen noch einmal meinen aufrichtigen Dank aussprechen. Ohne Ihre Hilfe weiß ich nicht, wie das Ganze ausgegangen wäre. Keine Sorge um den Leiter des Waisenhauses. Ich habe mich heute Morgen schon mit ihm geeinigt. Er kann sein Heim bald wieder eröffnen. Er wird ab sofort keine Pilger mehr aufnehmen. Dafür hat er nun genug Mittel, sein Waisenhaus zu modernisieren und eine ordentliche Bleibe für die armen Waisen zu schaffen. Das soll genügen. Sie gefallen mir und ich bin in Ihrer Schuld. Menschen, die im richtigen Moment zupacken können, gibt es nicht viele. Sie sind so einer! Doch ich sehe, Sie sind schon zum Aufbruch angekleidet. Soll es heute losgehen, der Start in Ihr neues Leben?"

„Ja. Ich möchte heute mit dem Weg beginnen. Und ich bin spät dran, wenn ich zu den anderen Tischen schaue. Die meisten Pilger sind schon unterwegs. Ich merke, dass ich noch viel lernen muss!"

„Es wird nicht lange dauern. Jeder läuft anders, doch meistens treffen sie sich immer wieder. Sie werden den gleichen Schnarcher jede Nacht um sich haben. Außer Sie pausieren mal einen Tag. Ich kann Ihnen sagen, gerade an diesem Tag macht es ihr Schnarcher genauso. Die meisten können ihrem Schicksal nicht entrinnen. Der Jakobsweg ist wie das Leben, genauso hart und unerbittlich. Einem gelegentlichen Glücksmoment folgt eine viel größere Zeit der Entbehrung, eine Zeit des Selbstzweifels und Traurigkeit über das eigene Unvermögen. Wollen Sie sich das wirklich antun?"

„Von dieser Seite habe ich das überhaupt noch nicht betrachtet. Doch hat der Jakobsweg bisher nicht allen nach Hilfe Suchenden geholfen?"

Der Herr Direktor hob die Hände. „Sie wollen doch nicht allen Ernstes den ganzen Geschichten glauben, die man so erzählt. Sie als Banker können doch unterscheiden zwischen Schein und Sein, zwischen Wahrheit und Lüge. Sie wollen mir doch nicht weismachen, dass Sie denken, dass Jakobus hinter einem Baum hervorkommt und sagt: mein lieber Italiener von der Vatikanbank, gehe mal lieber nach rechts, denn links gehen wäre falsch. Er wird Ihnen nicht sagen, werde Priester oder Zuhälter. Es liegt doch ganz an dir selbst, mein guter Freund!“ Bei dieser Äußerung hätte ihm Giovanni an die Gurgel springen können, nicht nur wegen dem Quatsch, den er da redete, sondern wegen des Umschwungs auf die vertraute Anrede. Das gefiel ihm überhaupt nicht. Aber er spielte weiter sein Spiel mit ihm und nickte dem Direktor dankbar zu.
„Sicherlich hattest du genug Schwierigkeiten in der Vatikanbank, weshalb du den Entschluss fasstest, auf den Weg zu gehen. Gab es vielleicht Unregelmäßigkeiten in der Abrechnung? Wurdest du beschuldigt, Geld veruntreut zu haben? Hat man dich gekauft? So einfach gibt man doch keinen Job bei der unabhängigsten Bank der Welt auf. Nein, du brauchst mir nichts zu sagen. Es ist mir egal. Aber was ich dir sagen möchte, so einen wie dich, den brauche ich. Willst du bei mir anfangen? Ich brauche einen neuen Mann für die Finanzen. Du scheinst mir genau der Richtige zu sein!“
Er sagte noch nicht gleich zu. Am Nachmittag lief Giovanni zu den Markthallen und telefonierte mit Kardinal Groß, welcher begeistert reagierte. Die besorgniserregenden Meldungen über den Jakobsweg nahmen stetig zu und trieben ihn zur Eile. Sogar der Papst, stelle dir vor, Giovanni, der Papst hatte bei ihm angefragt, was denn dort los sei. Seine Reise nach Santiago stehe terminlich unabänderlich fest und die möchte er nicht von solchen negativen Meldungen überschattet sehen. Dann unterbrachen sie das Gespräch. Giovanni war nun allein. Später ließ er sich mit dem Herrn Direktor von Annabelle verbinden. Er sagte zu und nahm den Job an.
Der Direktor dankte ihm und legte auf.

Kapitel 22

Es war nicht einfach, ihn zu finden. Seine alten Telefonnummern waren ungültig. Kein Anschluss unter dieser Nummer, war das Einzige, was er zu hören bekam. Zum Glück waren nicht alle Kontakte von ihm alt und überholt, von der Zeit aufgefressen, als wenn sie nie existiert hätten. Einer der Freunde half ihm weiter. Er gab ihm die gesuchte Nummer.

Das Gespräch mit Wedelmann war frostig. Sie hatten sich nicht mehr viel zu sagen seit damals. Doch das war lange her, so alt wurden manche Menschen nicht. Wäre nicht Cyprianus gewesen mit seinem Brief, sie hätten nie wieder miteinander gesprochen. Einst, während des Studiums an der Sorbonne, wohnten sie sogar zusammen. In ihrer WG war immer etwas los. Sie verstanden sich gut am Anfang, kamen aus ähnlichen Verhältnissen und waren neu im Moloch Paris und brauchten Geld, um nicht abseits zu stehen unter all den anderen Studenten aus reichen Elternhäusern voller Selbstsicherheit und mit dem nötigen finanziellen Hintergrund. Es war eine Zeit, an die er sich nicht gern zurückerinnerte. Sicherlich, auch die Großstadt verführte sie dazu, machte es ihnen leicht. Wenn er nicht Cyprianus kennen gelernt hätte, den Theologieprofessor, dann wäre er jetzt wahrscheinlich im Knast. Er hatte ihn davon abgehalten, weiterzumachen, nur wegen ihm hatte er die Notbremse gezogen.

Wedelmann machte weiter, als wenn es kein Halten gäbe. Er kannte keine Skrupel, fing an mit dealen, mit Frauen, handelte mit allem und jedem, egal mit was, egal woher. Hauptsache er kam zu Geld. Die Polizei war immer öfters bei ihnen. Er hielt es nicht mehr aus und zog weg, seine Rettung, und lernte Cyprianus kennen und dann später seine jetzige Frau. Ja, der Cyprianus, der seinen gut bezahlten Lehrauftrag an den Nagel hängte und Mönch wurde. Einfach so.

Der Professor am Tag und der Streetworker in der Nacht. Der dorthin ging, wo es wehtat, hinab in die Gosse zum Abschaum, den Gestrandeten, den Ausgeschlossenen. Das erfuhr er erst später, als sie sich mal wieder trafen. Zuerst in Luzern, da war er jetzt ein einfacher Mönch, eingetreten in den Orden der Kapuziner. Dann später in Stans, er mittlerweile Abt eines gut funktionierenden Klosters. Doch

auch das war Vergangenheit. Nichts blieb so, wie es war. Ein Jammer!
Die Pilger, Sarah und Franz, erinnerten ihn an früher. Er wollte nach dem Studium etwas bewegen und ging in die Politik. Sogar bis zum Abgeordneten im Nationalrat der Bundesversammlung, dem Schweizer Parlament schaffte er es. Noch heute war er angesehen in seiner Stadt, Fribourg, der Stadt am Röstigraben.
Er muss ihnen helfen. Allein würden sie es gegen ihn nie schaffen.
Aus der obersten Schublade seines Schreibtisches nahm er sich den Revolver. Der stammte noch von seinem Vater. Benutzt hatte er ihn nie. Geputzt aber regelmäßig, so, als wenn er ihn doch noch einmal benötigte. Er schaute in den Lauf und überprüfte die Trommel, ob sie vollständig geladen war.
Wedelmann war überrascht, als er ihn anrief. Noch mehr, als er ihm sagte, dass er im Besitz eines Büchleins war, welches ihn interessieren würde. Warum sollte ihn ein Büchlein interessieren, erwiderte er ihm betont gleichgültig. Er meinte darauf nur, dann könne er es ja auch der Polizei geben. Was soll es bei ihm herumliegen und Platz wegnehmen. Der Ton änderte sich abrupt.
„Urs, wie lange habe ich schon nichts mehr gehört von dir. Wie geht es dir? Wollen wir uns nicht mal wieder treffen? Komm mich doch einfach besuchen. Da können wir auch über dieses Büchlein reden."
Wenn Wedelmann so redete, war Alarmstufe rot. Die Pistole musste er unbedingt mitnehmen, es konnte auch schiefgehen. Bei Wedelmann wusste man nie.
Urs setzte sich in sein Auto und fuhr los. Es war noch Zeit bis zum vereinbarten Treffen. Er fuhr lieber früher los, man konnte nie wissen, was unterwegs los war. Zu spät kommen durfte er auf gar keinen Fall. Das würde Wedelmann als Schwäche auslegen. Schwach durfte er nicht erscheinen, in keiner Situation.
Dass er sich mit ihm in Genf treffen wollte, überraschte ihn nicht. Wahrscheinlich besaß er dort ein Haus. Zuzutrauen wäre es ihm. Vor einiger Zeit las er etwas über Wedelmann in einem katholischen Sonntagsblatt. Von dem uneigennützigen Spender war die Rede, Freund und Förderer des Jakobsweges. Wie er zu seinem Reichtum gekommen war, interessierte keinen.

Jetzt versorgte er gut zahlende Menschen mit allerlei kirchlichem Krimskrams, vom Knochen irgendeines Heiligen bis zum geklauten Goldkreuz aus einer sakralen Schatzkammer einer Kirche auf dem Balkan. Urs hatte einiges gehört. Vom kleinen Ganoven zu einer bekannten Adresse im organisierten, internationalen Kunsthandel. Immer mal wieder gab es einen engagierten Polizisten, der seiner habhaft werden wollte, doch es gelang bisher noch niemandem. Eher wurde der Polizist versetzt als Wedelmann verurteilt. Seine Beziehungen waren enorm.
Jetzt, mit diesem Büchlein des Bruders Manuel, konnte er ihn abservieren, für lange Zeit hinter Gitter bringen.
Vielleicht!?
Die dilettantischen Verschlüsselungsversuche des jungen Mönches stellten kein Problem dar. Er hätte Ross und Reiter auch beim Namen nennen können, es wäre auf dasselbe hinausgelaufen. Bibelzitate mit Buchstaben zu bezeichnen, die in keiner Bibel vorkamen, erkannte jeder. Es war einfach lächerlich. Auch der Zahlencode, mit dem die Berichte verschlüsselt wurden, war nicht neu. Er hätte sich etwas Schwierigeres einfallen lassen sollen. Erstaunlicher für Urs war, dass der junge Mönch Wedelmann nachspionierte und alles aufschrieb, was er sah und hörte. Doch was bezweckte er damit?
Die Adresse führte Urs nicht direkt nach Genf hinein, sondern in die noblen Vororte. Er fuhr durch ein geöffnetes gusseisernes Tor und hielt vor einer großen Villa. Ein Diener fragte, wen er melden könne. Als er seinen Namen nannte, sagte der Mann, dass er erwartet wird. Wedelmann kam ihm entgegen. Er machte sich nicht einmal die Mühe, sich für den Gast aus der längst abgeschlossenen Vergangenheit umzuziehen. In einem viel zu kurz geratenen Shirt, was seinen prallen, behaarten Bauch nur zur Hälfte überdeckte und seinen Bauchnabel sehen ließ, an dem er sich während des Laufens immer wieder kratzte, und einer geblümten, kurzen Hose kam er ihm entgegen. Urs im Anzug und Krawatte übersah die zur Schau getragene Lässigkeit seines Gegenübers.
„Urs, alter Freund, sei gegrüßt. Komm doch rein."
Urs folgte ihm, vorbei an Wänden voller Gemälde, einem Sammelsurium gleich. Alt hing neben neu. Der Eindruck setzte sich beim An-

blick des großen Zimmers fort, eingerichtet mit viel Geld ohne Geschmack und ordnender Hand.
„Willst du etwas trinken? Nein? Da trinke ich eben allein.“ Aus einer halb leeren Flasche schüttete er sich einen Whisky ein und setzte sich auf das weiße Ledersofa.
„Viel verändert hast du dich nicht. Du sahst schon immer zu alt aus für dein Alter. Manchmal sagte ich mir, so alt wird der nie, wie der aussieht.“
Er lachte allein über seinen vermeintlichen Witz.
„Dir geht es anscheinend gut, Horst? Du hast es mit deinen Gaunereien zu etwas gebracht. Fast hätte ich Respekt gesagt, aber es blieb mir im Halse stecken.“
„Ach ja, man tut, was man kann. Gut genug kann es einem ja nie gehen.“ Die Tür öffnete sich und von draußen kam eine dürftig bekleidete Blondine herein.
„Dolores, ich habe dir doch verboten mich zu stören, wenn ich Besuch habe.“ Dabei zog er sie auf seinen Schoß und küsste schnaufend ihren Hals. „So, jetzt aber wieder ab mit dir.“ Ehe sie wegging, griff er ihr noch lüstern mit beiden Händen an den Po. Kokett kichernd lief sie wieder nach draußen zum Pool.
„Siehst du, alter Schweizer, wenn du dir auch ab und an mal so etwas Geiles gönnen würdest, sähest du auch anders aus. Aber wie ich dich kenne, bist du immer noch mit der gleichen Frau zusammen wie damals. Oh, wie bist du langweilig. Wie früher! Wie mich das ankotzt, deine Tour. Wie mich früher schon alles an dir zum Kotzen brachte! Wenn ich dich sehe, bekomme ich schlechte Laune. Also lass uns schnell zu Ende kommen. Was willst du?“
„Lass die Pilger in Ruhe!“
„Ach, die Pilger, die liegen dir wohl besonders am Herzen. Die beiden interessieren mich überhaupt nicht. Die sollen doch ihren Schwachsinnsweg gehen wie die ganzen anderen Idioten, die sich tagelang schinden und Erleuchtung suchen. Diese Schwachköpfe!“
„Ich verstehe dich nicht ganz. Du als Vereinsvorstand müsstest doch froh sein über jeden, der diesen Weg geht?“
„Urs, denkst du denn, dass mich diese Sache in irgendeiner Weise interessiert? Ich würde einen Teufel tun, auf diesem Weg nur einen

Meter zu laufen. Oder vielleicht noch in einer dieser überfüllten Herbergen zu übernachten, das wäre für mich aber wirklich das Allerletzte. Doch seit ich Chef dieses Vereins bin, komme ich mit allen möglichen Kirchenleuten zusammen und dabei finde ich immer etwas, was ich gut gebrauchen kann. So einfach wie jetzt war es noch nie! Die sind doch über jeden Franken glücklich, den sie dafür bekommen und in ihre eigenen Taschen oder in eine der Kirchen stecken können."
„Horst, lasse die Pilger in Ruhe, sonst ...!"
„Du willst mir drohen, alter Freund?"
„Wir sind schon lange keine Freunde mehr. Das weißt du genau!"
„Gib mir das Büchlein, Urs, dann lasse ich sie nach Santiago laufen, so lange sie wollen. Wenn nicht, werde ich sehen, was ich mit ihnen mache."
„Sie sind unschuldig. Das weißt du genau."
„Ja, das weiß ich. Sie hätten mir das Büchlein schon lange geben können. Zweimal habe ich sie direkt danach gefragt und jedes Mal log der Pilger mich an. Das habe ich überhaupt nicht gern."
Er trank sein Glas aus, stand auf und goss sich wieder von dem braunen Schnaps ein. Urs schüttelte den Kopf, als er ihm die Flasche hinhielt.
„Das kleine Mönchlein war noch viel schlimmer. Er dachte, mit dem Wedelmann kann er es machen. An meine Frau wollte der ran! Das musst du dir mal vorstellen, dieser kleine, nichtsnutzige Bruder wollte meine Frau vögeln. Die große Schriftstellerin fühlte sich dadurch geschmeichelt. Einmal erwischte ich die beiden im Kloster, sah den nackten Arsch auf meiner Frau, dem nichtsnutzigen Weibsstück, hoch und runter gehen. Nicht einmal die Kutte zog er sich aus. Am liebsten hätte ich seinen Strick genommen und ihn so lange ordentlich durchgegeißelt, bis sein dreckiges Hinterteil eine einzige Blutbeule gewesen wäre. Doch ich ging weg. Es war zu grotesk.
Aber er war nicht nur an meinem Weib, der Mönchshure interessiert. Er bekam zufällig mit, wie ich mit einem anderen Mönch aus diesem Kloster etwas besprach. Ab diesem Tag spionierte er mir nach und dann wollte er mich erpressen. Er wollte nicht viel von mir, nur ein wenig Geld und dass ich ihm helfe, in dem Kloster ganz nach oben

zu kommen. Dieser unfähige Mensch wollte Abt werden! Vollkommen ungeeignet wollte er ein Kloster führen. Wenn ich ihm nicht das Geforderte gebe, mache er mich fertig. Mich, Dr. Horst Wedelmann, wollte dieses Mönchlein erpressen. Da muss er sich einen anderen aussuchen. Am Tag und in der Öffentlichkeit führte er sich so auf, als wenn er mein ergebener Bruder wäre. Der Lügner! Eines Nachts erwürgte ich ihn und schmiss ihn einfach aus dem Fenster. Ich konnte ihn nicht länger ertragen."
Vor dem Haus hörte Urs, wie eine Autotür zuschlug. Kurz danach vernahm er Stimmen. Die Tür ging auf und eine reifere Frau in Begleitung eines jungen Mannes trat herein.
„Du hast Besuch?", fragte sie Wedelmann anstatt einer Begrüßung.
„Willst du mich nicht vorstellen?"
„Urs, das ist meine Frau", war alles, was er sagte.
„Wolltest du nicht erst am Abend wiederkommen? Komm, jetzt lass uns allein, wir haben zu arbeiten. Geh mit deinem Packesel hinauf! Du störst nur." Ihr Packesel, ein braun gebrannter, junger Mann mit einem sehr athletischen Körper und einem nur das Kinn bedeckenden Bart, stand wirklich mit zwei Einkaufstaschen am Eingang und wartete auf die Anweisung von Frau Wedelmann.
Sie lief zur Verandatür und schaute hinaus.
„Die Schlampe ist ja immer noch da. Sagte ich dir nicht in aller Deutlichkeit, dass ich sie hier nicht mehr sehen will?"
„Die bleibt! Du hast mir gar nichts zu befehlen."
„So sprichst du mit mir? Wer bezahlt das alles denn hier? Du doch nicht. Wenn ich wollte, und vielleicht will ich es bald, dann fliegst du raus hier. Ich brauche nur mit dem Finger zu schnippen und aus ist es mit uns. Du elender Versager!"
Wedelmann sprang auf und stand mit erhobener Hand vor ihr, bereit zum Schlag, überlegte es sich aber anders und lief zu seiner Hausbar und goss sich einen weiteren Whisky in das Glas, dieses Mal einen Dreifachen, und kippte ihn auf einem Zug runter.
In diesem Moment kam die blonde Schönheit durch die Verandatür in das Zimmer gelaufen. Mit einer wahren Unschuldsmiene auf ihrem dümmlich dreinblickenden Gesicht schaute sie zu der wütenden Frau und dann zu Wedelmann.

Der Blick des Taschenträgers zeigte sofort lebhaftes Interesse an der Frau, was nicht nur Wedelmann missbilligend wahrnahm, sondern auch seine Frau. Sie verlor nun vollständig die Nerven und packte die junge Frau an den Schultern. Dabei strauchelte sie und wäre fast hingefallen, wenn Urs sie nicht reaktionsschnell aufgefangen hätte.
Durch die plötzliche, abrupte Bewegung, fiel die ungesicherte Pistole aus seiner Jackentasche auf den Teppich und es löste sich daraus ein Schuss mit einem lauten, trockenen Knall. Die Patrone schlug zwischen Wedelmanns Beinen im Sofa ein. Kreidebleich schaute er erstaunt zu Urs und presste dann mit zusammengekniffenen Lippen mühsam hervor:
„Du hast eine Waffe? Wolltest du mich umbringen?"
Er war am schnellsten, obwohl man es ihm nie zugetraut hätte, und viel schneller als der drahtige Urs bei der Waffe, nahm sie hoch und zielte damit auf ihn. „Schluss jetzt mit dem Palaver! Gib mir das Büchlein und dann raus hier. Ich zähle jetzt bis drei und drücke dann ab. Scheiß auf die Vergangenheit. Also mach schon."
Dabei fuchtelte er wild mit der Pistole herum.
„Horst, bist du noch zu retten?", schrillte die hysterische Stimme seiner Frau durch den Raum. „Willst du vor meinen Augen den armen Mann umbringen?"
Überraschend stieß sie nun die blonde Frau von sich in Richtung Wedelmann, dem sie auf dem Schoß landete. Ungewollt drückte der ab und traf seine Frau dabei in die Brust, die tödlich getroffen langsam auf den Boden sank. Das war zu viel für den Taschenträger. Er griff sich die hübsche, bronzene Nachbildung des antiken, olympischen Diskuswerfers, und ehe Urs eingreifen konnte, schlug er mit dem ersten Schlag die Pistole aus Wedelmanns Hand und dann mit großer Wucht auf seinen Kopf.
Die Blondine schrie auf, als unter der Wucht des Schlages der Kopf zerberste und dessen Bestandteile auf sie spritzten. Wie wahnsinnig geworden rannte sie schreiend aus dem Zimmer. Der bärtige Mann ließ die Statue aus seinen Händen fallen und beugte sich zu der toten Frau hinunter. Als er sah, dass für sie jede Hilfe zu spät kam, rannte er ebenfalls aus dem Zimmer, der Blondine hinterher. Urs sah

durch die offene Tür, wie er in das schicke Cabriolet der Frau Wedelmann einstieg und die Blondine zu ihm auf den Nebensitz sprang. Mit quietschenden Reifen verließen sie das Anwesen.
Urs war allein mit den Toten. Er ging zum Telefon und benachrichtigte die Polizei. Für den zweiten Anruf benutzte er sein Handy.
„Es ist vorbei."
„Endlich! Die haben lange genug ihr Unwesen getrieben. Doch vorbei ist es noch lange nicht", antwortete die Stimme am anderen Ende der Leitung.
„Wie meinst du das?"
„Das erkläre ich dir später. Fahre nach Le Puy en Velay. Dort wirst du sicherlich gebraucht. Versuche im Grande Seminar unterzukommen." „Cyprianus, ich muss aufhören, die Polizei ist da."
Doch er hatte sich getäuscht. Es war nicht die Polizei, wie er vermutete. Es war Pedro Ramos, der durch die Terrassentür in das Zimmer eintrat. In der Hand hielt er einen Revolver und zielte damit auf den überraschten Urs.
„Hände hoch! Was willst du hier? Wo ist Dolores?"
Urs schwieg.
„Soll ich dir eine Kugel durch den Kopf jagen?"
„Er wollte etwas von mir?"
„Schon besser. Was wollte er von dir?"
„Ein Schriftstück."
„Von dem toten Mönch etwa?"
„Ja."
„Gib es mir."
„Ich habe es nicht mehr."
„Eins ..."
„Ich habe es wirklich nicht mehr."
„Zwei ..."
„Dazu muss ich die Hände herunternehmen."
Mit dem Revolver bedeutete er ihm, die Hände herunterzunehmen. Urs holte aus der Jackentasche das Heft heraus und hielt es ihm hin. Pedro Ramos nahm es und steckte es in die Gesäßtasche.
„Du bist so dumm, alter Mann! Glaubst du, dass ich dich laufen lasse, jetzt, wo ich nun endlich die Notizen dieses Mönchleins habe?

Er zielte mit dem Revolver auf Urs.
Rechtzeitig, gerade als er abdrücken wollte, kam die Polizei. Urs atmete tief durch, als er sah, wie die Polizisten dem Mann die Waffe abnahmen und in Handschellen abführten.

Kapitel 23

Sie nahm ihr Fahrrad und fuhr auf die Reichenau. Der Weg war nicht weit. Es war schönstes Wetter, der Verkehr war noch im Entstehen, die vielen Touristen schliefen noch in ihren Unterkünften.
Die Straße zur Insel war eine wunderschöne Allee. Durch die kerzengerade stehenden Pappeln, die sich nur hin und wieder mit ihren Wipfeln im Wind bewegten, sah sie den funkelnden Bodensee. Das Wasser und die schaukelnden Boote darauf ließen in ihr eine richtige Urlaubsstimmung aufkommen.
Das Haus zu finden war nicht schwer. Prof. Böhmer hatte ihr den Weg genau beschrieben. Wenn es auf der Reichenau gab, was sie suchten, dann wusste er es, hatte der Professor zu ihr gesagt. Sie sollte sich nicht vom ersten Eindruck abschrecken lassen. Manchmal ist er trügerisch.
Sie klingelte an dem kleinen, efeubewachsenen Häuschen. Es dauerte nicht lang und im Haus rumorte es, Flaschen fielen klirrend auf den Steinfußboden und eine Männerstimme fluchte jämmerlich. Auch das erschreckte Miauen einer Katze hörte sie noch, ehe die Tür geöffnet wurde und ein unrasierter Mann in einem schmutzigen Unterhemd darin erschien und zu ihr sagte: „Was willst du hier. Ich spende nichts. Hau ab!“
„Aber …“
Er schlug ihr die Tür vor der Nase zu.
Sie klingelte wieder. Als sich daraufhin eine ganze Zeit lang in dem Haus nichts tat, klingelte sie noch einmal, doch dieses Mal richtig Sturm.
„Du bist wohl nicht ganz richtig im Kopf! Ich werde dir gleich mal Manieren beibringen!“, schrie der Mann noch unfreundlicher und Anna trat sicherheitshalber ein paar Schritte von der Eingangstür zurück. Die wurde aufgerissen und wütend trat der Mann heraus.

Seine Hose, eine in den Knien ausgebeulte und ansonsten fleckige Jogginghose, rundete das Gesamtbild des Professorenfreundes ab. Das musste man ihm lassen, Hemd und Hose passten zueinander.
„He, bleiben Sie ruhig. Mich schickt Prof. Böhmer zu Ihnen."
„Dich schickt der Böhmer? So früh am Morgen? Hat der sie denn noch alle? Los, komm rein."
Anna zögerte.
„Na, komm schon. Ich werde dich schon nicht fressen. Gefrühstückt habe ich gerade." Als Beweis rülpste er schamlos und kratzte sich dabei unter den Achseln.
Er schlurfte in seinen abgewetzten Hausschuhen vor ihr her in ein großes Zimmer, das außer einem Tisch, ein paar verschiedenen Stühlen und einer großen, dunklen Anrichte keine anderen Möbel besaß. Den alten zerrissenen Ledersessel am Fenster hätte sie fast übersehen. Auf dem Dielenboden lag ein abgewetzter Teppich. An den Wänden hingen ein paar billige Drucke mit Bodenseelandschaften. Doch überall in dem Haus, ob im Flur oder hier im Zimmer, standen Stapel von Büchern und Zeitschriften herum. Jeder freie Platz war damit ausgefüllt.
Er brachte ihr einen großen, immerhin sauberen Kaffeepott.
Mindestens zehn Katzen schlichen in dem Haus herum, zwei davon rieben sich an ihren Beinen und bettelten nach Liebkosungen.
Der seltsame Mann hatte sich ein sauberes Hemd übergezogen und eine andere Hose und kam mit einer ähnlich irdenen Tasse wie der ihrigen in der Hand an den Tisch und fragte, was der Professor denn wolle.
„Wir suchen eine Schwarze Madonna!"
„Und ...?"
„Ein Fragment, ein Stück von einem Pergament in Altgriechisch."
„Und weiter ...?"
„Nichts weiter!"
„Deshalb kommst du zu mir?"
„Ja, wirklich nur deshalb."
Anna bezweifelte, ob er der richtige Mann war. Vielleicht sollte sie lieber selbst mit der Suche beginnen. Die Schatzkammer im Münster St. Maria und Markus sollte einige alte, wertvolle Stücke aus dem

früheren umfangreichen Klosterschatz besitzen. Die Wahrscheinlichkeit, in den anderen zwei alten Kirchen auf der Reichenau, in Niederzell und Oberzell, etwas zu finden, war wesentlich größer als bei dem runtergekommenen Freizeitphilosophen und Katzennarren. Hier zu sitzen war doch nichts anderes als verlorene Zeit.
Sie trank einen Schluck des erstaunlich guten Kaffees, während unterdessen ihr Gastgeber aufstand und in einem Bücherstapel zu suchen anfing. Dann suchte er im nächsten Stapel und fand wieder nichts. Er dehnte die Suche auf das ganze Haus aus. Annas Tasse war inzwischen leergetrunken und sie wollte gehen. Sogar die Katzen langweilten sich und lagen überall verstreut in dem Zimmer herum und dösten vor sich hin.
„Ich wusste doch, dass vor einiger Zeit mal etwas darüber in einer Zeitung stand. Nicht direkt über das, was du suchst. Aber es könnte damit zusammenhängen.“ Der Mann kam zurück in das Zimmer und hielt eine Zeitung in der Hand.
„Gib mir mal dein Handy, ich muss mal telefonieren. Das kannst du sicherlich dem Böhmer in Rechnung stellen.“
Der hatte gut reden. Von Spesenerstattung war bei ihrem Einsatz nicht die Rede. Sie hörte ihn telefonieren. Er sagte ihr nur, dass sie weg müssten, und kleidete sich nochmals um. Nun in eine Art Anzug gepresst, immerhin sauber und gesellschaftsfähig, stiegen sie in sein Auto, einem alten, klapprigen R4, gesprenkelt mit vielen Antiatomkraftaufklebern, die wie gelbe Farbtupfer auf dem mit Rostflecken übersäten blauen Lack wirkten und die altersschwache Karosserie anscheinend zusammenhielten. Überraschend kam die alte Karre gleich beim ersten Startversuch und blies eine schwarze Benzinwolke in den wolkenlosen, blauen Himmel. Er wollte, dass sie vorn neben ihm saß, und nachdem sie den Sitz von Zeitschriften und allerlei anderem Papier freigeräumt hatte, fuhr er mit unbekanntem Ziel los.
„Könnten Sie mir jetzt vielleicht mal sagen, wohin wir fahren?“
„Willst du nun deine Schwarze Madonna oder nicht? Ich habe auch noch etwas anderes zu tun, als für den Böhmer jedes Mal die Kartoffeln aus dem Feuer holen zu müssen. Wir fahren nach Salem.“
„Nach Salem? Was wollen wir denn dort?“
„Das wirst du schon noch sehen!“

Er fuhr gemütlich.
„Wieso helfen Sie uns?“, fragte sie ihn, mühsam ihre Ungeduld verbergend.
„Das ist eine Sache zwischen Böhmer und mir. Warum sucht ihr eine Schwarze Madonna? Warum ein Fragment?“, wollte er nun wiederum von ihr wissen.
Anna überlegte, ob sie ihm von dem Fund in Konstanz berichten sollte oder lieber schwieg. Sie entschied sich für das Letztere. So erzählte sie ihm, dass sie ein Projekt über den Schwarze Madonnenkult am Bodensee bearbeite und da die Reichenau im Hochmittelalter eine der bedeutendsten Klosteranlagen am Bodensee war, könnte es sein, dass auch hier etwas zu finden ist. Bei einigen Madonnen war in ihrem Inneren ein Fragment versteckt.
Der Mann schien mit den vagen Erklärungen zufrieden und stellte keine weiteren Fragen. Nach einer endlos langen Fahrt kamen sie in Salem an. Der prachtvolle Bau der Markgrafen von Baden, Museum, Schule und Wohnraum zugleich und nach einem spektakulären Vergleich heute dem Land Baden Württemberg gehörend, war gut besucht. Scharen von Touristen drängten sich im Eingangsbereich und warteten auf den Beginn ihrer Führung.
Der Bekannte von Böhmer lief aber nicht zur Kasse, sondern klingelte im Büro des Prinzen. Die Sprechanlage knackste und er nannte nur seinen Namen. Nach kurzer Zeit erschien ein Mann und holte sie ab. Sie gingen an der Kasse vorbei und an den vielen wartenden Menschen, vorbei auch an dem Personal, das sie ehrfürchtig grüßte.
„War das vielleicht der Prinz persönlich?“, dachte Anna dabei.
Es war nicht der ehemalige Besitzer mit Wohnrecht, der sie empfing, sondern nur sein Kastellan, doch dieser war mit ihrem Begleiter gut befreundet. Die ersten Minuten der Unterhaltung verliefen wie ein Gespräch unter guten Kumpeln, die sich lange Zeit nicht gesehen hatten. Erinnerungen wurden hervorgekramt und lachend zum Besten gegeben. Ihr Begleiter, als Hansi vom Kastellan angeredet, während er ihn vertraulich Manne nannte, war sehr redegewandt und war das krasse Gegenteil von dem, wie sie ihn bisher erlebte. Hansi und Manne sprachen fast eine halbe Stunde über Themen, mit de-

nen Anna nichts anfangen konnte. Bis Manne dann zur Sache kam und Hansi fragte, warum er denn gekommen sei.
„Ja, das ist gar nicht so einfach zu erklären. Ich will dich auch nicht mit der ganzen Geschichte langweilen, lieber Manne. Du hast sicherlich noch weniger Zeit als ich. Doch meine kleine Freundin hier hat ein Problem und ich möchte ihr helfen. Besser gesagt nicht ihr, sondern ihrem Chef. Sag mal, in der letzten Zeit gab es doch immer wieder Versteigerungen aus dem Besitz des Markgrafen?"
„In der letzten Zeit weniger, nachdem er den genialen Coup mit der Landesregierung gelandet hatte. Ich möchte da kein Öl ins Feuer schütten, doch seitdem hat er wesentlich bessere Laune als zuvor."
„Das ist mir egal, wer da gewonnen und wer verloren hat. Mich interessiert, ob du weißt, was er davor an Statuen besaß und welche jetzt nicht mehr."
„Dich interessieren Statuen? Das ist wirklich mal was ganz Neues. Sonst war es doch immer nur, was irgendwie auf Papier gedruckt war. Bist du eigentlich immer noch so ein Bibliomane, so ein kranker Büchernarr, wie ich bisher noch keinen Zweiten auf der Welt gesehen habe?"
„Ja, ja, der bin ich immer noch. Doch sag, gab es im Besitz des Markgrafen jemals eine Madonna? Oder noch besser, eine Schwarze Madonna? Du weißt, was ich meine?"
„Ja, ich weiß, was du meinst. Lasse mich mal überlegen …"
Er stand auf und holte etwas zum Trinken. Ohne zu fragen, goss er jedem ein Glas Wein ein und stellte es vor ihnen ab.
„Du hast Glück, dass du heute zu mir gekommen bist. Das ist mein freier Vormittag, dafür geht es dann aber bis spät in die Nacht. Wir haben heute eine Tagung hier, auf der ich zu der Geschichte des Hauses sprechen muss. Hoffentlich kommt nicht wieder das leidige Thema über den Kasper Hauser zur Sprache. Ich kann keine dieser Hobbyhistoriker mehr sehen! Die krudesten Theorien werden als gesicherte Erkenntnisse verkündet. Das kann einem den schönsten Vortrag verhageln. Statuen sagst du? Ich weiß, dass immer mal wieder etwas auf den Kunstmarkt geworfen wurde, wenn mal wieder kein Geld da war. Da waren sicherlich auch schöne Madonnen darunter. Doch eine Schwarze Madonna …? Halt, jetzt fällt mir was ein.

Vor einigen Jahren gab es eine Statue einer Schwarzen Madonna. Ja, genau, jetzt weiß ich es wieder."
Anna rutschte ganz aufgeregt auf ihrem Stuhl hin und her.
„Wir mussten den Keller aufräumen. Dort lagerte schon seit etlichen Jahren alles das, was irgendwann einmal kaputt gegangen, zerbrochen oder unbrauchbar wurde, aber noch zu schade war, um es ganz wegzuwerfen. Jedenfalls kam dem alten Markgrafen eines Tages der Raum in den Sinn und er ordnete an, dass dort endlich einmal klar Schiff gemacht werden sollte. Ein von uns damit beauftragter Handwerker kam zu mir und brachte eine alte Statue. Die war ganz schwarz, also nicht nur das Gesicht und die Hände. Nein, wenn ich mich recht erinnere, war sie aus Ebenholz geschnitzt. Sogar das Kindlein war noch an ihrem Leib angebracht. Wenn dieses Kindlein nicht gewesen wäre, würde ich sie als eine alte afrikanische Holzfigur bezeichnen. Der Markgraf übergab sie dann auch einem Auktionshaus, mit einigen anderen Dingen. Mehr kann ich dir dazu nicht sagen."
„Wurde sie versteigert?"
„Sicherlich, denn ich habe sie nie mehr gesehen. Wird nicht viel eingebracht haben, die alte Dame. Sonst hätte er es mir schon erzählt."
Er gab ihnen den Rat, nach Stuttgart zu fahren und bei dem Auktionator nachzufragen.
Als sie das Schloss verließen und in das Auto einstiegen, sagte Hansi zu ihr: „Jetzt erledigen wir die Sache ganz. Wir fahren nach Stuttgart und fragen dort nach, an Ort und Stelle. Sage dem Böhmer, dass es aber nun langsam reicht. Jetzt ist er mal wieder dran, eine Gegenleistung zu erbringen. Ich gehöre doch nicht zu seiner Mannschaft! Ich bin doch kein Archäologe!"
Es dauerte einige Zeit, bis sein altes Auto die Strecke nach Stuttgart bewältigte. Als sie an dem Auktionshaus ankamen, wollte der Besitzer gerade in die Mittagspause gehen. Er reagierte nicht sehr freundlich, doch Hansi stimmte ihn um, als er ihm ein Essen in Aussicht stellte. Obwohl der Mann ernsthaft versuchte, sich zu erinnern, ihm fiel es nicht mehr ein. Dazu müsste er erst in seine Bücher sehen. Es war schon zu lange her. Zurück im Laden fing er in seinem umfangreichen Bücherdepot an zu suchen, wobei er immer wieder die Su-

che unterbrechen musste, wenn jemand etwas zu ihm brachte oder abholen wollte. Nebenbei betrieb der Mann auch noch ein Pfandleihhaus, was sich ganz gut mit seiner anderen Tätigkeit ergänzte. Er lebte nicht schlecht davon. Endlich fand er in seinen Büchern das Gesuchte. Es war genau so, wie er es vermutete. Die Versteigerung der Statue lag schon einige Zeit zurück. Dunkel erinnerte er sich, dass der Käufer das erste Mal etwas bei ihm auf einer Versteigerung erwarb. Er hatte ihn auch noch nie vorher gesehen. Das musste aber nichts heißen. Sein Publikum wechselte ständig, immer nach Schwerpunkt in seinen Auktionen. Diese Madonna war nicht sehr angesagt. Er hatte große Mühe, sie überhaupt verkaufen zu können. Deshalb war er froh, als ihm eine Person wenigstens den Mindestpreis bot. Ob er denn die Adresse von dieser Person noch besäße, wollte Anna wissen, die es nicht mehr aushielt. Es dauerte eine weitere Stunde, ehe sie sich endlich mit der Adresse in der Tasche auf den Heimweg machten. Sie ließ sich vor dem Museum absetzen und traf Prof. Böhmer in seinem Büro.
Nachdem sie ihm alles erzählt hatte, sagte er zu ihr: „Der Käufer der Madonna kommt jetzt auch noch aus diesem Le Puy. Da scheint sich ja alles zu versammeln. Jetzt muss ich mir das Städtchen wirklich einmal anschauen. Ich habe eine Woche frei. Meine Frau will mit einer Freundin nach Verona in die Oper und kann gut auf mich verzichten. Ich fliege morgen und Sie kommen mit! Aber nehmen Sie bitte nur das Allernotwendigste mit."
Als Anna am nächsten Morgen gerade fertig mit packen war, hupte es vor ihrer bescheidenen Bleibe. Rolf kam aufgeregt in das Zimmer gerannt und rief, sie soll sich beeilen, der Böhmer wartet schon unten. Als sie aus der Haustür heraustrat, sah sie ihn im nagelneuen Porsche warten. „Fliegen wir ab Stuttgart, Herr Prof. Böhmer?", fragte sie ihn, als sie es sich auf dem Beifahrersitz bequem machte und er das Verdeck öffnete. „Wieso ab Stuttgart? Wir sitzen doch schon im Flieger?" Anna rang nach Atem, als der Professor die Autobahn erreichte und das Gaspedal, sichtlich gut gelaunt, voll durchtrat.

Kapitel 24

Es ging alles rasend schnell. Schon am nächsten Morgen rief ihn Annabelle an und sagte ihm, dass er doch bitte in der nächsten halben Stunde abreisefertig zu sein hat. Er soll vor dem Hoteleingang warten. So einen Ton war er schon lange nicht mehr gewöhnt und es bereitete ihm einige Mühe, nicht dagegen aufzubegehren. Als er bezahlen wollte, sagte ihm die freundliche junge Frau, dass dies nicht notwendig sei. Der Herr Direktor hatte es so bestimmt. Er brauchte nicht lang zu warten. Ein Auto hielt vor dem Hotel und der Fahrer stieg aus, öffnete ihm die Tür und verstaute sein Gepäck. Giovanni setzte sich auf den Rücksitz neben den Direktor, der schon im Wagen saß und der ihm die Hand reichte. „Ich darf Sie Giovanni nennen? Gut, dass Sie sich für uns entschieden haben. Wir werden das sehr zu schätzen wissen." Der vertraute Ton vom Vortag war anscheinend nur eine Prüfung.

„Besitzen Sie auch einen Namen, Herr Direktor?" Der Mann nickte nur. Giovanni interessierte es brennend, was der Mann mit ihm vorhatte. Doch ein Gefühl hielt ihn davon ab, zu fragen. Er wollte nicht neugierig oder ungeduldig erscheinen. Die Fahrt verlief ziemlich einsilbig. Ab und zu telefonierte der Mann neben ihm, rief selbst an oder wurde angerufen.

„Was halten Sie von dem Hotel, Giovanni? Waren Sie zufrieden?" Giovanni wusste nichts auszusetzen an dem Haus. Es gab alles, was ein Pilger auf seiner langen Reise brauchte. Vielleicht sogar ein wenig zu viel von allem. In diesem Hotel könnte er sich auch einen längeren Urlaub vorstellen. Als er dies dem Direktor sagte, schien er sehr zufrieden.

„So wird es früher oder später in allen Hotels unserer Kette aussehen. Das ist unser Ziel! Der Pilger soll sich wohlfühlen bei uns, genauso wie der normale Urlauber, der Erholungsuchende. Die Expansion ist fast abgeschlossen. Die letzten Besitzer am Weg, die ihre Unterkunft selber behalten und führen wollten, werden gerade noch überzeugt. Die meisten sind unserer Meinung und freuen sich, dass sie für uns arbeiten dürfen. Sie gehören zu uns. Alle bieten jetzt den gleichen Service an, die gleichen Speisen, die gleichen Getränke.

Der Pilger bekommt Rabatt bei uns. Je öfter er in einem unserer Häuser übernachtet, desto größer ist er. Wir betreuen ihn, wenn er will, und helfen mit Rat und Tat. Überall auf dem Weg finden sie unsere schönen Hotels. Da versprechen die vielen Jakobusvereine und Kirchen alles Erdenkliche dem Pilger, geben ihm einen Pass und Schriften voller spirituellem Beistand mit auf den Weg. Bei uns aber bekommen sie neben diesen Sachen noch das Wichtigste dazu, nämlich die schöne Unterkunft, das behagliche Heim in der Fremde, das Stück Heimat, was sie gerade verlassen haben. Sagen Sie, Giovanni, wie ist ihre Meinung dazu?"
Was sollte er schon dazu sagen. Wie der Mann mit den Eigentümern von bestehenden Unterkünften am Weg umging, die sich seinem Willen widersetzten, hatte er am eigenen Leib erfahren.
„Ich finde es genial von Ihnen. Ja wirklich, von so etwas haben die unzähligen Pilger vor langer Zeit nur geträumt und ich bin mir hundert-, ach was sage ich, tausendprozentig sicher, dass es gut angenommen wird. Ich bin echt begeistert! Und wenn Sie den Pilger einmal in ihren Fängen haben, dann gibt es sicherlich auch noch andere Möglichkeiten, ihn bei der Stange zu halten", setzte Giovanni noch eins drauf. Der Herr Direktor lachte laut und schlug sich auf die Schenkel. „Das haben Sie vollkommen richtig erkannt, Giovanni. Sie sind ein Mann genau nach meinen Vorstellungen. Ja sicher, wenn wir sie einmal haben, dann lassen wir unsere werten Gäste auch nicht mehr so einfach los." Er lachte immer noch.
Giovanni war vorsichtig. Der höfliche, freundliche Herr war ein gefährlicher Gegner. Wer weiß, was er mit ihm vorhatte. Ein Zurück gab es nicht mehr. Dafür wusste er schon zu viel.
Er sah durch die Frontscheibe, dass sie sich einer größeren Stadt näherten. Der Verkehr wurde immer dichter um sie herum, es ging nur noch schrittweise vorwärts und wenig später standen sie im Stau. Nichts ging mehr.
Der Herr Direktor verlor die aufgesetzte Freundlichkeit und schimpfte mit seinem Fahrer. Dieser trommelte nervös mit den Fingern auf dem Lenkrad. Dann ging ein Ruck durch ihn, er hupte mehrmals und versuchte sich fluchend durchzudrängeln. Doch auch die anderen Autofahrer waren genervt und drängelten ebenfalls. So ging es eini-

ge Zeit, bis es krachte und ihr Auto mit einem anderen Wagen zusammenstieß. Der Fahrer sprang nach draußen und begutachtete den Schaden. Der Besitzer des beschädigten Autos, aus dem gewaltige Qualmwolken entstiegen, schrie lautstark auf ihn ein und ging ihm gleich an den Kragen. Die Zigarette im Mundwinkel dieses Mannes blieb dabei wie angeklebt an den Lippen hängen. Giovanni und der Direktor saßen währenddessen im Wagen und schauten zu, bis dem Direktor der Geduldsfaden riss und er ausstieg.
„Kommen Sie, Giovanni, den Blödsinn soll er allein klären. Die wenigen Schritte gehen wir zu Fuß. Giovanni, ich will es Ihnen gleich am Anfang unserer Zusammenarbeit sagen. Ich bin ein wirklich freundlicher Mensch und liebe meine Mitarbeiter, aber was ich überhaupt nicht ausstehen kann, ist Stümperei. Diesen unfähigen Fahrer habe ich soeben entlassen.“
Der Weg wurde immer steiler. Das alte, unebene Kopfsteinpflaster unter ihren Füßen war glitschig vom Regen. Manchmal musste Giovanni den Direktor unversehens halten, wenn er während des Laufens plötzlich strauchelte. Es fehlte nicht viel und er wäre gestürzt, hinein in den Schmutz der Straße. Steil stieg nun auch die Treppe an, auf der sie gingen, hinauf zu einem eindrucksvollen Kirchenbau, dessen byzantinisch anmutende Fassade nicht gerade einladend auf ihn wirkte. In diesem Moment war es ihm egal, ob einladend oder abweisend. Hauptsache sie kamen an, ohne dass der Mann neben ihm stürzte und erbärmlich vor seinen Füßen lag.
Die Treppe führte direkt hinein in die Kirche. Mitten im Kirchenschiff endete ihr Aufstieg und sie waren von sanft dahinschwelgenden Orgelklängen umgeben, die zum gerade Erlebten einen wunderschönen Kontrast bildeten. Der Direktor, der nun offensichtlich froh war, wieder festen Boden unter den Füßen zu haben, schritt zielsicher zu einem beeindruckenden Jakobus mit einem Stab in der Hand. Er trat an den Jakobus heran und nahm ungeachtet der davor stehenden Menschen den Wanderstock aus dem Arm der Holzstatue und schob ihn unter einen darunter stehenden Kasten, in den gerade ein Mann einen zusammengefalteten Zettel einwarf. Die Menschen schauten ihn verstört an, was den Direktor aber nicht sonderlich aufhielt. Er winkte Giovanni zu, ihm zu folgen.

Den alten Mann, der vor der Statue in einer Bankreihe saß, bemerkten sie nicht. Der scheinbar selig schlafende Mann verfolgte genau das Geschehen und stand in dem Moment auf und folgte ihnen, als sie schon wieder aus der Kirche hinauseilten.
Bevor sie die Kirche verließen, sah Giovanni eine Schwarze Madonna auf dem Altar stehen und jetzt verstand er, es wurde ihm klar, wo sie sich befanden. Es war Notre Dame in Le Puy. Er war sich ganz sicher. Oft genug hatte er sie in seinem Pilgerführer betrachtet während seiner langen Wartezeit in Le Cote. Der Direktor eilte aus der Kirche hinaus und forderte den dicht nach ihm kommenden Giovanni auf, zu warten, bis er ihn holen ließe. „Ich verlasse mich darauf, dass Sie da sind. Wir haben wenig Zeit!“
Kardinal Groß anzurufen getraute sich Giovanni nicht. Man beobachtete ihn, da war er sich sicher. Er spielte den verzückten Kirchenbetrachter, der langsam dahinschreitend die vielen Schätze dieser Kirche intensiv betrachtete.
Es schien noch jemand hier auf etwas zu warten. Ein alter Mann schaute die ganze Zeit interessiert einen Turm an, eine Taufkapelle, wie er auf einem Schild las. Manchmal fühlte er, wie ihn dieser Mann beobachtete. Wahrscheinlich war er vom Direktor beauftragt und würde über jede seiner Handlungen berichten. So schaute er unschuldig in der Gegend umher, eine Kapelle fest im Blick, eine alte, so alt wie alles hier um ihn herum, aus grob behauenen Natursteinen erbaut.
Der Herr Direktor erschien wieder und bedeutete Giovanni, ihm zu folgen. Sie liefen zu einer Kapelle, die er schon die ganze Zeit in ihrer Vorderansicht betrachtet hatte. Ein Foto am Eingang jagte ihm einen Schrecken ein. Er sah die Bruderschaft dieser Kapelle weiße Anzüge tragen, dicht vermummt mit Kapuzen und langen, bis auf den Boden reichenden Umhängen. Er kam sich vor wie in den Händen des berühmt-berüchtigten *Ku-Klux-Klans*.
Doch sie liefen an der Kapelle vorbei zu einem Haus gleich daneben. Im Gebäude selbst kam ein schwach beleuchteter Gang zum Vorschein und an dessen Ende erschien wieder eine Tür mit einer Klappe darin, die sich öffnete, als sie davor stehen blieben und der Direktor dagegen klopfte.

„Schwarz?“
Der Direktor antwortete: „Wie die Heiligste der Heiligen.“
„Weiß?“
„Wie die Mutter der Mütter?“
„Rot?“
„So flammend wie die Liebe Maria Magdalenas zu unserem Herrn, Jesu Christi!“ Die Tür öffnete sich und sie kamen in einen Raum, der nur von Kerzenlicht beleuchtet wurde. Giovanni wurde aufgefordert, vor einem Tisch stehend zu warten. Einige Zeit später kamen mehrere Personen dazu, genauso gekleidet wie die Kapuzenmänner auf dem Foto. Nur die Farbe ihres Gewandes war eine andere, sie war schwarz. Während sich ein Maskierter hinter den Tisch setzte, blieben die Anderen stehen, einen Kreis um ihn herum bildend. Es gab kein Entrinnen mehr, er war eingeschlossen.
„Ist es richtig und wahr, Giovanni del Lucca, dass dies dein Name ist, du nicht verheiratet bist, keine Kinder hast und im Instituto per le Opere di Religione beschäftigt warst, so antworte laut und deutlich: Das ist richtig und wahr!“
Giovanni konnte schwören, dass dies die Stimme des Direktors war.
„Ja, das ist richtig und wahr!“
„Ist es richtig und wahr, das du, Giovanni del Lucca, Mitglied werden willst, aus freien Stücken und im Vollbesitz deiner geistigen und körperlichen Kräfte, in der Hochheiligen und geheimen *Bruderschaft der Legionäre zum Schutze der Schwarzen Madonna auf dem Jakobsweg*?“
„Das ist richtig und wahr!“
„Ist es richtig und wahr, dass du schweigen wirst über alles, was du in dieser geheimen Bruderschaft hörst und siehst?“
„Das ist richtig und wahr!“
„Ist es richtig und wahr, dass dein Leben verwirkt ist, wenn du gegen die Regeln der Bruderschaft verstößt oder sie brichst?“ Giovanni zögerte, jetzt wurde es gefährlich. Doch ihm blieb nichts anderes übrig, entweder oder!
„Das ist richtig und wahr!“, sagte er leise.
„Lauter!“
„Ja, es ist richtig und wahr!“

Im gleichen Moment wurde er an den Handgelenken gepackt, bekam eine Haube über den Kopf gestülpt und wurde vom Tisch weggezogen. Sie führten ihn raus, in einen anderen Raum und warfen ihn auf den Boden. Sie traten auf ihn, denn er spürte viele Schuhe schmerzhaft auf seinem Körper. Sogar auf seinen Kopf fühlte er den Absatz eines Schuhes.

„Wir wissen, wer du bist. Wir wissen, wie du aussiehst. Wir wissen, wo wir dich finden", sprachen die Männer im Gleichklang. Dann nur einer, der Direktor.

„Heilige, allmächtige Schwarze Madonna, sieh deinen neuen Diener vor dir liegen. Nimm ihn an! Beschütze ihn, solange er dir dient, mit all deiner Macht. Berate ihn in seinen Entscheidungen zum Wohle der Bruderschaft, die dir dient, vom Anfang der Welt bis zu ihrem Untergang. Vernichte ihn unbarmherzig und grausam, wenn er sich abwendet von dir." Der Druck der Füße wurde stärker auf Giovannis Körper, der Schmerz war kaum auszuhalten.

„So, wie du jetzt unter uns liegst, werden wir dich begraben, wenn du dich gegen uns entscheidest. Diene, dann wird man auch dir dienen! Gehorche, dann wird man auch dir gehorchen!", sagte der Chor über ihm wieder gemeinsam und weiter: „Nigra sum sed formosa. Nigra sum sed formosa. Nigra sum sed formosa."

Zuletzt trat jeder zu. Nicht mit voller Kraft, es war wohl eher ein symbolischer Akt, der seine Wirkung aber nicht verfehlte. Weh tat es ihm trotzdem. Er wusste, was ihm blühte, wenn er gegen die Gesetze der Bruderschaft verstieß. Die Typen verstanden keinen Spaß. Er wurde nach oben gezogen und bekam die Kapuze vom Kopf gerissen. In dem nur von wenigen Kerzen erleuchteten Raum stand er vor einem Altar mit einer Schwarzen Madonna. Auf dem Kopf trug sie einen glitzernden Helm, genau wie das Kind, das aus ihrem Umhang herausschaute. Ein Kapuzenmann zu seiner linken Seite nahm seinen Arm und ritzte ihn mit einem Messer so lange, bis Blut herauslief. In einer Schale auf dem Kopf des kleinen Knaben, der so vertrauensvoll aus dem Bauch der Mutter in die Welt hinausblickte, fing er es auf. In ihr war eine dicke Schicht mit getrocknetem Blut. „Du bist nun einer von uns. Die Vereinigung ist vollzogen. Gehe nun nach draußen."

Als er in den Raum eintrat, in dem alles begann, sah er den Direktor stehen, so wie er ihn kannte. Nichts deutete darauf hin, dass er bei dieser Zeremonie dabei gewesen war. Das dichte, weiße Haar war sauber gescheitelt, die Krawatte saß akkurat.
„So, Giovanni del Lucca, wir haben keine Zeit mehr. Komm mit!“
Als sie aus der Kirche traten, sah er ihn wieder, jenen alten Mann, der ihm schon vorher aufgefallen war. Interessiert schaute er zu ihnen herüber, nur kurz, als wenn es zufällig sein sollte. Sie liefen an ihm vorbei, hinein in die Kirche und auf direktem Weg zu dem Jakobus. Der Direktor lief wieder quer durch die vor der Statue wartenden Menschenmenge, holte den Stab unter dem Kasten hervor und steckte ihn zurück in seinen Arm. Danach winkte er ihm zu und sie verließen die Kirche.
Unterhalb des Hotels Dieu bogen sie in eine Gasse ein. Schon am dritten Haus hielten sie an, stiegen in das erste Stockwerk hinauf und dann in eine Wohnung, worin Giovanni erklärt bekam, dass sich hier sein Arbeitsplatz befände. Er sah den großen Raum, flankiert von Regalen mit Ordnern, die sauber bezeichnet fast alle Regalfächer füllten. In einem Nebenzimmer wartete eine Sekretärin auf ihn, eine Frau, deren besten Jahre schon lange vorüber waren, wenn sie die überhaupt irgendwann vor sehr langer Zeit mal gehabt hatte. Die streng nach hinten gekämmten Haare mündeten in einem Dutt. Der hohe Haaransatz ließ ihr Gesicht sehr streng erscheinen. Eine Brille mit schwarzem Gestell und ein dünnlippiger Mund, dessen Winkel unübersehbar in Richtung Kinn zeigten, rundeten das Bild dieser alten Gouvernante ab. Passend dazu war sie groß gewachsen, hager wie ein Modell mit Ernährungsproblemen und gekleidet in der neuesten Kollektion einer Altkleidersammlung.
Der Direktor erläuterte ihm seine Aufgaben, sagte auch, dass er mit der vollen Unterstützung dieser Frau rechnen könnte. „Doch wir fangen erst morgen an, lieber Giovanni, obwohl wir keinen Aufschub der Arbeit uns leisten können. Wir wollen uns doch nicht überfordern, lieber Giovanni.“
Am nächsten Tag trat Giovanni seine Arbeit an. Als er in sein Büro kam, dachte er, ihn trifft der Schlag. Sein Schreibtisch bog sich unter der Last ganzer Aktenberge. Seine Lust hielt sich in Grenzen, doch

es half nichts, er musste jetzt mitspielen. Zahlen waren noch nie sein Ding, in seinem ganzen Leben nicht. Und hier sah er beim Aufschlagen der ersten Mappe nichts anderes als Zahlen, Rechnungen, Papiere. Es musste geprüft, in den PC eingegeben und abgelegt werden. Er wurde zum Buchhalter. „Was ist denn mit meinem Vorgänger passiert, dass er so abrupt seine Arbeit unterbrach?", fragte er nach ein paar Stunden des Arbeitens und genauso intensiven Schweigens die Frau im Vorzimmer, als sie sein Zimmer betrat.
„Darüber weiß ich nichts! Interessiert mich auch nicht. Wir sind hier, um zu arbeiten, nicht um uns zu unterhalten." Sie warf trotzig den Kopf in den Nacken und eilte wortlos aus dem Zimmer.
Er hörte, wie sie telefonierte und dann das Zimmer verließ. Den Augenblick nutzend, lief er in das andere Zimmer und untersuchte ihren Schreibtisch. Auf dem akribisch aufgeräumten Arbeitsplatz war nicht ein Schnipsel zu sehen. Nicht einmal den unscheinbarsten Rand einer abgestellten Kaffeetasse. In ihrem aufgeschlagenen Kalender war für heute eine Notiz eingetragen: *20.00 Uhr – A L`ecu d`or.* Schnell fand er heraus, wo das Restaurant sich befand. Er beschloss, heute genau dort essen zu gehen. Als sie wiederkam, saß er schon wieder an seinem Schreibtisch, tief über die Akten gebeugt.
Irgendwann konnte er keine Zahlen mehr sehen. Der Stapel war nicht kleiner geworden, sondern durch die Fürsorge seiner Mitarbeiterin ständig gewachsen. Zwischen der Frau und ihm war seit ihrem Erscheinen kein Wort mehr gefallen. Ständig war er auf der Hut und diese Spannung wirkte sich auf ihn aus, machte ihn unruhig und gereizt. Er beendete abrupt seine Arbeit und ging, ohne ein Wort zu ihr zu sagen, aus dem Büro. Ihr vorwurfsvoller Blick war ihm egal.
Bevor er in das Restaurant ging, schlug er den Weg zur Kathedrale ein. Die Stufen wurden immer noch von vielen Menschen dicht belagert. Sie genossen von hier oben den Abend und die herrliche Aussicht auf das Velay. Er stieg die Treppe hinauf in den *Bauch* der Kirche und sah mit jeder erklommenen Stufe den Altar mit der Madonna deutlicher vor sich. Die Atmosphäre in der Kirche war jetzt genau das Richtige, was er nach den turbulenten Tagen brauchte. Langsam kam er wieder zu sich. In einem Seitenschiff sah er eine weitere kleine Kapelle durch eine Glastür. Als er sie betrat und die

wenigen Stufen in das Innere hinabgestiegen war, glaubte er seinen Augen nicht zu trauen. Es stand genau die gleiche Madonna vor ihm wie jene, welcher er bei seinem gestrigen Initiationsritus gegenüberstand. Sie war auf den ersten Blick genau gleich, trug denselben goldenen Helm auf ihrem Kopf und ein kleines Kindlein sah aus ihrem Bauch und schaute ihn genauso fremdländisch, geheimnisvoll an. Er musste sich setzen und atmete tief durch. Und noch eine Überraschung sah er in der Sakramentskapelle. Vorn, auf der ersten Bank, direkt am Altar, sah er wieder jenen Alten sitzen und vor sich hinschlummern, der ihn gestern schon beobachtet hatte. Schnell verließ er die Kirche.
Er war früher im Restaurant an der Rue Pannessac. Das Lokal war gut besucht. Alle Plätze waren besetzt oder reserviert. Der Kellner war nett und voller Humor. Sie mussten beide lachen, als er ihm bestimmte Speisen anpries. Er entschied sich schließlich für ein Rindersteak, empfohlen mit folgenden Worten: „Es stammt von dem Rind mit den schönsten Augen der Welt, dem Aubracrind." Als Vorspeise wählte er Rillettes vom Entenfleisch. Die angebotenen Linsen der Region hob er sich für einen späteren Zeitpunkt auf.
Er hatte seinen Platz etwas versteckt gewählt, soweit es in diesem eher kleinen Restaurant möglich war. Pünktlich erschien seine Vorzimmerdame. Sie war noch allein, ging aber zielstrebig zum Kellner und ließ sich zu einem Tisch führen. Giovannis Platz war für sie nicht so ohne Weiteres einsehbar, doch er sah sie gut. Nach einiger Zeit kam ein Mann zu ihr. Giovanni glaubte seinen Augen nicht zu trauen, als der Mann sie küsste und ihr lustvoll in den knochigen Hintern kniff. Kokett lachte sie schrill auf und kniff ihn in die Wange. Turtelnd wählten sie gemeinsam ihr Menü aus, stießen ihre Weingläser klirrend zusammen und gaben sich immer wieder Küsschen. Sie benahmen sich wie frisch Verliebte. Giovanni sah sie richtig aufblühen und ihre verhärmten Wangen bekamen vor lauter Aufregung rote Flecken. Gerade als Giovanni überlegte, ob er denn nicht die traute Zweisamkeit mit seiner Anwesenheit etwas stören sollte, setzte sich an einen der Nebentische der alte Mann.

„Sagen Sie, mein Herr, verfolgen Sie mich?“, fragte ihn unverblümt Giovanni. „Wieso sollte ich Sie verfolgen?“, antwortete ihm Simon Hirt ruhig.
„So interessant sind Sie nicht, mein Herr“, sprach er weiter und wendete sich ab.
Voller Vorfreude auf das tolle Essen winkte er dem Kellner.

Kapitel 25

Simon Hirt saß abends gern in diesem Restaurant an der Rue Pannessac. Die Atmosphäre hier gefiel ihm besonders gut, das Essen noch viel mehr. Der Wein, er gestattete sich höchstens zwei Gläser jeden Abend, passte ausgezeichnet zu der Auswahl der Menüs, die von dem umgänglichen, freundlichen Koch frisch zubereitet wurden. Die Empfehlungen des immer gut gelaunten Kellners waren verlässlich und absolut zutreffend.
Mittlerweile besaß er hier seinen festen Platz. Jeden Abend wurde der kleine Tisch nur für ihn hergerichtet. Manchmal saß er da, bis sie die Stühle hochstellten. Dann aber nicht allein wie früher. Ihm gefiel es, dass viele junge Menschen das Lokal besuchten, manchmal eine Theatergruppe, die eine Vorstellung in der Stadt gab und deshalb mehrere Tage blieb, oder Musiker, die ein Konzert mit der hiesigen Musikschule abhielten. Er diskutierte mit ihnen an manchen Tagen bisweilen spät in die Nacht und bis der Kellner sprichwörtlich schon die Stühle hochstellte. Simon Hirt fühlte sich so wohl, wie er es nie mehr für möglich gehalten hatte. Endlich gelang es ihm, sein Schicksal anzunehmen, und er hörte auf, mit dem Unabänderlichen ständig zu hadern.
Die verliebte Frau mit dem altmodischen Dutt auf dem Kopf war ihm schon früher aufgefallen. Wo es genau gewesen war, konnte er nicht mehr mit aller Sicherheit sagen. Doch solche Gesichter prägten sich einem ein, ob man es wollte oder nicht. Wenn man sie sah, wurden Ihre Begleiter zur Nebensache. Nicht wegen ihrer Schönheit, nein, das auf gar keinen Fall. Ihr Aussehen, das aus einem vergangenen Jahrhundert zu stammen schien, ließ einen stutzen. Bei ihr war die Zeit stehen geblieben, gab es keine Veränderung. Sie war die Basti-

on gegen das Neue. So wie sie jetzt war, musste sie immer schon gewesen sein, noch nie jung und unbeherrscht, immer schon alt und ganz Pflichterfüllung.
Was nicht zusammenpasste mit ihrem Äußeren, war ihr Jungmädchengehampel, die offensichtliche und für jeden Außenstehenden unübersehbare Vorfreude auf das, was in einem Zimmer heute Nacht folgen würde. Das verwunderte ihn dann doch ein wenig.
Als er den Mann an seinem Nebentisch bezahlen sah, fiel es ihm wieder ein. Er erinnerte sich an den gestrigen Tag, als er sah, endlich mitbekam, wie ein Mann, in dessen Begleitung er sich befand, den Stock aus der Umklammerung des Jakobus befreite und danach in einem Haus neben der benachbarten *Büßerkapelle* verschwand. Endlich sah er denjenigen, der das Zeichen gab.
Als er ihnen bis zu dem Haus gefolgt war, neugierig die Tür öffnete und in den Vorraum eintrat, versperrte man ihm plötzlich den Weg. Was er hier denn suche, wurde er von einem unfreundlich dreinschauenden Mann mit Boxervisage barsch gefragt. Seine Antwort, er suche nur eine Toilette, war nicht sehr originell und einfallsreich. Mit den rüden Worten: „Verschwinde, Opa! Pissen kannst du woanders!“, wurde er unfreundlich und rabiat vor die Tür geschoben. Er musste sich etwas anderes überlegen und ging vorerst in die Kapelle der *Büßer*, die nicht gerade einladend wirkte.
Sicherlich, die schön bemalte Kassettendecke war durchaus hübsch anzusehen. An einer Wand lehnten die Passionszeichen, welche die Büßer auf ihrer Prozession jedes Jahr in der Karwoche vor sich hertrugen. Einige Lanzen waren darunter und Laternen, die Dornenkrone sah er und auch den Schwamm, der in Essig getunkt den Durst des Herrn stillen sollte. Dazu ein Christusbild mit Dornenkrone auf dem Haupt. Ein Büßergewand hing an einer Holzstange. In der Kirche war alles auf die Karwoche mit der Kreuzigung fixiert. In den Vitrinen, etwas seitlich aufgestellt, waren Nägel der Kreuzigung ausgestellt, natürlich *alles echte Reliquien* und Dornen aus der Krone. Eine Kopie des Turiner Grabtuches mit dem Antlitz des Gekreuzigten durfte genauso wenig fehlen wie eine Nachbildung der Schwarzen Madonna. Auf einem Bildschirm sah er eine Prozession. Auch wenn ein Sprecher behauptete, dass die Kapuzen ganz selten getragen

wurden, er musste raus. Es war zu viel für ihn. Er wurde aus seinen Gedanken gerissen, als die Gouvernante zahlte und gurrend mit ihrem sich ebenso aufführenden Galan das Restaurant verließ. Auch er winkte dem Kellner und ging zurück in sein Kloster.

Am nächsten Tag traf er sich mit Esther in der Kathedrale, um sich in die Stadt zu begeben. Sie stiegen die Treppen hinunter zum Place des Tables, vorbei an dem Museum, in dem die alte mechanische Klöppelmaschine ratterte, bis zu einem schönen, alten Brunnen. Von da lenkte Esther ihre Schritte zu einem typischen Antiquariat. Als sie den Laden betraten, befand sich sein Besitzer gerade in einem Gespräch mit einer alten Frau, die ein paar alte, stark beschädigte Bücher vor ihm auf dem Tisch ausgebreitet hatte und wortreich versuchte, sie ihm zu verkaufen. Esther winkte dem Mann kurz zu, der den Gruß mit einem kurzen Kopfnicken erwiderte. Sie mussten warten.

Simon Hirt schaute sich im Laden um, dessen Regale und Tische unter der Last von unzähligen Büchern und Zeitschriften zu ächzen schienen. Es war Literatur querbeet und wahrhaft chaotisch abgestellt, die verschiedensten Themenbereiche standen unsortiert nebeneinander. Esther blätterte derweil interessiert in einer Mappe mit alten Kunstdrucken. Endlich verließ die Frau schimpfend das Antiquariat, legte die Bücher in den Korb ihrer Gehhilfe und lief langsam davon, den hüpfenden Rollator auf dem holprigen Pflastersteinen kaum haltend. In dieser Stadt war dieses unentbehrliche Hilfsmittel nicht die richtige Wahl. Simon Hirt schaute ihr nachdenklich aus dem großen Schaufenster nach und hoffte inständig, dass er darauf noch lange Zeit verzichten konnte.

„Simon, das ist Bruno. Er hat jetzt ein wenig Zeit für uns. Bitte sprich etwas lauter zu ihm. Er hört nicht mehr so gut“, sagte Esther neben ihm. Simon Hirt gab dem kleinen Mann die Hand. Seine wachen, flinken Augen verrieten eine geistige Frische, die in seinem hohen Alter keine Selbstverständlichkeit war, und standen im Kontrast zu seiner gebrechlich wirkenden Erscheinung. Ein Stock in seiner linken Hand, auf dem er sich schwer aufstützte, gab ihm den Halt, den seine Beine ihm versagten.

„Na, kleine Esther, wie kommt es, dass du mich in meinem alten Laden besuchst? Suchst du etwas zum Lesen? Du weißt doch, nimm dir einfach mit, alles, was du willst. Kannst es mir dann später wieder zurückbringen.“ Er strich ihr freundlich über den Arm.
„Nein, lieber Bruno. Ich wollte dir heute meinen neuen Freund vorstellen. Er ist seit einiger Zeit bei uns im Kloster zu Gast und endlich finde ich die Zeit, ihm den besten Menschen in dieser Stadt vorzustellen.“
„Zu viel des Lobes, meine kleine Nonne. Wann backst du mal wieder etwas für mich? Du weißt doch, etwas Süßes schadet einem alten Mann nicht mehr.“ Sie lachte und holte aus ihrer Tasche eine Schachtel heraus. Seine Augen leuchteten auf. Er schloss den Laden ab und führte sie nach hinten in sein behagliches Wohnzimmer. Es war sein Reich und es fehlte an nichts. Nicht einmal an einem Fernseher, einem modernen, ganz flachen, der die Hälfte der Wand einnahm und der anscheinend nie abgeschaltet wurde. Auch jetzt nicht. Jedenfalls lief jetzt auch irgendeine Sendung und Bruno unternahm keine Anstalten, das Ding abzustellen. Vielleicht sollte er auch nur den Krach aus der Wohnung über ihnen übertönen, in dem unüberhörbar Ball gespielt wurde und man großen Spaß daran zu haben schien. Simon Hirt ließ sich in einen Sessel fallen und sah Esther zu, wie sie den Kuchen auf Tellern verteilte. Sie schien sich hier gut auszukennen.
Bruno lobte Esther schwärmerisch.
„Wie schade für die Männerwelt, dass du eine Nonne geworden bist. Wie könntest du einen Mann mit deinen Backkünsten verwöhnen, Esther. Willst du es dir nicht doch noch einmal überlegen, mein Kind? Du kannst dann sofort in meinem Laden anfangen zu arbeiten!“ Esther lachte. „Aber das haben wir doch schon so oft besprochen. Mir gefällt es gut, wo ich bin. Und du weißt doch, einmal Nonne, immer Nonne!“
Sie strich ihm fast schon zärtlich über seine knochige, unrasierte Wange.
Als Simon Hirt ihn fragte, warum er denn in seinem Alter immer noch arbeite und sich nicht zur Ruhe setze, fing Bruno an zu erzählen. Er erzählte vom Leben hier in dieser Stadt, ließ Ereignisse wieder le-

bendig werden, seine Kindheit, von Armut geprägt, die Jahre in der Schule und als Ministrant in der Kathedrale, wie die Schwarze Madonna sein Leben beeinflusste und – wie er wusste, felsenfest überzeugt war – auch leitete.
Er kam auch auf seine Jahre im Untergrund zu sprechen, im Zweiten Weltkrieg. Simon Hirt wusste, dass die Résistance in den unzugänglichen Tälern und Schluchten des Zentralmassivs sehr verbreitet war. Sie hörten zu, sahen, wie sich die Wangen des Alten zu röten begannen, als er im längst Vergangenen schwelgte, Erinnerungen und Anekdoten zum Besten gab, die alte Zeit wieder auferstehen ließ.
Nur der Fernseher störte Simon. Das aufgeregte Geplapper ging auf die Nerven; aufzustehen und die Kiste einfach abzuschalten, traute er sich dann doch wieder nicht. Aufgeregtes Klopfen an der Eingangstür des Ladens unterbrach den Monolog des Alten.
„Können die nicht lesen? Das Schild ist doch eindeutig!"
Das Klopfen wurde stärker.
„Da muss ich wohl mal nachschauen, ehe mir die Idioten die Tür noch kaputt schlagen mit ihrer blöden Ungeduld." Der Alte stand auf, angelte sich seinen Stock und schlürfte zur Tür, sichtlich verärgert über diese Störung.
„Ja doch, ich komme schon!", hörten sie ihn rufen. Es entwickelte sich eine Diskussion an der Eingangstür. Wie elektrisiert sprang Simon Hirt von seinem Sessel auf. Die Stimme kannte er doch. Was wollte denn der hier in dieser Stadt und dann auch noch in diesem Antiquariat?
Gerade als der alte Buchhändler die Tür wieder energisch zudrücken wollte, rief Simon Hirt: „Bitte warten Sie, guter Freund. Den Mann kenne ich." Er hatte richtig gehört. Vor der Eingangstür stand Prof. Böhmer und was ihn noch viel mehr verwunderte, auch die junge Studentin Anna. Der alte Mann schloss kopfschüttelnd die Tür wieder auf. Die staunten nicht schlecht, als ihnen Simon Hirt entgegentrat. Voller Freude umarmte er Anna, dem Professor gab er nur einen Klaps auf die Schulter, während der zu ihm sagte: „Vor Ihnen, Herr Hirt, ist man wohl nirgendwo sicher."

Anna freute sich, den Mann in so einer guten Verfassung zu sehen. Manches Mal musste sie an ihn denken und fragte sich sorgenvoll, was wohl aus ihm geworden war, wie er auf dem Jakobsweg so allein zurechtkam. Und jetzt stand er da, geradewegs vor ihr, als wenn es das Normalste in der Welt wäre. Auch Esther war aus dem Laden herausgetreten, angelockt von dem Trubel, und schaute dem Treiben interessiert zu. Sie gingen in den Laden zurück und Prof. Böhmer sagte zu Bruno: „Stimmt es, dass Sie vor einigen Jahren die Statue einer Schwarzen Madonna auf einer Auktion ersteigert haben?“

„Wieso fragen Sie? Wollen Sie eine kaufen?“

„Ja, vielleicht. Haben Sie?“

„Vor einigen Jahren bekam ich die Möglichkeit, eine sehr schöne Schwarze Madonna aus Privatbesitz zu erwerben. Ja, ich habe sie gekauft.“ Erleichtert schaut Prof. Böhmer zu Anna.

„Doch ich fürchte, ich muss Sie enttäuschen, denn ich habe sie nicht mehr. Leider!“ „

„Oh nein!“, entfuhr es unvermittelt Anna. „Die ganze Fahrt hierher umsonst. Das darf doch nicht wahr sein!“

Doch Prof. Böhmer hakte nach.

„An wen haben Sie die Madonna denn verkauft?“

„Ich schenkte sie meiner Tochter, der Armen, als sie heiratete. Jetzt ist sie geschieden und lebt wieder bei mir.“ Er machte eine Andeutung mit seinem Kopf, dass sie eine Etage über dem Laden bewohnte.

„Ist sie da? Können wir sie fragen?“ Ohne eine Antwort zu geben, drehte sich der alte Mann um und schlurfte aus dem Laden und rief im Gang etwas nach oben. Kurze Zeit später kehrte er mit seiner Tochter zurück. Sie trug ein kleines Mädchen auf dem Arm, das mit einem Schnuller im Mund und mit großen Augen die vielen Erwachsenen betrachtete.

„Claire, die Herrschaften suchen nach der Schwarzen Madonna. An wen hast du mein Geschenk verkauft?“ Der Ton seiner Frage klang nicht sehr freundlich. Sie sah ihren Vater an, dann die anderen.

„Du weißt doch, dass sie mir noch nie gefallen hat. Gefürchtet habe ich mich vor ihr, jawohl, richtig gefürchtet. Ich hätte sie gar nicht erst

annehmen dürfen, dieses fürchterliche schwarze Ding. Sie hat mir kein Glück gebracht, weder mir noch den Kindern. Jetzt ist er weg, der Mann, den ich fürs Leben wollte. Nicht mehr da. Und mich lässt er mit allem alleine. Wenn ich diesem Saukerl noch mal begegne, den bringe ich um. So wahrhaftig ich hier stehe!“ Wütend schaute sie zu ihrem alten Vater, als wenn er an dem Scheitern ihrer Ehe schuld war. Anna tat der alte Mann leid. Sie sah, wie er litt.
„Ich wollte dir doch nur etwas Gutes tun, Claire. Mir brachte die Schwarze Madonna von Le Puy immer Glück. Und das hoffte ich auch für dich.“
„Ja, ja, ja, dir brachte sie immer nur Glück!“, keifte sie wütend zurück. „Nennst du das Glück? Dein blöder Laden mit diesem alten Krempel, den niemand will? Dass ich nicht lache. Jetzt endlich bekomme ich das Geld, was ich brauche, um wieder eine eigene Wohnung zu unterhalten. Heute Morgen war er da, der vom Grande Seminar. Ich weiß nicht mehr, wie er hieß. Er will die Madonna für einen Sammler und bot mir viel Geld. Eine Anzahlung habe ich schon.“
„Bruder Gernot hat die Madonna gekauft?“, fragte mit hochgezogenen Augenbrauen Esther.
„Ja, so hieß er wohl.“ „Und du hast sie ihm schon gegeben, ohne dass er vollständig bezahlt hat? Wie dumm bist du denn eigentlich? Den siehst du doch nie wieder! Hast du wenigstens etwas Schriftliches von ihm?“, fragte Bruno. Kleinlaut antwortete ihm seine Tochter: „Das habe ich nicht. Aber es ist doch ein Mann der Kirche …!“
„Kennen Sie den Mann?“, fragte Prof. Böhmer Esther. Sie nickte. „Können Sie mich gleich hinbringen zu ihm?“
„Das halte ich für keine gute Idee! Wollen Sie ihn etwa fragen, ob er eine Schwarze Madonna besitzt und er Sie Ihnen verkauft? Ich glaube kaum, dass er Sie Ihnen einfach so überlassen wird, und wenn er merkt, dass Wissenschaftler aus Deutschland extra wegen der Statue gekommen sind, dann wird er wissen wollen, warum und einen vollkommen überzogenen Preis dafür fordern.“
„Es würde uns wirklich schon genügen, wenn wir sie sehen könnten“, mischte sich Anna ungefragt in das Gespräch ein.
„Da könnte ich euch vielleicht helfen“, sagte daraufhin Esther.

Sie verabschiedeten sich von Bruno. Seine Tochter war schon vorher wütend nach oben gegangen. „Es ist meine Jüngste, ein richtiger Nachzügler“, sagte er entschuldigend zu Simon Hirt. „Sie meint es nicht so. Das Leben ist nicht gut zu ihr!“
Um größeren Verwicklungen vorzubeugen, trennten sie sich vom Professor. Es war nicht gut, wenn er dabei war. Wenn ihr Vorhaben schiefging, konnte es dem Professor sehr schaden.
Im Grande Seminar angekommen, gab Esther den Code in die Anlage und öffnete die Tür. Dieses Mal kam ihnen der Trubel an der Anmeldung entgegen. Sie huschten hindurch, ohne dass sie jemand ansprach. Esther lief voran. Hier kannte sie sich aus. Als Erstes liefen sie in die Küche und Madeleine schaute ganz erstaunt, als sie vor ihr standen.
Als sie Simon Hirt sah, glitt ein Lächeln über ihr Gesicht. „Mein armer Pilger ist auch mal wieder da. Das ist aber eine schöne Überraschung! Darf ich Ihnen wieder etwas anbieten? Eine Suppe vielleicht? Gerade ist sie fertig geworden.“
Simon Hirt lehnte höflich ab. Schade, dass er keine Zeit hatte, waren doch die Kochkünste dieser Frau unübertrefflich. Ihr Lächeln verunsicherte ihn ein wenig. „Sag mal, Madeleine, weißt du, ob Bruder Gernot in seinem Zimmer ist?“
„Nein. Soviel wie ich weiß, kommt er erst am späten Abend wieder. Pavel war bei mir in der Küche und erzählte es. Er war froh, denn so bekam er ein wenig Freizeit geschenkt. So wie er in letzter Zeit von Bruder Gernot herumgeschickt wurde, das kannst du dir gar nicht vorstellen.“
„Simon, bleibe ruhig bei Madeleine. Wir können das alleine. Komm, Anna!“, bestimmte Esther. Der kurze Weg reichte den jungen Frauen aus, sich anzufreunden.
Pilger drängten in den Speisesaal und versperrten ihnen den Weg. Sie kehrten um und liefen durch die Küche und dann durch den Wirtschaftseingang. „Sollte etwas schiefgehen und uns jemand fragen, dann bist du eine Pilgerin und ich zeige dir dein Zimmer. Ich bin so oft hier, das fällt niemandem auf“, sagte Esther, als sie durch die langen Gänge des Grande Seminars eilten. Sie liefen in die obere Etage und hielten vor dem Zimmer Bruder Gernots. Es war ver-

schlossen. Das war neu. Bis jetzt wurde immer großen Wert auf die Feststellung gelegt, dass dies ein offenes Haus sei wie bei einer großen Familie. Es verkommt immer mehr zu einem normalen Hotel, dachte Esther und sagte zu Anna, dass sie hier kurz warten sollte. Sie lief zurück zum Zimmer, wo der Novize Pavel schlief, und klopfte an. Als er „Herein!" rief, trat sie ein und sah Pavel, wie er gerade verschlafen von seinem Bett aufstand.
„Esther, was machst du denn hier. Hast du dich verlaufen?"
„Ach was! Pavel, ich muss aus dem Zimmer vom Bruder Gernot etwas holen. Hast du einen Schlüssel?"
„Wie kommst du denn darauf? Denkst du, weil ich der Laufbursche des Bruders bin, gibt er mir seinen Schlüssel?"
„Und wie komme ich jetzt da hinein?"
„Du bist gut, Nonne. Frag ihn doch selbst."
„Ach, komm schon. Dir fällt doch immer etwas ein!"
„Was willst du denn von ihm?"
„Er hat heute eine Schwarze Madonna gekauft. Die muss ich sehen!"
„Du törichte Nonne! Die steht doch nicht in seinem Zimmer. Als er sie heute freudestrahlend angeschleppt brachte, stellte er sie gleich in den Speisesaal. Endlich haben wir eine originale Schwarze Jungfrau, sagte er zu mir. Ich musste sofort losrennen und einen Tisch besorgen und ein entsprechendes Deckchen dazu und Kerzenständer und natürlich eine Kassette, für Spenden. An die Spenden wird doch immer zuerst gedacht."
„Ich kann es nicht glauben. Steht sie wirklich da unten?"
„Ja, wenn ich es dir doch sage. Geh hinunter, da wirst du sie sehen. Und jetzt lass mich schlafen. Mir reicht es schon, wenn der große Gernot mich immer wieder ruft!"
Esther eilte zu Anna. Sie liefen in Richtung Küche, gerade so schnell, wie es sich für eine Nonne noch schickte. Ihre Würde musste gewahrt bleiben, egal was passierte. Im Speisesaal ging es zu wie immer. Solange der noch geöffnet und mit Pilgern belegt war, gab es für sie keine Möglichkeit, die Madonna zu untersuchen. Sie liefen auf die Rückseite des Gebäudes und setzten sich auf eine Bank. Anna zog Tabak aus der Tasche und drehte sich eine Zigarette. Als sie Esther eine anbot, schüttelte sie den Kopf.

„Danke, ich rauche nicht. Es ist ungesund. Warum machst du das?“
„Warum bist du Nonne?“, konterte Anna die Frage von Esther.
„Weil ich es will.“
„Das Gleiche kann ich dir auch antworten. Ich rauche, weil ich es will.“
„Aber damit schadest du dir doch!“
„Schadest du dir nicht auch?“
„Wie kommst du denn auf so einen Quatsch.“
„Du begibst dich in die Hand von Leuten, die über dich und dein gesamtes Leben bestimmen.“
„Ich erlange dadurch eine Freiheit, die du nie erreichen kannst.“
„Die Freiheit, nicht mehr für mein Leben verantwortlich zu sein, weil ich gesagt bekomme, was ich zu tun und was ich zu lassen habe? Meinst du das?“
„Nein, das meine ich nicht. Ich meine, dass ich nur Jesus gehöre, ihm allein verpflichtet bin. Was er uns sagte, riet, empfahl, befahl, macht die Welt besser. Ich will die Welt besser machen, in seinem Sinne!“
„Und du bleibst dabei auf der Strecke: Keine Kinder, keinen Mann, keinen Sex, kein Kuscheln, keine Auseinandersetzungen, keine Liebe, kein Trost, kein Streicheln und In-den-Arm-genommen-werden, kein Zuhören und Korrigieren, keine verrückten Klamotten. Fehlt dir das nicht?“
„Keine Enttäuschungen, kein Verrat, kein Schmerz, kein Abgewiesenwerden, keine Lüge, keine Eifersucht. Wir könnten endlos so weitermachen. Anna, ich will so leben und ich fühle mich gut dabei. Und ehe du sagst, die Nonne ist nicht von dieser Welt, was ich total abstreiten würde, lass mich mal ziehen. Ich will mal merken, was du daran findest.“
Anna musste Esther den Rücken klopfen, als sie nach dem tiefen Zug aus ihrer Zigarette einen Hustenanfall bekam.
„Furchtbar, was du da in dich reinziehst!“, sagte Esther, als sie endlich wieder sprechen konnte. Anna kam sich schlecht vor mit ihrem Glimmstängel in der Hand und trat ihn aus.
Sie liefen zurück, und als sie im Speisesaal ankamen, war er wirklich geräumt. Nur noch der Geruch der Speisen und der vielen Men-

schen hing wie eine Dunstglocke in dem Raum. Die Schwarze Madonna stand in der Ecke des Saales. Es gab keinen Zweifel. Hier stand eine der Schwestern von ihr.
Anna fing sofort an, ihr die Kleider abzustreifen, während Esther aufpasste. Sie wollten unter keinen Umständen von Bruder Gernot überrascht werden. Die Madonna war erstaunlich gut erhalten. Sogar ihr goldenes Unterkleid saß perfekt, wenn man von ein paar kleineren kahlen Stellen absah.
Das Türchen in ihrem Rücken war schnell gefunden und geöffnet. Anna war freudig überrascht, als sie sah, dass sich darin ein Stück zusammengerolltes Pergament befand. Sie zog es mit spitzen Fingern heraus und rollte es vorsichtig auseinander. Es waren dieselben Schriftzeichen. Schnell zog sie die Statue wieder an und stellte sie zurück an ihren Platz.
In der Küche war noch Licht. Simon Hirt und Madeleine saßen vor einer Flasche Rotwein und unterhielten sich angeregt. Als sie in die Küche kamen, beschlich Anna und Esther das Gefühl, dass sie störten. Schnell verabschiedeten sie sich von den beiden, die ungerührt sitzen blieben. Sie mussten sich noch einiges erzählen.

Kapitel 26

Prof. Böhmer saß schlecht gelaunt am Frühstückstisch des besten Hotels in Le Puy. Anna kam und setzte sich freudestrahlend zu ihm. Widerwillig schob er die über den gesamten Tisch ausgebreitete Zeitung ein wenig zur Seite. Seine Antwort auf Annas fröhlichen Morgengruß besaß eine gewisse Ähnlichkeit mit dem Knurren eines Hundes, welcher seinen Knochen verteidigt.
„Darf ich fragen, was der Grund der schlechten Laune meines Professors ist?“ „Nein, das dürfen Sie nicht!“
„Sind Sie gar nicht neugierig, ob wir gestern die Schwarze Madonna gefunden haben?“
„Sie werden es mir sicherlich gleich erzählen.“ „Ja, aber erst nach dem Frühstück“, antwortete sie keck und nahm sich alle Zeit der Welt. Nach einer Weile faltete Böhmer die Zeitung zusammen und trommelte nervös mit den Fingern auf dem Tisch.

„Also sagen Sie schon. Haben Sie die Statue gefunden?“
„Ja.“
Anna vermied es, ihre Dreistigkeit auf die Spitze zu treiben und erzählte ihm alles, wobei sie das zusammengerollte Pergament vor ihm hinlegte. Böhmers Laune hellte sich auf. Er nahm das Stück und schaute es genauer an.
„Ja, es besteht kein Zweifel, es gehört zu den anderen. Etwa gleiche Größe, absolut identische Schrift. Sehen Sie hier diesen Bogen am Anfang des Textes? Genau wie bei den anderen Stücken. Aber was soll dieser mysteriöse Text nur bedeuten?
Nicht Vater, nicht Sohn, nicht Heiliger Geist? Spielt es auf das Dogma der Trinität, der Heiligen Dreifaltigkeit an? Aber wieso dann die Verneinung? Und dann noch dieses Rätselhafte: *Jede für sich sind wir einzigartig. Doch erst zusammen sind wir Heilig und dem Herrn ganz nah.* Sind damit nun die Schwarzen Madonnen von Evangelos, unserem Griechen gemeint? Wenn ich ehrlich sein soll, Anna, ich werde nicht schlau daraus. Wir brauchen noch das letzte, fehlende Teil des Puzzles. Darin finden wir vielleicht die Lösung.“
„Wo könnte es sein?“
„Etwas sagt in mir, dass es hier sein muss, in dieser Stadt. Sie gehen deshalb zurück in die Kathedrale und schauen sich dort um. Vielleicht finden Sie einen Anhaltspunkt, einen Hinweis. Ich werde unterdessen in das Museum *Crozatier* gehen. Den Leiter kenne ich, ein sehr guter Archäologe. Einverstanden?“ Und ob sie einverstanden war. Sie wollte lieber allein unterwegs sein als mit dem launischem Professor. Außerdem hatte sie sich mit Simon Hirt verabredet. Auch hätte sie gern Esther wieder gesehen, doch die musste sicherlich arbeiten.
Sie lief in die Reliquienkapelle, wo sie Simon Hirt schon warten sah. Gerade als sie zu ihm gehen wollte, stand ein Mann auf und verbeugte sich immer wieder vor der Madonna am Altar, lief dabei barfuß rückwärts, die Hosen bis zu den Knien hochgekrempelt. Er war vielleicht Mitte dreißig und trug einen schmalen Bart, der kantig sein Gesicht umrahmte, und war ganz in Weiß gekleidet. Kopfschüttelnd sah sie, wie er sich der Länge nach auf den roten Läufer legte und

eine ganze Weile liegen blieb, bis er sich endlich erhob und unter ständigen Verneigungen rückwärtsgehend die Kapelle verließ.
„Hast du den gesehen, Simon?“
„Ja, schon oft. Immer wieder das gleiche Ritual. Dabei murmelt er immer nur vor sich hin. Er kommt immer nur allein, nie in Begleitung. Komm, Anna, wir gehen. Ich habe für heute genug von der Stille und brauche etwas Trubel um mich herum.“
Sie liefen die *Rue des Tables* hinunter, direkt zum *Place de Plot*. Es war Markt und viele Händler breiteten ihre Waren zum Verkauf aus, zumeist Lebensmittel aus der Region. Neben vielen überquellenden Obst- und Gemüseständen sah Anna auch die Produkte, für die sie Frankreich so sehr liebte: Käse und Wurst. Sie kaufte sich ein Stück des berühmten Blauschimmelkäses, dem *Bleu d` Auvergne*. Simon Hirt brachte von einem anderen Stand eine verschimmelt aussehende Wurst, dazu ein frisches Baguette.
Sie setzten sich auf eine Bank, schnitten sich dicke Scheiben der Wurst herunter und schoben abwechselnd Wurst und Käse mit dem Baguette in den Mund. Dabei schauten sie gelassen dem geschäftigen Treiben der vielen Menschen zu. Zuerst sah ihn Anna, den Mann aus der Kapelle, jetzt mit zwei prall gefüllten Einkaufstaschen, aus denen drei Lauchstangen herausragten. Anna stieß Simon an und zeigte auf ihn. Ohne sich abzusprechen, kam ihnen die gleiche Idee, sie folgten ihm. Er lief hinaus aus der Altstadt, ging weiter über die Brücke *Pont Tordo*, bog dann in eine Häuserzeile ein und verschwand darin in einer Nebenstraße. Kurze Zeit später tauchte er wieder auf, dieses Mal ohne die Einkaufstaschen. Sie folgten ihm weiter, bis er in einen Park einbog und an einer Kirche stehen blieb, um einen davor stehenden Mönch überschwänglich zu begrüßen und angeregt plaudernd in der Kirche zu verschwinden.
Der große Zwiebelturm und ein Dach mit drei Kuppeln gehörten zu einer orthodoxen Kirche. Es war ein schöner, farbenfroher Bau. Sogar die Außenwände waren bemalt. Die vergoldeten Heiligenscheine der verschiedenen Patriarchen glänzten in der Sonne. Durch ein gusseisernes Gitter sahen sie hinter dem zentral liegenden Platz drei weitere Gebäude. Über den Platz davor lief in schnellen Schritten ein Mönch in seinem langen, schwarzen Habit. Sein langer Bart schlang

sich bei einem Windstoß wie ein Schal um seinen Hals und flatterte hinter ihm her. Kurze Zeit später hörten sie das Läuten zum Gebet. Der Ton war metallisch und kalt. Statt einem Klöppel, der den Glockenkörper zum Schwingen brachte, war es hier ein Hammer, der auf ein Stück Eisen geschlagen wurde. Aus den verschiedenen Gebäuden kamen ein paar Mönche und eilten zur Kirche.
Anna und Simon überlegten nicht lang und betraten die Kirche. Das Licht drang spärlich durch die kleinen Fenster. Die farbenfroh bemalte *Ikonostase* verschloss den Blick der einfachen Gläubigen auf das Allerheiligste, welches dahinter im Verborgenen lag. Die Ähnlichkeit der Innenausstattung zu ihrer Kapelle in Konstanz war erstaunlich.
Ein Priester stand vor der *Ikonostase* und betete vor. Danach antworteten die Mönche. Dies wiederholte sich ständig. Der monotone Rhythmus strahlte etwas Beruhigendes auf sie aus. Während die Mönche ihr Gebet verrichteten, schaute Anna sich in der Kirche genauer um.
Die oberste Reihe der *Ikonostase* war den Propheten des Alten Testaments gewidmet, darüber in der Mitte Gott Vater. Darunter Maria mit Jesus und weiter unten dann Christus. Direkt unter ihnen die zentrale Tür zum Altar, die Königstür. Das war bei allen orthodoxen Kirchen gleich. Nur die künstlerische Ausführung und die prunkvolle Gestaltung der Heiligenbildnisse waren unterschiedlich. Doch ein Bild passte nicht zu den anderen. Ganz links unten in der Verehrungsreihe war ein Mann abgebildet, wie die anderen mit langem weißem Bart und gütigen Augen, gekleidet in ein wertvolles Ornat. Doch sein Kopf war nicht, wie bei allen anderen, mit einem goldenen Nimbus umgeben. In den Händen hielt er, was noch viel erstaunlicher war, eine Schwarze Madonna. Diese wiederum ähnelte der Madonna in der Reliquienkapelle in der Kathedrale wie ein Ei dem anderen. Anna stieß Simon an und zeigte darauf.
Der Priester und die Mönche beteten nun gemeinsam. Immer wieder verneigten sie sich. Dann war Schluss. Die Kirche lehrte sich wieder. Nur ein Mönch blieb und wechselte die abgebrannten Kerzen aus. Anna fragte ihn nach dem Heiligen mit der Schwarzen Madonna.
„Das ist kein Heiliger. Aber wir haben ihm viel zu verdanken, hier in Le Puy und in der ganzen Welt."

„Was hat er getan?"
„Er rettete uns das, was für uns sehr wichtig ist. Kommen Sie bitte mit, ich zeige es Ihnen." Sie folgten dem Mönch zu einer Nische, die sich in einer Seitenkapelle der Kirche befand. Viele Kerzen standen davor, manche brannten und beleuchteten den fensterlosen Raum. Um das kleine Bildnis hingen Leuchter aus Messing herunter, schön verziert, und glitzerten im Lichte der Kerzen. Ein dicker Teppich verschluckte den Lärm ihrer Schritte. Der Inhalt des Bildes war kaum sichtbar. „Und deshalb betrieb man so einen Aufwand?", dachte Anna und wollte näher an das Bild herantreten, doch der Mönch hielt sie zurück.
„Bitte bleiben Sie hier stehen. Es dürfen nur Gläubige das Bild küssen."
„Es ist doch kaum etwas zu erkennen! Ich wollte doch nur ..."
Er bat um einen Euro, nahm das Geldstück mit einer angedeuteten Verbeugung und ließ es in eine Box fallen. Die Beleuchtung ging an. Jetzt sahen sie, was da hing. Ein Mann schaute sie an, mit langen Haaren und Bart. Ein Bild, das sie kannten, das jeder kannte, dem das Turiner Grabtuch ein Begriff war. Ein Abdruck seines Gesichtes einem Schatten gleich. War es denn ...? Nein, es war unmöglich, dass es das Tuch war. Simon schüttelte den Kopf. Es musste eine Fälschung sein.
„Soll dies etwa das berühmte *Schweißtuch der Veronika* sein?", fragte er den Mönch. Der Mönch nickte.
„Aber das echte Tuch ist doch im Vatikan! Es ist doch hundertprozentig unter dem extra errichteten Veronikapfeiler im Petersdom verborgen und wird jedes Jahr einmal den Gläubigen gezeigt. Das ist doch eine Fälschung!"
„Wenn der Vatikan so sicher ist, dass sie das *Sudarium,* oder wir sagen dazu *Mandylion*, besitzen, wieso zeigen sie es dann den Gläubigen nur einmal im Jahr aus großer Entfernung und nur ganz kurz? Wieso besucht der Papst höchstpersönlich dann die kleine, unscheinbare Dorfkirche in Manopello in den Abruzzen und schaut sich ein ähnliches Abbild des Herrn an? Hat er denn nichts anderes zu tun?"

Die automatische Lichtanlage schaltete sich selbstständig aus. Die gekaufte Zeit der Beleuchtung war vorbei. Sie standen wieder vor dem schwarzen Bilderrahmen. Der Mönch schien ein wenig beleidigt und machte Anstalten zu gehen.
„Eine Frage noch. Was hat Ihnen denn der Grieche geschenkt, dass Sie ihn so sehr verehren?“, fragte Anna.
„Er rettete das *Mandylion* aus Konstantinopel, als das Heer der Kreuzritter unsere Hauptstadt überfiel, plünderte und schändete. Das war eine große Tat!“
„War es das?“ Sie zeigte auf das Bild.
„Leider nein. Ihr Begleiter hat recht, es ist nicht das *Ver Ikon,* das wahre Tuch. Wir würden alles dafür geben, wenn es sich wieder in unserer Kirche befände, da, wo es hingehört. Wir bekamen es geschenkt, nicht der Papst. Uns gehört es! Das Tuch verschwand, als er hier in Le Puy weilte. Genau wie er! Trotzdem verehren wir ihn als den Menschen, der den Lateinern trotzte. Unser Tuch hier ist erst später entstanden und auf Umwegen zu uns gelangt. Doch wer sagt uns, dass ER es nicht ist?“ Der Mönch wandte sich dem Ausgang der kleinen Kapelle zu. Anna lief ihm nach.
„Wie hieß der Mann?“
„Evangelos Achilles. Den kennt in unserer Kirche jedes Kind!“ Er sah sie dabei so verständnislos an, als wenn sie gefragt hätte, wer Einstein gewesen war.
Sie verließen die Kirche und setzten sich in ein kleines Café.
„Was ist mit dem Tuch?“, fragte Anna.
„*Das Schweißtuch der Veronika* meinst du? Das war die bekannteste Reliquie im Mittelalter. Sie wurde sehr verehrt und war demzufolge unheimlich kostbar. Wer die besaß, war der Inhaber eines Gegenstandes, von dem man glaubte, dass ihn der Herr in seiner schwersten Stunde wahrhaftig berührt hatte. Sein Gesicht wurde auf wunderbare Weise in dem Tuch verewigt. ER, auf dem Weg nach Golgatha, gezeichnet von den übermenschlichen Anstrengungen, die ER für uns auf sich nahm, bekam das Gesicht abgetupft von einer Frau mit Namen Veronika. Der Name Veronika verkörpert das *Ver Ikon,* dass wahre Bild. Wie der Mönch schon sagte. Die Gelehrten streiten sich, ob das *Mandylion* der Orthodoxen und das *Sudarium* der Latei-

ner ein und dasselbe ist. Manche sagen auch, dass das Turiner Grabtuch gemeint ist. Doch das ist Quatsch.
Das Turiner Tuch ist ein Ganzkörpertuch, in das der Herr nach der Kreuzigung eingewickelt gewesen sein soll. Man sieht neben dem Gesicht auch die Stellen, an denen er mit Nägeln ans Kreuz geschlagen wurde.
Das Schweißtuch aber zeigt nur das Antlitz des Herrn. Das echte Schweißtuch soll im Vatikan liegen. Andererseits soll das sogenannte echte Tuch im Zuge von Bauarbeiten im Petersdom abhandengekommen sein. Lange Zeit wurde auch ein Tuch als das echte Schweißtuch angesehen, das sich im Besitz Karls VI. befand.
Mittlerweile heißt es, dass dieses Tuch eine von fünf Kopien ist, die in der Mitte des 17. Jahrhunderts angefertigt wurden. Wahrscheinlich haben sie alle nur Kopien dieser Reliquie und keiner gibt es zu.
Es ist vielleicht unwiederbringlich verschollen. Was meinst du?“
Sie zuckte die Schultern. „Keine Ahnung. Wahrscheinlich ist es so, wie du sagst. Das Tuch ist weg und alle tun so, als wenn sie es hätten. Aus welchem Grund auch immer. Wen interessiert denn heutzutage ein Abdruck auf einem Tuch, wo ein gesunder Menschenverstand einem sagt, dass so etwas in das Reich der Märchen gehört? Oder glaubst du etwa an das Zeug?“
Er antwortete nicht auf ihre Frage. Im Augenblick wusste er überhaupt nicht mehr, was er glauben sollte.
Er zahlte und sie liefen hinüber zum Museum Crozatier. Prof. Böhmer erwartete sie schon ungeduldig. Das Gespräch mit dem Leiter des Museums war vorüber, er hatte wohl keine Zeit mehr für ihn. Trotzdem schien es nicht schlecht gelaufen zu sein. Anna erzählte ihm gleich alles. Langsam nahm die Gestalt des Griechen Formen an. Doch viele Fragen blieben immer noch unbeantwortet.

Kapitel 27

Esther sollte sich bei der Mutter Oberin melden. Überrascht lief sie sogleich zu ihrem Büro, doch sie wartete in der oberen Etage, in dem Zimmer, das nur für sie zugänglich war. Es geschah selten, dass eine der Schwestern des Klosters in dieses Zimmer bestellt

wurde. Um dieses Zimmer rankten sich verschiedene Geschichten, die Esther in das Reich der Legende verwies.
Eine davon besagte, dass in diesem Zimmer die hl. Francine, die Gründerin des Klosters gestorben war, und man ließ den Leichnam aufgebahrt viele Jahre in der Mitte des Raumes liegen, ohne dass eine Verwesung eintrat. Wahrscheinlich waren es nur ein paar Tage, daraus wurden Wochen, später ganze Jahre. Auf solcherart Geschichten war man im Kloster ganz versessen.
Sie klopfte und öffnete vorsichtig die Tür.
Die Mutter Oberin saß an ihrem Schreibtisch und wies auf einen Stuhl und erzählte ihr dann sogleich, dass Bruder Gernot möchte, dass sie einmal die Woche ins Kloster kommt und Exerzitien abhielte. Esther hielt gern diese geistlichen Übungen im Kreise ihrer Mitschwestern ab, doch im Grande Seminar? Reichte es jetzt schon nicht mehr aus, dass sie fast jeden zweiten Tag in der Küche helfen musste?
Trotzdem sagte sie: „Wenn Sie es wollen, dann mache ich das gern. Das wäre aber eine viel zu große Ehre für mich!“
„Esther, ich weiß, wie Sie die Exerzitien in unserem Kloster abhalten. Bruder Gernot sagt, er ist zu beschäftigt und hat keine Zeit mehr dafür. Er ist bereit, für diesen Dienst unserem Kloster etwas zu spenden.“
Ach, daher wehte der Wind. Die Mutter Oberin erschloss eine neue Geldquelle.
Doch da stutzte sie. War sie es wirklich? Jetzt erst sah sie die Statue neben ihrer Mutter Oberin stehen. Eine Schwarze Madonna, genau wie die von gestern Abend im Grande Seminar.
Das altmodische Telefon klingelte auf dem Schreibtisch. Die Mutter Oberin nahm den Hörer ab und erhob sich während des Gespräches schon von ihrem Stuhl.
„Ja, Herr Bischof. Natürlich, Exzellenz! In zehn Minuten kann ich in der Kathedrale sein“, hörte Esther die Mutter Oberin sehr diensteifrig sprechen. „Esther, wir danken Ihnen. Doch jetzt muss ich dringend außer Haus. Endlich hat unser Bischof Zeit für mich. So lange warte ich schon auf ein Gespräch! Ich bin so froh, dass es endlich möglich wird.“

Sie verließen zusammen das Zimmer und ihre Chefin eilte an ihr vorbei, lief die Treppe hinunter und verließ das Kloster. Auf der Mitte der Treppe blieb Esther stehen und rang mit sich. Sollte sie oder lieber nicht? Ich will ja nur etwas nachschauen, beruhigte sie ihr schlechtes Gewissen.
Sie machte schließlich kehrt und lief zurück in das ansonsten immer verschlossene Zimmer. In der Aufregung hatte es die Oberin vergessen abzuschließen. Schnell schloss sie die Tür hinter sich. Sie nahm die Schwarze Madonna von ihrem Sockel und stellte sie auf den Schreibtisch. Rasch nahm sie ihr den Umhang ab. Sie war genauso golden darunter wie die im Grande Seminar. Das Türchen in ihrem Rücken ließ sich nicht öffnen, obwohl sie Anna gestern genau zugeschaut hatte. Sie nahm eine Schere vom Schreibtisch und versuchte es damit. Doch sie rutschte ab und stach sich in die Hand, die danach heftig zu bluten begann. Auch das noch! Sie riss sich ein Stück aus ihrem Unterkleid heraus und band es fest um die Hand und versuchte es noch einmal vorsichtig mit der Schere. Doch der Druck war zu stark, sie brach das ganze Türchen heraus. In dem offenen Loch befand sich ein zusammengerolltes Stück Pergament, das sie mit spitzen Fingern vorsichtig herausholte und in der Tasche ihres Habits verschwinden ließ. Sie streifte den Umhang über die Statue und stellte sie wieder an ihren Platz. Auf dem Gang war alles ruhig. Rasch verließ sie das Zimmer und lief nach unten.
Es war keine Minute zu früh, denn als sie unten ankam, erschien die Mutter Oberin in der Eingangstür und lief ihr entgegen. Ihr Termin mit dem Bischof wurde kurzfristig abgesagt. Vielleicht hatte er morgen für sie Zeit. „Schwester Esther, haben Sie sich verletzt? Sollen wir einen Arzt rufen?“
„Nein, nein, es geht schon. Ich war nur ein wenig unvorsichtig“, entgegnete Esther. Sie riet der Nonne unbedingt sofort einen Arzt aufzusuchen. Esthers Gesicht sah auch ganz krank aus, es war weiß, wie mit Kreide gepudert.
Sie lief in die Stadt. Im Hotel sah sie Anna, den Professor und Simon Hirt in der Lounge sitzen, mit leeren Pastisgläsern vor sich. Sie befanden sich offensichtlich in sehr gelöster Stimmung, denn der Professor erzählte gerade etwas, worüber die anderen sehr lachten.

Das Gelächter drang bis zum Eingang, an dem Esther abwartend stehen geblieben war. Anna sah sie, stand auf und lief ihr entgegen.
„Hallo, Esther, das ist aber eine Überraschung. Komm doch zu uns!"
Wortlos hielt sie ihr die Pergamentrolle entgegen.
„Was ist das?" Sie erklärte es ihr.
Anna bestand darauf, dass sie zuerst Esthers Hand versorgten. Dann erst zeigten sie die Rolle dem Professor. „Ja, es ist genau wie die anderen Pergamentstücke. Jetzt haben wir alle vier, doch auch dieses bringt uns nicht weiter. Hier steht auch nur das, was auf den anderen Stücken steht."
Enttäuscht schaute er zu den anderen, die ihn erwartungsvoll ansahen. Anna kam eine Idee. Sie sprang auf und lief zu dem Barkeeper, der gelangweilt am Tresen lümmelte. Sie diskutierte mit ihm. Es dauerte eine Weile, bis er ihr das Gerät gab.
„Herr Professor, kann ich das Pergament haben?"
Sie schaltete das Gerät ein und hielt das Pergament darunter. Im ultravioletten Licht sah sie das bisher Unsichtbare. Vor ihren Augen entstanden Schriftzeichen, Buchstaben, Linien.
„Herr Professor, schauen Sie doch nur. Es ist beschrieben! Wir haben es nur nicht gesehen!"
Prof. Böhmer schlug sich gegen die Stirn. „Na klar, ein Palimpsest. Wie konnte ich das nur übersehen, ich Trottel."
Er schaute sich unter der Lampe an, was Anna in den Händen hielt.
„Ein was?", fragte Simon Hirt.
„Ein Palimpsest! So nennt man ein Schriftstück, das überschrieben wurde. Früher war Pergament so wertvoll, dass man den ursprünglichen Text einfach abkratzte oder abschabte, um darauf einen neuen Text niederzuschreiben.
Konstantin von Tischendorf aus Leipzig hatte es geschafft, einen Text aus der Nationalbibliothek in Paris zu entziffern, auf dem Texte des Kirchenvaters Ephraim des Syrers aus dem 12. Jahrhundert niedergeschrieben waren. Er entdeckte, dass sich darunter eine Niederschrift des Neuen und des Alten Testaments aus dem 5. Jahrhundert befand. Tischendorf war ein Besessener, der die Anfänge der Bibel weltweit suchte. Er fand übrigens auch im Katharinenkloster in Ägypten, am Fuße des Mosesberges, den Codex Sinaiti-

cus, eine der ältesten Handschriften der Bibel. Dass mir das nicht einfiel. Anna, ich liebe Sie!“ Ihr Gesicht wurde feuerrot.
Prof. Böhmer telefonierte und rannte dann hinauf in sein Zimmer. Mit einer Mappe unter dem Arm erschien er wieder unten: „Auf geht's! Mein Freund im Museum besitzt die besseren Instrumente.“
Sie liefen zum Museum Crozatier. Der Leiter erwartete sie bereits und war ein wenig überrascht, dass der Professor nicht allein kam. Er hatte nur mit ihm gerechnet.
„Ich wusste gar nicht, dass in deinem Team auch eine Nonne mitmischt. Brauchst wohl jetzt schon den Beistand von ganz oben, lieber Böhmer?“
„Lass deine Witze. Hast du die UV-Lampe schon eingeschaltet?“
Auf der Glasplatte unter der Lampe waren schnell die verschiedenen Pergamentstücke zu einem vollständigen Rechteck zusammengelegt. Der Museumsleiter ließ bereitwillig Prof. Böhmer daran hantieren und hielt sich im Hintergrund. Der Text war nicht ganz vollständig, manche Stellen fehlten darin. Der Professor fotografierte das Pergament, übertrug die Daten auf einen Stick und machte sie dann auf dem Bildschirm des Computers sichtbar. Sie schauten ihm über die Schulter, als er Satz für Satz des im Altgriechisch geschriebenen Textes übersetzte und mit der Hand auf ein Blatt Papier schrieb.
Ohne ein Wort zu sagen, zog er den Stick heraus, löschte die Datei auf dem PC, nahm die Pergamentteile von der Glasplatte und sagte zu dem neugierig wartenden Museumsleiter: „Den ganzen Aufwand hätten wir uns sparen können. Es war ein gewöhnliches Gebet zur Ehre der Jungfrau Maria, und derjenige, welcher es fand, sollte es an den verschiedenen Madonnen zu seinen Ehren beten. Schade, ich hatte mehr erwartet. Trotzdem, vielen Dank für deine Hilfe. Du hast was gut bei mir!“
Sie verließen das Museum mit hängenden Köpfen. Enttäuscht trotteten sie ihm wortlos hinterher. Ihre Euphorie war verflogen. Alle Arbeit war umsonst.
Als sie der Museumsleiter nicht mehr sehen konnte, jubelte Prof. Böhmer auf einmal los. „Wir haben es! Ja wirklich! Kommt, liebe Freunde, ich werde es euch gleich erzählen.“ Er wusste, dass sein

Freund im Museum keine Ahnung vom Altgriechischen besaß, und das, was er gelesen hatte, war nicht für seine Ohren bestimmt.
Sie saßen wieder in der Lounge und sahen erwartungsvoll zu Prof. Böhmer, als er anfing seine Übersetzung vorzutragen:

> *„Ich, Evangelos Achilles, danke Gott und allen Heiligen, besonders unserer ehrwürdigen, uns alle liebenden Jungfrau Maria, die den Herrn im Auftrag von Gottvater als Erlösung für uns Menschen gebar, dass sie uns in der Stunde unserer größten Niederlage nicht allein ließ und mir, dem geringsten Werkzeug ihres göttlichen Planes, die Kraft gab, ihren heiligen Auftrag auszuführen. Auf wunderliche Weise gelang mir die Flucht aus dem großen, einzigartigen Byzanz. Ich kam nach Jerusalem, der Heiligen Stadt, wurde Knappe des großen Ritters Giullaume von Le Puy, kämpfte mit den Lateinern gegen die Ungläubigen und auch gegen meine eigenen Brüder, der Herr möge mir verzeihen, und zog mit ihm nach Akkon, der Stadt der Kreuzritter, segelte über das große Meer, sah viele andere Länder. Durch seine Güte wurde ich selbst zum Ritter des Ordens der Templer. Doch ich bin gescheitert, denn so sehr ich auch suchte, keinen empfand ich als würdig, dass er unser Allerheiligstes bekam. Christen meines Glaubens sah ich wenige in den Städten, in denen ich später lebte. Obwohl ich mein ganzes Leben suchte, fand ich keinen Menschen, dem ich die Last anvertrauen konnte. Nun bin ich alt. Ich habe keine Kraft und keine Zeit mehr, weiter zu suchen. Auf meiner letzten Reise nach Le Puy, der begnadeten Stadt, stieg ich hinauf und ließ das Antlitz unseres Herrn in der Obhut des heiligen Michael. Hoch oben schaut er hinunter auf die Menschen dieser Welt, sieht die wunderbare Landschaft der Auvergne um sich herum und thront selbst auf einem der Dolmen, ganz nah am Reich des Himmels und unserem Herrn. Ich lege es in seine Hände, meinen Auftrag zu erfüllen. In seiner Gnade wird er diejenigen auswählen, ES zu finden, zum Segen aller Menschen in dieser Welt und als wahrhaftiges Zeugnis für das Leiden unse-*

res Herrn Jesu Christi für uns. Ich wählte die Säule direkt unter ihm, damit er bewache, was da liegt, und diejenigen, die Unwissenden und Gierigen, die unrechtmäßig in den Besitz dieses Vermächtnisses kommen, vernichtet und tötet bis in das sechste Glied seiner Nachkommenschaft. Verflucht sollen sie sein und elend krepieren an allen Strafen Gottes, die möglich sind. Der aber, der würdig ist für den großen Schatz, den der Herr uns Menschen gab, dem soll er helfen und beschützen und aufnehmen in das Himmelreich und teilhaben lassen am Tisch des Herrn. AMEN"

Nachdem der Professor geendet hatte, erhob sich Esther und verabschiedete sich. Anna umarmte sie. „Sehen wir uns wieder?", fragte Anna.
„Wenn du willst, morgen Abend in der Kathedrale. Eher kann ich nicht." Anna versprach zu kommen.
Esther eilte zurück ins Kloster. Sie war schon viel zu lange weg, als dass sie der Mutter Oberin ihr Wegbleiben mit dem Arztbesuch erklären konnte. Sie quälte nicht nur das schlechte Gewissen. Es war noch etwas anderes, denn sie wusste nicht, was mit ihr in der letzten Zeit los war. Bekamen diese anderen Schwarzen Madonnen eine unsichtbare Macht über sie? Warum hinterging sie die ehrwürdige Mutter und log sie auch noch an? Am liebsten hätte sie einfach losgeheult, verkrochen im hintersten Winkel des Klosters.
Sie konnte mit dieser Lüge nicht mehr leben. Ihr erster Gang führte sie hinauf in das Zimmer ihrer Äbtissin. Zaghaft klopfte sie an. Die Mutter Oberin öffnete die Tür.
„Schwester Esther, ich hatte Sie schon vermisst. Sie sehen furchtbar aus! Ist es etwa so schlimm? Oder ist es etwas anderes? Kommen Sie doch herein. Erzählen Sie es mir."
Esther erzählte ihr alles. Ihre Seele wurde mit jedem Wort freier, eine große Last fiel von ihr ab. Die Mutter Oberin hörte zu, stellte keine Fragen, kam auch nicht dazu, so sprudelten die Worte aus Esthers Innerem. Sie blickte nur erstaunt zu der Statue, die dastand wie immer, als wenn nie etwas passiert war.

Die Äbtissin erkannte die Nöte der jungen Nonne vor ihr. Doch Strafe musste sein, dachte sie bei sich, obwohl sie es nicht gern tat, wusste sie doch, was Esther für ihr Kloster bedeutete.
„Ich danke Ihnen, Schwester Esther, dass Sie den Weg zu mir gefunden haben. Ich habe mich schon gewundert, warum ein Blutfleck auf meinem Schreibtisch war. So einen Fall gab es noch nie in unserem Kloster. Schwester Esther, ich bin fürchterlich enttäuscht. Von Ihnen hätte ich so etwas nie und nimmer erwartet. Was Sie taten, war nicht richtig. Sie werden Buße tun müssen, Esther. Ich muss überlegen, was angemessen ist, hinsichtlich der Schwere ihres Vergehens. Bitte gehen Sie jetzt in ihre Zelle und beten Sie einhundertmal das Salve Regina. Sie werden die nächsten Tage nichts essen und mit niemandem ein Wort sprechen. Sie bleiben nur im Kloster. Ein weiteres Treffen mit diesen Archäologen verbiete ich Ihnen. Bitte gehen Sie jetzt."
Als die Mutter Oberin allein im Zimmer war, wählte sie eine Nummer an ihrem altmodischen Telefon.
„Haben Sie kurz Zeit für mich? In unserem Kloster ist etwas vorgefallen, wofür ich ihren Rat benötige. Ja? Das ist nett. Also, Schwester Esther ..." Bruder Gernot hörte aufmerksam zu, was die Klostervorsteherin ihm berichtete.

Kapitel 28

Sie mussten sich beeilen. Schnell packten sie das Wenige zusammen, was sie für ihr Vorhaben benötigten, und liefen los. Bald würde die Kasse schließen und dann kamen sie nicht mehr hinauf. Einen anderen Weg kannten sie nicht.
Fast rannten sie zu St. Michael. Als sie ankamen, standen keine Menschen mehr an der Kasse. Der Andrang war vorüber. Nur mit einiger Mühe gelang es Prof. Böhmer, die gestrenge Madame an der Kasse zu überzeugen, dass sie unbedingt noch hinauf mussten. Sie nahmen mehrere Stufen auf einmal und stürmten den Dolmen aus erkalteter Lava hinauf.
In der Kirche waren nur noch wenige Besucher. Der monotone, gregorianische Gesang des Männerchores aus den Lautsprecherboxen,

der sie beim Betreten der Kapelle empfing, nahm ihnen den Rest der entstandenen Hektik. Es war nicht einfach, den Aufstieg in den Kirchenturm zu finden. Doch Simon Hirt gelang es schließlich als Erstem und sie liefen ihm einfach nur nach, Stufe um Stufe bis ganz nach oben. Inmitten von Dreck, Taubenscheiße und kaputtem Mobiliar warteten sie ab. Immer wieder schauten sie auf ihre Uhren. Die Minuten wurden zu Stunden. Unendlich langsam verrann die Zeit. Endlich gab der Professor das Zeichen.
Vorsichtig stiegen sie die Stufen wieder hinunter, zurück in das Kircheninnere. Draußen war es dunkel geworden, die Nacht legte ihren schützenden Mantel um die Kirche, in der nur einige Kerzen Licht spendeten. Der Gesang aus den Lautsprechern war verstummt. Sie waren ganz allein. Nur die Stille umgab sie hier oben.
Anna setzte die Stirnleuchte auf. Der Lichtkegel folgte ihrer Kopfbewegung und verharrte an der Säule, die direkt unter dem Blick des Erzengels Michael stand. Dort musste es sein. So stand es in dem Bericht ihres Griechen. Simon baute den Spaten zusammen und begann ihn in das Erdreich zu treiben, beseitigte die Steine des Fußbodens und hob ein stetig größer werdendes Loch aus. Die Erde unter dem Fußboden war trocken und hart. Er kam nur mühsam voran und sie wechselten sich ab. Lange Zeit geschah nichts. Spatenstich für Spatenstich drangen sie tiefer in das Erdreich, hoben aus, was jahrhundertelang unverändert dalag, wie ihr Grieche es verlassen haben musste. Das Loch wurde immer tiefer.
Doch sie fanden nichts. Nur Erde und Steine. Sie gruben immer weiter, waren schon an der nächsten Säule angekommen, aber auch dort fanden sie nichts. Erschöpft machten sie eine Pause.
„Wenn wir so weitergraben, stürzt uns noch irgendwann die Decke auf den Kopf", sagte Simon Hirt.
„So kommen wir wirklich nicht weiter. Da bin ich ganz ihrer Meinung", ließ sich Prof. Böhmers Stimme in der Dunkelheit vernehmen. Er lief die wenigen Schritte zur Vitrine und leuchtete mit seiner kleinen Taschenlampe hinein. „Hier steht, dass sie dieses schöne romanische Kreuz erst vor zwei Jahren bei einer Ausgrabung ganz in der Nähe der Säulen unter dem Altar gefunden haben. Auch die anderen Exponate hier drin stammen von dem Fund. Bestimmt hätten sie auch

das Versteck unseres Griechen gefunden, wenn es hier wäre. Doch anscheinend ist es woanders, wobei diese byzantinische Mutter Gottes hier drin durchaus von ihm stammen könnte."
Anna stand auf und lief durch die Kirche. Man sah von ihr nur den Lichtkegel in der Dunkelheit durch die Kirche schweifen. Vor einer Säule verharrte der Lichtkegel und wanderte vom Fuß bis hinauf ins Kapitell und blieb dort eine Weile unverändert stehen. Abrupt drehte sich der Lichtkegel, kehrte rasch zu ihnen zurück und untersuchte nun eingehend die Säulen direkt unter dem Blick des Erzengels. Dabei verweilte er immer nur an den Enden der Säulen, den Kapitellen, die das Gewölbe trugen.
„Ich habe es! Ja, das muss es sein!", rief sie mit gedämpfter Stimme. „Schaut euch doch mal das Kapitell dieser Säule an. Seht ihr die Mutter Gottes? Alle anderen Kapitelle in dieser Kirche tragen Verzierungen mit Flechtwerk oder mit Hunden und Adlern oder wie hier, die Säulen links und rechts von dieser, mit Ranken. Nur diese eine Säule nicht! Genau so eine Säule mit so einem Kapitell habe ich in der Kirche in Konstanz gesehen. Dort war dieselbe Madonna zu sehen, umgeben von diesen hässlichen Fratzen, die anscheinend ihrem Kind nur Böses antun wollen, mit ihren scharfen Zähnen zerreißen. Oder sie wollen es vor dem Bösen beschützen? Uns warnen, dass wir der Madonna nicht zu nah kommen sollen. Seht ihr?"
Sie leuchtete die Madonna an. Prof. Böhmer stand auf, betrachtete genau die Abbildung, klemmte sich die Taschenlampe zwischen die Zähne und tastete schließlich mit beiden Händen den Stein mit der Madonna sorgfältig ab. „Vielleicht meinte unser Grieche den Stein? Schrieb er nicht nur davon, dass er es im Anblick des Erzengels versteckte? Vielleicht meinte er gar nicht, wie Sie es alle vermuteten, dass er es im Erdreich vergrub, seinen großen Schatz, sondern in dieser Säule?" Er untersuchte eingehend die Säule, doch nichts deutete darauf hin, dass die Madonna sich bewegen ließe, ihre Vermutung richtig wäre. Die Dämonen an ihrer Seite schauten ihn Furcht einflößend bei seinen Bemühungen zu. Vorsichtig drückte er ein wenig die Madonna nach hinten. Nichts geschah. Der Stein saß fest, schien unverrückbar eingefügt in das Kapitell. Er drückte und zog. Keine spürbare Bewegung.

Erst als er das kleine Köpfchen des Kindes in ihren Bauch drückte, meinte er, dass der Stein sich ein wenig lockerte. Als er noch einmal, dieses Mal etwas stärker drückte, gab der Stein nach, wurde beweglich und ließ sich langsam aus dem Kapitell ziehen.
„Wieso zögern Sie?“, fragte Anna den Professor leise, als er die Hände vom Stein nahm.
„Was ist, wenn die Dämonen nicht umsonst so angebracht sind? Schau doch nur, wie die nur darauf warten, meine Hände zu zermalmen. Vielleicht ist es eine Falle und wenn ich den Stein ganz herausziehe, stürzt das gesamte Gewölbe über uns zusammen“, antwortete er ihr in der gleichen Lautstärke.
„Herr Professor! Wir sind doch hier nicht im Film! Indiana Jones lässt wohl grüßen“, lästerte die junge Studentin über die Bedenken des Professors. Gerade wollte sie damit beginnen, den Stein herauszuziehen, als der Professor beruhigend seine Hand auf ihre Schultern legte.
Bereitwillig und etwas verschämt trat Anna von der Säule zurück. Der Professor griff nun vorsichtig nach dem Stein, zog ihn mühelos heraus, reichte ihn Anna nach hinten und wartete einen Augenblick ab. Nichts passierte. Die Dämonen blieben an Ort und Stelle. Erleichtert atmete er auf. Im Lichtkegel seiner Taschenlampe erblickte er einen Hohlraum in der Säule. Vorsichtig griff er hinein. Da war etwas, was seine Finger berührten. Vorsichtig hob er es an. Der Gegenstand war nicht schwer, aber um ihn besser fassen zu können, war es notwendig, beide Hände in das Loch zu stecken. Als er ihn anhob, es musste ein Kästchen sein, eine Art Schatulle, trat ein, was er befürchtete, denn die Steine mit den Dämonen darauf setzten sich in Bewegung und begannen das Loch zu verschließen. Der Professor rief um Hilfe.
Simon Hirt erkannte die drohende Gefahr und klemmte geistesgegenwärtig den Spaten in die Öffnung. Die Dämonen blieben abrupt stehen. Langsam zog der Professor seine Hände aus dem Loch, die Schatulle dabei eisern festhaltend. Anna lief um die Säule herum und betrachtete sie noch einmal genau im Schein ihrer Stirnlampe. Eine seltsame Vertiefung im Kapitell, genau dem Stein mit der Madonna gegenüberliegend und in Form eines Kreuzes, brachte sie auf

eine Idee. Sie lief zu der Vitrine und rüttelte am Gitter. Es war verschlossen. Ein großes Schloss sicherte es vor Dieben. Sie kramte in ihren Taschen, dann hatte sie es gefunden, ihr Schweizer Taschenmesser, der unentbehrliche Helfer im Leben eines Archäologen. Das Schloss war nun mit Leichtigkeit zu öffnen. Die Gegenstände in der Vitrine lagen ausgebreitet vor ihr. Eine weitere Sicherung war nicht vorhanden. Sie nahm vorsichtig das metallene, byzantinische Brustkreuz heraus und lief damit rasch zurück zur Säule. Als sie es in die Vertiefung steckte, konnte sie sich einen Freudenjauchzer nicht verkneifen. Es passte genau hinein. Augenblicklich veränderte der Mechanismus in der Säule seine Richtung und die Öffnung auf der gegenüberliegenden Seite wurde wieder größer, die Dämonen bewegten sich zurück auf ihren vorherigen Platz.
Erschrocken fuhren Prof. Böhmer und Simon Hirt auf, die von der ganzen Sache nichts mitbekommen hatten und ganz in die Betrachtung der Schatulle versunken waren, als der Spaten aus dem Loch herausfiel und laut polternd auf dem Steinfußboden der Kapelle neben ihnen aufschlug.
„Da hatten Sie mal wieder die richtige Idee, Anna!“, sagte anerkennend der Professor zu ihr, um sich danach gleich wieder der Schatulle zu widmen. Eine kaum zu unterdrückende Freude kam in ihnen hoch. Endlich zeigte sich des Rätsels Lösung, hielten sie es in ihren Händen, sahen es im Schein der Stirnleuchte. Was in dieser Schatulle war, konnten sie nur vermuten. Doch sie waren sich sicher, es handelte sich um das Versteck ihres Griechen.
Sie steckten die Schatulle in Annas Rucksack und machten sich an die Arbeit, die Spuren ihrer illegalen Grabung zu beseitigen. Es sollte niemandem auffallen, was sie in dieser Nacht getan hatten. Anna puzzelte den Stein wieder in das Kapitell und entfernte das Brustkreuz, um es wieder in der Vitrine an den alten Platz zu legen. Es gelang ihr sogar, das Schloss wieder zu verschließen. Nichts würde daran erinnern, dass sie hier gewesen waren. Sie konnten gehen. Es wurde auch Zeit. Die Sonne zeigte sich am Horizont, es dämmerte schon einem neuen Tag entgegen.
Vorsichtig, wie Schmuggler mit ihrer geheimen Ware, stiegen sie vom Felsen. Stufe für Stufe nahmen sie, sorgsam darauf achtend,

auf den feucht gewordenen Steinen nicht auszurutschen. Das Tor am unteren Ende der Treppe war verschlossen. Auch die Kasse war zum Glück noch unbesetzt. Der tägliche Betrieb begann erst in ein paar Stunden. Es war nicht schwer, über das gusseiserne Tor zu klettern. Sogar Simon Hirt gelang es gleich beim ersten Mal, ohne dass sie ihn unterstützen mussten. Sie liefen geradewegs ins Hotel und waren froh, dass alles so gut geklappt und niemand sie gesehen oder überrascht hatte.

Doch darin hatten sie sich getäuscht. Ganz oben im Turm der Kathedrale stand ein Mann. Unablässig beobachtete er mit einem Fernglas den Aufgang von St. Michael. Gleich nach dem Anruf der Mutter Oberin aus dem kleinen Kloster war er zu dem Turm geeilt. Eigentlich wollte er schon wieder umkehren, als er sah, dass der schmale Aufstieg menschenleer war. Doch er wollte Gewissheit und wartete. Dann sah er die sich bewegenden Lichter in der kleinen Kirche. Und da war er sich sicher, dass sie da oben waren. Danach verließ er den Turm, kehrte in seine Wohnung zurück und versuchte zu schlafen. Doch er fand keinen Schlaf.

Beim ersten Morgenlicht war er wieder auf den Turm gestiegen und dieses Mal brauchte er nicht lange zu warten. Jetzt sah er sie, wie sie die Kirche verließen und einer nach dem anderen die Stufen hinunterstieg. Er konnte nicht feststellen, ob sie etwas gefunden hatten. Schwer trugen sie jedenfalls nicht an irgendeiner Last. Er sah durch sein Glas ihre glücklichen Gesichter. Menschen, die vergeblich die ganze Nacht etwas gesucht hatten, sahen anders aus. Den einen Mann hatte er schon einmal gesehen. Er war sich sicher, dass es im Kloster der Oberin gewesen war. Ihm fiel unvermittelt ein, wie sie ihm von dem Glücksfall für ihr Kloster berichtete.

Manchmal fühlte er so etwas wie Mitleid mit ihr, da sie partout nicht erkennen wollte, dass es keine Zukunft mehr für sie gab. Ihr Ende war besiegelt, das Kloster wurde geschlossen. Da konnte sie machen, was sie wollte! In dem Gespräch mit dem Bischof ging es um nichts anderes. Dass er aber nicht einmal so viel Rückgrat besaß, der werte Herr Bischof, es ihr selbst zu sagen, obwohl sie sofort hinübergeeilt kam, um mit ihm zu sprechen, das reizte ihn zum Lachen.

Wenn ich einmal Bischof bin, dann werde ich es anders machen. Jetzt sagt man immer nur Bruder Gernot zu mir, aber später ...? Seine Chancen standen nicht schlecht, das redete er sich immer wieder ein. Seine Kontakte zu den richtigen Leuten waren gelegt, nicht nur in Kirchenkreisen. Was viel mehr zählte, waren die engen Kontakte zu den Entscheidern in Politik und Wirtschaft.
Er beobachtete sie immer noch durch das Glas. Sah, wie sie erstaunlich schnell über den Zaun kletterten und dann in Richtung Oberstadt unterwegs waren. Wenn es stimmte, was die arme, gutgläubige Mutter Oberin erzählte, dann wusste er, wo ihr Hotel sich befand. Mehr brauchte er nicht zu wissen. Doch auch er war nicht der Einzige, der den Abstieg der kleinen Gruppe am frühen Morgen sah.
Denn zufällig war ein anderer Mann schon zeitig auf den Beinen. Er war wie immer ganz in Weiß gekleidet. Sein schmaler Bart war auch um diese Uhrzeit schon sorgfältig gepflegt, zu einer dünnen Linie ausrasiert. Als er sie über den Zaun klettern sah, stutzte er, blieb stehen und schaute unauffällig, verborgen in einem Hauseingang, dem Treiben zu. Interessanterweise war wieder das Mädchen mit dabei und dieser alte Mann. Dass sie ihn gestern durch die Stadt verfolgt hatten, war ihm nicht entgangen. Nun verfolgte er sie, stellte sich aber besser an. Niemandem von den drei fiel es auf. Als sie in dem Hotel verschwanden, kehrte er um. Er wusste, wo er sie finden konnte, wenn es notwendig war. Lächelnd lief er durch die menschenleeren Gassen der Stadt.
Im Hotel angekommen, gingen sie eilig hinauf in das Zimmer des Professors. Im Laufen bestellte Prof. Böhmer bei dem Portier Kaffee und etwas zum Frühstück für drei Personen auf sein Zimmer. Sie sollten sich beeilen, denn er habe Hunger. Großen Hunger! Anna nahm die kleine Schatulle vorsichtig aus dem Rucksack und stellte es mitten auf den Tisch. Der mittlerweile oxidierte Kupferdraht umrahmte das schmutzigweiße Behältnis darunter, gab ihm Hülle, schützte es vor unliebsamen, begehrlichen Blicken. Schnitzereien an den Stirnseiten sahen sie durch die Drahtwindungen, kunstvoll und detailliert gefertigt. Der Professor nahm die Schatulle in die Hand, suchte den Anfang der Drahtummantelung und wickelte sie langsam

und vorsichtig mit sicherer Hand ab. Mit jedem entfernten Drahtstrang sahen sie mehr von den kunstvollen Schnitzereien und endlich lag es vollkommen befreit vor ihnen. Schön sah es aus, von einem Meister gefertigt. Der Deckel war mit einer Madonna verziert, die genau so aussah, die gleichen Gesichtszüge trug wie die in Konstanz gefundene, filigran gefertigt. Die Seitenwände der Schatulle erzählten den Kreuzweg des Herrn. Nicht alle Stationen, genau genommen war es nur eine, wobei verschiedene Ansichten gewählt wurden. Prof. Böhmer hielt die Schatulle in beiden Händen und drehte sie dabei. Endlich stellte er sie auf den Tisch und öffnete den Deckel. Es war leicht, ihn zu öffnen. Das gesamte Innere war mit rotem Samt ausgelegt. Dann sahen sie es. Sie hatten es alle vermutet, doch nun war es Wirklichkeit, lag es tatsächlich vor ihnen, unscheinbar zusammengefaltet, sauber die Kanten übereinander. Er zog sich ein neues Paar Handschuhe an und holte es mit spitzen Fingern heraus und faltete es auseinander. Deutlich sahen sie das Antlitz eines Mannes vor sich. Wenn sie der Überlieferung glauben sollten, und sie taten nichts lieber in diesem Augenblick, dann war es der Abdruck des Sohnes eines Zimmermanns aus Galiläa, von Jesus Christus in einer seiner schwersten Stunden.
Es war verrückt. Sollte es wirklich stimmen?
Das Bildnis war absolut gut erhalten und man erkannte es so deutlich, als wenn es mit einer ihnen unbekannten Technik auf das Tuch gemalt worden war. Golden schimmerte das Tuch, glitzerte fast, als wenn es mit lurexähnlichen Fäden durchwebt wäre.
„Sie sah den Herrn unter seiner schweren Last stürzen und reichte ihm ihr Schweißtuch. Er nahm es und reinigte sein Gesicht von Schweiß und Blut und gab es ihr zurück. Danach erhob er sich wieder, schulterte seine schwere Last und schleppte sich weiter nach Golgatha, dem Ort, wo ER gekreuzigt werden sollte“, hörten sie Prof. Böhmer sagen. Er hielt das Tuch mit ausgestreckten Armen vor sich in die Höhe.
„Das soll wirklich das Tuch der Veronika sein? Das berühmte Schweißtuch? Das ist unmöglich! Es wird doch in einem riesigen Tresor im Vatikan aufbewahrt! Es ist bestimmt eine Fälschung!“, rief Simon Hirt.

Es klopfte. Prof. Böhmer rief unwirsch: „Herein!“
Auf einem Servierwagen kam ihr Frühstück in das Zimmer gerollt. Der Hotelangestellte stellte den Wagen einfach in der Mitte des Raumes ab und schaute nur kurz auf das, was der Professor noch immer in die Höhe hielt, und verließ wieder das Zimmer.
„Muschelseide! Ein Stoff für den Kaiser, für Könige und Päpste. Es ist unheimlich kostbar. Hergestellt aus dem Drüsensekret einer Steckmuschel, der *Pinna nobilis*. Sie ist im Mittelmeer beheimatet. Stellt euch vor, für ein Kilogramm Stoff braucht man die Fäden von fast viertausend Muscheln. Sie sondert ihr Sekret in ungefähr zwanzig Zentimeter langen Fäden ab, damit sie sich am Seegras verankern kann. Ein edler, kostbarer Stoff wurde daraus gewebt. Schöner und fester als Seide. Man kann es mit dem heutigen Nylon vergleichen. Schon in der Antike war man ganz besessen danach. Einfach faszinierend!“ Prof. Böhmer war ganz hingerissen. Abrupt faltete er es wieder zusammen und legte es zurück in die Schatulle.
Beim anschließenden Frühstück saßen sie schweigend am Nebentisch. Die aufregende Nacht forderte ihren Tribut. „Was meinen Sie, Herr Professor? Ist es das sagenumwobene Tuch? Ist es überhaupt möglich, dass ein Abdruck eines Gesichtes auf einem Tuch dauerhaft bleibt?“, fragte Simon Hirt nachdenklich.
„Kann ich Ihnen nicht mit aller Sicherheit beantworten. Bis vor Kurzem dachte man, dass eine Bemalung eines Tuches aus Muschelseide unmöglich ist. Keine Farbe hält darauf. Schon gar nicht die, welche vor zweitausend Jahren verwendet wurde. Versuche mit Purpur, einem Sekret der Purpurschnecke, sind fehlgeschlagen. Vor einigen Jahren ist es wohl einem Wissenschaftler gelungen, Gewebe aus diesem Material zu bemalen. Trotzdem sind die Ergebnisse nicht überzeugend und schon gar nicht, wenn man bedenkt, dass ein gut erkennbares Gesicht darauf abgebildet ist. Wir haben es doch selbst gesehen! Mir ist dieser Abdruck genauso unverständlich wie der Abdruck auf dem Turiner Grabtuch. So sehr mich so eine Antwort auf ihre Frage als Wissenschaftler verärgert.“
Er nahm sich einen Croissant und tunkte es in seinen Kaffee.
„Was ist wahr, Herr Hirt, und was nicht? Was wissen denn wir, ob es das Tuch auch ist, das der Vatikan uns zeigt? Fragen Sie doch ein-

mal die Pilger, die gegenüber vom Lateran die Scala Santa, die heilige Stiege auf ihren Knien erklimmen und die vermeintlichen Blutstropfen von Jesus küssen. Auf dieser Treppe soll ER im Palast des Pontius Pilatus gelaufen sein. Helena, die Mutter Constantins, soll sie schon im Jahre 326 aus Jerusalem mitgebracht haben. Fragen Sie die Menschen, wenn sie glücklich mit schmerzenden Knien oben angelangt sind und den Generalablass für ihre Sünden bekommen, dann wissen Sie, was wahr und was unwahr ist. Nicht der Wissenschaftler oder Historiker oder wer auch immer bestimmt, was richtig ist. Viel wichtiger ist, was die Menschen glauben.
Das Tuch besteht aus Muschelseide, das steht unzweifelhaft fest. Es kann also aus dieser Zeit sein. Mit dem Bildnis ist es einzigartig. Unser Grieche ist genauso wahrhaftig wie dieses Tuch. Wir kennen seine letzte Ruhestätte, wir kennen seine Gebeine, besitzen seinen Brief. Seine Angaben zum Versteck des Tuches stimmen.
Wir sehen das Tuch mit seinen Augen und mit den Augen der Menschen, die es davor besaßen. Es ist das Tuch, das als das Schweißtuch der Veronika seit Tausenden Jahren verehrt wurde. Entweder es existieren mehrere Tücher der Veronika oder der Vatikan besitzt eine Fälschung. Wenn dies der Fall ist, kann das für uns sehr ungemütlich werden. Doch unser Auftrag als Wissenschaftler ist es, die Wahrheit ans Tageslicht zu bringen und der Allgemeinheit zur Verfügung zu stellen. Egal, ob es manchen Leuten passt oder nicht! Punkt!“
Plötzlich drang Musik von der Straße zu ihnen herauf durch das geöffnete Fenster. Sie sahen lauter Menschen in farbenfrohen Kostümen. Einige hielten Musikinstrumente in ihren Händen und spielten, was die Lunge, der Bogen oder der Trommelstock hergaben. Das große *Fest des Vogelkönigs* hatte begonnen. Tagelang würde die Stadt so tun, als wenn das Mittelalter wieder auferstanden ist, würden in der Oberstadt Cafés zu Tavernen, in den Restaurants gab es Menüs aus dieser Zeit, wurde der Euro ersetzt durch Florettes oder Patards. Tausende Menschen bevölkerten die Straßen und Plätze, sahen den Possenreißern zu und den Jongleuren, den Gauklern oder den Spielleuten. Die Stadt wurde zum Tollhaus, zu einer einzi-

gen großen Bühne, in der die mit Hellebarden und Spießen bewaffnete Compagnie des heiligen Georg für Ordnung sorgte.
Die Männer entschieden, erst am Abend in die Stadt zu gehen, und vereinbarten einen Treffpunkt in der Kathedrale Notre Dame. Sie brauchten nach dieser ganzen Anstrengung doch ein wenig Erholung. Obwohl Anna eigentlich müde war, hielt sie es nicht mehr im Hotel. Sie musste sehen, was sich da draußen alles abspielte. Anna hoffte, auch Esther zu treffen. Sie hatte es ihr versprochen.

Kapitel 29

Anna ließ sich inmitten einer Menschentraube durch die Straßen der vollkommen veränderten Stadt treiben. Es schienen alle aus dem Häuschen zu sein, als ob hier in der Auvergne die Uhren anders gingen und überraschend die Faschingszeit angebrochen war. Kaum trugen Menschen Kostüme und schlüpften damit in eine andere Rolle, drehten sie auf. Es fehlten nur noch die Masken.
Doch das war hier unmöglich, stellten sie doch keine Narren dar, sondern ernsthafte Menschen aus einer vergangenen Epoche, neben den Spielleuten auch die angesehenen Bürger dieser Stadt. Alles wurde geregelt, nichts dem Zufall überlassen.
Am Place du Plot traten Jongleure auf und zeigten ihr kunstfertiges Spiel mit allerlei verschiedenen Gegenständen. Ein paar Meter weiter versuchte ein Possenreißer das Publikum für sich zu begeistern. Einige lachten über ihn, andere zogen kopfschüttelnd weiter. In der nächsten Straße sah sie halb nackte Gaukler, welche Feuer spuckten und sich brennende Fackeln zuwarfen. An jeder Ecke gab es anderes zu sehen und zu bestaunen.
Ein paar Stunden lang zog sie so durch die Stadt, bis sie irgendwann genug hatte von dem Treiben um sie herum. So toll es auch war, sie merkte nun die Anstrengungen der vergangenen Nacht und legte eine Pause ein, setzte sich auf eine Treppe und schloss die Augen. Den Rücken an eine Mauer gelehnt, streckte sie ihr Gesicht den Sonnenstrahlen entgegen. Ein verwegen aussehender junger Mann in einer Landsknechtuniform, mit einer Hellebarde über der Schulter

und einem schon etwas zerbeultem Helm auf dem Kopf, riss sie aus ihren Träumen und rüttelte an ihrer Schulter.
„Hallo, geht es dir nicht gut? Brauchst du Hilfe?"
Kopfschüttelnd meinte sie zu ihm, dass sie nur ein wenig müde sei. Ansonsten ginge es ihr gut. „Was, jetzt schon müde? Wenn die Sonne verschwunden ist, geht es doch erst richtig los. Komm, ich lade dich ein. Gehen wir was trinken."
Der junge Mann ließ sich nicht abweisen. Er redete so lange auf sie ein, bis sie endlich einwilligte. Sie folgte ihm schließlich in eine Taverne die ihr, wie er sagte, besonders gefallen würde. Immer wieder mussten sie Reitern ausweichen, die in Richtung Rathaus drängten. In den engen Gassen ein teilweise gefährliches Unterfangen.
„Der Bürgermeister hält gleich eine seiner vielen Reden. Du musst unbedingt sehen, wie der aussieht. Er ist wie jedes Jahr ganz in Rot gekleidet, mit seinem Umhang und einem großen Hut auf dem Kopf mimt er den großen Herrn. Den Bauch dazu hat er ja! Ansonsten kannst du ihn voll vergessen, den Spitzbuben. Der macht doch nur, was ihm die scheinbar wichtigen Personen von hier diktieren. Die großen Gönner und Honoratioren!"
Schließlich kamen sie zu einer einfachen Schenke, die einen ziemlich improvisierten Eindruck auf Anna machte, ausgestattet mit Holztischen und unbequemen Holzbänken und mitten in einer Gasse. Die Bedienung, eine ältere Frau mit Haube, Rock und barfuß in Sandalen, ließ tief blicken in ihrer ausgeschnittenen Bluse und passte zu Annas Begleiter. Sie schienen sich auch zu kennen, denn die Frau nickte ihrem Begleiter zu und sprach ihn gleich an: „Na, Robert, das Gleiche wie zuvor?"
„Ja, aber sicher. Bringe mir aber dieses Mal zwei Krüge davon."
„So, wenn du das getrunken hast, geht es dir wieder besser", sagte der Landsknecht zu ihr, als die Frau wiederkam und zwei irdene Krüge auf dem Holztisch vor ihnen abstellte, daneben zwei Becher. Dass der Blick ihres Begleiters im Dekolleté der Frau fast versank, entging Anna nicht. Belustigt schaute sie ihn an, den großen Söldner mit seinem verbeulten Helm, als er einen der Krüge ihr reichte und dabei zuprostete.
„Was ist das?"

„Hypocras, den trank schon Karl der Große! Ist nicht schlimm. Früher war es ein Heilmittel, heute bekommst du einen schweren Kopf davon, wenn du zu viel trinkst. Probiere es einfach.“
Vorsichtig nippte sie an dem Becher. Der stark gewürzte Wein schmeckte nach einer Mischung aus Glühwein und Gewürzladen. Sie bemerkte nicht nur Zimt und Muskat in dem roten Rebensaft, auch meinte sie Ingwer zu erkennen und Koriander. Ihr nächster Schluck war weniger zaghaft. Vor allem war der Wein wunderbar kühl und erfrischend.
Der junge Mann redete ununterbrochen. Gerade erzählte er ihr, wie aus ihm ein hoch bezahlter, überragender Fußballer geworden wäre, wenn er nicht in diesem Kaff, Le Puy, leben würde, denn in Paris wäre sein Leben anders verlaufen. Der *Hypocras* begann bei ihm zu wirken. Anna, die immer noch bei ihrem ersten saß und mittlerweile nur noch vorsichtig daran nippte, langweilte sich zusehends. Das Gespräch, am Anfang durchaus interessant, glitt nun immer mehr ins Belanglose ab. Es würde nicht mehr lange dauern und er saß heulend vor ihr und erzählte von seiner großen Liebe. Immerhin fühlte sie sich erholt. Ein Blick auf ihre Uhr zeigte ihr, dass sie zum vereinbarten Treffpunkt in die Kathedrale musste. Sicherlich würden der Professor und Simon Hirt schon auf sie warten.
Als sie sich verabschieden wollte, kam eine Gruppe von Männern zu der Taverne, angezogen wie Soldaten, so ähnlich wie Robert. Der wurde auf einmal sehr still. „Oh je, das habe ich total vergessen. Ich hätte schon seit einer Stunde meinen Dienst antreten müssen. Hoffentlich sieht mich keiner von der Patrouille“, hörte sie ihn erschrocken jammern. Sein Wunsch wurde nicht erhört. Sie kamen direkt auf ihn zu. Ihr Anführer hielt ihm einen Spieß an die Brust.
„Hier treibst du dich also rum! Dein Dienst begann schon vor einiger Zeit. Denkst du, wir machen alles allein?“ Er wurde ganz rot und drückte den Spieß von sich weg. Doch der Anführer der Compagnie des heiligen Georg hielt dagegen. „Hör doch auf und nimm diesen Spieß weg. Es tut doch weh.“ „Nur, wenn du jetzt mitkommst! Aber wen sehe ich da in deiner Begleitung? Die junge Frau weiß wohl nicht, dass ab jetzt jeder bestraft wird, der nicht so gekleidet ist wie im Mittelalter. Hast du es ihr nicht erzählt? Du bist mir ja einer. Die

müssen wir jetzt mitnehmen und ins Gefängnis stecken. Da führt kein Weg daran vorbei."
Anna glaubte nicht richtig zu hören. Die haben wohl schon einen *Hypocras* zu viel getrunken. „Ach kommt, lasst sie sein. Sie ist das erste Mal hier bei dem Fest. Sie kann es nicht wissen."
Robert erklärte ihr, schlagartig nüchtern geworden, dass tatsächlich Besucher ohne angemessene Kleidung in Haft genommen werden können und dann, wenn sie versprechen, sich anders zu kleiden, oder ein kleines Lösegeld hinterlegen, wieder freigelassen wurden. Es ist ein Spaß, mehr nicht.
Anna verspürte absolut keine Lust auf so einen Spaß, stand auf und wollte an der Patrouille vorbei. Doch die hielten sie fest.
„Wir können da leider keine Ausnahme gelten lassen. Die Gesetze während des Festes sind so. Da werden Sie wohl die ganze Nacht im Turm verbringen müssen, bei Wasser und Brot." „Und vielen Ratten! Manche sind eine ganze Woche nicht herausgekommen und fast gestorben! Gerade Fremde verschwinden im Turm auf Nimmerwiedersehen! Sie wurden einfach vergessen!", sagte noch ein anderer aus der Truppe. Der Dritte schaute sie dabei ganz grimmig an und nickte.
„Ihr habt wohl schon ein paar Becher zu viel getrunken, ihr Vogelscheuchen. Jetzt lasst mich mal ganz schnell vorbei, sonst schreie ich so laut um Hilfe, dass ihr ein großes Problem bekommt!"
Die Männer ließen sie los und fingen laut an zu lachen.
„Keine Angst, junge Frau, es war doch nur ein kleiner Scherz. Wir wollten Ihnen nur etwas Angst einjagen. Viel Spaß noch auf dem Fest. Doch du, Robert, kommst jetzt mit uns."
Das fängt ja gut an, ging es ihr durch den Kopf, während sie die Stufen hinaufstieg zur Kathedrale. Das Fest ist gerade mal einen Tag alt. Mal sehen, was noch alles kommt. Obwohl sie nicht nur in der Kathedrale suchte, sondern auch in die Reliquienkapelle lief, von den Männern war nichts zu sehen. Auch Esther sah sie nirgends. Sie beschloss auf sie zu warten und setzte sich in eine der Kirchenbänke. Von hier sah sie gut, wer in die Kathedrale kam.
Erleichtert stellte sie fest, dass hier drin von dem mittelalterlichen Treiben in der Stadt noch nichts zu bemerken war. Die Touristen

sahen aus wie immer. Die Geistlichen in ihren Priestergewändern oder die Mönche und Nonnen in den unterschiedlichen Ordenstrachten auch. Das wird sich wahrscheinlich auch bald ändern, spätestens morgen, da sollte ein Gottesdienst für die verschiedenen Vereine und Gruppen stattfinden. Vielleicht sollte sie da auch hingehen. Der Anblick der verschiedenen Kostüme wird sicherlich ganz hübsch. Sie gab den Männern noch eine Viertelstunde. Auf Esther zu warten war sicherlich auch sinnlos.
Anna schaute ganz erstaunt auf, als sie eine ältere Nonne ansprach:
„Sind Sie die junge Archäologin aus Deutschland?“
„Wieso fragen Sie?“
„Schwester Esther schickt mich. Sie kann heute nicht in die Kathedrale kommen, muss Sie aber unbedingt sprechen. Ich führe Sie zu ihr. Bitte kommen Sie.“
Sie verließen die Kathedrale durch den Seitenausgang. Bevor sie hinter der Nonne in einen alten, aus Natursteinen errichteten Turm eintrat, zögerte sie.
„Kommen Sie schon. Wir müssen hier entlang. Es ist nicht mehr weit. Esther hat nicht viel Zeit!“ Sie ließ sich überreden und folgte ihr. Die Tür fiel hinter Anna krachend ins Schloss. Die Nonne eilte weiter und blieb dann schließlich an einer weiteren Tür stehen. Sie klopfte daran und trat ein. Als Anna hinter ihr den Raum betrat, sah sie keine Esther. Stattdessen einen Mann, wobei sie nicht ihren Augen traute. Vor ihr saß Bruder Clemens. Anna lachte und sagte:
„Hallo, Bruder Clemens! Was machen Sie denn hier in Le Puy? Ich vermutete schon sonst etwas. Aber wo ist Esther?“
Statt einer Antwort sagte der Mönch zu der Nonne:
„Danke, Schwester, für Ihre rasche Hilfe. Ich werde Bruder Gernot bitten, sie in Le Puy zu behalten, wenn ihr Kloster geschlossen wird. Sie können gehen.“
Die Nonne verließ den Raum und schloss die Tür. Der Mönch aber sagte:
„Hallo, Anna! Oder soll ich Sie wieder Albert nennen? Nein? Ich denke auch, das können wir lassen. Wenn mir vor ein paar Tagen jemand sagte, dass ich Sie so schnell in Le Puy wieder sehen werde, ich hätte es ihm nicht geglaubt.“

„Ich freue mich auch sehr darüber. Doch Sie habe ich gar nicht gesucht. Ich sollte Esther hier treffen. Wissen Sie vielleicht, wo sie ist? Es ist wichtig!"
„Das geht leider nicht. Esther kann nicht kommen, denn es hat sich kurzfristig etwas geändert. Sie befindet sich in Klausur."
„In Klausur? Warum?"
„Ihre Mutter Oberin hielt es für besser. Sie hat Angst, dass sie vom rechten Weg abkommt, und wahrscheinlich bist du nicht ganz schuldlos daran."
„Esther? Durch mich?"
„Sie tat etwas, was für sie früher nie infrage gekommen wäre. Eine Nonne geht nicht einfach unaufgefordert in das Zimmer der Mutter Oberin und stiehlt fremdes Eigentum. Das macht man nicht. Schon gar nicht in einer klösterlichen Gemeinschaft."
„Ach, das meinen Sie. Sie hat es für uns, hat es für die Wissenschaft getan und danach bekam sie ein fürchterlich schlechtes Gewissen? Wieso, Bruder Clemens, wissen Sie davon?"
Bruder Clemens antwortete ihr nicht. Er lächelte sie an. Fast genauso freundlich wie im Kloster Beuron. Nur hier, in diesem Turm, gefiel ihr dieses Lächeln auf einmal nicht mehr. Sie ahnte, dass dieses Treffen nicht zufällig war und einem ganz anderen Zweck diente.
„Bruder Clemens, was wollen Sie von mir?"
„Weißt du, Anna, als ich dich im Kloster kennenlernte, da sagte eine Stimme in mir, dieses toughe Mädchen, die könnte es schaffen, die hat das Zeug dazu. Ich wusste von Anfang an, dass die Sammlung nur vorgeschoben war, du etwas anderes suchtest. Ich brauchte dir nicht einmal das Pergament zu zeigen, du kamst von ganz allein darauf. Das andere war dann ein Kinderspiel. Obwohl, wie es dir mit deinem Professor gelang, die richtigen Madonnen zu finden und damit das Puzzle zu einem Ganzen zu vervollständigen, das verdient Respekt."
Anna erwiderte nichts und schaute ihn nur enttäuscht an. Alles Bisherige war nur eine Fassade des wahren Menschen, der versteckt unter dieser Kutte lauerte.
„Setz dich doch bitte!", schlug der Mönch Anna vor und zeigte auf einen leeren Stuhl. Sie schüttelte den Kopf. Sie wollte nicht lange in

seiner Gesellschaft bleiben. „Fangen wir von vorn an. Als wir das Pergament im Kloster zufällig fanden, beachteten wir es kaum. Die Botschaft sagte uns nichts und wir legten es zurück in das Archiv. Eine Kopie davon hängten wir in den Lesesaal. Als wir dann, wieder rein zufällig, beim Aufräumen unseres Archivs ein Schriftstück fanden, wurde die Sache interessant. In diesem stand, dass unser Kloster irgendwann im 13. Jahrhundert eine Schwarze Madonna erwerben wollte, von einem Holzschnitzer aus Konstanz. Es kam zum Rechtsstreit, da er ewig nicht lieferte. Da aber schon Feierlichkeiten zu Ehren der neuen Madonna anstanden, Einladungen verschickt waren, ein großes Essen für die klerikalen Kreise vorbereitet war, lieh man sich die damalige Madonna aus Einsiedeln aus. Einem Novizen, der sie in ein neues Festtagsgewand einkleiden sollte, fiel ein Türchen in ihrem Inneren auf, öffnete es und entnahm ihr das Pergament. Er konnte letztendlich nichts damit anfangen, tat es aber nicht in die Madonna zurück, sondern behielt es selbst. Die Madonna gab man nach den Feierlichkeiten klammheimlich wieder zurück. Kurz vor seinem Tode, also sechzig Jahre später, vertraute er sich seinem Beichtvater an.

Dieser schrieb es nieder in dem oben erwähntem Schriftstück und hielt es aber weiterhin geheim, versteckte es lieber, um einem Streit mit dem mächtigen Kloster in Einsiedeln aus dem Wege zu gehen. Es war ein weitsichtiger Mann. Dieser Mann stellte über den Schnitzer aus Konstanz Nachforschungen an und kam auf unerwartete Ergebnisse. Denn er schrieb weiter, dass der Grieche aus Konstantinopel stammte, den Auftrag erhielt, einen bestimmten Schatz aus der überfallenen Stadt zu retten, und als Mitglied des Templerordens durch die halbe Welt zog. Da der Mönch die Wege seiner Madonnen rekapitulierte, entdeckte er, dass seine besten Stücke in den Kirchen entlang des Jakobsweges zu suchen waren. Seine Vermutung war, dass sie aufgezogen wie auf einer Perlenschnur die Richtung wiesen zu dem Ort, wo er seinen Schatz versteckte. Anna, wenn man eins und eins zusammenzählt, zu welchem Ergebnis kommt man dann? Was war denn der größte Schatz in der damaligen Zeit? Anna, du weißt es, nicht? Du willst es mir nur nicht sagen. Denn ihr habt es

gefunden. Du mit deinem Herrn Professor und diesem abgehalfterten Journalisten."
„Was haben wir denn gefunden, Bruder Clemens?"
„Was haben wir gefunden? Was haben wir denn gefunden? Das fragst du mich?"
Bruder Clemens hielt es nicht mehr auf seinem Stuhl und sprang auf und schrie sie an:
„Das fragst du mit so einem unschuldigen Blick? Anna, willst du mich verhöhnen?"
Er lief um den Tisch, der bisher als ihr Schutz zwischen ihnen stand, und fuchtelte wild mit seinem Zeigefinger vor ihrem Gesicht. Zornig starrte er sie an. Keine Spur mehr von der bisherigen Freundlichkeit. Er hielt inne und stupste mit dem Finger gegen ihre Stirn. Immer wieder. „Das Schweißtuch der Veronika natürlich, dumme Studentin!" Anna packte seine Hand und drückte sie weg. Sie schaute ihm wütend in die Augen.
„Was willst du von mir, Mönch!"
„Das Tuch! Gib mir das Tuch!"
„Ich habe es nicht, Mönch!"
„Sei doch nicht so störrisch. Du bekommst dafür, was du willst. Komm, gib mir das Tuch."
„Mönch, dir würde ich es nie geben, nur damit es irgendwo hinter Kirchenmauern verschwindet, manchmal öffentlich gezeigt wird, nur wenn du es willst. Ich würde nie zulassen, dass es als Druckmittel verwendet wird. Es bekämen die, denen es etwas bedeutet. Was denkst du denn von mir? Warst du es etwa, der den Mönch …?"
„Den Mönch Gotthold etwa meinst du? Diese Kakerlake, diesen feisten Schmarotzer! Er wollte die Madonna für sich allein, wollte sie verkaufen, diesem Dr. Wedelmann, der ihm versprach, dass er ihm hilft, ein anderes Leben zu beginnen. Doch als er mir dann auch noch sagte, dass er im Besitz der Niederschriften des Bruder Manuels sei, von dem wir alle wussten, dass er uns beobachtete und alles, was er sah und hörte, fein säuberlich notierte und dass ihm dadurch sehr leicht möglich wurde, mein wahres Gesicht den anderen zu zeigen, dann wurde es mir zu viel. Ich wollte ihn nicht töten,

Anna. Er zog als Erster das Messer und ich musste mich wehren. Glaube mir bitte."
Sie glaubte ihm nichts mehr.
„Und die Fahrkarte?"
„Das war eigentlich meine. Es sollte eine Spur sein, die dich zu mir nach Le Puy führt. Mein Plan ist aufgegangen."
Als er sah, dass sie sich nicht umstimmen ließ, schlug er dreimal mit der Faust auf den Tisch. Bei jedem Schlag zuckte sie zusammen. Die Tür öffnete sich und zwei große Gestalten kamen herein. Über dem Kopf trugen sie schwarze Kapuzen mit zwei Löchern für die Augen darin. Der gesamte Körper war mit einer bis auf den Boden reichenden schwarzen Kutte verhüllt. Sie packten sie an ihren Armen und trugen sie aus dem Raum. Alle Gegenwehr war sinnlos. Der zangenartige Griff lockerte sich nicht. Es wurde immer kälter um sie. Treppe um Treppe stiegen sie hinab. Dann wurde es eben. Nach einigen Schritten in dem Gang stieß man sie in eine Zelle. Unsanft landete sie auf dem Steinfußboden und hörte nur noch, wie sich die Gittertür schloss. Krachend schoben sie einen Riegel davor.
Sie sprang auf und rüttelte an den eisernen Gitterstäben. Doch es war sinnlos. Die Tür war zu. Dunkelheit umgab sie. Kein Fenster spendete ein wenig Licht und ließ den Sternenhimmel in ihre Zelle. Unter ihren Füßen befand sich ein holpriger Steinfußboden aus glitschigem Naturgestein. Es war feucht und roch modrig. Als sie ihr Feuerzeug anzündete, erschrak sie vor einer Ratte, die sich vor ihr in einer Ecke in Sicherheit brachte. Mühsam unterdrückte sie einen Schrei und hielt krampfhaft das Feuerzeug fest.
Immerhin sah sie einige Pritschen stehen. Als sie sich auf eine setzte, ächzten die Stahlfedern gewaltig. Es schien schon lange niemand mehr auf ihr gesessen zu haben.

Kapitel 30

Sie verließen das Hotel und wurden ein Teil des Trubels. Ob sie es wollten oder nicht, spielte keine Rolle. Sie konnten sich nicht erwehren oder etwa heraushalten aus dieser fröhlichen, alles vereinnahmenden Stimmung und wurden hineingezogen in das Theaterspiel auf dieser riesigen Bühne unter freiem Himmel, mit einer großen Anzahl von Schauspielern – Männern, Frauen und Kindern – in bunten, farbenfrohen Kostümen, einige akribisch der Zeit verpflichtet, in der das Fest spielte. Andere ließen ihrer Fantasie freien Lauf, kleideten sich, wie sie wollten, scherten sich nicht um Geschichte oder Authentizität. Die Szenerie glich eher einem freien Karnevalsumzug mit Schwerpunkt Renaissance.

Prof. Böhmer und Simon Hirt nahmen den Weg in die Kathedrale durch die Rue de Tables. Stufe für Stufe stiegen sie nach oben.

In der Kathedrale war es ruhiger als an normalen Tagen. Nur wenige Menschen befanden sich darin. Der Unterschied konnte nicht größer sein. Draußen die lärmenden, feiernden Massen und hier drin eine andächtige Stille, untermalt von einem behutsamen Orgelspiel. Erleichtert setzten sie sich in eine der leeren Kirchenbänke und warteten. Anna sahen sie nicht. Weder hier noch in einer der Seitenkapellen oder in der Reliquienkapelle, in die Simon Hirt nach einer Weile hineinschaute. Auch die war leer.

„Sicherlich wurde Anna in dem Trubel aufgehalten. Da bin ich mir ganz sicher. Sonst wäre sie schon vor uns hier am Treffpunkt. Sie ist immer sehr pünktlich!“, versuchte Simon Hirt sie beim Professor zu entschuldigen, als er sein griesgrämiges Gesicht bemerkte.

„Da ist unsere junge Studentin bestimmt irgendwo kleben geblieben, so wie sie voller Neugierde aus dem Zimmer gestürmt war. Ich glaube, ich muss mal ein ernstes Wort mit ihr reden“, erwiderte dieser. Er war in schlechter Stimmung. Dieser ganze Trubel ging ihm auf die Nerven. Er hasste nichts so sehr wie ausgelassene Menschenmassen zur Fastnacht. Und diese fünfte Jahreszeit schien hier überraschend am Ende des Sommers ausgebrochen zu sein. Widerlich das Ganze. Das war nicht seine Welt. Es gelang ihm nicht, sich auf das Orgelspiel einzulassen. Er war unruhig. Auch dies mochte er nicht und stand auf, um durch die Kirche zu schlendern. Langsam lief er, die Hände auf dem Rücken verschränkt, von Bild zu Bild, Schritt für Schritt.

Vor dem größten Gemälde in der Kathedrale blieb er stehen. *Das Pestgelübde* las er am Rahmen von Jean Solvain. Als zentrales Thema war eine Dankprozession zu sehen mit vielen, feierlich ge-

kleideten Menschen, es mussten an die hundert sein, die zu Ehren ihrer geliebten und verehrten Schwarzen Madonna abgehalten wurde. Sie flehten sie an, als die schwarze, todbringende Geißel über das Land hereinbrach. Tatsächlich, wie durch ein Wunder wurden sie erhört und die Stadt blieb verschont von der Seuche. Alle waren sich sicher, nur ihr hatten sie es zu verdanken. Sie trugen sie auf ihren Schultern, zu ihrem Schutz thronte sie majestätisch und ganz wie eine Königin unter einem Baldachin. Neben der *Creme de la Creme* der Stadt, also den Herren der Justiz, Bürgermeister und Stadträten, Musketieren und Anwälten, befanden sich die religiösen Gemeinschaften in dem Zug. Alle reihten sich ein in die lange Schlange – die Karmeliter, Franziskaner, Kapuziner und der Büßerorden, ganz verhüllt in die weißen Gewänder und unter den spitzen Kapuzen. Ein weißer, unbefleckter, ja rein erscheinender Farbtupfer. Was er nicht auf dem Bild sah, war das einfache Volk, die einfachen Menschen dieser Stadt, ohne Amt und Würden.
Als er seinen Spaziergang durch die Kathedrale fortsetzte und dabei zu Simon Hirt schaute, sah er, wie ein Pärchen direkt auf ihn zulief. Sie schienen sich zu kennen, denn sie begrüßten sich sehr herzlich, sie umarmten sich sogar. „Der alte Journalist kennt wohl in jedem Ort irgendjemanden“, dachte kopfschüttelnd der Professor und wollte gerade weitergehen, als ein wiederholtes Rütteln an seiner Jacke ihn nach unten schauen ließ. Vor ihm stand ein kleines Mädchen und fragte:
„Sind Sie Prof. Böhmer?“
„Ja, kleines Mädchen, der bin ich. Was kann ich denn für die kleine und hübsche Mademoiselle tun?“ Er bückte sich zu ihr nach unten. Die niedliche Kleine, deren zwei lustige Zöpfe zu einer Affenschaukel zusammengebunden waren, reichte ihm einen Zettel.
„Hier, das soll ich Ihnen geben! Tschüüüs!“ Sie drehte sich um und verließ hüpfend die Kathedrale. Lächelnd schaute er dem Mädchen in ihrem bunten Kleid und den weißen Kniestrümpfen nach.
Er sah, wie Simon Hirt ihm aufgeregt zuwinkte. „Herr Professor, das sind die Eltern von Anna. Sie sind gerade erst angekommen in der Stadt. Ich habe ihnen erzählt, dass wir auf ihre Tochter warten, sie aber schon längst überfällig ist. Was halten Sie davon, wenn wir jetzt

unsere Warterei abbrechen und in die nächste Taverne gehen? Ich denke, wir haben uns einiges zu erzählen."
Er hatte nichts dagegen. Sarah und Franz waren froh, in Le Puy zu sein. Sie waren stolz auf sich. Dass sie so schnell unterwegs sein würden, so lange Etappen am Stück schafften, hätten sie nie vermutet. Jetzt waren sie endlich hier in dieser Stadt, dem Tor zur viel gerühmten Via Podiensis, und waren begeistert von dem, was sie sahen. Endlich sahen sie es nun mit eigenen Augen, St. Michael auf der Nadel, die Kathedrale und die eiserne Jungfrau mit dem Kind auf dem Arm. Ihre Freude nach dem Erreichen dieser ersten der drei Perlen auf der Via Podiensis steigerte sich noch mehr, als sie von Simon Hirt erfuhren, dass auch ihre Tochter in der Stadt weilte. Sie freuten sich sehr auf dieses gänzlich unerwartete Wiedersehen mit ihr und konnten es kaum erwarten.
Prof. Böhmer gab den aufmerksamen Gastgeber. Es war nicht gespielt. Vor den Eltern von Anna, diesen für ihn unverständlichen Pilgern, besaß er höchste Achtung. Einer Runde mit diesen unbekannten, durchaus gut schmeckenden, mittelalterlichen Getränken folgte die nächste. Beim Essen bestanden sie aber auf das Besteck. Essen mit den Fingern war ihnen dann doch zu rustikal. Franz und Sarah erzählten dabei von ihren Erlebnissen auf dem Weg. Wurde es zu nachdenklich, rettete Simon Hirt die Stimmung. Immer wieder fielen ihm lustige Anekdoten und Begebenheiten aus seinem früheren Leben ein. Er erzählte sie so trocken, die Pointe saß punktgenau, sodass die anderen sich vor Lachen ausschütteten. Mitten in der allgemeinen Heiterkeit, als Prof. Böhmer in seiner Jackentasche nach einem Taschentuch suchte, um sich die Augen zu trocknen, bekam er den Zettel zwischen die Finger. Den hatte er komplett vergessen. Beim Lesen verschwand das Lachen aus seinem Gesicht.
„Irgendjemand hat sie." Lachend fragte Simon Hirt, wer denn wen habe, der Hypocras ihn oder er den Hypocras.
„Seid doch mal ruhig. Anna wurde gekidnappt!" Sie schauten ihn verständnislos an.
„Wer hat Anna? Was ist mit ihr?", rief Sarah aufgeregt.

„Ich weiß es nicht. Wirklich! Vorhin, in der Kirche, kam ein kleines Mädchen zu mir und fragte, ob ich Prof. Böhmer sei. Dann gab sie mir einen Zettel und lief wieder davon. Erst jetzt fiel er mir wieder ein. *Professor, wir haben Anna. Noch geht es ihr gut. Das wird sich ändern, wenn Sie nicht unsere Forderung erfüllen oder wenn Sie die Polizei einschalten. Wir wollen das Tuch, das Schweißtuch der Veronika! Wir wissen, dass Sie es haben. Bringen Sie es morgen kurz vor Schließung in die Totenkapelle und legen Sie es direkt unter die Freske der Kreuzigung. Bringen Sie das Tuch, dann lassen wir Anna frei. Wenn nicht, bekommen Sie Anna auch wieder, aber nur stückchenweise. Beginnen werden wir mit dem kleinen Finger der rechten Hand.*
Hier endet der Zettel. Keine Unterschrift."
Aufgeregt redeten alle durcheinander.
„Schluss jetzt!" rief der Professor dazwischen. „So kommen wir nicht weiter. Simon, Sie sind schon länger hier in der Stadt. Wissen Sie, wo sich diese *Totenkapelle* befindet?" Alle schauten jetzt auf Simon Hirt. Man sah ihm an, wie er im Geiste die Stadt durchschritt, seine vielen Wege wieder auferstehen ließ.
„Sie kann nur dort sein. Nämlich unweit der Kathedrale, im Kreuzgang. Ich war vorgestern erst dort und schaute sie mir an. Es war früher ein Kapitelsaal, der dann im Laufe der Jahre als Begräbnisstätte für verstorbene Priester umgewandelt wurde. Einige Grabplatten sind noch immer zu sehen. An einer Wand ist eine schöne Freske …"
„Simon, das alles interessiert uns jetzt wenig", unterbrach ihn ungeduldig Franz.
„Haben Sie das Tuch?", fragte er den Professor.
„Ja, seit gestern Nacht. Selbstverständlich werde ich die Polizei einschalten. Ich denke nicht, dass diese Verbrecher spaßen. Es klingt sehr ernst."
„Das werden Sie schön bleiben lassen! Sie haben doch gelesen, was passiert, wenn die Polizei davon erfährt. Wir dürfen Anna nicht gefährden. Es ist zu gefährlich."
„Was schlagen Sie als ihr Vater also vor?"
„Na was schon. Wir legen das Tuch in die Kapelle."

„Und wenn die Verbrecher ihr Wort nicht halten?"
„Haben Sie einen anderen Vorschlag?"
Der Professor überlegte. Wer waren die Entführer und wieso wussten sie von dem Tuch? Außer ihnen konnte doch niemand davon wissen, sie hatten es doch bisher keinem anderen Menschen erzählt. Steckte etwa der Museumsdirektor dahinter? Es war ihm sicherlich aufgefallen, dass sie hinter etwas her waren, und ob seine gespielte Gleichgültigkeit ihn überzeugte, wusste er auch nicht genau. Steckte etwa die Nonne dahinter? Diesen Gedanken verwarf er gleich wieder, er war zu abwegig. Esther war vielleicht etwas zu naiv, zu gutgläubig, aber zu so etwas nie fähig. Plötzlich fiel ihm der Kellner im Hotel wieder ein, der in ihr Zimmer trat, als er das Tuch hochhielt. Genau, nur so konnte es gewesen sein. Der Junge hatte die Entführer informiert. Trotzdem, was konnten sie jetzt nur tun? So sehr es ihm widerstrebte, er musste wohl auf den Vorschlag von Franz eingehen. Ihm fiel nichts Besseres ein.
Am nächsten Tag gingen er und Sarah zu der Kapelle. Seine kurz zuvor angestellten Nachforschungen hinsichtlich des jungen Zimmerkellners verliefen ins Leere. Er hatte heute frei und niemand kannte ihn. Der Junge hatte erst vor Kurzem angefangen, in dem Hotel zu arbeiten.
Im Kreuzgang befanden sich nur noch wenige Menschen. Es dauerte nicht mehr lang, bis die Kasse am Eingangsbereich schloss. Erstaunt schaute der Mann hinter der Kasse sie an, als Sarah noch zwei Eintrittskarten verlangte.
„Kommen Sie morgen wieder, wir schließen doch gleich. Für eine eingehende Besichtigung reicht die Zeit nicht mehr aus."
Da sie sich aber trotz der gut gemeinten Ratschläge nicht davon abbringen ließen, zuckte der Mann schließlich mit den Schultern. „Wenn Sie unbedingt wollen. Aber passen Sie auf, ich habe ein gutes Herz und berechne Ihnen deshalb nur ein einziges Ticket. Es wäre sonst ungerecht."
Die *Totenkapelle* fanden sie recht schnell. Simon Hirt hatte es ihnen gut beschrieben. Direkt unter der *Kreuzigungsfreske*, die unübersehbar im Stil der byzantinischen Heiligendarstellungen gemalt war, legten sie die Schatulle mit dem Tuch darin ab. Es auszutauschen

traute sich der Professor dann doch nicht, obwohl er kurz zuvor daran dachte. Es stand zu viel auf dem Spiel. Als sie die Kapelle verließen, stand der Kassierer schon am Ausgang und zeigte unmissverständlich auf seine Uhr. Sie beeilten sich, ihn nicht weiter zu verärgern. Kaum waren sie an ihm vorbei, schloss er die kunstvoll gearbeitete und mit Ornamenten verzierte, gusseiserne Tür ab und begleitete sie weiter durch den Eingangsbereich. Zum Schluss winkte er ihnen noch zu und sagte richtig mitfühlend: „Vielleicht haben Sie morgen noch ein wenig mehr Zeit zu einer Besichtigung. Ab neun haben wir wieder geöffnet."
„Sagen Sie, wer besitzt noch einen Schlüssel für diese Tür?", fragte ihn, einer plötzlichen Eingebung folgend, Sarah.
„Es gibt nur diesen Schlüssel und einen weiteren Ersatzschlüssel, der sich beim Bürgermeister befindet. Mehr gibt es nicht! Und ohne diesen Schlüssel kommt man auch nicht in den Kreuzgang hinein. Es gibt nur diesen Zugang."
Der Mann schüttelte seinen Kopf über die seltsam gehetzten Besucher und schloss dann auch die letzte Tür sorgfältig ab. Doch einen Besucher vergaß er. Es war wohl schon zu lange her, als er ihm Einlass gewährte. Franz wollte nichts dem Zufall überlassen und war schon am Mittag in den Kreuzgang gegangen. Er kannte ihn mittlerweile in- und auswendig und war froh, dass niemand mehr am Ende der Öffnungszeit kontrollierte. Sein Beobachtungsposten war gut gewählt. Sollte sich jemand der *Totenkapelle* nähern, er würde ihn sehen, ohne selbst gesehen zu werden.
Die Zeit verging. Immer wieder drohte er einzuschlafen. Es war einfach zu still um ihn herum, nichts passierte. Franz wusste nicht, wie spät es war, als er schemenhaft im fahlen Mondlicht eine Gestalt erkannte, die sich über das Dach dem Kreuzgang näherte. Er hatte es geahnt, dass sie es von dort versuchen würden. Die Feuerleiter war ihm gleich am Mittag ins Auge gestochen, als er den Kreuzgang nach möglichen Wegen zum heimlichen Eindringen abgesucht hatte. Schnell und behände war er, der dunkel gekleidete Mensch, wie er fast unhörbar das Dach überwand und an der Feuerleiter herunterkletterte. Er kannte sich aus. Kaum auf dem Boden angekommen,

lief er auf dem schnellsten Wege zu der *Totenkapelle*. Kurze Zeit später kam er wieder heraus und nahm den gleichen Weg zurück.
Franz schlich im Kreuzgang verborgen zu der *Totenkapelle*. Die Schatulle war weg. Er rannte zu der Feuerleiter und folgte dem Unbekannten, der schon nicht mehr zu sehen war. Hinauf über das erste Vordach, dann hinauf zum nächsten. Er lief zur Kathedrale, wo er ein offenstehendes Fenster sah, an das eine Leiter gelehnt stand, die in das Innere der Kathedrale führte. Vorsichtig stieg er nach unten.
Dort befand er sich in einer kleinen, mit allerlei Gerümpel vollgestellten Abstellkammer. Mühsam suchte er sich einen Weg durch das Chaos. Endlich kam er zur Tür, die hinaus auf die Tribüne führte.
Ein riesiger, wieder typisch byzantinischer St. Michael schaute ihn von der Wand an. Er rannte weiter und nahm mehrere Stufen auf einmal, bis er im seitlichen Eingangsbereich der Kathedrale ankam. Dass der Mann in die Kathedrale gegangen war, schien Franz unwahrscheinlich. Er lief daher nach draußen, vorbei an dem verschlossenen Eingang zum Kreuzgang.
Auf dem kleinen Vorplatz vor der Kathedrale hielt er inne. Er wusste nicht mehr weiter. Wo kann er nur hin sein, fragte er sich verzweifelt. Eine Tür schlug zu. Irgendwo. Es klang wie ein Kanonenschuss in dieser nächtlichen Stille, die nur manchmal von Musikfetzen oder Gesang aus einer sich hier irgendwo in der Nähe befindenden Taverne unterbrochen wurde. Hatte es etwas zu bedeuten? Wollte man ihm ein Zeichen geben?
Er schaute ratlos in den Nachthimmel.
Aus einer Gasse neben ihm drangen Männerstimmen. „Was willst du zu dieser Uhrzeit und in dieser Verkleidung hier an der Kathedrale?“, hörte er. „Bleibe mal schön bei uns. Höre doch auf, so um dich zu schlagen. Ich werde dir gleich helfen!“, vernahm er eine andere Stimme.
Und eine dritte Stimme: „Das wird mir zu viel mit dir. Wir nehmen dich jetzt mit. Der großartigen Compagnie des hl. Georg hat sich noch niemand widersetzt. Wie heißt du denn?“
„Das geht euch gar nichts an. Lasst mich endlich gehen!“

„So weit kommt es noch. Du weißt doch sicherlich, dass wir in der Zeit des Festes beauftragt sind, für Ruhe und Ordnung zu sorgen. Also, Name?“
„Ich sagte schon, dass dies euch überhaupt nichts angeht. Und wenn ihr mich nicht sofort gehen lasst, dann sage ich euch jetzt schon, das wird euch teuer zu stehen bekommen.“ „Da kann ich doch nur lachen! Also gut, wenn du es nicht anders willst, dann nehmen wir dich jetzt mit. Morgen wirst du uns schon sagen, wie dein Name ist.“
Franz sah die Wache mit ihren Helmen und Hellebarden einen Mann in ihrer Mitte festhalten. Er traute seinen Augen nicht. Es musste derselbe Mann sein, den er verfolgte, denn er war vollkommen schwarz gekleidet. Die Kapuze hatten sie ihm vom Kopf gestreift. Auf seinem Rücken trug er einen Rucksack. Als sie Franz sahen, kamen zwei weitere Soldaten aus diesem Wachtrupp auf ihn zu.
„Hier ist ja noch einer. Weißt du nicht, dass um diese Zeit hier oben niemand etwas zu suchen hat? Während des *Festes des Vogelkönigs* ist schon seit einiger Zeit Sperrstunde hier an der Kathedrale. Zeig mir mal deine Papiere.“
Franz hatte nichts dabei. Seine Papiere waren im Grande Seminar. Nicht einmal die Muschel hing um seinen Hals.
„Ihr habt Sie wohl nicht mehr alle! Was wollt ihr von mir? Und außerdem, ich kann doch hinpinkeln, wo ich will.“ Jetzt schwankte er auch noch dazu. „Lasst mich in Ruhe und verschwindet, ihr lächerlichen Vogelscheuchen!“ Lachend versuchte er auf unsicheren Beinen zu entkommen.
„Dich Trunkenbold nehmen wir auch gleich mit. Wer weiß, was du heute noch für Unfug anrichtest.“
Den halbherzigen Versuch zu flüchten, erstickten sie schon im Keim. Starke Arme hielten Franz fest. Unmöglich ihnen zu entwischen. Aber das wollte er auch nicht. Er musste in der Nähe dieses Mannes bleiben. Im Lager angekommen, warf man ihn und den anderen Gefangenen in einen Käfig. Sie waren nicht allein. Mindestens zwanzig andere Männer waren ebenfalls darin eingesperrt und schnarchten ihren Rausch aus, dabei ausgestreckt auf dem Rasen liegend.

Franz suchte sich einen freien Platz, den schwarzen Namenlosen im Blick. Der Mann war mittlerweile recht kleinlaut geworden und fügte sich in das Unabänderliche. Um einen guten Platz zu bekommen, drückte er einen Schlafenden ziemlich rüde zur Seite. Danach streckte er sich aus und schlief.
Franz wollte ihn unbedingt die ganze Zeit beobachten, aber es gelang ihm nicht, die Augen offen zu halten. Die Müdigkeit übermannte ihn.
Es war schon hell, als er aufwachte. Im Käfig der Compagnie wurde es recht lebendig. Einige machten richtig Radau, wollten raus und riefen laut ihren Unmut heraus. Erschrocken suchte Franz den schwarz gekleideten Mann und sah erleichtert, als der auf einen der Wärter einredete. Doch dieser schüttelte nur den Kopf und lief in das Lager zurück.
Dort begann auch der neue Tag. Die Stimmung darin war bedeutend fröhlicher als bei ihnen. Lagerfeuer wurden angezündet, Kessel darüber gehangen und mit Wasser gefüllt. Aus den Zelten traten immer mehr Soldaten heraus, gähnten und streckten sich und ließen es äußerst entspannt angehen. Sie machten sich einen Spaß daraus, die nächtlichen Gefangenen noch eine Weile schmoren zu lassen.
Eine Frau kam aus der Stadt in das etwas außerhalb liegende Feldlager und schimpfte laut und äußerst wortreich mit dem Wärter, der an einem Tisch saß, die Arme verschränkt auf dem Brustkorb, die Beine ausgestreckt auf dem Tisch und sein Gesicht der schon hell scheinenden Sonne zugewandt. Er öffnete nicht einmal die Augen, während sie immer aufgebrachter auf ihn einredete. Schließlich wurde die Frau so wütend, dass sie seine Füße packte und ihn einfach mit dem Stuhl umkippte. Verdattert, den Helm tief im Gesicht, rappelte der Mann sich auf. Es entspann sich ein Wortgefecht, wobei Franz schon von vornherein klar war, wer gewann. Schließlich nahm der Wärter seinen Schlüsselbund und kam mit der Frau zum Käfig.
„Jean, wo bist du versoffener Kerl? Komm, zeige dich!“
Einige Männer im Käfig mussten lachen und ahmten die Frau mit übertrieben hohen Stimmen nach. „Jean, mein Liebster, dein Weib ist hier. Wo bist du denn? Komm, zeig dich doch mal. Oder ziehst du

es etwa vor, hier drinnen zu bleiben? Wahrscheinlich ist es besser so für dich!"
„Haltet die Klappe. Ich komme ja schon", erwiderte ein kleiner Mann im Ritterkostüm und mit verbeultem Helm auf dem Kopf aus dem hintersten Winkel des Käfigs. Einige wieherten los und zogen ihn dann nach vorn zum Eingang. Der arme Mann musste einiges an derben Sprüchen einstecken. „Hier hast du deinen versoffenen Ritter wieder! Aber was willst du denn mit dem, armes Weib. Nimm doch lieber uns dafür. Den lassen wir im Käfig schmoren, so lange bis das Fest vorbei ist!" Grölendes Gelächter. Die Tür wurde geöffnet und die dralle Frau kam direkt zum Eingang und rief: „Das würde euch wohl so passen! Ein Suffkopp zu Hause reicht mir. Da brauche ich keinen mehr von euch anderen Säufern!"
Als sie ihren Mann am Arm packte und aus dem Käfig zog, sah sie zufällig den schwarz gekleideten Mann, der sich vergeblich versuchte, im Hintergrund zu halten.
„Aber Bruder Gernot, Sie sind auch hier drin? Bei diesen ganzen Säufern? Das hätte ich nicht gedacht. Ich bin jetzt aber wirklich enttäuscht von Ihnen. Sie als Mann der Kirche!"
Dem Mann war es sichtlich peinlich. Doch mehr brauchte Franz nicht zu hören.
Zwei Stunden später wurden alle freigelassen. Endlich kam der Chef der Truppe zu ihrem Käfig, schloss die Tür auf und sagte breitbeinig, dabei die Hände auf dem Rücken verschränkt, noch im Eingang stehend im Befehlston zu ihnen: „Alle mal herhören! Seid endlich still! Ich hoffe, dass es euch eine Lehre war, die Nacht hier zu verbringen. Sollten wir euch heute Abend noch einmal erwischen, kommt ihr wieder in den Käfig. Aber dann bis zum Ende des Festes. Denkt daran!" Ehe sie gehen durften, bekam jeder einen schwarzen Punkt aus Tusche mit einem Stempel auf die Stirn gedrückt.
Franz blieb einige Schritte hinter dem Bruder, der, ohne sich umzuschauen, rasch in die Stadt eilte. Schnell waren sie mittendrin im Trubel. Die *Feste des Vogelkönigs* schienen keine Ruhepause zu kennen. Alles bereitete sich auf das große Ereignis am heutigen Tag vor. Heute wurde der Schützenkönig ermittelt, der beste Schütze, welcher mit dem Bogen eine Papageienattrappe traf.

Es war nicht einfach für Franz, den Mann im Auge zu behalten. Er eilte die Treppen zur Kathedrale hinauf, doch kurz vor dem *Hotel Dieu* bog er wieder in eine Gasse ab, lief um die Kathedrale herum und hielt schließlich an einem alten, turmartigen Natursteinbau. Bruder Gernot klopfte an die Tür. Franz merkte sich genau die verschiedenen Klopfzeichen, denn kurz danach wurde dem Bruder geöffnet und er verschwand. Franz hatte genug gesehen und eilte zurück in das nahe Seminar. Sarah wartete schon voller Ungeduld auf ihn. Sie hatte sich große Sorgen gemacht. Ohne sich lange im Zimmer aufzuhalten, liefen sie zum Professor. Er war nicht allein. Neben Simon Hirt war auch die Nonne Esther bei ihm. Ihre Mutter Oberin ließ Gnade walten, nicht ganz uneigennützig. Als Franz mit seinem Bericht endete, stand Prof. Böhmer auf und lief durch das Zimmer. Er sah müde aus.
„Esther, du kennst den Bruder Gernot?“ Sie nickte.
„Kennst du das Gebäude?“ Sie nickte wieder und sagte: „Das Haus gehörte früher unserem Kloster. Es gibt noch einen anderen Zugang zu diesem Haus, direkt von der Kathedrale aus. Ich kann ihn euch zeigen.“
„Los, auf was warten wir noch!“, rief Franz.
„Jetzt wäre es zu gefährlich. Man könnte uns entdecken. Wir müssen noch warten.“
Schon wieder warten. Sarah hielt es nicht mehr aus. Sie musste nach draußen. Hier drin würde sie ersticken.
Sie lief durch die Stadt. Der Trubel um sie herum prallte an ihr ab, existierte nicht für sie. Das Einzige, was wichtig war, war Anna. Als sie am *Place du Plot* vorbeilief, rief jemand ihren Namen. Als sie Urs Bächli erkannte, fiel sie ihm um den Hals und weinte bitterlich.

Kapitel 31

Sie hatten Anna wortlos etwas zum Essen gebracht. Verhungern sollte sie nicht, sie wurde noch gebraucht. Bruder Clemens war sich seiner Sache so sicher, dass er nicht einmal den Versuch unternahm, unerkannt zu bleiben. Für ihn schien es eine beschlossene Sache, diese unliebsame Studentin für immer zu beseitigen. Wenn

er bekam, was er wollte, dann war es aus mit ihr. Da war sie sich sicher. Trotz dieser ausweglosen Situation war sie erstaunlich ruhig. Immerhin wusste sie jetzt über den Bruder Clemens Bescheid, wusste, dass er ein Mörder war, ein gemeiner falscher Mönch, der über Leichen ging und dies noch so hinstellte, als wenn er dazu gezwungen wurde. Sie glaubte ihm kein Wort. Die Lüge mit der Notwehr konnte er für sich behalten.
Dabei hatte sie ihn im Kloster so sympathisch und freundlich gefunden. Sie verstand beim besten Willen nicht, wie man sich so zu verstellen vermochte. Nicht nur sie und Rolf wurden getäuscht. Nicht einmal seine Mitbrüder und sogar der Abt, sein väterlicher Vorsteher kannten sein Doppelleben. Die ganzen Jahre lebten sie auf engstem Raum zusammen, arbeiteten gemeinsam und feierten die verschiedenen Andachten. Doch niemand bemerkte etwas.
Sie stand auf und lief durch die Zelle. Beim Laufen ließ es sich besser überlegen. Außerdem war es kalt hier unten und feucht. Sie fröstelte. Anna machte Kniebeuge. Bei hundert hörte sie auf. Jetzt ging es ihr besser.
Warum machte er das, grübelte sie weiter. War es der Reiz des Geldes, welchem er erlag? Unsinn. Danach sah er nicht aus. Macht? Welche Macht konnte er schon erlangen. Die Zeiten, in denen Mönche am Rad der Geschichte drehen konnten, waren – zum Glück – vorbei. Vielleicht war es eine Art religiöser Wahn, der ihn trieb? Das könnte der Wahrheit am nächsten kommen. Vielleicht wollte er unter allen Umständen etwas besitzen, von dem es hieß, dass der Herr selbst es berührte. Brauchte Anerkennung in seinem Umfeld, wollte mehr sein als die anderen mit diesem Besitz. Schließlich gab sie den Versuch auf, die Psyche des Mönches zu erforschen. Der Mönch blieb ihr zu fremd. Und was ihn antrieb, würde sie wohl nie verstehen.
Als sie Schritte hörte, schrie sie nach Hilfe. Die Kapuzenmänner antworteten ihr nicht. Stattdessen öffneten sie die Tür und stießen etwas in die Zelle, was mit einem Stöhnen auf den Steinboden aufschlug. Danach verschlossen sie die Tür und entfernten sich wieder. Vor ihren Füßen lag ein Mann und rührte sich nicht. Im Scheine ihres

Feuerzeuges sah sie, dass er am Kopf blutete. Sie rüttelte an seiner Schulter. „Was ist mit dir? Komm, steh auf, dort unten ist es kalt."
Er antwortete nicht. Doch er lebte. Sein Puls schlug, wenn auch ziemlich schwach. Sie versuchte ihn auf die Pritsche zu hieven und schaffte es endlich mit großer Mühe. Vorsichtig flößte sie ihm etwas Wasser ein. Er kam langsam zu sich.
„Wo bin ich?" Sie erklärte es ihm. Er richtete sich auf. „Hast du noch etwas zu trinken?"
„Nein. Es war der Rest. Aber ich kann dir noch etwas von meiner reichhaltigen Mahlzeit geben. Ein Stück Brot hätte ich noch."
Ihm war nicht nach Essen zumute.
„Wie heißt du?" „Anna. Und du?" „Carlos."
Er setzte sich auf seine Pritsche und massierte den Kopf. Seine langen Haare hingen strähnig in seinem Gesicht. Dazu der lange Bart. Der letzte gelungene Versuch einer Haarpflege musste lange zurückliegen. Den verwahrlosten Eindruck von Carlos, den Anna im Schein des Feuerzeuges feststellte, wurde durch den Zustand seiner Kleidung noch mehr betont. Er war nicht erst seit Kurzem in solch einer Lage.
„Hat das denn nie ein Ende?", hörte sie ihn murmeln. „Was meinst du?" „So geht es schon seit Wochen. Einmal in das eine stinkende, feuchte Loch, dann wieder in ein anderes. Ich weiß nicht, was die noch alles mit mir vorhaben."
„Wieso halten Sie dich gefangen?"
„Ich war ihnen ganz nah. Ich war kurz davor zu erfahren, wer sich dahinter verbirgt. Fast war ich einer von ihnen. Doch dann bemerkten sie mich und seitdem ... Sie überlegen wahrscheinlich, wie sie mich am besten beseitigen können."
„Wer bist du, Carlos?"
„Das weiß ich mittlerweile selbst nicht mehr. So oft haben sie mich das schon gefragt. Sie fragten es immer wieder in den endlosen Verhören, wollten wissen, was ich weiß, was ich schon weitergegeben habe, und wollten wissen, was die wissen könnten, meine Auftraggeber, wie sie vermuteten."

Anna verstand gar nichts. „Wer wollte wissen, was die wissen? Was hast du für Auftraggeber? Kannst du dich mal etwas verständlicher ausdrücken?“
„Vielleicht beginne ich besser von vorn. Das ist am einfachsten. Ich komme aus Spanien, bin Kunststudent in Burgos, schreibe gerade an meiner Doktorarbeit über Kirchen am Jakobsweg. Eines Tages erhielt ich einen Anruf. Man fragte mich, ob ich den Rahmen meiner Doktorarbeit nicht noch etwas erweitern könnte. Auf dem Jakobsweg geschehen unerklärliche Dinge in letzter Zeit und ich wäre der richtige Mann, sie aufzuklären. Da ich sowieso vorhatte den Weg zu gehen, kam mir das ganz gelegen. Sie wollten mir auch noch alle Unkosten erstatten. Wieso sie auf mich kamen, erfuhr ich nie. Wahrscheinlich über meinen Doktorvater, der einen guten Draht zum Vatikan besitzt. So kamen sie auf mich. Wenn ich natürlich geahnt hätte, auf was ich mich da einlasse, hätte ich lieber die Finger davon gelassen. Jedenfalls begann ich den Weg in Deutschland, in Konstanz. Da sah ich ihn wieder. Eine lange Zeit war vergangen, als ich ihn das letzte Mal in Burgos sah. Doch ich erkannte ihn sofort. Einen Pedro Ramos sieht man einmal im Leben, dann vergisst man ihn nie wieder. Später, in Fischingen, traf ich ein paar Pilger, mit denen ich einen Zwischenfall im Kloster erlebte.“
„Das waren sicherlich meine Eltern. Sie haben mir mal davon erzählt.“ „Franz und Sarah?“
„Genau. Aber erzähl weiter. Wer weiß, wie viel Zeit uns noch bleibt, bis diese Verbrecher uns holen.“
„Ich stand früh auf, in Fischingen, wollte mich noch einmal überzeugen, ob er wirklich tot war. Meine Befürchtung wurde zur Gewissheit. Er war weg. Ich holte meine Sachen und lief allein weiter. Es war besser so. In Einsiedeln traf ich ihn wieder. Nicht allein. Er war in Begleitung einer Frau, die wiederum versuchte, mich zu ködern. Scheinbar ging ich auf ihr Angebot ein. Als ich durch sie erfuhr, wo er wohnte, blies ich die ganze Sache ab. Er traf sich mit einem Mann, von dem ich später erfuhr, dass er Dr. Wedelmann hieß. Ein großer Verehrer der Frau an der Seite von Ramos. In der kurzen Zeit, die ich in diesem Ort weilte, sah ich ihn oft und meistens nachts zu der Frau gehen.

Eines Abends sah ich Ramos, wie er zu dem Hotel eilte, wo deine Eltern übernachteten. Sie wussten nicht, dass ich hier war. Ramos bekam einen Anruf und ging in das Hotel hinein, ich nach einer Weile hinterher. Ich fragte den Portier nach dem Zimmer deiner Eltern und lief hinauf. Die Tür war angelehnt und ich sah Ramos die Sachen durchwühlen. Deine Mutter war im Bad eingesperrt und rief um Hilfe. Als er nichts fand, nahm er sich ein Messer und wollte zu ihr. Davon hielt ich ihn ab. Aber er wehrte sich. Jedenfalls kam es zu einer handfesten Auseinandersetzung, in der ich ihm das Messer abnehmen konnte und ihn dabei verletzte. Sein Arm blutete. Darauf flüchtete er, ich ihm wütend hinterher. Er entwischte mir. Am nächsten Tag kam ich zu spät zur Wohnung von Ramos. Eine aufgebrachte Männergruppe nahm sie gerade auseinander und nicht nur die Wohnung allein. Ramos war auch dran und wurde richtig verprügelt. Seine Freundin besaß das Glück, zu dieser Zeit nicht in der Wohnung zu sein. Wie es hieß, hatten sie immer wieder Pilger erpresst. Die Frau agierte als Lockvogel und Ramos fotografierte. Die kompromittierenden Fotos drohten sie den Familien zu zeigen und im Internet zu veröffentlichen. Jedenfalls hauten sie schleunigst ab und waren am nächsten Tag verschwunden. Hals über Kopf.
Ich suchte weiter nach Wedelmann. Im Kloster traf ich einen Mönch, einen Landsmann. Er war froh, in seiner Muttersprache mit jemandem reden zu können. Durch ihn erfuhr ich, wohin er gefahren war. Ich fuhr ihm nach und übernachtete in demselben Kloster wie Wedelmann. Das Kloster Hauterive, unweit von Fribourg, lag gut versteckt. Ein idealer Ort in einem abgeschiedenen Tal, wenn etwas vor den Augen der Öffentlichkeit verborgen werden sollte. Und genau dies war der Sinn des Treffens, der großen Versammlung der *Geheimen Bruderschaft zum Schutze der Schwarzen Madonna auf dem Jakobsweg.* Die Legionäre, wie sie sich selbst nannten, waren zahlreich erschienen. Es war Pflicht, wenn das Priorat der Madonna es für wichtig hielt, zu erscheinen, ansonsten wurde bei Fernbleiben die Konzession entzogen. Es gelang mir, mich unter sie zu schmuggeln. Da sie sich untereinander selten kannten, ging es relativ einfach. Jetzt endlich war ich dran an dieser Organisation, die anscheinend hinter den Anschlägen und gewalttätigen Zwischenfällen steckte.

Vorn, erhöht auf einem Podium, saßen vier Männer. Sie leiteten die Versammlung. Zuerst kamen die Auszeichnungen, die Ehrungen und Belobigungen. Da wurde verteilt und verschenkt. Der eine bekam ein Auto für besonders hohe Umsatzsteigerungen, der andere eine Reise wegen immenser Steigerung der Übernachtungszahlen. Ihre Namen wurden verlesen. Es wurde artig geklatscht. Die Stimmung war trotzdem gedrückt.

Am nächsten Tag wusste ich warum. Nun wurden die genannt, bei denen es nicht so lief wie gewünscht. Da wurde beschimpft, beleidigt, gemaßregelt. Sie wären Schmarotzer, würden die Bruderschaft nur benutzen, nichts unternehmen, um erfolgreicher zu werden. Es wurde gedroht, ihnen die Konzession zu entziehen und die Kredite zurückzufordern. Die Drohungen waren auch als Warnung an alle anderen gedacht. Dann wurde es noch schlimmer. Ein Mann wurde angeklagt, die Bruderschaft bestohlen und verraten zu haben. Man gab ihm nicht einmal die Möglichkeit, sich zu rechtfertigen. Kaum waren sein Name verlesen und das, was man ihm zur Last legte, dann kamen zwei Kapuzenmänner in ihren schwarzen Gewändern in den Saal und führten ihn ab. Er unternahm nicht einmal den Versuch einer Gegenwehr und ließ es mit gesenktem Kopf geschehen. Ich hielt es nicht mehr aus in diesem Saal und ging nach draußen. Draußen stand ein Mann und rauchte. Es war einer von denen, die am Podium saßen. Er war ganz aufgeregt und beschwor mich, dass ich nicht glauben dürfe, was man über ihn sagen wird. Er sei unschuldig. Ich verstand nicht, was er meinte. Kurze Zeit später wusste ich es. Überraschend wurde er auf dem Podium, vor allen Menschen in dem Saal, von seinem Nachbarn angeklagt, neben dem er die Tage davor die ganze Zeit saß. Er musste wohl etwas davon geahnt haben. Jedenfalls wurde er genau wie der Mann vor ihm von den Kapuzenmännern nach draußen geführt. Ich wollte nicht mehr einfach nur dasitzen und zuhören. Jetzt nicht mehr. Ich ging ihnen hinterher und sah, wie sie in ein Nebengebäude liefen und den Mann dort einsperrten. Den zuvor abgeführten Mann sah ich auch. Er lag zusammengesunken an einer Mauer, eine Blutlache um ihn herum. Er rührte sich nicht mehr.

Ich lief zu dem Gebäude und machte mich bemerkbar. Der Mann saß zusammengekauert in dem Loch und zeigte keine Reaktion. Das Schloss war nicht schwer zu knacken. Ich riss die Tür auf und rief, dass er abhauen soll. Er rührte sich nicht. Teilnahmslos saß er da und wartete ergeben auf sein Schicksal. Dann bekam ich eins über den Schädel. Seitdem schleifen sie mich von Versteck zu Versteck."
Die Schmerzen ließen seine Rede verstummen. Stöhnend drehte er sich auf der Metallmatratze zur Seite.
Anna strich ihm über die Stirn, über die Wangen. Sein Stöhnen wurde schwächer, hörte dann ganz auf. Sie streichelte ihn weiter, bis er einschlief, seine Atemzüge tief und ruhig aus ihm drangen. Erst dann setzte sie sich wieder auf ihre Liege und starrte in das Dunkel ihrer Zelle.
Schritte schreckten sie aus ihren Gedanken. Sie kamen näher und der Riegel vor ihrer Tür wurde beiseitegeschoben. Wieder stieß man etwas wortlos in die Zelle, schloss die Tür und entfernte sich. Sie schüttelte ihr Feuerzeug und es gelang ihr, wenn auch nur mit ganz kleiner, verlöschender Flamme zu sehen, was da lag. Es war ein weiterer Mann, den sie hier ablegten. Der schien noch viel schlimmer zugerichtet zu sein als Carlos. Er war bedeutend schwerer. Sie schaffte es nicht, ihn auf eine freie Pritsche zu heben, so sehr sie sich auch anstrengte. Der Mann musste auf dem kalten, feuchten Zellenboden liegen bleiben, nur ganz flach atmend, besinnungslos. Doch er besaß eine robuste Konstitution. Es dauerte nicht lang, bis er sich regte und die Dunkelheit fragte, wo er sei. Anna erklärte es ihm, froh, ihn sprechen zu hören. „Sind wir in Le Puy en Velay?"
„Ja."
„Dann ist es bald zu Ende."
„Was?"
„Alles."
Danach sagte er nichts mehr. Anna meinte, ihn weinen zu hören. Ganz still und leise, nur einsam vor sich hin.
„Kann ich dir helfen?" „Lass mich einfach nur in Ruhe. Bitte!"
Anna schlief ein und schreckte hoch, als die Zellentür aufgerissen wurde. Die Kapuzenmänner, mit Fackeln in den Händen, stampften in die Zelle. Einer kniete sich sofort auf den Mann am Boden und

stach ihm eine Spritze in den Oberarm. Der Mann, der sich kurz aufbäumte, sackte zusammen. „Was habt ihr vor mit uns?“, schrie sie die Männer an.
„Das wirst du schon noch merken!“ Sie schrie nach Hilfe. Ein Schlag ins Gesicht ließ sie verstummen. Der Schmerz war kurz, als eine Kanüle in ihren Oberarm eindrang. Dann wurde es dunkel um sie herum.
Sie sah nicht mehr, wie Carlos sich wehrte. Drei Kapuzenmänner schafften es kaum, ihn zu überwältigen. Erst dem vierten gelang es, die Injektion in seinen Schenkel zu spritzen.
Sie packten sie an den Händen und Füßen und trugen sie hinaus.

Kapitel 32

Urs Bächli kam zum vereinbarten Treffpunkt in die Kathedrale. Sie warteten schon auf ihn, nur Esther fehlte. Alle waren sehr angespannt und konnten es kaum erwarten. Endlich winkte Esther aus einer der Seitenkapellen. Einer nach dem anderen erhob sich und folgte ihr hinaus.
„Das wird aber auch Zeit, Esther. Denkst du denn gar nicht an Anna? Jede Minute kann ihre letzte sein“, motzte Sarah sie an.
Und ob Esther an Anna dachte. Sie dachte an nichts anderes mehr als nur an sie. Dass sie Schwierigkeiten im Kloster bekam, sogar einen Rausschmiss riskierte, brauchte sie ihr nicht zu erzählen. Es war alles schon schlimm genug. Deshalb zuckte sie nur mit den Schultern und erwiderte nichts. Jedes Wort war hier sinnlos.
Sie liefen aus der Kathedrale hinaus in das Baptisterium des hl. Johannes, der früheren Taufkapelle. Den steinernen Löwen, den Wächter der Kapelle, übersahen sie in ihrer Hast. Auch an dem Taufbecken in der Mitte der Apsis liefen sie vorbei. Sie folgten immer nur Esther, die zielstrebig auf eine kleine, unscheinbare Tür in einer Nische zueilte. Der große Schlüssel passte genau ins Schloss. Simon Hirt, als Letzter der kleinen Gruppe, verschloss gewissenhaft die Tür hinter sich.
Sie betraten einen Gang und hasteten ihn entlang, bis eine weitere Tür ihnen den Weg versperrte. Esther suchte den richtigen Schlüssel

an dem großen Schlüsselbund und es dauerte eine Zeit lang, bis sie ihn fand. Sarah zwang sich zur Ruhe. Es fiel ihr schwer. Als sie endlich weiterliefen, sahen sie links und rechts durch vergitterte Tore Vorratsräume, in denen umgekippte Fässer und Kisten in einem heillosen Durcheinander lagen. Bei einer weiteren Kerkerzelle stand die Tür weit geöffnet. Sogar mehrere verrostete Betten sahen sie darin. Der Boden war voller Blut. Eine verstörte Ratte nahm Reißaus vor ihnen. Wieder kam eine Tür, die verschlossen war. Esther ließ sich anstecken von der Ungeduld der anderen. Der Schlüsselbund fiel ihr aus den Händen.
„Kannst du nicht aufpassen! Los, mach schon und schließ auf. Oder gib mir den Schlüssel!“ Sarahs Stimme klang gefährlich hysterisch.
„Jetzt reißt euch zusammen!“, rief leise Simon Hirt von hinten. „Hört endlich auf zu rennen, als wenn es kein Morgen mehr gäbe für Anna. Und lasst Esther in Ruhe, sie kann nichts dafür. Ohne sie wären wir nie hier. Außerdem denke ich, dass wir keinen Erfolg haben werden, denn so, wie es jetzt läuft, wird das nichts, wird unsere Aktion scheitern. Denkt ihr etwa, man gibt uns die Anna aus lauter Angst einfach so zurück? Hat hier eigentlich jemand einen Plan?“ Betreten schaute nicht nur Prof. Böhmer den alten Mann an. Er hatte vollkommen recht mit seinen Bedenken. Vor lauter Angst, zu spät zu kommen, vergaßen sie alles um sich herum.
„Esther, wo führt der Gang hin?“
„Direkt in den großen Versammlungsraum.“
„Ist es noch weit?“ Sie schüttelte den Kopf. „Simon, wir sind gleich da.“
Was sie ihnen nicht zu erzählen wagte, war die große Eisenplatte, die den Gang vom Haus trennte. Wenn diese aus irgendeinem Grund abgeschlossen war, kämen sie nicht in das Innere und müssten unverrichteter Dinge wieder umkehren. Dann war alles verloren. Das war zwar in der ganzen Zeit, sooft sie diesen Gang benutzten, noch nie der Fall gewesen. Aber wer weiß? Vielleicht war es unter den neuen Besitzern anders und was dann? Sie vermied es, den Gedanken bis zu Ende zu denken.
Sie liefen weiter, kamen zu einer Treppe, auf der sie schließlich nach oben eilten. Esther atmete tief durch, die Eisenplatte war geöffnet.

Der große Versammlungsraum war leer. Es sah aus, als wenn er in großer Eile verlassen worden war. Sogar eine Kerze brannte noch. Auch die anderen Räume im Haus waren leer. Keine einzige Menschenseele fanden sie.
Nur ein kleiner, unscheinbarer Ring lag in einem Gang. Nichts Wertvolles, doch als Sarah ihn sah, brach sie fast zusammen. Es stimmte also. Sie war hier gewesen, hier wurde Anna gefangen gehalten. Es war ihr Ring. Sie sagte es den anderen.
Simon Hirt lief durch die Haustür hinaus auf die Straße. Nicht einmal die war verschlossen, stellte er verwundert fest. „Was können wir jetzt noch unternehmen?“, fragte Sarah, der Verzweiflung nahe. „Können wir überhaupt noch etwas tun?“
Schweigen war die alles sagende Antwort.
Sie hörten einen beginnenden Trommelwirbel, inmitten der anderen Geräusche vom *Fest des Vogelkönigs*. Er verstummte und jemand hielt eine Rede.
Sie verstanden nicht, was er sagte. Doch als er endete, erklang wieder der Trommelwirbel.
„Was ist das?“, fragte Urs Bächli.
„Wahrscheinlich küren sie heute den Schützenkönig des Festes“, antwortete ihm Prof. Böhmer.
„Es stand etwas davon auf einem Plakat. Aber wenn ich mich recht erinnere, ist das schon eine Weile her.“
Simon Hirt ahnte Furchtbares.
„Wann werden die Scheiterhaufen angezündet?“, rief er aufgeregt.
„Morgen will man sie anbrennen, als absolute Krönung des Festes. Danach soll noch ein Feuerwerk gezeigt werden.“
„Können wir helfen?“, fragte auf einmal ein Soldat der Ordnungstruppe des heiligen Georg, die von ihnen unbeachtet herangetreten war.
„Wann brennen die Scheiterhaufen?“, schrie Simon Hirt ihn an.
„Warum schreien Sie so? Ich bin nicht schwerhörig.“
Simon Hirt packte ihn am Kragen, schüttelte ihn und schrie: „Sagen Sie mir endlich, wann brennen die Scheiterhaufen?“
„Na hören Sie mal. Man hat die Vorstellung unangemeldet vorgezogen. Die Veranstalter wollten es so. Sie sagten, …“

Simon Hirt hörte schon nicht mehr, wie er den Satz beendete, und schrie zu den anderen, dabei schon in Richtung Stadtmitte rennend: „Los, kommt schnell. Ich ahne Schlimmes!"
Sie rannten zum Place du Martouret. Die Ordnungsgruppe blieb ihnen dicht auf den Fersen. Eine riesige Menschenmenge verfolgte das Schauspiel auf dem Platz. Jeder wollte sehen, wie die Hexen brannten. Eine tolle Idee von unserer Stadtverwaltung, fanden sie, die sich immer etwas Neues einfallen ließ, damit das Fest seinen Reiz nicht verlor und immer mehr Menschen auch aus größerer Entfernung zum Besuch verleitete. Trommelwirbel erschallte. Neben den drei Scheiterhaufen standen vermummte schwarze Kapuzenmänner mit Fackeln in den Händen. Auf den Scheiterhaufen waren je drei Gestalten an Holzpfählen gefesselt. Sie waren genauso vermummt wie die Männer davor. Nur waren ihre Gewänder aus feuerrotem Stoff.
Dann sagte der Inquisitor: „Nun wollen wir also das Feuer entfachen, dass es auslöscht das Leben der dem Satan verfallenen Menschen. Damit sie nie mehr ihr frevelhaftes Geschäft mit uns gutgläubigen Bürgern dieser Stadt abhielten, uns verführen können zu einem schlechten, gottlosen Leben. Hier werden sie verbrannt, dass sie werden zu Asche. Auf diesem Platz, wo unsere einzigartige Madonna, die Schwarze Madonna von Le Puy verbrannt wurde! Hier wurde sie beseitigt und auch von ihr blieb nur Asche übrig. Doch eine Legende sagt, wenn zu ihrem Lob und ihrer Herrlichkeit ein Menschenopfer stattfindet, wird sie wiederkommen, uns zu beschützen, wie früher, als die Pest die Einwohner unserer Stadt bedrohte. Sie allein beschützte uns davor! Das wollen wir ihr nie vergessen. Sie wird uns auch beschützen, wenn neue Gefahren die Stadt heimsuchen und bedrohen."
„Komm, hör endlich auf zu quatschen! Zünde endlich das Feuer an. Ich will wieder in die Taverne! Und nicht nur ich!", rief jemand aus der Menge. Gelächter belohnte seinen Zwischenruf.
Die Menge skandierte: „Anzünden! Anzünden! Anzünden!"
Es war unmöglich, durch diese Menschenmenge nach vorn zu gelangen. Hilflos standen Simon Hirt und die anderen davor. Der

Trommelwirbel setzte von Neuem ein. Die schwarzen Kapuzenmänner begannen Benzin über die Haufen zu gießen.
„Nun denn. Soll es also sein, wie die Menschen der Stadt es wollen.“
„Halt! Haltet ein! Seid ihr denn noch bei Sinnen?“
Esther nahm ihren ganzen verbliebenen Mut zusammen und rief noch einmal: „Haltet ein. Wenn ihr schon so ein Schauspiel abhaltet, dann sollte auch der historische Ablauf stimmen. Wollt ihr denn, dass alle über uns lachen? Hat den Hexen denn schon jemand die Möglichkeit einer Absolution erteilt? Ich als Nonne werde es tun, wenn schon kein Priester dazu bereit ist.“
Bereitwillig bildete die Menge eine Gasse. Jeder nahm an, dass es zum Spiel gehörte. Verdutzt hielt der Inquisitor inne, währenddessen Esther und ihre Begleiter durch die Gasse nach vorn liefen.
„Zu spät, liebe Nonne. Dazu hättest du vorher Zeit gehabt. Jetzt ist es wirklich zu spät. Zündet sie an!“, rief er.
Es ging alles rasend schnell. Während er dies sagte, liefen Esther und ihre Begleiter zu den Scheiterhaufen. Franz und Sarah eilten zu dem in der Mitte, Simon Hirt und Esther nahmen den zu ihrer Linken und Urs Bächli und der Professor rannten zu dem Holzhaufen, welcher auf der rechten Seite zum Anzünden bereitstand.
Die Kapuzenmänner nahmen keine Rücksicht und zündeten das Holz an. Mit einer großen Stichflamme standen die Haufen augenblicklich in Flammen.
Gebannt schaute die Menge den weiteren Verlauf des Schauspiels zu, unfähig sich zu rühren, von den Vorgängen überrumpelt, die Taverne vergessen. Herrschte erst eine fröhliche und ausgelassene Stimmung auf dem Platz, spürte man nun, dass das Spiel aus den Rudern lief, etwas nicht so war wie geplant. Doch für den Zuschauer war es unmöglich zu unterscheiden, was zum Spiel gehörte und was nicht.
Umgeben von Rauchschwaden des mitunter noch feuchten Holzes sahen sie, wie den Hexenattrappen auf dem Scheiterhaufen in der Mitte die Kapuzen von den Köpfen gerissen wurden. Der Mann und die Frau begannen, während sie den Angebundenen die Fesseln lösten, selbst zu brennen. Die anderen kletterten von ihren Scheiterhaufen herunter und halfen dem brennenden Paar. Die Nonne wälz-

te sich im Staub des Platzes, als ihr graues Habit Feuer fing, stürmte aber gleich wieder zu dem Haufen, um den abgenommenen Hexen zu helfen. Ein Mann aus der Menschenmenge löste sich und riss geistesgegenwärtig einen Feuerlöscher einem Feuerwehrmann aus der Hand und sprühte das andere Paar ab, dessen Sachen ebenfalls Feuer gefangen hatten. Die schwarzen Kapuzenmänner wiederum versuchten, die abgenommenen Hexen wieder in das Feuer zu werfen, was mittlerweile lichterloh brannte. Es kam zum Kampf, wobei der Mann des Pärchens den Inquisitor in das Feuer stieß. Rettungsversuche kamen zu spät. Der Mann schrie jämmerlich in den Flammen. Als die Kapuzenmänner sahen, dass sie nichts mehr ausrichten konnten, verschwanden sie. Keiner wusste später, wer sie waren.

Die Menschenmenge klatschte frenetisch Beifall, als sie meinten, dass dieses Schauspiel vorbei wäre, und verließ den Platz. Die Tavernen waren dicht gefüllt an diesem Abend. Alles sprach über die Echtheit der dramatischen Hexenverbrennung und lobte die Stadtverwaltung für diesen Einfall. Sie hätten ihr nie zugetraut, dass sie eine so tolle Theatertruppe engagierte. Es war so wirklichkeitsnah und so realistisch dargestellt, dazu noch mit dieser überraschenden Wendung zur Hexenbefreiung als Übergang in eine aufgeklärte Zeit ohne Hexenverfolgung und Inquisition, dass es nur wirkliche Profis sein mussten. Der Bürgermeister war genial. Seine Wiederwahl war gesichert.

Was wirklich hinter den brennenden Scheiterhaufen geschah, war für viele unsichtbar.

Als Franz und Sarah erschrocken feststellten, dass statt der kunstvoll hergestellten Hexenattrappen, die auf den anderen Scheiterhaufen angebunden waren, auf dem in der Mitte Menschen aus Fleisch und Blut standen, vergaßen sie alle Gefahr um ihr eigenes Leben. Sie waren schockiert, als sie sahen, dass ihre Tochter sich darunter befand, in der Mitte stehend, links und rechts von ihr zwei Männer. Die Kapuzen waren nach unten gefallen und fingen schon an zu qualmen, kurz davor, in Flammen aufzugehen. Ihre Köpfe hingen nach unten. Die Körper wurden nur durch die Stricke gehalten, mit denen sie an dem Pfahl gebunden waren, und dadurch gehindert,

auf das gestapelte Reisig zu fallen. Sie versuchten fieberhaft die Fesseln zu lösen, doch das war leichter gesagt als getan. Flammen stiegen aus dem mit Benzin getränkten Holz um sie auf. Die Hitze nahm ihnen den Atem, versengte die Kleidung, ihre Haare. Noch brannten die Scheiterhaufen nur am Rand. Doch es würde nicht mehr lange dauern, dann war es zu spät. Dann würden sie auch ein Opfer der Flammen, verbrennen mit ihrer Tochter und diesen anderen Menschen. Verzweifelt rissen sie an den Stricken herum und endlich gelang es ihnen, die Knoten zu lösen. Sie schleppten das Mädchen nach unten, wo Urs Bächli auf sie wartete und sie ihnen abnahm. Bei den anderen beiden Männern gelang es ihnen schneller, die Fesseln zu lösen. Schnell trugen sie alle weg von der entstehenden Flammenhölle. Die Geretteten waren nicht ansprechbar, befanden sich im Rausch, im Reich der Drogen. Sie nahmen nichts wahr, ließen alles mit sich vollkommen widerstandslos geschehen.
Als Franz sah, wie einer der Kapuzenmänner wieder versuchte, Anna in seine Gewalt zu bekommen, um sie zurück in das Feuer zu werfen, sprang er ihm entgegen. Ein anderer Vermummter versuchte indes seinem Kumpan zu helfen, doch Sarah rannte wie eine Furie dazwischen, rammte ihn um, sodass er das Gleichgewicht verlor und unglücklich in den brennenden Holzhaufen fiel. Franz kämpfte unterdessen mit dem anderen. Als ihm jedoch Urs Bächli und der Professor zu Hilfe eilten, versuchte der Mann vor dieser Übermacht zu fliehen, stieß dabei aber mit Esther zusammen und fiel mit ihr auf das Kopfsteinpflaster. Simon Hirt kam ihr schnaufend zu Hilfe, kniete sich auf den Mann und riss ihm die Kapuze vom Kopf. Er erkannte ihn. Es war der verliebte Galan der Gouvernante. Er wehrte sich noch, gab es aber auf, als der Professor dazukam.
Ein fremder Mann aus der Menge, mit einem Feuerlöscher bewaffnet, spritzte dessen Inhalt wild um sich, bis jemand aus der zur Hilfe eilenden Compagnie des hl. Georg ihn abnahm. Den Mann, der im Feuer lag, konnte keiner mehr retten. Als die Kapuzenträger sahen, dass die Wachleute in immer größerer Zahl erschienen, versuchten sie aufgeregt den Platz zu verlassen. Hin und her rannten sie, stießen die Männer von sich, die ihnen habhaft werden wollten.

Doch eine Flucht gelang nur wenigen. Die Compagnie war auf der Hut und zeigte ein weiteres Mal, warum das Fest bisher immer weitgehend in geordneten Bahnen verlief. Einen nach den anderen führten sie ab, rustikal gefesselt mit derben Stricken, jedem die Kapuze vom Kopf gerissen. Mittlerweile waren sie nicht mehr allein verantwortlich. Nicht nur die hiesige Polizei half ihnen. Auch die zahlreichen Feuerwehrmänner machten ihrem Ärger über die Entwicklung dieses Abends Luft, und wo sich eine Gestalt in der schwarzen Kleidung zeigte, jagten sie ihr hinterher und ergriffen sie und dies nicht gerade zimperlich. Als der Professor den fremden Mann wiedersah, der ihnen mit dem Feuerlöscher zu Hilfe geeilt war und der nun allein am Feuer stand und hineinstarrte, ging er zu ihm und sagte:
„Danke, Unbekannter! Ihre Hilfe kam wahrlich zur rechten Zeit."
Giovanni del Lucca schreckte aus seinen Gedanken. Immer wieder Feuer, dachte er gerade. Wieso war es schon wieder ein Feuer, was ihn handeln lassen musste? Und zugleich bekam er Angst. Wie sollte er dem Direktor erklären, was er als Legionär in der gleichen Bruderschaft getan hatte? Trotzdem, das Lob tat ihm gut und machte ihn verlegen.
Er ahnte, wer ihm dankte. Es musste der Professor sein, der Archäologe, von dem der Direktor sprach, als er sich mit dem Leiter des Grande Seminars und mit einem weiteren Mann im Habit der Benediktiner traf, dem Gleichen, der gerade überwältigt worden war. Er selbst durfte bei diesem Treffen nicht dabei sein. Man ließ ihn allein hinter seinen Aktenbergen sitzen. Doch da blieb er nicht. Mit dem Ohr an der Tür bekam er alles mit, was sie besprachen. Er wusste, was der Professor suchte.
„Wenn Sie sich beeilen, bekommen Sie es noch. Doch Sie müssen schnell sein. Und Sie brauchen unbedingt die Nonne dazu!"
Der Professor lief zu den anderen und sprach auf sie ein. Sie würden gleich nachkommen, sagten sie. Er rannte mit Franz und Esther los. Eigentlich wollte die Nonne nicht und folgte ihnen widerwillig. Doch sie sah ein, dass es ohne sie nicht gehen würde.

Kapitel 33

Das entstandene Chaos war seine Rettung. Bruder Gernot nutzte die sich ihm bietende Chance und floh. Einem Soldaten der Schutztruppe, der sich ihm in den Weg stellte und seinen Ärmel griff und nicht loslassen wollte, schlug er einfach brutal ins Gesicht. Es war ihm egal, als der Mann vor Schmerz aufschrie und zu Boden sank. Nur weg von hier. In einem Hauseingang entledigte er sich der Bruderschaftskleidung und stopfte sie in einen Papierkorb. Vielleicht würde er sie morgen holen können, wenn sich die Lage beruhigte.

Seine Vorsicht war richtig gewesen, als er die Rede vor den vielen herbeigeeilten Zuschauern Bruder Clemens überließ. Ihn selbst hätte man womöglich erkannt. So konnte er vielleicht weitermachen wie bisher. Beweisen konnte man ihm jedenfalls nichts.

Es sollte so ein triumphaler Tag für die Bruderschaft werden, dachte er, während er in die Oberstadt eilte. Wie lange planten sie es schon und bereiteten über Wochen und Monate Schritt für Schritt vor? Er wusste es nicht mehr. Sie wollten es mit dieser Zelebrierung allen zeigen. Schaut her, jetzt sind wir da! So wird es jedem ergehen, der sich uns in den Weg stellt. Alle sollten es sehen, all die verschiedenen Geheimbünde, Bruderschaften und Gruppierungen, die im Verborgenen arbeiteten, verdeckt und nicht wahrgenommen von den Augen der Öffentlichkeit, die immer da waren und von denen jeder die alleinige Vorherrschaft wollte.

Seine Bruderschaft befand sich unter dem Schutz der Madonna, ihrer Schwarzen Madonna. Das war ein großer Unterschied. Das Tuch war ein Glücksfall für sie. Als es auftauchte, erkannten sie erst, was es für sie bedeuten würde. Ein Faustpfand, wenn ihnen die Leute vom Vatikan dazwischenkamen, ein Pfand, mit dem sie endlich ihre Anerkennung erreichen würden, auch bei denen. Wenn nicht, dann würden alle erfahren, dass in dem Pfeiler im Petersdom nur eine billige Kopie lag, eine wertlose Nachahmung, ein Plagiat ohne Inhalt. Der Tresor, teuer und absolut sicher vor unerlaubten, fremden Begehren, barg Ramsch. Grimmig lachte er laut auf.

Wie hatte er ihn ausgelacht, der feine und unglaublich arrogante Herr Bischof, als er die Bitte aussprach, die Bruderschaft endlich zu

legitimieren. Sie wissen doch, sehr geehrter Bruder Gernot, sagte er zu ihm, immer noch mit dem Spott in den Mundwinkeln, dass wir keine neuen Orden oder Bruderschaften zulassen können. Suchen sie sich doch einen Orden, der kurz vor dem Erlöschen steht. Da gibt es doch viele in der Welt. Doch bedenken sie, nach hundert Jahren ohne lebendiges Wirken wird jeder unwiederbringlich gelöscht.
Sein scheinheiliges Angebot, dass er sich natürlich für sie bei seinem nächsten, unmittelbar bevorstehenden Besuch im Vatikan verwenden werde, war nur eine leere vorhersehbare Floskel. Da brauchte er ihm nur in die Augen zu schauen.
Waren denn ihre Motive so falsch? War es denn nicht wichtig, dass es wieder eine ordnende Hand gab auf dem Jakobsweg? Na gut, man hätte auch weniger brutal auftreten können, den einen oder anderen mit seinem Wirtshaus oder Hotel, der sich ihnen nicht anschließen wollte, auch in Ruhe lassen können. Doch dieser Herr Direktor, dieser unnahbare, immer so jovial auftretende Mann wollte nicht, dass sie Schwäche zeigten. Wer einmal nachgab, hat für immer verloren! Das hindert uns am Aufstieg. Keine Gnade, kein Mitleid! Unnachgiebige Härte gegen alle! Wenn sie nicht so wollten wie er, dann weg mit ihnen.
Er jedenfalls machte das Grande Seminar zu etwas und krempelte den Laden gründlich um. Von einer verschlafenen Herberge zu einem florierenden Haus. Fast hätte er Hotel gesagt, doch das verbot er sich. Es war nicht gern gesehen unter seinen Schützlingen, seinen Mitarbeitern. Aber das sollte ihm wirklich erst einmal jemand nachmachen!
Er rannte durch die Nacht. Vor jeder kreuzenden Gasse hielt er inne, horchte erst, ob jemand kam. War die Luft rein, setzte er seinen Weg fort. An einer Haustür klingelte er Sturm. Niemand öffnete ihm. Nicht eines der Fenster in der oberen Etage, da wo der Herr Direktor wohnte, wenn er in Le Puy weilte, war erleuchtet. Er war schon weg. Der saubere Mann hatte die Flucht ergriffen, sah wohl schon eher, in welche Richtung ihr Vorhaben abdriftete. Ihn würde er heute nicht mehr erreichen. Es war zwecklos.
Nun schnell noch ins Seminar zurück. Dort stand sein Rucksack mit dem Tuch und dann fort von hier. Erst einmal ein paar Tage Ruhe.

Vielleicht sollte er ein paar Monate nach Beuron gehen. Die Schlafmützen haben jahrelang nicht bemerkt, was Bruder Clemens für ein Spiel spielte. Dann wird man weitersehen, wie man vorgeht. Er wird zurückkehren in das Seminar, als wenn nichts geschehen wäre. Wird so weitermachen wie bisher. Vielleicht ein wenig entspannter, nicht mehr so fordernd. Er nahm es sich vor.

Den Umweg zum Haus des Direktors hätte er vermeiden sollen. In einem Hauseingang direkt gegenüber wartete ein Mann. Unablässig schaute er zu dem Haus hinüber. Doch nichts regte sich darin. Er war wohl zu spät gekommen. Zum letzten Male gab er sich noch weitere zehn Minuten, dann wollte er endgültig seinen Beobachtungsposten verlassen. Morgen würde er wieder kommen. Bis er ihn wieder sah und dann würde er ihn zur Rede stellen. Dann sah er Bruder Gernot kommen und änderte seinen Plan. Er heftete sich an seine Fersen, hielt sich dabei in einem sicheren Abstand. Bruder Gernot sollte ihn nicht bemerken.

Im Grande Seminar war es einfach. Kurz bevor sich die große Eingangstür hinter dem hineingeeilten Bruder schloss, schlüpfte auch er hindurch. Niemand stellte ihm Fragen. Keiner war zu sehen. Als er an die Tür zu Bruder Gernots Wohnung klopfte, rief nur jemand von drinnen, dass er jetzt nicht gestört werden wolle. Er soll später wiederkommen. Die Tür war nicht abgeschlossen. Bruder Gernot schaute ihn überrascht an, als er eintrat.

„Was wollen Sie in meiner Wohnung?“

„Sie wissen genau, was ich will!“

Bruder Gernot wurde schlagartig bewusst, warum der weiß gekleidete Mann hier war. Obwohl er ruhig und überlegt erscheinen wollte, schaffte er es nicht. Unwillkürlich fing er an zu zittern, er sprach immer schneller, bis sich seine Stimme überschlug.

Als der Professor, Franz und die Nonne das Grande Seminar erreichten, herrschte eine ungewohnte Stille darin. Es war niemand da, keiner von den Beschäftigten war zu sehen, keine Gäste. Nicht einmal an der Pforte saß jemand, um Neuankömmlinge zu begrüßen und ihnen ein Zimmer zu geben. Das *Fest des Vogelkönigs* schien auch in dieser Herberge einen Ausnahmezustand herbeizuführen. Sicherlich waren die meisten Einwohner der Stadt froh, wenn diese

Tage endlich vorbei waren, alles wieder seinen geregelten Lauf nahm.
Sie liefen in die obere Etage, um ihn zu suchen und direkt anzusprechen. Die Zeit war nicht da, um lange zu warten. Vielleicht war es sowieso schon zu spät. Dann konnten sie es auch nicht mehr ändern. Jedenfalls hatten sie dann alles versucht. Die Zeit würde es vielleicht richten und sie wieder zu dem Tuch führen.
Vielleicht. Vielleicht auch nicht.
Sie liefen schnell durch die langen Gänge des Seminars. Eine Frau kam ihnen entgegen. Sie war vollkommen aufgelöst.
„Bruder Gernot …!“, stammelte sie aufgeregt. Eine Antwort auf ihre Frage, was mit ihm sei, gab sie ihnen nicht, sondern rannte laut schluchzend weiter nach unten. Vor der Tür mit dem glänzenden Messingschildchen mit seinem eingravierten Namen blieben sie stehen. Sie war nur angelehnt. Niemand reagierte auf ihr Klopfen. Auch nicht, als sie seinen Namen riefen. Franz öffnete die Tür ganz.
Der Anblick war grauenvoll.
An einem Holzkreuz in der Mitte seines Zimmers hing Bruder Gernot. Sein halb nackter, lebloser Köper war blutüberströmt. Mitten im Herz steckte ein Messer. Das Gesicht war halb mit einem durchsichtigen Tuch verhangen. Die Botschaft auf dem Schleier vermochte Franz erst zu lesen, als er mit großer Überwindung näher an den Leichnam herantrat.
ES GEHÖRT UNS, stand mit Blut geschrieben.
Das Zimmer zeigte unübersehbare Spuren eines Kampfes. Es musste ein furchtbarer Kampf gewesen sein, denn wild lagen überall umgestoßene Möbelstücke durcheinander. Blut war im ganzen Raum verteilt, an den Wänden, an den Fenstern.
Sie stützten Esther, als sie zurück zum Eingang liefen. Polizei rannte an ihnen vorbei. Die Nacht würde keiner in der Stadt so schnell vergessen. Sie am allerwenigsten.
Unten warteten die anderen auf sie. Sie waren ganz bestürzt, als Franz mit stockenden Worten von dem grauenhaften Ende des Bruders berichtete. Er musste noch bleiben. Ein Kommissar wollte es so. Simon Hirt nahm Esther in seine Arme und tröstete sie. Gemeinsam liefen sie zurück in das Kloster.

Der Professor setzte sich auf einen Mauerrand neben Urs Bächli. Schweigend saßen sie nebeneinander.
„Gehen Sie Ihre Sachen holen. Ich bringe Sie im Hotel unter."
Urs stimmte mit einem Kopfnicken zu. Er hatte genug.

Kapitel 34

Es war ein schöner Tag. Das Wetter konnte nicht besser sein. Es war warm und sonnig.
Das *Fest des Vogelkönigs* war vorbei. Nicht nur wegen der schiefgelaufenen Hexenverbrennung, es war sowieso zu Ende. Bis zum nächsten Jahr. Vielleicht, wenn alles gut ging in der Stadt.
Von diesem Fest aber wird man noch generationenlang erzählen. Da waren sich alle einig.
Heute war es so wie immer. Die Menschen der Stadt gingen wieder ihren gewohnten Tätigkeiten nach. Die Geschäfte waren geöffnet. Die Klöpplerinnen boten ihre Ware feil, saßen vor den Läden und zeigten interessierten Passanten die Kunst ihres verschwindenden Handwerks. Die Klöppelmaschine, ein paar Meter die Straße hinauf, ratterte, als wenn nichts geschehen war.
Das Grande Seminar war auch an diesem Tag wieder gut besucht. Busse standen davor und versperrten den Parkplatz, die herausströmenden Touristen und Pilger den Eingangsbereich. Inmitten dieser großen Menge stand souverän ein junger Mann. Pavel, der Novize meisterte bravourös den Ansturm, verteilte die Zimmer mit einem Lächeln auf den Lippen, das auch im größten Trubel nicht verschwand.
Das Antiquariat von Bruno war heute geschlossen. Er hatte einen triftigen Grund dafür. Trotz seines hohen Alters half er seiner Tochter beim Umzug in eine neue Wohnung, die sie überraschend mit Hilfe eines seiner Kunden fand. Zum Glück wohnte sie nicht weit weg. Er würde öfters einmal hingehen können. Sie hatten sich ausgesöhnt. Eine Last war von seinen gebrechlichen Schultern genommen.
Die Kathedrale stand da wie seit vielen Jahrhunderten. Unverrückbar gehörend zum Bild der Stadt. Egal, was in ihr auch passierte.

Genauso St. Michael. Nichts deutete mehr darauf hin, was sich in einer Nacht in dieser Kirche ereignet hatte. Der Boden war nur für den Eingeweihten anders als im Rest der Kapelle.
Am Place du Plot saßen sie, einen Kaffee vor sich, etwas einsilbig und bedrückt. Außer Esther waren alle gekommen. Sogar die beiden Männer, welche mit Anna verbrannt werden sollten, ließen es sich nicht nehmen.
Simon Hirt zündete sich eine Pfeife an. Genüsslich stieß er den Rauch in den wolkenlosen Himmel. Er winkte den Kellner herbei und tuschelte ihm etwas ins Ohr. Als dieser zurückkam, standen auf dem Tablett zwei Flaschen Wein.
„Nun lasst doch mal den Kopf nicht so hängen! Das Leben geht weiter. So oder so. Außerdem haben wir es uns doch verdient! Auch wenn es noch früh am Tag ist für dieses herrliche Getränk, daran kommen wir nicht vorbei. Es muss sein! Schließlich habe ich euch etwas zu sagen."
Sie schauten ihn erwartungsvoll an.
„Ich werde eine Weile hier bleiben in der Stadt. Hier gefällt es mir. Obwohl Sie es mir angeboten haben, lieber Professor, ich werde nicht mit Ihnen zurückfahren. Konstanz kann mir den Buckel runterrutschen."
Er ließ es sich nicht nehmen, die Gläser zu füllen. Sie stießen zögerlich an, nicht auf die Vergangenheit, auf die Zukunft.
„Entschuldigen Sie bitte, wenn ich Sie so direkt frage, doch was haben Sie mit der ganzen Sache zu tun?", wollte schließlich der Professor von dem Mann wissen, der neben Carlos saß.
„Das kann ich Ihnen gerne sagen. Jetzt, nachdem diese Sache vorbei ist, weiß ich, es musste so kommen. Ich war so naiv zu glauben, was man mir erzählte. Pilger war ich, unterwegs auf dem Jakobsweg. Ich war wirklich begeistert von dem, was ich sah, was ich hörte und erlebte. Und von dem, was ich tat. Jeden Tag bin ich gelaufen. Dabei wurde der Kopf frei und ich wurde empfänglich für alles, was um mich passierte. Eines Tages, gerade kniete ich andächtig vor einer Schwarzen Madonna, sprach mich jemand an. Ob ich nicht für immer mein Leben ändern möchte, Teil einer großen Bewegung sein wolle, die sich diesem Pilgerweg verschrieben hatte, und Mitglied

werden in einer geheimen Bruderschaft mit lauter Gleichgesinnten. Ich selbst befand mich da noch in einer Lebenskrise und saugte diese Worte förmlich in mich hinein. Das könnte es sein, was dein Leben dauerhaft verändert, sagte ich mir. Endlich habe ich es gefunden! Weg von zu Hause, dem Vater mit seiner Firma, der Frau, die ich nicht mehr liebte. Das waren doch die Gründe, warum ich den Pilgerweg lief! Suchen nach einer Lösung für mein Leben, und die schien es endlich zu sein. Ich war mir sehr sicher.
Doch später nicht mehr, als ich sah, was sie tatsächlich wollten. Ich sah die vielen Menschen, die sie zwangen, nur noch das zu tun, was die Bruderschaft ihnen auftrug. Wie sie am Anfang geködert und dann ausgequetscht wurden wie eine reife Zitrone. Ob sie damit klarkamen oder zugrunde gingen, war der Bruderschaft vollkommen egal. Ich habe dann oft widersprochen und wollte nicht mehr mitmachen und aussteigen. Doch so einfach verlässt man keine geheime Bruderschaft. Alles andere kennt ihr ja von Anna."
„Was werden Sie jetzt machen?", fragte Urs Bächli.
„Ich stelle mich meiner Verantwortung. Endlich habe ich es kapiert, dass ein Davonlaufen keine Probleme löst. Zum Glück ging es dank ihrer Hilfe gut aus. Ich habe mein Handy wieder eingeschaltet und kann zurück. Sie verzeihen mir daheim. Sogar mein Vater, der mir auf den Jakobsweg folgte, nur um mich zu suchen. Ich hätte es nie für möglich gehalten, dass er diese Strapazen nur wegen mir auf sich nehmen würde. Er liegt in einem Krankenhaus in Le Cote St. André. Durch einen Anschlag des Ordens, in dem ich einmal Mitglied war. Ich bin froh, dass es ihm wieder besser geht. Heute noch fahre ich zu ihm."
Anna saß neben Carlos und war nur noch im Glück. Ihre Hand ruhte in der seinigen. „Herr Professor, ich werde auch noch ein paar Tage hier bleiben, wenn Sie es mir erlauben. Ich muss mich noch erholen und fühle mich noch nicht gesund."
Der Professor lachte und gab ihr eine Woche frei.
„Und was werden Sie tun?", fragte der Professor Annas Eltern.
„Wir gehen weiter! Schließlich hatten wir uns nun einmal entschlossen für diesen Weg, was auch passieren würde. Wir gehen ihn weiter bis Santiago de Compostela", antwortete ihm Franz. Sie wollten

unter keinen Umständen diesem erlebten Albtraum nachgeben. Weder jetzt noch später. Und sie waren neugierig auf den weiteren Weg und mögliche neue Überraschungen.
Verblüfft schauten sie sich um, als ihnen jemand etwas zurief.
Esther und Madeleine liefen freudestrahlend über den Platz und kamen zu ihnen.
„Gibt es für uns auch noch einen freien Platz?“, fragte Esther.
„Aber natürlich!“, rief Simon Hirt, sprang auf und holte zwei Stühle vom Nebentisch.
„Schön, euch alle noch einmal zu sehen, ehe ihr euch wieder in alle Winde zerstreut. Es ist leider so gekommen, wie ich schon ahnte. Unser Kloster wird aufgelöst. Wohin wir verlegt werden, kann ich noch nicht sagen. Aber es war wirklich nett, euch kennengelernt zu haben“, sagte Esther. Ihren traurigen Blick sah nicht nur Anna. Madeleine aber zwinkerte lächelnd Simon Hirt bei diesen Worten zu.
„Das meine ich auch. Ich werde dich bestimmt einmal besuchen kommen! Egal, in welcher Einöde Sie dich auch verstecken werden“, sagte Anna zu ihr und umarmte die Nonne.
Als die Gespräche immer mehr verebbten und es Zeit wurde zum langsamen Aufbruch, sagte auf einmal Esther mit geheimnisvoller Miene zum Professor Böhmer: „Ich habe noch etwas für Sie. Der Novize Pavel gab es mir. Es wird Sie sicherlich interessieren.“
Sie kramte in ihrem kleinen Rucksack. Als sie es dem Professor entgegenstreckte, glaubte er seinen Augen nicht zu trauen. In ihren Händen lag die kleine Schatulle aus Elfenbein. Unversehrt, wie es auf den ersten Blick schien. Als sie diese vor ihm öffnete, sah er das Tuch darin liegen. Er fragte vollkommen überrumpelt und nach Worten ringend: „Das kann nicht wahr sein? Es ist es wirklich! Es ist das Tuch! Damit habe ich beim besten Willen nicht mehr gerechnet. Wie kommen Sie dazu?“
„Wie ich schon sagte, Pavel brachte es mir. Bruder Gernot musste in sehr großer Eile gewesen sein. Er stellte seinen Rucksack einfach in dem Nebenraum des Empfanges ab. Alle waren weg und alles war verriegelt, als er zurückkehrte. Er musste erst einen Schlüssel holen. Da wurde er in seinem Zimmer von dem Mörder überrascht. Pavel wusste nicht, was er mit dem Rucksack machen sollte, und fragte

mich, ob ich ihn wollte. Darin fand ich dann die Schatulle mit dem Tuch.“ Schnell packte der Professor alles in seine Tasche und behielt sie auf dem Schoß. Er wagte es nicht, sie neben seinen Stuhl zu stellen, und hielt sie fest umklammert.

Sarah und Franz waren die Ersten, die sich erhoben. Der Abschied war so herzlich, wie es nur bei Menschen vorkommt, die etwas Schlimmes erlebt und gemeinsam bewältigt hatten. Sie waren Freunde geworden, richtige Freunde. Doch alle ahnten, dass es kein Abschied für immer sein würde.

Als die beiden das Gewicht ihrer Rucksäcke spürten, hielt sie nichts mehr zurück.

Sie mussten weiter.

Ihr Weg bis zum Ziel war noch weit.